LESLEY GLAISTER

SOLEIL DE PLOMB

Traduit de l'anglais
par Dorothée Zumstein

belfond
12, avenue d'Italie
75013 Paris

Titre original :
AS FAR AS YOU CAN GO
publié par Bloomsbury Publishing Plc, Londres.

Si vous souhaitez recevoir notre catalogue
et être tenu au courant de nos publications,
vous pouvez consulter notre site internet :
www.belfond.fr
ou envoyer vos nom et adresse,
en citant ce livre,
aux Éditions Belfond,
12, avenue d'Italie, 75013 Paris.
Et, pour le Canada,
à Interforum Canada Inc.
1055, bd René-Lévesque-Est,
Bureau 1100
Montréal, Québec, H2L 4S5.

ISBN 2-7144-4179-3

Pour Hilary Mantel

1

Dans la cabine d'ascenseur tapissée de miroirs, Cassie se reflète à l'infini. Elle se voit de dos – une file ininterrompue de Cassie s'enfonçant dans les profondeurs troubles de la glace teintée, toutes coiffées de la même queue-de-cheval faite à la va-vite. Elle se lèche les doigts pour lisser les mèches rebelles. Sort un rouge à lèvres et se maquille la bouche. Cassie tient à paraître *crédible*.

Pour la chambre 302, il faut tourner au coin, juste après l'ascenseur. Un chariot rempli de draps et de serviettes de toilette pliés, de sachets de café et de dosettes de shampooing attend dans le couloir pendant que, de la porte ouverte de la chambre voisine, s'échappe le sinistre mugissement d'un aspirateur qui vient heurter les plinthes. Elle frappe à la porte. Trop discrets, les coups sont absorbés par le bois sombre. La personne qui passe l'aspirateur entonne *I will survive*, d'une voix fausse mais triomphante.

Cassie attend, puis frappe de nouveau. Plus fort. La plaque du numéro 302 est en métal – sans doute du cuivre – et le 2 est de travers. La porte s'ouvre. L'homme est petit, avec une barbe grise taillée en pointe. Ses sourcils broussailleux rebiquent vers le haut – c'est peut-être ce qui lui donne cet air surpris. Il porte un pull noir à col roulé. Ses cheveux gris argent sont fournis, presque bouffants.

— Cassandra ? Larry Drake. Ravi de faire votre connaissance.

Il lui tend une main petite et douce. Jette un coup d'œil par-dessus son épaule.

— Graham n'était malheureusement pas en état de faire le voyage, dit-elle. La grippe. Il est vraiment désolé.

Un instant de silence.

— Dommage. Ma foi, tant pis. Une seconde…

Il se glisse devant elle, pour accrocher à la poignée de la porte la pancarte « Ne pas déranger ».

— Entrez. Vous désirez un café ?

— Non, je vous remercie.

Dans la chambre, un lit immense occupe tout l'espace. Le hall n'aurait-il pas mieux fait l'affaire ? se demande-t-elle. Ça fait tout de même un drôle d'effet, de devoir contourner le lit d'un parfait inconnu.

— Je vous en prie, asseyez-vous.

Deux fauteuils ont été disposés près de la fenêtre. À travers les voilages, le soleil tente de se frayer un passage. Sur le lit, au milieu d'un fouillis de papiers, elle remarque sa lettre de motivation – écrite un matin, alors que Graham dormait encore. Elle était sortie, avait acheté le journal, l'avait parcouru, avait vu l'annonce. Puis elle avait écrit la lettre, et était ressortie la poster. Tout cela avant qu'il ait ouvert les yeux.

— Je peux vous offrir quelque chose à boire ? demande Larry.

— Non merci.

C'est peut-être mal élevé de refuser ?

— Un peu d'eau, peut-être, dit-elle. S'il vous plaît.

Il sort du minibar une bouteille de Perrier et la lui tend avec un verre.

— Vous ne buvez pas d'alcool ?

— Pas à onze heures du matin !

Il la dévisage.

— Vous ne m'en voudrez pas, si j'en prends ?

Elle rougit.

— Bien sûr que non !

Il verse dans un verre le contenu d'une minibouteille de scotch et s'assied. Ils sont tout près l'un de l'autre. À peine quelques centimètres séparent leurs genoux. Il devrait y avoir un bureau entre eux. Elle se sent exposée. Ses jambes sont si frêles, dans les fins collants couleur chair. Elle aurait dû mettre un pantalon. Et surtout, *rester elle-même*.

Les ongles nacrés et bien coupés de l'homme tintent au contact du verre. Il la dévisage quelques instants en silence. Cassie s'oblige à lui rendre son regard. Il est rasé de frais, arbore une moustache fine comme un cure-pipe et, entre la lèvre inférieure et le bouc gris du menton, une étroite bande de barbe. Ce doit être plus compliqué que le rasage ordinaire – un peu comme l'entretien d'un jardin à la française. Ses sourcils qui rebiquent lui donnent l'air diabolique. Sous les favoris gris, la peau tannée comme un cuir délicat est creusée de fines ridules.

— Eh bien, dit-il enfin. Dites-moi pourquoi ce travail vous intéresse, vous et Graham.

Cassie se racle la gorge.

— À vrai dire… nous voudrions… Graham et moi – nous avons tous les deux envie de tenter autre chose.

Il s'enfonce dans son fauteuil et croise les jambes.

— Ah… je vois… on veut partir à l'aventure ?

— Oui, en quelque sorte. Oui. C'est tout à fait ça.

— On s'est encroûté dans sa petite vie, hein ?

— Non, non, on a simplement besoin de changer d'air. Patsy, ma sœur jumelle, vient d'avoir un bébé, et moi j'ai envie de faire quelque chose. Avant d'en faire… un bébé, je veux dire.

Larry hoche la tête.

— Bien. Parlez-moi de vous.

Cassie respire un grand coup et récite : lycée, diplôme, boulots. Il écoute poliment.

— Merci. À présent parlez-moi de *vous*.

— De moi ?

— De celle que vous êtes vraiment.

— Celle que je suis vraiment ?

Cassie cherche une repartie spirituelle, mais ne la trouve pas. Son hésitation s'éternise. Elle rougit de nouveau, s'efforce de rire.

— Il n'y a pas grand-chose à dire.

Ce que c'est tarte ! Le candidat retenu ne sera jamais aussi tarte. Elle se rappelle son verre d'eau gazeuse, en boit une gorgée.

Il grommelle d'impatience, consulte sa montre. C'est fichu, songe-t-elle.

— Je ne sais pas, moi… Qu'est-ce que vous aimez faire ?

— Eh bien, j'adore jardiner. C'est ce qui a attiré mon attention dans votre annonce. J'enseigne le jardinage.

— Ah oui ?

— L'agriculture biologique… je fais de la formation pour adultes.

— Ah !

— Et je me suis dit que je pourrais en faire un bon sujet de cours… vous savez… jardiner sous d'autres latitudes. Le climat est comment, en Australie-Occidentale ?

— Très chaud. On est en plein sur le tropique du Capricorne, aux portes du désert.

— Du désert, répète-t-elle d'un ton rêveur. J'ai lu quelque chose sur la mise en culture et l'usage des paillis…

Il éclate de rire.

— Eh bien, votre expérience sera la bienvenue. Je suis sûr que le potager aurait tout à y gagner.

— Qu'est-ce que vous cultivez ?

— Oh, répond-il en agitant la main. Des tomates… ce genre de choses. À part ça, quels sont vos centres d'intérêt ?

— Rien que des choses banales. J'aime bien cuisiner. Confectionner des vêtements, bricoler. J'adore tout ce qui touche à la décoration, si curieux que cela puisse paraître.

Elle s'interrompt, remarque une trace rose de rouge à lèvres sur le bord de son verre.

— Mais le jardinage et la cuisine, c'est ce que je pré fère. Et, dans l'idéal, concilier les deux choses – c'est-à-dire cuisiner les aliments que j'aurais moi-même fait pousser.

— Vous êtes une personne pleine de ressources ! Parlez-moi maintenant de Graham.

Elle baisse les yeux et fixe les bulles qui remontent à la surface de l'eau.

— Comme je vous l'ai mentionné dans ma lettre, il est peintre.

Il attend la suite. Elle ne trouve rien d'autre à dire.

— Il lui arrive de jouer de l'harmonica, mais jamais en public, ajoute-t-elle enfin.

— Vous devez avoir des questions, vous aussi, dit-il d'un ton plus distant, en prenant une autre gorgée de whisky. L'annonce était loin d'être précise – volontairement, afin de ne pas... limiter les possibilités, vous comprenez ?

Elle se demande quel âge il a. À première vue, les cheveux blancs lui donnent l'air vieux. Mais il a les gestes d'un jeune homme. Quant à sa façon de parler... Impossible à dire. Il y a en lui quelque chose de reptilien – comme si de la poudre d'or était mélangée au grain de sa peau. S'il retirait sa chemise, elle ne serait pas surprise d'y découvrir un motif, comme sur la peau d'un lézard. Elle cligne des yeux, stupéfaite d'avoir eu une telle pensée.

— Alors ?

— On ferait quoi exactement ? demande-t-elle. Je veux dire... ce serait quoi, une journée type ?

— Vous vous attendriez à quoi ?

— Je ne sais pas… l'entretien de la maison, par exemple ?

— Oui. Absolument. Mara, mon épouse, n'est pas… comment dire… elle n'est pas tout à fait « bien ». Elle a besoin qu'on l'aide pour le ménage, c'est certain, mais de la compagnie lui serait également profitable. Il arrive que je m'absente et – il étend les bras – l'endroit où nous vivons, Woolagong Station, est très… très isolé.

— Pourquoi « station » ?

— C'est une ancienne bergerie de deux cent mille hectares. Mais elle n'est plus exploitée.

— Deux cent mille hectares ?

— Les fermes… enfin, ce que vous appelleriez des fermes… sont bien plus étendues chez nous. Là-bas l'échelle est très différente.

— Woolagong se trouve à quelle distance de… disons de Perth ? demande-t-elle.

— Très loin. Ce qui a retenu mon attention dans votre candidature, Cassandra…

— Presque tout le monde m'appelle Cassie.

— Cassie. Très joli. Et vous, appelez-moi donc Larry. Ce qui m'a… qui nous a… intéressés, c'est le fait que Graham soit peintre. Mara, voyez-vous, a… enfin, elle peignait autrefois. Elle avait du talent. Je pense que la présence d'un autre peintre pourrait lui faire du bien. D'après vous, Graham serait prêt à l'encourager ?

— Certainement.

— Et il a l'esprit pratique, lui aussi ? Il se pourrait qu'il y ait… des petits travaux d'entretien à faire.

— À vrai dire, de ce côté-là, je suis plus douée que lui. Il est plus… c'est un artiste, quoi.

Il écarquille les yeux.

— Vous auriez une photo de lui ?

Cassie prend son portefeuille, dans son sac à main, et en tire une photo. Graham sur la plage, le torse nu et bronzé, les longs cheveux noirs coiffés en arrière – si bien qu'ils paraissent courts. Elle a un pincement au cœur en le voyant là, soudain, dans cette pièce, alors qu'elle prépare un ultimatum qui risque d'être fatal à leur couple.

Larry jette un coup d'œil au cliché, hoche la tête et le lui rend sans faire de commentaire.

— Pas de problème de santé à me signaler ? Vous ne suivez ni l'un ni l'autre de traitement médical ?

— Non.

— Pas de problèmes psychologiques non plus ?

Elle fronce les sourcils.

— Vous comprenez, Woolagong est loin de tout. Le couple que j'engage, il faut qu'il soit… comment dire… solide, physiquement et mentalement.

Larry joint les mains et écarte les paumes, jusqu'à faire craquer ses doigts.

— C'est risqué pour moi, de prendre une décision sans connaître Graham. Vous le décririez comment ?

Elle baisse les yeux sur la photo.

— Il est… ce n'est pas facile de décrire quelqu'un. Il a une grande sensibilité artistique. Ce n'est certainement pas une fée du logis. Mais il est très sociable et… enfin, les gens l'aiment beaucoup.

Elle pince les lèvres, se demandant jusqu'à quel point on l'*aime*, en ce moment même.

— Il est solide et…

Elle croise les doigts sur ses genoux.

— … équilibré. Nous le sommes tous deux.

Larry sourit.

— À vrai dire, vous me semblez parfaits.

— Vraiment ?

Elle est parcourue par un frisson de fierté et de plaisir.

— Si je retiens votre candidature, il me faudra vos dossiers médicaux complets – vos groupes sanguins, etc.

— Bien sûr.

— Et vous pourriez commencer quand ?

— Quand ça vous arrange.

— Bien, bien, dit-il avec un sourire. Début octobre, ça vous irait ? Ce serait mieux pour vous – commencer au printemps. Vous aurez le temps de vous habituer au climat. Eh bien… poursuit-il en reposant son verre, qu'est-ce que vous en dites ? Vous vous occuperez de l'entretien de la maison, du jardin et vous tiendrez compagnie à Mara tandis que Graham pourra l'encourager tout en poursuivant ses propres travaux artistiques. Et le temps qui restera, vous en disposerez comme bon vous semblera. Peut-être vos méthodes d'agriculture biologique vont-elles permettre de faire revivre le désert !

À présent, il sourit franchement. Cassie lui rend son sourire. Est-il en train de leur proposer le poste ?

— Je suppose que vous avez d'autres gens à voir ?

— Aucun autre peintre n'a répondu à l'annonce, dit-il. Et vous me semblez…

Il hésite, prend son temps pour trouver les mots justes.

— … Vous me semblez convenir à merveille. Pour ce qui est de la rémunération, vos frais – considérables à vrai dire – seront à ma charge. Vous serez bien sûr logés et nourris gratuitement. Et si vous restez avec nous une année entière – c'est à dire douze mois – vous toucherez vingt-cinq mille dollars australiens.

— Vingt-cinq mille dollars !

— *Australiens.*

— C'est quand même beaucoup, non ?

— Oui. Mais je dois vous préciser que la somme sera payée en une seule fois, au terme des douze mois. Si l'un de vous décidait – ou que vous décidiez tous deux – de partir avant la fin de l'année, vous ne toucheriez pas de prorata. C'est tout ou rien.

— Ça me paraît honnête.

— Ne prenez pas de décision tout de suite. Réfléchissez. Parlez-en avec Graham.

— Est-ce que… enfin… vous nous proposez vraiment le boulot ?

Il sourit.

— J'ai prévu une petite projection, pour vous donner une idée de ce qui vous attend. Ou pour vous tenter, qui sait ? dit-il en désignant un projecteur, sur la table de nuit.

En face de Cassie, une femme dort profondément, sa bouche ouverte révélant une quantité de plombages gris foncé. Cassie détourne les yeux et s'efforce de boire le thé dans sa tasse en carton, mais le liquide est brûlant. Elle sort son téléphone portable. Un message de Patsy, évidemment, qui lui demande comment l'entretien s'est passé. Elle la rappelle.

— Alors ? demande Patsy.

— Ça m'a l'air génial.

— Tu pars, alors ?

— Je n'en sais rien.

Baissant les yeux, elle examine la photo que Larry lui a donnée. Des bâtiments de plain-pied, avec des toits de tôle se découpant sur le ciel bleu, de la terre rouge, des poules, une pompe éolienne, un eucalyptus, un chien qui se traîne au loin. L'ombre du photographe se découpe avec netteté sur le sol poussiéreux. Woolagong Station.

— Ça a l'air vraiment, vraiment génial, mais…

— Tout dépend de Graham, alors ?

— Mmm… je ne sais pas comment il va réagir. Avec lui, on ne sait jamais.

— Un *an* ! On n'a jamais été séparées aussi longtemps – ni aussi loin l'une de l'autre.

— Si seulement tu pouvais venir !

— Ça ne risque pas ! réplique Patsy, dans un éclat de rire.

Cassie reconnaît les grognements de la petite Katie, dans les bras de sa sœur.

— Salut Katie, dit Cassie. Oh, tu crois *réellement* que ça peut marcher ?

— Il faut essayer ! Même si je ne comprends toujours pas… Pourquoi *Graham* ? Alors que tu n'avais que l'embarras du choix… j'aimais beaucoup mieux Rod.

— Arrête, Pats ! Écoute, je t'appelle une fois à la maison.

Cassie examine de nouveau la photo. Après l'entretien, Larry avait tiré les rideaux et projeté une série de diapositives magnifiques : le rouge des rochers, la blancheur aveuglante des arbres, les verts éclatants, le bleu de l'eau – si vif qu'elle avait dû cligner des yeux. Toutes ces choses, prises dans les plis du rideau, étaient apparues déformées, baignées d'ombres étranges, mais tout de même. C'était bizarre, d'être là, dans une pièce plongée dans le noir, à regarder des diapositives d'un pays lointain en compagnie d'un inconnu. Voire imprudent. Il aurait pu faire n'importe quoi. Mais il s'était bien comporté, en gentleman – le côté désuet de l'expression la fait sourire. Néanmoins, ç'avait été un moment d'une singulière intimité… la pénombre, le ronronnement discret du projecteur, les grains de poussière dansant dans le faisceau de lumière colorée.

— Vous serez accueillis par les fleurs à cette époque de l'année, lui avait-il dit avant de lui montrer une prairie – elle ne voyait pas quel autre nom donner à cette multitude de taches bleues, jaunes et rouges qui se déployaient sur des hectares et des hectares de verdure.

Il lui avait décrit la magie avec laquelle la terre aride ressuscitait au printemps : quel soulagement, pour des yeux assoiffés, que la couleur, et la montée de la sève ! Quel miracle, dans cette région quasi désertique !

Elle meurt d'envie de voir ça de ses propres yeux. En aura-t-elle l'occasion ? Ce soir, tout sera peu-être fini. Elle croise les bras sur sa poitrine, malheureuse. Ça risque fort de se retourner contre elle. Il se peut que Graham la rabroue. Mais il faut qu'elle tente le coup. Elle s'apprête à boire une gorgée de son thé, mais le train est agité par une secousse et le liquide jaillit et éclabousse la photo. Elle l'agite pour l'égoutter. La femme se réveille, referme la bouche, émet un petit bruit de succion.

— Le vol dure combien de temps ? avait-elle demandé, lorsque, à la fin de la projection, Larry avait rouvert les rideaux.

— Vingt heures, à peu près.

— Mon Dieu ! Ce que c'est *loin* !

— Aussi loin qu'il est possible d'aller avant de commencer à revenir vers votre point de départ, avait répliqué Larry.

2

Graham bâille et regarde Jas arracher au joint une dernière bouffée. Elle se recouche. Les rayons du soleil entrent par la fenêtre et, ricochant sur les petits miroirs du couvre-lit, dessinent sur le plafond des flaques lumineuses. On se croirait sous l'eau, songe-t-il. Jas fourre sa tête sous le menton de Graham. Ses mèches hérissées lui chatouillent le nez, si bien qu'il doit lui lisser les cheveux. Il l'entoure de ses bras. C'est une toute petite chose. La fine ossature de Jas donne à Graham l'impression de tenir un poisson entre ses bras.

— C'était bon, murmure-t-elle, tout contre son torse. Voilà de chouettes retrouvailles !

Il pousse un soupir.

— Qu'est-ce qu'il y a ?

— Rien.

Elle s'écarte, le regarde du coin de l'œil.

— C'est Cassie, hein ? C'est ça ?

Il la regarde, perplexe. Bien sûr que c'est Cassie. Qu'est-ce qu'elle croit ? Elle lui jette un regard noir, se dégage vivement de son étreinte et, lui tournant le dos, se roule en boule. Ses vertèbres sont saillantes sous la peau hâlée. Il les caresse du doigt.

— Arrête !

Il se redresse. S'adosse au mur tendu de velours pourpre. Dans la chambre, tout entière décorée de miroirs et d'un tas de bibelots exotiques, flotte l'odeur du patchouli et de Dieu sait quoi d'autre.

— Elle est où ? demande Jas, d'une voix étouffée.

— Je sais pas, dit-il. À Londres.

— Qu'est-ce que tu fais ici ?

Elle s'assied soudain, et se passe la main dans les cheveux. Courts, poisseux, teints au henné. Ses seins sont minuscules, de simples tétons dressés sur un torse plat. Il songe aux seins blancs et ronds de Cassie et secoue la tête.

— Bon, tu vas bientôt devoir y aller, et moi il faut que je sorte !

Elle reste à l'observer quelques instants, comme si elle attendait qu'il lui demande de rester. Il ne dit rien. Elle se lève, enfile une vieille culotte violette, un jean brodé et un pull flottant.

Il se ressaisit. L'herbe lui a embrumé l'esprit. Il n'aurait pas dû fumer, ça lui fait faire des rêves bizarres, et des choses qu'il finit toujours par regretter. Cassie ne fume jamais, et lui quasiment pas, quand il est avec elle. De ce côté-là, elle a une bonne influence.

— Tu es fâchée ? demande-t-il.

Elle se traîne jusqu'à un miroir et commence à se maquiller les yeux.

— Je veux juste savoir à quoi tu joues, bordel ! Ça, c'était pour quoi ? demande-t-elle en désignant le lit.

Il secoue la tête. La pièce vacille. Pour le sexe, bien sûr. Qu'est-ce qu'elle va imaginer ? Elle fait volte-face, met une main sur la hanche. Un de ses yeux est tartiné de noir, l'autre pas. Comme elle louche un peu, son regard marron est plus drôle que jamais.

Graham éclate de rire.

— Qu'est-ce qui t'amuse ?

Il hausse les épaules.

— Je sais pas, Jas. T'as pas du thé ?

– Prépare-le toi-même. Moi, je sors.

— Tu vas où ?

— Ça ne te regarde pas.

Elle s'agite dans la chambre, ramassant des affaires et les fourrant dans un sac. Son énergie le stupéfie. Quand il ferme les yeux et qu'il l'observe à travers ses cils, il ne distingue plus qu'une tache de couleur en mouvement. Elle pousse un soupir exaspéré, se fige, se laisse tomber sur le lit et lui prend la main. Il baisse les yeux sur sa petite main hâlée aux ongles rongés. Elle a des bagues en argent à tous les doigts, pouce compris. Il y en a au moins une qu'il a dû lui offrir, du temps où ils sortaient ensemble. Elle le regarde encore une fois dans les yeux. Ses sourcils noirs contrastent avec le roux de ses cheveux.

— Alors, c'est toujours sérieux, avec elle ?

— Est-ce que j'ai jamais dit le contraire ?

— Qu'est-ce que tu fais là, alors ?

Il fronce les sourcils. Cette question le fatigue.

— Je suis là, c'est tout.

Elle étouffe un ricanement, se relève.

— Désolée, Graham. Faudra trouver mieux désormais.

— Je suis là parce que…

Il s'efforce d'arracher quelque chose à son cerveau engourdi.

— Je suis là parce qu'on est potes. Parce que tu m'as invité. Qu'est-ce qui te prend ?

Elle ramasse des crayons, sur le sol.

— C'était quoi, tout ce cirque ? M'embrasser, me faire l'amour…

— Je ne t'ai pas entendue protester.

Elle pince les lèvres, passe les doigts dans ses cheveux pour les ébouriffer.

— Non, admet-elle. Pour ça, tu es très bon, je te l'accorde. Mais je pensais que les choses allaient peut-être moins bien avec Cassie, puisque tu étais là…

— Non, tout va bien.

— Dans ce cas, si tout va bien… ?

Elle désigne de nouveau le lit. Il hausse les épaules.

— Ah ! s'exclame-t-elle, secouant la tête d'un air triomphant. Eh ben, tu sais quoi ? Je la plains !

— *Quoi ?*

Jas commence à le stresser. Il déteste qu'on le stresse.

— Elle sait que tu es là ?

— À ton avis ?

— Tu la désires ? Tu as toujours envie d'elle ?

Elle hésite, déglutit comme si elle avalait un trop gros morceau, puis :

— Tu es encore amoureux d'elle ?

— J'imagine.

Elle le dévisage.

— Dans ce cas, qu'est-ce que tu fais là, nom d'une pipe ! Sors de mon lit !

Il la regarde. *Nom d'une pipe ?*

— Casse-toi !

Elle lui indique la porte.

— OK, OK.

Il se traîne vers le bord du lit. Jette un coup d'œil au réveil sur la table de chevet. Le prochain bus passe dans deux heures.

— Je vais à l'atelier, dit-elle, abandonnant la partie. Débrouille-toi pour ne pas être là à mon retour.

Elle enfile un manteau violet en fourrure synthétique qui lui donne l'air deux fois plus épaisse qu'elle n'est, et balance son sac sur l'épaule.

— Jas ! dit-il alors qu'elle se dirige vers la porte.

Elle pivote sur ses talons.

— Quoi ?

— Tu as oublié de te maquiller un œil.

Elle soupire et s'apprête à dire quelque chose, mais referme aussitôt la bouche. Puis, souriant malgré elle, Jas retourne au miroir pour achever de se maquiller.

— C'est bon ?

— Magnifique !

Elle claque la porte derrière elle, ce qui fait cliqueter les mobiles.

Il l'écoute descendre bruyamment les trois étages et entend la porte de l'immeuble se refermer. Il se recouche et s'étire entre les draps qui refroidissent. *Tu es toujours amoureux d'elle ?* lui a-t-elle demandé. Il remue un peu la question dans sa tête, pour voir si ça bouge encore. Oui. Il est toujours amoureux. Il médite là-dessus, en observant le reflet des miroirs au plafond, bercé par le frémissement des mobiles. Jas a raison... Pourquoi est-il là ?

Et pourquoi pas ? C'est la seule réponse qui lui vienne à l'esprit. Cassie n'apprécie pas ce genre de chose, mais elle est numéro un et elle le sait. Jas le sait, elle aussi. D'ailleurs, il ne ment presque jamais.

Il se souvient... la toute première fois qu'il a vu Cassie, ce sentiment qu'il fallait à tout prix qu'elle soit à lui – la nouveauté de ce sentiment. Il avait eu des tas de femmes avant elle : des aventures d'une nuit, des amours de vacances, une ou deux liaisons sérieuses et Jas, par intermittence depuis la fac. Il aimait les femmes, tout simplement. Leur parler, pénétrer dans leur univers, partager leur intimité – sans que ce soit forcément sexuel, d'ailleurs. Parfois, c'était tout aussi agréable d'être leur confident. Il lui arrivait presque de regretter de ne pas être une femme – mais alors il n'aurait pas pu les baiser, et ça ne l'aurait pas avancé. Mais quand il avait vu Cassie pour la première fois, ç'avait été différent. Quelque chose s'était produit. Pas tant dans son cœur que dans ses tripes. Même s'il n'était pas parvenu à l'*avoir*, cette rencontre l'aurait transformé. Avant elle, il n'avait jamais songé à se fixer. À s'arrêter sur une personne, ou sur un style de vie. Et pourquoi aurait-il dû le faire ? S'installer, se fixer... il y a des mots qui l'horripilent.

Cet après-midi-là, il enseignait à la fac. Un cours de dessin avec modèle vivant. Il faisait frais, on devait être en mai. Les pétales d'un cerisier en fleur, amenés par le vent, se collaient sur les vitres mouillées. Le modèle était un robuste gaillard, si poilu que sur certaines des esquisses, on croyait voir un ours. Tout à leur tâche, les étudiants tenaient leur crayon d'une main ferme, formaient un cadre avec le pouce et les autres doigts, et crayonnaient inlassablement. L'atmosphère était à la concentration. Tous retenaient leur souffle, et on n'entendait que le frottement du fusain sur le papier. C'est alors que Cassie avait surgi par la porte à deux battants. Elle avait jeté un coup d'œil au modèle, rougi et laissé échapper un « oups » embarrassé. Puis elle avait disparu comme elle était venue, laissant Graham ébloui par sa présence rose et or, et par le galbe de ses fesses dans son jean.

Il avait secoué la tête et lancé une plaisanterie. Mais à la fin du cours, il s'était empressé de rassembler ses affaires et de mettre ses étudiants dehors, au lieu de prendre le temps de bavarder avec eux comme à son habitude. Il était allé voir à l'entrée et l'avait trouvée en train de discuter avec un type en blouson de cuir. Ça lui avait fait quelque chose. Il était presque jaloux, nom de Dieu ! Il s'était avancé vers elle, l'avait entendue rire et lancer : « À la semaine prochaine, alors ! » Son interlocuteur s'était éloigné. Elle avait regardé sa montre et ramené une mèche derrière son oreille – une boucle en opale laiteuse avait jeté une étincelle.

— Salut, avait-il dit.

Elle s'était retournée.

— Salut… Oh, désolée pour tout à l'heure. Je cherchais la salle AR2… mais je n'ai pas vu de numéros sur les portes. Il y en a ? avait-elle demandé d'un air navré.

— Oui.

— Oh ! Eh bien, je ne les ai pas remarqués, avait-elle dit avec un grand sourire.

Le sourire avait plissé son nez. C'est alors que Graham avait éprouvé cette sensation dans ses os. Il y avait un écart entre ses dents de devant, qui la faisait paraître un peu fofolle. Sa peau dorée était couverte de taches de son, semblables aux reflets du soleil jouant sur une eau limpide. Il s'était ressaisi.

— Ne vous faites pas de souci. Vous enseignez ici ?

— C'est mon premier jour.

— Le dessin ?

— L'agriculture biologique. C'est un nouveau module… mais il faut que j'arrive à lui faire prendre racine. Ha, ha ! J'espère que je n'ai pas embarrassé le modèle !

Ses lèvres étaient tellement roses qu'il aurait voulu lui demander si c'était naturel. Elles avaient un tel éclat qu'elles semblaient maquillées. Il avait envie de les caresser du doigt, pour voir si ça laisserait une trace.

— Je m'appelle Graham.

— Et moi, Cassie.

Cassie. Il aimait bien. Ça lui allait. C'était peut-être la blancheur de ses dents qui faisait paraître ses lèvres si roses ? Prenant conscience qu'il fixait sa bouche, il avait détourné les yeux et son regard avait glissé sur la courbe des seins, sous le chemisier.

— À bientôt, alors ! avait-elle dit dans un sourire, avant de s'éloigner, son sac frangé se balançant sur sa hanche et ses longs cheveux tombant jusqu'au milieu du dos.

Nom de Dieu ! Même sa façon de marcher lui plaisait. Il était resté quelques instants cloué sur place, puis il l'avait suivie sous la bruine. Mais elle avait disparu. Il n'avait pas eu le temps de remarquer la couleur de ses yeux – la première chose qui le frappait, en général. Il aurait pourtant juré qu'ils étaient bleus – ils devaient l'être, pour s'accorder avec ce rose, ce blanc et cet or.

Il se tourne sur le côté, s'enfouit le visage dans l'oreiller parfumé au patchouli de Jas. Il ne l'a jamais vue aussi furax. Elle est tout le contraire de Cassie. Pas belle. Mais piquante et vive. Un peu sauvage, même, avec son léger strabisme, ses sourcils noirs et sa chevelure rousse hérissée. Elle commence à vieillir. Des ridules se forment autour de ses yeux, quand elle les plisse à cause de la fumée. Ça lui va bien, de vieillir. Il la connaît depuis vingt ans – depuis les Beaux-Arts. Il connaît les parents de Jas, elle connaît ses parents à lui. Elle l'a reçu dans sa chambre d'enfant pleine de poupées de chiffon que sa mère refuse de jeter. Et voilà qu'elle le met à la porte ! Pourtant, c'est son amie. Sa plus vieille copine. Et on ne peut pas dire qu'il l'ait obligée à coucher avec lui. Il n'a jamais menti sur la nature de leur relation.

Cassie lui a dit qu'il devait se reprendre en main. *Tu as trente-six ans. Il est temps que tu mûrisses.* C'était la veille au soir. Il se demande si ce n'est pas pour cette raison qu'il est ici. Pourquoi a-t-il mêlé Jas à ça ? Il grogne, presse l'oreiller contre lui. Il devrait quitter Cassie. Elle ressemble si peu aux autres, à celles d'avant. C'est une personne convenable, avec un cottage et un chat. Des *habitudes*. Elle jardine, cuisine, a un boulot plus ou moins régulier. Et bientôt – il sent que c'est dans l'air – elle va vouloir un gamin. Voilà qui n'a jamais fait partie de ses projets à lui.

La dernière fois qu'elle en a parlé, il a pris le large. Du moins il a, pendant quelque temps, dormi chez les uns et les autres – sans parvenir à la chasser de son esprit. Sa peau, ce qu'il ressent quand elle le prend dans ses bras, ses yeux... Il se lève, se dirige vers la fenêtre, ouvre les rideaux et reste un moment là, nu, à observer la rue ensoleillée. Un platane, dont les feuilles commencent à jaunir ; le toit poussiéreux des voitures ; deux têtes qui remuent au-dessous de lui. Un gamin. Pourquoi pas, après tout ? Une Cassie en miniature, qu'il promènerait sur ses épaules. Ce serait chouette.

Graham avait été contrarié de ne pas avoir retenu la couleur de ses yeux, après cette première rencontre. La semaine suivante, il n'avait cessé de penser à elle, de penser à ce qu'il lui dirait. Pas de baratin, de bavardage inutile. Il avait l'intention d'aller droit au but et de lui dire un truc du genre : « Je vous trouve superbe. Vous avez un petit ami ? Même si c'est le cas, vous voulez bien boire un verre avec moi ? » Elle allait peut-être l'envoyer promener ? Ça valait néanmoins la peine d'essayer. Combien de fois cela arrivait-il dans une vie que le physique d'une femme, sa façon de marcher ou de ramener une mèche derrière son oreille inspirent une telle certitude ?

Mais plusieurs semaines s'étaient écoulées avant qu'il la revoie. Il avait parlé d'elle à Jas – ils n'étaient plus ensemble, alors. La lui avait décrite.

— Oh non, pas des longs cheveux blonds ! avait gémi Jas. Nom de Dieu, Graham, quoi d'autre ? Attends, laisse-moi deviner ! Des jambes qui montent jusque-là ? avait-elle demandé en désignant ses aisselles. Et des yeux comme des putains de bleuets ? Ça t'arrive jamais, de penser à autre chose ? Ton machin ne risque pas de tomber, tu sais ?

Des semaines plus tard, alors qu'il était presque parvenu à se convaincre qu'elle ne pouvait pas être si merveilleuse, elle était passée devant la fenêtre de la salle d'art plastique. S'interrompant au milieu d'une phrase, il s'était précipité dehors.

— Cassie !

Elle s'était retournée, perplexe. Puis son visage s'était éclairé.

— Oh, salut.

Il avait foncé droit vers elle. L'avait regardée dans les yeux.

— Gris-vert, avait-il dit, d'un ton surpris.

— Pardon ?

Et c'est ainsi que tout avait commencé.

Il se glisse dans la douche exiguë, aménagée dans un renfoncement de la chambre. Des bouteilles en plastique et des éclaboussures de henné un peu partout, des cheveux qui bouchent le trou d'évacuation... Cassie serait horrifiée. Graham s'est, depuis peu, mis à nettoyer la baignoire – chose qu'il n'avait jamais faite de sa vie. Elle ne sait pas l'effort que cela représente pour lui de se pencher et de frotter l'émail. Il reste un bon moment sous le jet, à se savonner pour faire disparaître l'odeur de Jas. Il vaudrait mieux qu'il rentre, qu'il soit là au retour de Cassie. Et qu'il ne recommence plus jamais ce genre de chose.

3

Cassie sort du bus. La nuit tombe à peine. Les oiseaux font entendre leurs cris flûtés, les feuilles dégouttent de pluie. Elle remet son sac sur son épaule, traverse la rue et commence à descendre l'allée, cherchant à voir si les lumières du cottage sont allumées. S'il est là. Ses chaussures absurdes lui fatiguent les pieds. Les talons vacillent légèrement à chacun de ses pas, lui donnant l'impression de s'enfoncer dans le sol, comme si elle marchait sur du sable mouillé. S'il n'avait pas plu, elle les retirerait et continuerait pieds nus. Toutes les lumières sont allumées, les rideaux ouverts. Mieux vaut lui dire tout de suite où elle est allée et ce qu'elle attend de lui.

Elle ouvre la porte, se glisse hors de ses souliers, chausse ses bonnes vieilles galoches. Il vient l'accueillir dans le vestibule.

— Tu m'as manqué, dit-il.

— Quoi ?

Graham la serre dans ses bras. Il porte une chemise propre, sent le savon, mais Cassie n'en reconnaît pas l'odeur. Elle se dégage, le regarde. Ses cheveux noirs et brillants attachés en queue-de-cheval, son visage rasé de frais.

— Qu'est-ce qui t'arrive ? Tu sors ?

Il secoue la tête, sourit et, comme toujours, elle a le sentiment que son cœur va éclater. Les grands yeux verts, les cils noirs, les rides d'expression, tellement sensuelles...

Elle se dégage.

— Comment ça, je t'ai manqué ? Je suis juste partie pour la journée.

— Je t'ai préparé un repas. Ça m'a pris des heures.

— Ce n'est pourtant pas mon anniversaire.

Elle le suit dans la cuisine. Pas d'odeurs appétissantes, mais des éclaboussures et des épluchures un peu partout et, dans l'évier, une montagne de casseroles. Sur la table, une bouteille de vin rouge, débouchée, et deux verres.

— Assieds-toi, dit-il en lui servant à boire.

— Non. Faut que j'aille aux toilettes. Et que je me change.

Elle monte à l'étage, retire sa jupe et ses bas, enfile un jean et des chaussettes en laine. Dans la salle de bains, elle examine son reflet dans le miroir, fronçant les sourcils et scrutant les rides qui se forment sur son front. Le mascara a coulé et lui fait des yeux de hibou. Elle a la peau grasse et luisante autour du nez. Elle se mouche, afin de nettoyer ses narines de la pollution londonienne.

— Elle entend Graham s'exclamer « Merde ! », tandis qu'elle étudie son visage en grimaçant. Encore de nouvelles rides ! Elle a une de ces peaux claires qui vieillissent vite, comme sa mère. Patsy a déjà le front creusé de deux longs sillons – mais bon, elle a eu un bébé. Sans doute Graham a-t-il oublié d'allumer le four ? Pour changer. Elle retire la barrette qu'elle a dans les cheveux, les fait bouffer – ils retombent sur son visage en tièdes ondulations. Elle est chez elle et elle aime sa maison. La salle de bains avec la minuscule fenêtre que le lierre vient tapoter. En bas, le jardin plongé dans l'obscurité. Et la chambre à coucher avec son plafond bas, sa vue sur les collines boisées. S'il s'en va, tout cela restera. Elle n'en mourra pas.

Elle passe un pull et descend l'escalier étroit.

— Qu'est-ce qui se passe ?

Il se roule une cigarette sur la table de la cuisine.

— Ce putain de four était éteint. Ça va prendre un petit moment.

— C'est quoi, tout ça ?

— Un genre de curry.

— Non... je veux dire..., c'est en quel honneur ?

— Fais un bébé avec moi.

Elle écarquille les yeux.

— Hein ?

Il passe la langue sur son papier à rouler et la regarde, les yeux brillants.

— Tu as très bien entendu.

Elle sent un fourmillement dans tout son corps. S'il lui avait dit cela il y a quelques années... Si elle pouvait encore lui faire confiance... Elle se force à contenir son sourire et à brider la partie d'elle-même qui voudrait lui arracher son jean et se mettre au boulot, là, tout de suite, sur la table de la cuisine.

Au lieu de ça, elle prend son verre et fait tourner le pied entre ses doigts.

— Il faut que je te parle.

— *Oh non !*

Il allume sa cigarette, s'enfonce sur sa chaise et la scrute à travers la fumée.

— Tu étais où, au fait ?

— À Londres, je te l'ai dit. C'est de ça qu'il faut que je te parle.

Sur la table, une enveloppe où il a gribouillé quelque chose. Un arbre. En général, il dessine des arbres ou des nus féminins. Cet arbre est noueux et dépouillé, mais il porte un fruit, un seul. Elle repose son verre et se tord les mains jusqu'à ce qu'elle ait mal. Il l'observe, attend. Paraît presque inquiet.

Elle respire un grand coup.

— Je suis allée passer un entretien.

Il recrache une longue colonne de fumée.

— Tu vas aller travailler à Londres ?

— C'était un entretien pour un boulot en Australie pour nous deux.

Il rit, comme à une bonne blague. Puis se fige.

— C'est la soirée des surprises, hein ? dit-elle.

Le chat entre par la chatière, saute sur les genoux de Cassie et, ses griffes accrochant le jean, tourne sur lui même jusqu'à trouver la position idéale. Elle caresse sa tête blanche, en parlant à Graham de Larry et du travail.

— Mais..., dit-il après un long silence. Je n'ai jamais dit que je voulais aller en Australie.

Il est visiblement blessé.

— Non. Je le sais. Graham, ça fait combien de temps qu'on est ensemble ?

Il écrase son mégot et se penche sur la question.

— Deux, trois ans ?

— Bientôt quatre.

Elle prend une profonde inspiration – comme si elle s'apprêtait à sauter d'un avion sans être sûre que le parachute va s'ouvrir.

— Je veux un bébé, tu le sais.

Elle lève une main pour l'empêcher de l'interrompre.

— Pour de bon. J'ai trente et un an. Je veux faire un bébé à trente-deux ans. Avant trente-trois ans, en tout cas.

— Je sais. J'adorerais avoir un gosse.

— Depuis quand ?

— Depuis cet après-midi.

— Qu'est-ce qui s'est passé cet après-midi ?

— Rien. C'est venu... comme ça. *Shazam.*

— Mais... et le mois dernier, quand tu es sorti acheter le journal et que tu es revenu une semaine plus tard ? Et en juillet. Non... tais-toi ! J'ai pas envie d'entendre tes excuses. Ce que je veux, c'est que tu sois vraiment là.

Comme un vrai partenaire. Un partenaire responsable. Plus d'aventures. Plus d'escapades. Si tu n'en es pas capable, alors…

Elle fait un geste de la main.

— Cass ! s'exclame-t-il, ses yeux verts brillant de surprise. Tu n'es pas sérieuse ?

— Si.

— Mais non !

Il sourit, mais elle résiste. Il ne l'aura pas au charme, cette fois-ci.

— L'Australie, c'est à cause de tout ça.

Une légère odeur de curry commence à s'échapper du four. Elle s'oblige à oublier sa faim.

— Si tu tiens à notre relation, on y va tous les deux. Juste toi et moi. Sans Jas ou qui que ce soit chez qui courir te réfugier. Laisse à cette pauvre fille la possibilité de rencontrer quelqu'un.

Il lui jette un regard soupçonneux.

— Vous avez parlé, toutes les deux ?

— Accorde-nous le temps de… d'être ensemble… juste tous les deux. Prouve-moi que tu en es capable. Tu pourrais peindre – ce serait peut-être le moyen de t'y remettre. Ces derniers temps, tu m'as l'air… un peu *désœuvré*.

— Pas question !

Graham se lève et sa chaise racle le plancher. Il élève si rarement la voix que le chat ouvre soudain les yeux et dresse la queue.

— Je n'ai pas envie d'aller en Australie. C'est hors de question. Non. Je suis désolé. Tu ne peux pas décider à ma place.

Le chat bondit à terre, s'imaginant sans doute que Graham va le nourrir. Il s'étire, fait le gros dos, sa queue blanche frémit.

— Très bien, dit Cassie d'une voix douce. Il n'y a plus rien à ajouter.

— Fais pas l'idiote. Je t'aime.

— Tu ne le dis jamais quand il faut, réplique-t-elle, refusant de lever les yeux. Moi aussi, je t'aime. Mais ce n'est pas suffisant.

— Tu veux que je parte ?

— Oui.

Le mot tombe comme une pierre, et s'en va rouler dans un coin. Graham semble sur le point de dire quelque chose, se ravise et quitte la pièce. La porte se referme derrière lui avec un bruit sec. Elle écoute ses pas dans l'escalier, tandis qu'il monte au grenier où il a installé son atelier et conserve presque toutes ses affaires. Elle garde un moment les yeux rivés sur la porte, sur son mégot écrasé, sur la longue traînée de sauce jaune répandue sur le sol. Cette odeur… elle se demande avec le savon de qui il s'est lavé. Le chat miaule, se frotte contre sa jambe. Elle vide son verre de vin et attrape le téléphone. Il faut qu'elle parle à Patsy.

4

Un oiseau pousse un cri perçant. Graham tente de s'arracher à son rêve. Mais le son se fait de nouveau entendre. Où est-il ? Ce n'est pas la lumière habituelle et cette chaleur…

Soudain, ça lui revient. Quelqu'un qui s'agite, de l'autre côté de la cloison métallique… le type qui s'appelle Larry. Quelque chose grésille au contact de l'huile brûlante. Du bacon, sans doute. Graham salive, la faim lui tenaille l'estomac.

Il s'écarte de Cassie, de la chaleur poisseuse de leurs deux torses. Elle bâille et roule sur le dos, s'étire en faisant horriblement grincer le sommier. Il fourre son nez contre son épaule, sa peau salée.

— Va-t'en ! dit-elle. Il fait trop chaud. Et ce n'est que le *printemps* ! Il disait qu'il ferait frais. Si c'est ce qu'il appelle « frais » !

— Ouais.

Ils restent un moment étendus, à renifler l'odeur du bacon et à écouter Larry siffloter un air d'opéra. Graham caresse la surface osseuse, entre les seins aplatis de Cassie. Sa peau presque translucide, recouverte d'une pellicule de sueur, laisse apparaître un réseau de veines bleutées.

— C'est la première fois que je te vois transpirer, dit-il.

— Pas possible !

— Je donnerais n'importe quoi pour une douche.

— Et moi pour une tasse de thé.

— Ouais.

— Et un sandwich au bacon.

— Miam !

Mais ils restent étendus là, accablés de chaleur et de fatigue. Graham commence à se rendormir – et se replonge dans le ronronnement des moteurs, le bruit des avions, l'approche de la piste d'atterrissage et les cahots qui donnent des haut-le-cœur.

— Je me demande où est sa femme, murmure Cassie.

Il est arraché à son début de rêve.

— Hein ?

— Bizarre, qu'on ne l'ait pas rencontrée.

— Le petit déjeuner ! dit Larry, en tapotant sur la cloison.

— Super ! réplique Graham d'une voix forte. Bordel ! marmonne-t-il. C'est comme vivre dans une boîte de conserve.

— Tu ne trouves pas ça bizarre, toi ? Mais quand j'ai dit…

— On était trop nazes hier soir.

Graham se retourne, le sommier grince. Cassie se redresse et s'étire. Il regarde ses seins reprendre leur forme. Au moins, par cette chaleur, il verra davantage son corps. Il la verra davantage tout court. Après tout, c'est pour ça qu'ils sont là. Il ferme les yeux. Son ventre gargouille. Cassie, bien évidemment, se lève docilement. Il entend le tissu glisser sur sa peau.

Finalement, c'est Jas qui l'avait décidé à partir.

Il avait insisté pour qu'elle prenne un café avec lui. Elle avait accepté un cessez-le-feu.

— OK, qu'est-ce qui t'arrive ? avait-elle demandé lorsqu'ils s'étaient retrouvés face à face, devant un cappuccino. Tu en veux ?

Jas avait poussé sa boîte à tabac vers lui et tous deux s'étaient roulé une cigarette, avant d'entamer le vif du sujet. Elle avait expiré un nuage de fumée bleutée et retiré un brin de tabac sur sa lèvre.

— Ça va mieux. Allez, accouche !

— Qui te dit qu'il se passe quelque chose ?

Elle l'avait fixé en pinçant les lèvres. Il avait éclaté de rire et haussé les épaules. Graham aimait se sentir dévisagé par Jas et ses yeux marron vif.

— Alors tout baigne ?

Il avait baissé les yeux, soufflé sur la mousse de son cappuccino. Et lui avait fait part de l'ultimatum de Cassie.

— L'Australie, bordel ! avait-il conclu, en tirant une bouffée de sa cigarette.

— Tu crois qu'elle est sérieuse ?

— Ouais.

— Tu ne penses pas que c'est un coup de bluff ?

— Non… pas Cassie… Quand elle décide un truc…

— Oh, avait-elle répliqué en souriant de son drôle de sourire de traviole. Elle a des couilles, ça je le reconnais ! Te lancer un ultimatum, à toi !

Elle avait engouffré une cuillerée de mousse. Il avait été tenté de saisir la petite main peu soignée qu'elle avait posée sur la table – elle paraissait si proche. Mais, de toute évidence, ce n'était pas le truc à faire.

— Tu devrais y aller, dit-elle. À ta place, j'irais.

— Vraiment ?

— Et ta peinture, alors ?

Graham avait ouvert la bouche. Mais elle avait raison. Il était coincé, totalement coincé. Elle avait rejeté la fumée d'un air dédaigneux, fait signe à quelqu'un qui venait d'entrer, quelqu'un qu'il ne connaissait pas. Avait mimé le geste de téléphoner, avant de reporter son attention sur lui.

— C'est peut-être ce qu'il te faut. Un changement de perspective. Je n'hésiterais pas une seconde si j'étais toi.

Elle avait toussé, une toux rauque de fumeuse semblant provenir d'une poitrine bien plus robuste que la sienne.

— Réfléchis un peu, avait-elle dit. Moi je crois…

Jas avait marqué une légère hésitation.

— … Je crois qu'il arrive un moment dans la vie où il faut plonger, avait-elle repris en écrasant son mégot. C'est un risque à courir. Si tu aimes vraiment Cassie.

Elle avait paru sur le point d'ajouter quelque chose, mais s'était ravisée. Au coin de ses lèvres, un léger duvet noir, sur lequel il avait gardé les yeux rivés.

— Mais j'ai dit non. On a rompu, pour ainsi dire.

— Ah bon ! c'est décidé alors, avait-elle dit en ramassant sa boîte à tabac et son briquet, qu'elle avait fourrés dans son sac. Passe le reste de ta vie à glandouiller ici ! avait-elle poursuivi d'une voix plus forte. Oublie la peinture… C'est trop de boulot, hein ? Tu te souviens, comme les gens te trouvaient talentueux autrefois… et passionné. On était tous convaincus que tu irais loin. Que tu serais le meilleur ! Tu passais tes nuits à peindre. Et maintenant ? Reste ici, baise à couilles rabattues, et surtout… (sa voix s'était brisée)… ne prends pas d'engagement… ni avec la peinture. Ni avec *quelqu'un*.

Jas s'était levée.

— Ne t'en va pas ! avait-il dit en tendant la main, mais elle avait brusquement retiré la sienne.

— Qu'est-ce que tu as à *perdre* ? avait-elle lancé en franchissant la porte tandis que son manteau violet jetait un dernier éclair. Elle n'avait même pas fini son café. Il l'avait bu d'un trait avant de sortir. Le temps était épouvantable, froid et humide. On se serait cru en hiver. La pluie ruisselait sur les fenêtres et dans les caniveaux. Qu'est-ce qu'il avait à perdre ?

Il avait observé la tête des gens qui attendaient le bus. Blancs ou noirs, ils se valaient : ils étaient gris. Les visages crispés, fermés ; les épaules voûtées, la nuque engoncée ; le sol mouillé se reflétant sur leurs visages. Couleur d'ardoise, couleur de béton. Il avait continué à marcher à grands pas, reniflant les effluves déprimants mais familiers de la friture, et l'odeur de bière s'échappant par la porte battante d'un pub. Il avait alors eu des visions de plaids, de tasses de thé fumantes et de vêtements mouillés séchant sur un radiateur : l'Angleterre en hiver.

— Allez, lève-toi !

Le soleil l'éblouit au moment où Cassie secoue Graham, l'arrachant à ses souvenirs. Il pousse un soupir et se redresse. Elle lui tend son jean, s'assied sur le lit et le regarde l'enfiler en se trémoussant. Il lui rend son regard.

— Quoi ?

— Ça va ?

Il passe un débardeur, renifle ses aisselles.

— Tu ne regrettes pas ? demande-t-elle.

— Laisse-moi une chance !

Elle glousse. Il tend les bras vers elle, mais elle esquive.

— Allez, viens, allons manger !

— Ce que c'est beau, mec !

Graham se tient sur le seuil de la cuisine, un sandwich au bacon dans une main et une tasse de thé dans l'autre. Il regarde la couleur s'étendre à perte de vue. Partout, des fleurs. Une effervescence de buissons jaunes.

— Du mimosa, leur avait annoncé Larry pendant le voyage. Ici, il est omniprésent.

Dans le break, Graham avait froncé les sourcils et fait semblant de prononcer le mot. Cassie avait regardé par la vitre, pour ne pas éclater de rire.

Le rouge de la terre est adouci par des taches de jaune, de rose, et par le bleu et le blanc des campanules. Un peu plus loin, le scintillement vert et blanc d'un groupe d'eucalyptus.

— C'est peut-être le paradis, mais il fait une chaleur d'enfer !

Cassie s'accroupit à côté de lui, posant la tasse à ses pieds.

— Sincèrement, Gray, je ne sais pas si je vais supporter l'été.

Elle lève la tête vers lui, le menton luisant de graisse de bacon.

— Vous allez vous habituer, dit Larry, les faisant sursauter.

Il est propre, ne transpire pas, ne paraît même pas avoir chaud. Il sent l'after-shave.

— Nos premiers mois ici... Ç'a été une épreuve. Mais je vous assure que le corps finit par s'adapter. Une fois de retour en Angleterre, vous verrez... c'est le soleil qui vous manquera.

— Hmm ? fait Cassie.

Le jour de leur départ, il pleuvait. Le taxi était arrivé alors que le soleil levant tentait désespérément de percer les nuages. Une pluie grisâtre ruisselait sur les vitres, les roues des camions faisaient gicler l'eau sur l'autoroute, les talus à peine visibles formaient de longues traînées vertes. Ici, elle a du mal à s'imaginer qu'une telle humidité soit possible.

— C'est comme assister à l'arrivée d'un million de printemps ! dit Cassie en se levant.

— Qu'est-ce que je vous avais dit ? réplique-t-il avec un sourire. Vous m'excusez un moment ?

Il contourne le flanc du bâtiment.

— Quand il m'a montré les diapos..., explique Cassie.

Baissant les yeux, Graham regarde la pâquerette tatouée sur son pied, à demi dissimulée par la boucle de ses nouvelles sandales marron.

— Il n'a toujours pas fait allusion à Mara, fait-elle remarquer.

Il hausse les épaules, étire les bras au-dessus de sa tête.

— On n'est pas au bon endroit, dit-elle brusquement.

— Hein ?

— Ce n'est pas l'endroit sur la photo, n'est-ce pas ?

Graham réfléchit. Effectivement, l'endroit n'a rien à voir avec la photo.

— Non c'est vrai, reconnaît-il.

Il jette par terre la croûte et la couenne de son sandwich et s'accroupit près Cassie.

— Ne t'inquiète pas, dit-il.

Le bras de Graham, lourd et brûlant, pèse sur ses épaules. Le soleil lui cause un léger mal de tête. Graham frotte son visage contre le sien. Il a besoin de se raser. Il sent et la sueur et le tabac froid. Mais bon, c'est sûrement pareil pour elle.

— J'ai envie de toi, lui dit-il à l'oreille.

— Quoi, maintenant ?

— Pourquoi pas ?

— Le lit… Il grince trop. Et les murs… Il entendrait tout.

— Et alors ?

Cassie se dégage de l'étreinte de Graham et se lève. Peut-être est-ce simplement le décalage horaire qui la met de si méchante humeur. Ça, et le soleil éblouissant, et le fait de ne rien comprendre à ce qui se passe. De se sentir dépassée par les événements. C'était *son* plan : eux deux, ici. Or, tout cela lui paraît tellement… fatigant.

Elle sort faire quelques pas, se dirige vers les arbres. Elle aurait juré qu'aucun arbre au monde n'était digne de rivaliser en beauté avec les arbres anglais, les chênes et les hêtres de son pays natal. Mais ces eucalyptus sont magnifiques, avec leur écorce si blanche, leur ombre dense et parfumée. Au-dessus d'elle, un oiseau pousse un cri strident… un perroquet ! Un perroquet écarlate ! Voir un perroquet en liberté, ça c'est quelque chose !

Elle s'apprête à appeler Larry, qui est en train de regagner la maison, lorsque, levant les yeux sur le feuillage luxuriant, elle en aperçoit toute une flopée, perchés par couples sur les branches, comme des fruits à plumes. De toute évidence, les perroquets sont très communs ici.

Autour des arbres règne une sensation de paix. Elle appuie le front contre l'écorce d'un des arbres, se pénétrant du calme et de l'odeur de l'eucalyptus. Jusqu'à ce que quelque chose effraie l'un des perroquets et que tout le groupe s'envole à sa suite dans une cacophonie de cris perçants et d'éclairs rouges et verts, donnant l'impression que l'arbre lui-même est en train de s'élever dans le ciel.

C'est une vraie migraine, à présent, qui lui enserre le crâne tel un étau de fer-blanc. Par-dessus son épaule, elle jette un coup d'œil à la cabane, longue silhouette argentée, aveuglante dans la lumière du soleil. Quelle idiotie, d'être sortie sans lunettes de soleil ! Il lui faut de l'aspirine. Elle retourne rejoindre Graham et Larry. Près de la porte, elle distingue une petite ligne frémissante, croyant voir, tout d'abord, un cheveu qui vole dans la poussière. Mais c'est une colonne de fourmis attirées par le bout de sandwich de Graham. Elle leur marche dessus et entre dans la cuisine.

Assis sur la table, lui tournant le dos, Graham regarde Larry replacer leurs tasses sur les crochets rouillés.

— Quand est-ce qu'on va rencontrer votre femme ? demande-t-il.

— On part cet après-midi.

Larry se retourne et sourit à Cassie.

— Profitez de la matinée. Reposez-vous ! Pourquoi ne pas aller piquer une tête dans la gorge ? Vous n'aurez plus l'occasion de vous baigner avant longtemps.

— Comment ça, on part ?

— Vous ne pensiez pas être arrivés à Woolagong, tout de même ?

— Tu vois, dit Cassie. Qu'est-ce que je te disais ?

Elle se laisse tomber sur un tabouret.

— Mon Dieu, il faut que je boive.

Larry leur sourit.

— Vous m'avez mal compris, tous les deux. Je n'ai pas dû être assez clair. On prend l'avion pour Woolagong cet après-midi. Je vais en voiture jusque chez Kip – ce n'est qu'à cinquante kilomètres d'ici –, il me reconduit ici en avion, et on vous embarque. En attendant, allez à la gorge, elle n'est qu'à un demi-kilomètre. Une toute petite trotte.

— Oh, dit Cassie en se rasseyant. Peut-être… J'ai une de ces migraines.

— C'est sans doute le soleil.

Larry ouvre sa serviette et en sort un flacon de comprimés.

— C'est quoi ?

— Un bon analgésique. Vous vous sentirez mieux dans une vingtaine de minutes. Bon, je vous retrouve ici plus tard. Aux alentours de trois heures. Soyez prêts à partir. D'ici là, amusez-vous.

Il ramasse son panama et sort. Ils écoutent le break démarrer, puis s'éloigner.

Le mal de tête de Cassie s'évanouit, tandis qu'ils suivent le chemin de terre qui serpente entre les broussailles, se figeant parfois à la vue de l'étrange paysage qui les entoure : des buissons armés de piquants longs comme des aiguilles à repriser ; d'épaisses toiles d'araignées tendues entre leurs branches et larges de plusieurs mètres ; des fleurs curieusement surgies de la poussière. Il y a la piste, et même une pancarte pour leur indiquer le chemin. À part ça, les fourrés s'étendent à perte de vue, et le vif éclat des fleurs les assaille de tous côtés. C'est grisant – l'idée de vagabonder librement. Loin de tout, sans personne alentour. Mais tout de même, heureusement qu'il y a une piste.

La gorge apparaît enfin. Une faille dans la terre rouge, des falaises en zig-zag se cabrant sur l'une de ses extrémités, le blanc des eucalyptus se détachant du bleu, du rouge et du vert éclatant des joncs.

À peine a-t-il atteint le bord de la rivière que Graham se déshabille et se débarrasse à la hâte de ses sandales. Cassie le regarde. Sa peau est blanche, à côté de l'écorce de l'eucalyptus. Une peau d'Anglais, pâle et délicate. Il se fraie un chemin le long des rochers, cherchant, pour entrer dans l'eau, l'endroit le plus approprié. Chacun de ses pas est un peu plus hésitant que le précédent… Sans doute à cause des aspérités de la roche sous ses pieds nus. Sur un rocher lisse, il s'arrête et se retourne vers elle.

— Allez, viens, espèce de poule mouillée !

Elle relève le menton.

— Je ne suis pas une poule mouillée ! dit-elle, mais doucement, comme en elle-même. Sa gorge se noue. Il lui semble si petit, si exposé. *Pauvre bête prise au piège*… Ces mots, venus de Dieu sait où, lui traversent l'esprit. C'est sa faute, s'il est ici. Si loin de son contexte habituel. Il lève les bras pour piquer un plongeon spectaculaire.

— Non ! hurle-t-elle.

Il se fige, baisse les bras.

— Qu'est-ce qu'il y a ?

Mais il n'y a rien. Rien qu'elle puisse exprimer. C'est de l'eau froide, tout simplement. Et ils sont deux êtres humains en nage. Tout est tranquille ici. Il n'y a personne pour les observer. L'écho métallique du cri de Cassie vibre encore dans l'air.

Graham attend.

— Quoi ?

Elle secoue la tête et se dirige vers lui, s'avançant d'un pas prudent sur les rochers scintillants, glissants et anguleux. Il fait volte-face, lève une nouvelle fois les bras, plonge. La rivière l'avale dans un grand « plouf », l'eau ouvrant lugubrement sa gueule avant de la refermer sur lui. Tel un grand éclat de rire, des cercles se déploient à la surface, jusqu'à la rive. Cassie retient son souffle et, dans le miroitement de l'eau, regarde la falaise, fascinée par son propre reflet et par le spectacle de cet homme englouti par la rivière.

Son sang se glace. Elle ferme les yeux. Lorsqu'elle les rouvre, la tête de Graham surgit, à quelques mètres de l'endroit qu'elle fixait. Les cheveux plaqués sur le crâne, mouillé comme une otarie, il expulse bruyamment l'eau de ses narines et lui fait signe.

— Allez, viens !

Il s'enfonce de nouveau sous l'eau et le cœur de Cassie recommence à battre. Rien d'anormal, se répète-t-elle. Juste un homme qui pique une tête par une chaude journée. Qu'est-ce qui pourrait être plus ordinaire ou plus agréable que cela ? *Son* homme, peut-être, plongeant dans une eau pure et fraîche. Ce en quoi elle ferait bien de l'imiter.

Elle retire son chapeau et ses lunettes de soleil, et tout lui paraît soudain plus vif et plus précis. Elle se débarrasse de son tee-shirt, de son soutien-gorge, de son short et de ses sandales. Sa peau est encore plus blanche que celle de Graham. Carrément aveuglante. Le soleil sur ses seins la fait tressaillir. Ils n'en ont pas l'habitude. La sensation est presque douloureuse.

— T'attends quoi pour l'enlever, beauté ? s'écrie Graham, au loin.

La falaise immémoriale renvoie l'écho absurde de ses paroles.

Elle jette un coup d'œil à la ronde. Personne. Évidemment. Elle retire sa culotte et se dirige vers l'endroit où il a déposé ses vêtements. Tournant la tête, elle le voit qui fait la planche, les yeux clos, les mains battant comme des nageoires le long de ses hanches. Son pénis rétracté, mauve et plissé, perce comiquement la surface de l'eau.

La tendresse l'envahit. Tout va bien. Mais elle est incapable de plonger comme il l'a fait. Elle laisse lentement glisser ses pieds dans l'eau, puis ses jambes… Elle a la chair de poule, au fur et à mesure que son corps s'enfonce, jusqu'à être totalement immergé. Mon Dieu, ce que c'est froid ! Comment la rivière peut-elle être aussi glacée, avec une chaleur pareille ? Mais une fois dans l'eau, elle a l'impression de nager dans de la soie. Après la chaleur, la poussière et la sueur, c'est le bonheur suprême. Pure et fraîche, l'eau la caresse dedans, dehors, partout.

Gardant la tête hors de l'eau, elle fait quelques brasses en direction de Graham, qui flotte à l'abri du soleil, à l'ombre de la falaise. Elle le rejoint et se laisse elle aussi flotter sur le dos. Ils restent ainsi étendus côte à côte, la falaise se reflétant sur leur peau mouillée comme une photo à demi développée. Au-dessous d'eux, une eau sombre et profonde. Au-dessus, le choc d'un rocher à la silhouette insolite, se découpant sur le bleu du ciel.

5

L'avion – guère plus spacieux qu'un taxi – pique violemment du nez.

— Rassieds-toi ! dit Cassie. C'est plus sûr.

Elle saisit la main de Graham et la serre dans la sienne.

— Comment ça, plus sûr ? marmonne Graham.

Mais il se rassied, l'œil hagard. Elle soulève sa main et la frôle d'un baiser. Larry tourne la tête et la regarde avec perplexité. Cassie fusille le pilote du regard. Ce piqué, aussitôt suivi d'une reprise d'altitude, était-il bien nécessaire ? Tout près de son visage, le bord du chapeau de cuir laisse voir une peau épaisse, rouge foncé. C'est une sorte de test, songe-t-elle. L'épreuve qu'il impose systématiquement à ses froussards de rosbifs. Histoire de voir combien de temps ils tiendront avant de se mettre à gémir. Eh bien, en ce qui la concerne, il peut toujours attendre !

Elle garde la main de Graham serrée dans la sienne, emprisonnant leurs deux sueurs. Déjà, toute la fraîcheur de la gorge s'est évanouie. Les cheveux de Graham, pas encore secs, retombent en mèches enchevêtrées. Larry n'apprécie pas l'allure de Graham. Cassie l'a vu le détailler de pied en cap, quand ils se sont rencontrés. Il a tiqué à la vue du jean défraîchi, des cheveux longs, de l'anneau d'or à son oreille. Il ne s'attendait pas à ça. Sur la photo, les cheveux paraissaient courts. Ce n'était pas tout à fait le vrai Graham. Bon, elle n'y est pour rien, après tout.

— Ça va ? demande-t-elle en frottant sa joue contre l'épaule de Graham.

Il la regarde comme si elle était folle. Elle soupire et, se penchant, scrute le bush, les flambées de rouge parmi le vert terne, le jaune strident des mimosas. Parfois, les entrelacs d'une rivière asséchée. Mais si, au lieu de regarder au-dessous de soi, on regarde devant ou autour, on ne distingue plus rien... Rien qu'une surface d'un vert grisâtre, ondulant à peine. On voit la courbure de la terre se découpant sur le ciel. Cette contemplation évoque celle de l'océan. Un océan sec, s'étendant à perte de vue.

Au moment du décollage, le pilote a jeté un coup d'œil par-dessus son épaule.

— C'est bon ? a-t-il demandé, et ils ont décollé.

Pas de consignes de sécurité, pas de mention de masques à oxygène... Ils ne se sont même pas assurés que les ceintures étaient bien attachées. Un simple « C'est bon ? », puis l'avion cahotant péniblement sur la piste avant de s'élever en flèche au-dessus d'elle – la terre faisant un angle droit derrière eux.

Larry est assis à l'avant, à côté du pilote. Il se retourne.

— C'est loin ? demande Graham.

— Vous voyez cette crête ? répond Larry en désignant un point, semblable à une marque au crayon rouge, que l'on commence à peine à apercevoir à l'horizon.

— Woolagong se trouve juste après. Regardez au-dessous de vous.

Cassie se penche. L'avion vire, et Graham serre sa main plus fort, les yeux fixés dans le vide. La sueur perle sur son front.

— Il n'y en a plus pour longtemps, murmure-t-elle à son oreille.

Je t'en prie, ne vomis pas, supplie-t-elle en silence. *Pas dans l'avion*. Il ne semble pas y avoir de sacs à vomi à disposition. Et ça ferait trop plaisir au pilote. Même s'il devrait sans doute nettoyer après, ce qui serait bien fait pour lui.

Quelle idiote d'avoir eu si peur, là-bas, à la rivière. De quoi ? D'un plan d'eau. Et maintenant, dansant au-dessus de la désolation, elle se sent bien, éprouve une sensation de griserie et de liberté. Ils sont là, Graham et elle. Tout là-haut, libres, lancés en pleine aventure. Elle le regarde : livide, il garde les yeux fermés.

Au-dessous, la ligne droite d'une route, fine cicatrice menant à une confusion de brun ocre et de rouille.

— C'est une mine d'or, crie Larry. Enfin, c'était… Vous voyez l'ancienne ville ?

Une volée d'oiseaux passe sous l'avion comme un banc de poissons. Cassie a la vision tressautante d'un carrefour. Le croisement lui apparaît bien nettement, mais toutes les voies se perdent dans la broussaille. L'une des pistes se démarque, elle se prolonge sur des kilomètres, mais n'arrive visiblement nulle part. Hormis dans le bush.

— Où sont les maisons ?

— Ça fait longtemps qu'elles ont disparu.

L'avion est ébranlé par une secousse. Graham avale sa salive et manque de lui briser les doigts. Cassie foudroie du regard la nuque rouge du pilote. Des mèches huileuses s'échappent de son chapeau. Il doit s'amuser comme un fou.

— Sois prudent, Kip ! lance Larry au pilote. Il consulte Cassie du regard.

— Ça va ? demande-t-il en indiquant Graham.

Graham ouvre les yeux.

— Ça va très bien, dit-il.

Cassie a les doigts engourdis. Elle retire sa main et l'agite pour activer la circulation du sang. Une goutte de sueur tombe sur son genou. Elle saisit la bouteille d'eau, en prend une grande gorgée, et la tend à Graham – mais ce dernier l'ignore.

— Tiens bon ! dit-elle.

De nouveau, le bush s'est refermé au-dessous d'eux, agrémenté çà et là d'un rocher ou d'une tache de verdure. Le soleil, déjà plus bas dans le ciel, fait rougeoyer la crête, recouvrant sa végétation d'une pluie d'or et accentuant les zones d'ombre.

Cassie se penche en avant et frôle l'épaule de Larry.

— C'est beau, dit-elle en désignant les spectaculaires effets de lumière. L'avion pique du nez et incline l'aile. Cassie sent son cœur bondir dans sa poitrine.

La piste d'atterrissage consiste en une route cahotante qu'ils achèvent de parcourir dans un nuage de poussière rouge si bien qu'ils ne peuvent tout d'abord rien distinguer au-delà. Sitôt la porte ouverte, Graham s'extirpe de l'avion. Juste à temps : il se détourne et vomit sur le sol.

Kip a un large sourire.

— Oh, mon Dieu ! Le rosbif se sent pas bien, hein ?

Cassie le fusille du regard et va rejoindre Graham. Tout en baissant la tête pour dissimuler un sourire. Alors, comme ça, ils parlent vraiment ainsi ? Ou bien il cherche à la faire marcher ?

— Vous voulez une bière ? propose Larry.

Kip secoue la tête.

— Non, mon pote. Je veux rentrer avant la nuit.

Il regagne l'avion, en sort les bagages et les glacières remplies de nourriture, et les dépose par terre.

Graham se redresse.

— Ça va mieux ? demande Cassie.

Il sourit piteusement et s'essuie la bouche du revers de la main.

— Je ne me suis jamais senti mieux, répond-il.

— À la prochaine, lance Kip. Et bonne chance !

Il saute dans l'avion et décolle, provoquant un nouveau nuage de poussière. Ils font volte-face et, se protégeant les yeux avec leurs mains, le regardent s'élever dans la lumière éblouissante, virer sur l'aile et devenir de plus en plus petit, jusqu'à n'être plus qu'un point noir à peine perceptible, guère plus grand qu'un moustique. Il laisse derrière lui un silence que seul trouble le grincement régulier de la pompe.

— Bienvenue ! dit Larry. Heureux de vous accueillir enfin à Woolagong Station !

— Merci.

Graham crache et, du coin de l'œil, Cassie voit Larry frémir.

— Là, je m'y retrouve, dit Cassie en reconnaissant le point de vue de la photo.

La pompe. L'arbre gigantesque. Les bâtiments. Les poules picorant dans la poussière. Et même le vieux chien blanc tacheté de noir qui vient à leur rencontre en traînant la patte et en agitant sa courte queue.

— Je vous présente Yella, dit Larry.

— Salut Yella !

Cassie lui tapote la tête.

— Il est sourd comme un pot.

— Pauvre bête !

Larry se tourne vers Graham.

— Remis de vos émotions ?

— Ça va.

Graham ramasse son sac et le balance sur son épaule.

— On va enfin faire la connaissance de Mara.

Cassie jette un coup d'œil alentour, surprise que Mara ne se soit pas précipitée à leur rencontre. Ou, du moins, à la rencontre de Larry.

— Elle doit être en train de se reposer.

— Elle a dû entendre l'avion.

— Il lui arrive d'être timide avec les nouveaux venus. Venez, je vais vous montrer la maison et vous pourrez défaire vos bagages. Et vous rafraîchir. Je vous prépare de quoi dîner.

— Merci, dit Cassie. Tu penses pouvoir avaler quelque chose, Gray ?

— Peut-être.

— Vous n'allez pas tarder à vous sentir mieux.

Larry coince une glacière sous chacun de ses bras et les guide à travers un bâtiment tentaculaire. Ils dépassent une remise et gravissent les marches d'une véranda, où le chien va se coucher sous la table. Larry pousse une porte et ils se retrouvent dans la cuisine. Une bande de papier tue-mouche oscille légèrement à leur entrée. La pièce est chaude, sombre, dominée par une table carrée jonchée de vaisselle, de documents, d'outils et de fruits. Un poêle noir et rouillé, sur la plaque duquel s'entassent bouilloire et casseroles, occupe tout un mur. En dépit de la porte grillagée, on distingue un bourdonnement continu. Une autre bande de papier tue-mouche parsemée d'insectes englués pend près de la fenêtre, une troisième est placée à proximité de la table. Au plafond, un ventilateur brasse l'air chaud.

Larry laisse tomber son chargement sur la table et ramasse un sac en papier sur lequel on a griffonné quelques mots. Il lit et hoche la tête. Puis il le froisse, ouvre la porte du poêle, jette le papier dans le foyer. Il consulte sa montre.

— On vient de louper Fred, dit-il. Ça vous dirait, une tasse de thé, avant que je vous fasse voir votre chambre ?

Il déplace la bouilloire de quelques centimètres sur la plaque, et l'eau se met aussitôt à bouillir.

— Fred ?

— Le voisin le plus proche. Je l'emploie pour qu'il me donne un coup de main. Vous le verrez bien assez tôt.

Au moins il y a des voisins, songe Cassie. Elle traque le moindre signe d'une présence féminine. Mais c'est une pièce d'homme. Rien qui ressemble à une nappe ou à des rideaux. Une clé huileuse est posée sur une assiette pleine d'oranges ratatinées.

— Le générateur, dit Larry.

Il retourne dehors.

Graham sort son tabac.

— Tu pourrais lui demander si ça le dérange que tu fumes dans la cuisine.

— Si c'est le cas, il le dira.

Un cliquetis, suivi d'un ronronnement. Larry revient.

— On se sert du générateur deux heures le matin et deux heures le soir. Ça fait de l'électricité pour le frigo et pour la lumière. Sinon, on dépend des panneaux solaires. Par conséquent, pas de gâchis, je vous prie.

— L'énergie solaire, dit Cassie. Super !

— Heureux que vous approuviez.

Larry sourit et elle rougit, se faisant l'effet d'une idiote. Larry range les saucisses, le lait, le fromage et le pain dans un réfrigérateur grand comme une armoire. Il vide une théière ronde en terre dans une poubelle, la rince avec l'eau de la bouilloire et y verse quelques cuillerées de thé.

— Je pense que nous ferions mieux de remettre les présentations à demain matin, dit-il. On se sentira tous mieux après une bonne nuit de sommeil.

Sans laisser à Cassie le temps de répliquer, Larry la regarde droit dans les yeux.

— À moins que vous ne préfériez que je la dérange maintenant ?

— Bien sûr que non ! Je pensais juste… enfin, je supposais…, bafouille-t-elle avec un sourire contraint, qu'elle serait curieuse de nous voir. Nous mourons d'envie de faire sa connaissance, n'est-ce pas, Gray ?

— Ouais.

Elle suit le regard de Graham, rivé sur une petite photographie aux couleurs vives, accrochée au mur, à côté de la porte.

— Chaque chose en son temps.

Larry verse le thé dans des gobelets en fer-blanc. Cassie en boit une gorgée et se brûle les lèvres sur le bord métallique. Elle songe avec nostalgie à de délicats services en porcelaine ou même aux bonnes grosses tasses que Graham adore. Le genre de cadeau que Jas leur offre à Noël : un duo d'affreuses tasses assorties. N'importe quoi serait préférable au fer-blanc. À mettre en haut de la liste, en vue d'une prochaine expédition en ville : *acheter de jolies tasses à thé.*

— Voici le garde-manger.

Larry ouvre une porte. D'autres bandes de papier tue-mouches volettent vers l'intérieur du réduit sombre et profond. Les étagères sont couvertes de conserves. Il donne un coup de pied dans un récipient métallique.

— La farine, dit-il. Surtout n'oubliez jamais de remettre les couvercles en place. Les fourmis… ou pire. À présent, dit-il en faisant craquer les jointures de ses doigts, finissez votre thé, afin que je puisse vous montrer votre nouveau…

Il sourit.

— … votre chez-vous loin de chez vous.

— On ne va pas loger ici ?

— Je me suis dit que vous préféreriez avoir un peu d'intimité. Laissez-moi prendre vos sacs.

Larry ramasse le sac à dos de Cassie et sort ; la porte-moustiquaire se soulève derrière lui.

Graham va regarder la photo de plus près… ce n'est pas une photo, mais un tableau, un petit carré de bois peint, richement coloré à la manière des icônes. Cassie y jette un coup d'œil par-dessus son épaule. Ce n'est pas du tout une icône, mais le tableau, aussi net qu'une photo, d'une femme et de deux fillettes blondes nimbées d'une auréole.

— Je me demande si c'est Mara.

— C'est peut-être un de ses tableaux ?

La porte claque. Tous deux sursautent.

— Vous êtes prêts ?

Larry tient la porte et agite la main dans un geste de politesse obséquieuse. Ils le suivent en bas des marches. Dehors, Graham s'arrête pour écraser sa cigarette par terre, lorsque Cassie aperçoit quelque chose : une sorte de lézard, aussi gros qu'un Jack Russel, d'un bleu-violet luisant, qui semble pétrifié sous l'escalier.

— Regarde ça, Gray !

Larry se retourne.

— Oh, c'est seulement notre vieil iguane, dit-il. Il vit sous la véranda. Il ne vous fera pas de mal. Ils sont censés porter chance, si ma mémoire est bonne.

Elle se baisse pour mieux observer la peau plissée, brillante et écailleuse de l'animal, le piège fermé de sa mâchoire, ses yeux ronds et perçants.

— Il est incroyable, non ? demande-t-elle, mais Larry et Graham ont déjà disparu à l'angle de la maison. Elle les rejoint à l'arrière du bâtiment, en réalité l'entrée principale – bien qu'elle ne soit vraisemblablement jamais utilisée. Elle ne voit pas de jardin. Les marches qui mènent à la porte sont délabrées, la balancelle de la véranda couverte de rouille. Ils se fraient un chemin entre les buissons et les arbustes broussailleux et parviennent à un long hangar en tôle ondulée.

— Le bâtiment des tondeurs… enfin, du moins ça l'a été, dit Larry. Une sacrée bande, les tondeurs… des sai sonniers. Une fois par an, ils descendaient ici.

— Plus maintenant ? demande Cassie.

Quelle question !

— Qu'est-ce qu'ils auraient à tondre ? réplique Larry dans un éclat de rire. Votre résidence privée… et les commodités.

Il désigne les toilettes extérieures. Sur l'un des murs du hangar se trouve un évier métallique.

— Votre salle de bains, dit-il, sans ironie évidente. En général, il y a de l'eau, mais ne la buvez pas. Le puits n'est pas assez profond – l'eau est saumâtre. Et tiède… parfaite pour se laver. Mais seule l'eau de la cuisine est potable.

— Il n'y a pas de *vraie* salle de bains ? demande Cassie, les yeux rivés sur un lambeau d'étoffe – les restes d'un gant de toilette, sans doute – suspendu à un crochet, et sur un morceau de savon incrusté de cheveux et de poussière.

— Nous ne disposons pas d'installations modernes, je le crains, mais vous vous habituerez vite.

Larry ouvre une porte donnant sur un corridor obscur qui dessert six autres portes.

— Vous pouvez choisir la chambre que vous voulez, dit-il. À l'exception de celle-ci, ajoute-t-il, en en désignant une. C'est celle de Fred, quand il reste dormir ici. Je vous ai préparé celle-ci. C'est la seule qui ait un lit à deux places.

Il ouvre la première porte. Dans la chambre, leurs deux sacs à dos font l'effet de deux vieux amis accroupis au pied d'un lit affaissé à cadre de fer. Les rideaux tirés portent la trace à peine visible de leur motif d'origine : des licornes. Les lames grossières du plancher usé sont recouvertes d'une peau de vache. Sur un meuble de chevet sont disposés une cruche, deux gobelets en plastique et une grosse bougie blanche, neuve mais déformée par la chaleur, dont la cire a coulé sur le couvercle de pot de confiture qui fait office de bougeoir

— Comment vous trouvez ? demande Larry.

— J'adore ! répond Cassie, en se pénétrant de l'odeur de vieux biscuit sec de la pièce.

Graham se laisse tomber sur le lit, faisant grincer les ressorts rouillés et soulevant un nuage de poussière.

— Je crains que ce ne soit plutôt rustique, dit Larry.

— Non, c'est charmant.

À la vue du lit, Cassie sent ses jambes flageoler de fatigue.

— Pensez à toujours fermer la porte… et la fenêtre. Pour vous protéger des mouches, des moustiques, des araignées, des serpents…

Cassie surprend l'expression de Graham et se dirige vers la fenêtre pour dissimuler son sourire. Elle soulève le rideau pour regarder au-dehors, mais ne voit rien, hormis les broussailles qui obstruent la vue.

— Je voulais vous demander, j'ai lu des articles au sujet des atrax et des araignées à dos rouge.

— On n'a pas d'atrax ici.

Cassie laisse retomber le rideau et fait volte-face.

— D'accord, mais vous faites quoi en cas de… euh… en cas d'urgence ?

— On se débrouille.

— Vous envoyez des SOS au moyen d'une radio ?

— On n'a pas de radio, dit Larry. Et de toute façon, *je suis* médecin. Vous êtes médecin ? demande Cassie, stupéfaite. Vous ne l'avez jamais dit.

— Vous ne me l'avez jamais demandé ! Vous voyez, dit-il avec un sourire, vous n'avez aucune raison de vous inquiéter. De plus, vous remarquerez qu'il y a une alarme anti-incendie, dit-il en désignant un petit boîtier fixé au plafond. Vous verrez qu'on a des détecteurs partout. Évidemment, pas de caserne de pompiers dans les environs ! Mais il y a des extincteurs. Je vous recommande de bien repérer leur emplacement.

— Mais… pas de radio ?

— Vous devriez défaire vos bagages, faire un brin de toilette et vous installer. Le soir commence à tomber.

Larry gratte une allumette et allume la bougie.

— Il vous faudra plus de bougies… elles sont dans le garde-manger. Dans la cuisine, il y a une lampe que vous pouvez prendre avec vous. Sur le frigo. L'électricité n'arrive pas jusqu'ici… Autrefois oui, ajoute-t-il en désignant un interrupteur, à côté de la porte. Mais c'était dans le temps – à l'époque où l'exploitation fonctionnait encore. Je vous laisse le dîner sur la table de la cuisine. Vous pourrez manger tranquillement tous les deux. On se voit demain matin. J'ai des choses à faire. Ah, et demain, vous ferez la connaissance de Mara.

Il sourit et referme la porte derrière lui.

— Eh bien, dit Graham. Nous voilà sur orbite. Opération Cassie !

— Arrête ! Pas de radio, tu te rends compte ?

— Là, maintenant, je m'en fous comme de l'an quarante.

— Et pas de salle de bains digne de ce nom ! Il ne me l'avait pas dit !

Elle défait son sac à dos et en tire sa trousse de toilette. Ses familières rayures rose bonbon lui donnent envie de pleurer.

Graham lui pose la main sur l'épaule.

— Eh !

— C'est pas si mal, hein ?

Elle rejette la tête en arrière pour retenir les larmes qui perlent à ses yeux.

— Ouais, c'est chouette. On est comme chez nous.

— Tu trouves ?

Elle serre les lèvres, prend le temps de se ressaisir. C'est juste un coup de fatigue. Ils sont épuisés. Elle renifle, et commence à farfouiller dans son sac à dos. Elle en extirpe des culottes, des livres et des tee-shirts, et tombe enfin sur deux petites photos : une de ses parents bras dessus, bras dessous, prise un an avant la mort de son père. Une autre de Patsy, avec la petite Katie. Elle les dispose sur la commode. Tire du sac le miroir qui appartenait à sa grand-mère. Enveloppé dans un chiffon, intact. C'est un miroir à main ovale, laqué noir, moucheté de petites pensées. Gamines, Patsy et elle se le sont disputées pendant des années. Mais c'est Cassie qui avait gagné. Elle y observe quelques instants son visage fatigué, puis le pose.

— Voilà !

Graham rit.

– Tu as encore beaucoup de trésors là-dedans ?

— J'essaie juste de faire en sorte que ce soit plus douillet.

Elle se mord la langue. C'est un mot auquel il est allergique.

— Au moins, il est médecin, reprend-elle. Je me sens plus en sécurité.

Elle s'assied sur le lit. Le matelas est mou. Elle rebon dit un peu, fait gémir les ressorts.

— La pièce me plaît vraiment. Mais bon... pas d'électricité.

Elle retire ses sandales et s'allonge près de lui. Ils roulent l'un vers l'autre.

— Le matelas est merdique, dit-il en l'enlaçant.

— On devrait aller dîner.

— Reposons-nous un petit moment.

Elle a le tournis. Une fois étendue, Elle se sent aspirée, comme si son corps réclamait toutes les heures de sommeil perdues. Ils se serrent l'un contre l'autre. Son corps familier lui paraît si réconfortant, avec ses creux et ses bosses qu'elle connaît par cœur. Il empeste le tabac, mais c'est si bon de sentir son haleine... Elle le serre encore plus fort, enfouissant le visage dans son cou. Jetant un coup d'œil par-dessus son épaule, elle voit que les contours de la fenêtre s'estompent rapidement. La nuit tombe.

— Écoute, murmure Graham, son souffle lui chatouillant l'oreille.

Elle écoute.

— Quoi ?

— Rien. Justement ! Pas un bruit, bordel ! Ce silence...

Il a raison. Il y a des sons, le grincement de la pompe, le bourdonnement du générateur... mais, au-delà, un silence impressionnant. Des millions et des millions de kilomètres carrés de bush et de désert plongés dans un silence absolu.

— Ce n'est jamais totalement silencieux, dit-elle. Il y a toujours quelque chose. Écoute bien !

Un bruit sec, quelque part – un trottinement évoquant le battement accéléré d'un cœur effrayé.

— Ce n'est jamais totalement silencieux, répète-t-elle d'une voix faible.

Ils sont là, étendus l'un contre l'autre, cœurs palpitant à l'unisson, souffles mêlés. Dans cette pièce qui sent le renfermé, il fait trop chaud pour être ainsi blottis l'un contre l'autre. Mais le silence est tel... La sensation de serrer contre soi un être cher est la seule parade à ce silence oppressant. Elle ferme les yeux.

Et se réveille lorsqu'il la secoue.

— Hé, l'endormie, allons dîner !

La bouche pâteuse, les yeux ensommeillés, elle s'extirpe du lit avec difficulté, et se laisse guider par Graham. Dehors, la nuit est tombée. Graham dirige le faisceau d'une lampe de poche sur le sol et tous deux se fraient un chemin dans les broussailles. Cassie a l'impression de rêver. L'étrange paysage se devine dans l'obscurité, la lune flotte haut dans le ciel. Dans la cuisine, Larry a sorti des œufs durs, du pain, du fromage, des tomates et deux bouteilles de bière. La lumière électrique luit faiblement, et on distingue un bourdonnement permanent : les mouches, peut-être, ou le générateur... Cassie a l'impression que ce sont ses propres oreilles qui sifflent.

— Eh bien, à la tienne !

Graham décapsule les bouteilles et lui en tend une. La pénombre souligne ses cernes bleutés.

— À la tienne ! répond Cassie. À nous deux ! À notre… À notre aventure !

Ils choquent leurs bouteilles et engloutissent la bière fraîche.

6

Le soleil brille à travers les rideaux légers. Cassie reste étendue quelques instants, à fixer les licornes. Ce n'était donc pas un rêve ! Graham dort encore – l'ombre de ses cils sur ses joues, un filet de salive au coin des lèvres. Elle se glisse hors du lit, en prenant soin de ne pas le réveiller. Les murs sont rose pâle, un vieil abat-jour plissé est posé sur une douille dépourvue d'ampoule. C'est une chambre jolie et agréable, quoique un peu exiguë. Il faudra qu'elle retire cette peau de vache… Le simple fait de poser le pied dessus lui donne envie de vomir.

Elle regarde la photo de Patsy. Elle va lui manquer, certes, mais à part ça, ça va être *génial*. C'est si stupéfiant, songe-t-elle, de se retrouver dans un lieu si peu familier. Il faut sortir de sa routine, pour comprendre à quel point on s'était encroûté. Elle sent, au plus profond d'elle-même, que tout va bien se passer.

Graham la regarde.

— Salut beauté ! dit-il.

— Beauté toi-même !

Elle se penche pour l'embrasser, il tente de l'attirer à lui.

— Allez, viens, on va manger ! dit-elle. Je meurs de faim.

Le petit déjeuner, se compose d'oranges et de porridge sucré avec de la mélasse. Drôle de petit déjeuner pour commencer une nouvelle vie, mais Larry a fait du porridge pour Mara, et en a fait plus, pour le cas où ils en voudraient. Ils se sentent obligés d'en vouloir. Et bien que le porridge soit la dernière chose dont Cassie ait envie, elle l'engloutit, puis racle le bol avec sa cuillère. Une fois le ventre plein, elle se sent forte, solidement campée sur ses jambes, après tous ces vols et l'agitation des jours précédents.

Elle fait la vaisselle pendant que Graham détache les bandes de porridge poisseuses restées sur les parois de la casserole pour les donner à Yella, dressé sur ses pattes arrière comme un animal de cirque. Assis à table, Larry feuillette des documents.

— Au fait, comment ça se passe pour le courrier ? demande Cassie.

Larry regarde par-dessus ses lunettes.

— Vous voulez déjà écrire à votre famille ?

— Eh bien… ne serait-ce que pour leur dire qu'on est bien arrivés.

— Déposez vos lettres là-dedans, dit-il en indiquant une boîte à cigares, au bout de la table. On les apportera au relais routier. Il y a une boîte aux lettres là-bas. Mais je vous préviens qu'on ne pourra pas le faire souvent.

— C'est là qu'arrivera notre courrier ?

Il hoche la tête.

— Le facteur passe tous les combien ?

— Je crains que ce ne soit assez irrégulier.

— Bon… Après tout, du moment qu'il passe ! J'ai très envie de voir le jardin.

Cassie sort la dernière cuillère de l'évier, et se sèche les mains.

— Bien sûr. Une fois que vous aurez fait la connaissance de Mara.

Larry replie les branches de ses lunettes et les glisse dans la poche de sa chemise.

— Vous êtes prêts ?

Il les invite à le suivre. À leur grande surprise, Larry les entraîne à l'extérieur de la maison. Après avoir descendu les marches de la véranda, ils se dirigent vers une bicoque basse et allongée percée de deux portes peintes en bleu.

— Cette partie-là abrite le générateur, dit Larry en désignant la porte qui se trouve à l'autre bout du bâtiment. Et Mara habite de ce côté-ci.

Cassie écarquille les yeux.

— Elle n'habite pas dans la maison ?

— Elle préfère… comment dire…, bafouille Larry, cherchant ses mots. Enfin, vous verrez.

Cassie regarde la porte, la rouille visible sous la peinture bleue écaillée. C'est à peine si elle avait remarqué cette remise, la veille. Elle n'aurait jamais osé imaginer que Mara puisse y vivre. Non loin de la porte, il y a une fenêtre. La vitre est grise de poussière – comme tout ce qui les entoure – et masquée par un épais rideau.

Larry ouvre la porte. La pièce est plongée dans la pénombre. Ils entrent. Larry referme la porte. La tenture qui la recouvre retombe dans un soupir étouffé.

Cassie saisit la main de Graham, prise d'une terrible envie de rire. Encore éblouie par la lumière du dehors, elle met un moment à s'habituer à l'obscurité. Enfin, la décoration de la pièce se précise : les murs et le sol décorés de kilims rouges et une multitude de coussins entassés… des longs, des ronds, des carrés, dans toutes les nuances de rouge, depuis l'amarante jusqu'au vermillon. Leurs contours massifs évoquent des bêtes tapies dans les coins, postées le long des murs. L'odeur est puissante. Une odeur féminine – mélange de parfum capiteux et d'effluves intimes – familière et choquante.

— On ne pourrait pas…, commence Cassie.

Elle n'a plus envie de rire, ressent le besoin d'ouvrir la porte, de respirer un bon coup. Se sent sur le point d'étouffer ou de s'évanouir.

— Une minute, dit Larry. Mara ? Ils sont ici, avec moi.

— Je ne suis pas aveugle !

La voix provient de l'un des coins de la pièce. En dépit de la chaleur suffocante, Cassie est saisie d'un frisson.

— Tu as peut-être envie de leur dire bonjour ?

Quelque chose remue dans l'obscurité. Des ombres s'assemblent. Peu à peu se précise la silhouette d'une femme, qui se lève avec effort. Petite, corpulente. Ses yeux luisent dans la pénombre rosée.

— Enchantée, dit-elle, d'une voix éraillée, comme si elle ne s'en servait pas souvent.

Cassie reprend son souffle, se ressaisit. Lâche la main de Graham et prend celle, flasque et moite, que lui tend Mara.

— Moi de même, répond Cassie.

Mara bâille en ouvrant une bouche énorme. Cassie détourne les yeux. Tous demeurent quelques instants silencieux.

— Ils étaient impatients de faire ta connaissance. Cassandra et Graham. Je t'ai parlé d'eux. Graham est peintre, dit Larry.

Graham lui tend la main.

— Salut.

— J'étais peintre moi aussi, dit Mara en prenant sa main et en la regardant d'un drôle d'air avant de la laisser retomber.

— Ils commençaient à douter de ton existence, explique Larry. À s'imaginer que je t'avais inventée.

— Pourtant j'existe ! réplique-t-elle en haussant la voix, comme prise de panique.

— Évidemment ! l'assure Larry en lui tapotant le bras. Je vais leur faire faire le tour du propriétaire. Et puis on déjeunera tous ensemble. Histoire de faire vraiment connaissance, n'est-ce pas ? Je viendrai te chercher quand il sera l'heure de se mettre à table.

— Je me remets à peine..., dit Mara en se penchant vers Cassie. J'ai des... des crises. Fred était là, il m'a soutenue.

— Et maintenant Fred est parti, et Cassandra et Graham sont avec nous.

— Cassie, rectifie cette dernière.

— Venez !

Larry soulève la tenture qui recouvre la porte. Mara s'apprête déjà à leur tourner le dos quand un rayon de soleil, filtrant par la porte ouverte, tombe sur son épaisse chevelure négligemment réunie derrière la tête, son peignoir de velours rouge et sa bouche aux lèvres charnues, au pli empreint d'une profonde amertume.

— À tout à l'heure, Mara.

Cassie est sensible à la tristesse de la femme.

Une fois dehors, elle se plaque les mains sur les yeux. Le soleil lui donne le vertige. C'est comme émerger d'un cinéma par une belle journée d'été. Elle fait glisser ses lunettes de soleil sur son nez, mais la lumière reste aveuglante. Au-dessus d'eux, la pompe grince, un oiseau pousse un cri perçant et, bien plus haut dans le ciel, un avion trace une ligne crayeuse sur le bleu du ciel.

— Bordel de..., commence Graham, mais Larry l'arrête en mettant un doigt sur la bouche, et les entraîne à l'écart du bâtiment.

— Vous disiez ? demande-t-il en souriant, les sourcils dressés derrière les verres de ses lunettes de soleil.

— Rien.

— Tant mieux. Et, si vous n'y voyez pas d'objection, je préférerais que vous ne juriez pas.

Larry fait volte-face et s'éloigne. Sont-ils censés le suivre ?

Cassie prend le bras de Graham. Les mots lui ont échappé, et elle n'a aucun mal à le comprendre.

Le chien s'avance avec raideur, depuis la véranda, et se met à trotter au côté de Larry, pressant le museau contre son genou. Totalement soumis à son maître. Larry marche les mains jointes derrière le dos, le panama enfoncé sur le front, la chemise blanche étincelante. À chacun de ses pas, un léger cliquetis se fait entendre, celui du trousseau de clés attaché à sa ceinture.

Il pivote sur ses talons et les invite à le suivre :

— Prêts à visiter le jardin ?

Le potager est coincé entre l'extrémité de la maison et la pompe – un rectangle d'une moiteur étouffante, entouré de filets destinés à protéger les tomates, les laitues, les poivrons et les haricots de la brûlure du soleil. Soulagée, Cassie pince une feuille de tomate entre ses doigts et en respire l'odeur tenace. De petits oiseaux volettent d'une feuille à l'autre en poussant des piaillements. Certaines tomates n'aspirent qu'à être cueillies : grosses et rustiques, elles paraissent sur le point d'éclater. Cassie se réjouit de voir, juste à côté, un basilic au feuillage buissonnant. S'ils restent ici, il faudra qu'elle plante du persil, du cerfeuil, du fenouil. Le fameux compagnonnage des plantes. Elle a hâte de s'y mettre.

— Je ne suis pas très doué pour le jardinage, comme vous voyez, dit Larry. Fred n'est pas mauvais, mais à présent que vous êtes là…

— Pas du tout, je le trouve très chouette, hein, Gray ? Mais on peut faire encore mieux !

— Eh bien… commandez toutes les graines que vous désirez. Et servez-vous des légumes, bien entendu. On est quasiment autosuffisant, pour ce qui est des salades.

— Vous tirez l'eau à la pompe ? demande Cassie.

C'est un son agréable et rafraîchissant que le jaillissement cadencé de l'eau dans l'énorme réservoir en zinc. Larry leur montre le trop-plein, peu profond et exposé à l'air libre, sa surface recouverte d'une pellicule de poussière où flottent des insectes morts ou agonisants.

— C'est un bon puits, commente Larry. L'eau est excellente, fraîche, pas saumâtre du tout. Il ne nous a encore jamais laissés tomber. Sans lui, Woolagong Station ne pourrait pas exister. Ici, vous avez les arrosoirs.

Il leur indique aussi les sacs d'engrais et de pesticides chimiques (dont il va falloir se débarrasser !). Les fourches, les truelles et le râteau forment un enchevêtrement particulièrement effrayant.

— Parfait ! dit Larry. Et maintenant, on va faire un petit tour. Je vais vous montrer les merveilles que nous avons à vous offrir.

Traînant les pieds dans le sillage de Larry, Cassie et Graham s'éloignent de la maison et marchent pendant environ cinq minutes. Le sol est recouvert d'une croûte qui craque sous leurs pas. À travers leurs sandales, la poussière rouge s'est insinuée autour des ongles de leurs orteils. Ici et là, de maigres touffes d'herbe piquante émergent de la poussière, en soulevant des flocons de terre sèche.

Larry s'arrête enfin et se baisse.

— Vous voyez ? leur demande-t-il en levant la tête vers eux. De sa paume, il entoure une fleur aux innombrables pétales d'un blanc immaculé, portée par une fine tige verte. Cassie s'accroupit près de lui, émerveillée qu'une plante aussi fragile puisse naître de cette terre brûlée par le soleil.

— Ce qu'elle est belle ! dit Graham.

— Et regardez un peu !

Larry se redresse et leur indique le flanc de la colline, qui dévale devant eux. Ils clignent des yeux et parviennent à distinguer un pâle miroitement – comme une brume légère – au-dessus du sol.

— Des immortelles, dit Larry. Elles sont merveilleuses, n'est-ce pas ? On n'a pas le droit de les cueillir, mais ici, au milieu de nulle part, qui cela pourrait-il gêner, qu'il en manque quelques-unes ? Mara va adorer. Un décor de table pour le déjeuner ?

Cassie se redresse et sourit, dubitative. On dirait une

définition de mots croisés. Elle s'efforce de trouver quelque chose à répliquer, mais il fait trop chaud pour réfléchir.

Larry se retourne pour leur faire face. Il relève son chapeau sur son front, enlève ses lunettes de soleil, et les fixe tour à tour droit dans les yeux.

— J'apprécie beaucoup votre discrétion.

— Pardon ? rétorque Graham.

— Vous devez vous poser des questions au sujet de Mara, mais vous avez eu la délicatesse de ne rien demander. Mara… laissez-moi vous expliquer…

Larry joint les mains comme pour une prière, plaque ses doigts sur ses lèvres, et semble méditer quelques instants, avant de reprendre la parole :

— Mara souffre d'une… d'une *maladie*, qui ne lui permet pas… comment dire… de vivre en société. Mais c'est une brave femme. Une femme formidable.

— Mmm… et de quoi s'agit-il ? demande Cassie. Enfin… c'est un problème physique ?

Larry a un rictus convulsif.

— Vous croyez qu'il est possible de séparer le corps de l'esprit ? Eh bien, il vous reste encore beaucoup de choses à apprendre !

Cassie se hérisse.

— Bien sûr que non, pas toujours. Mais les angines, par exemple… ou la grippe… ces maladies ne sont pas d'origine psychique, tout de même ?

Larry éclate de rire.

— Cela n'a rien à voir avec une angine.

— Ce n'est pas ce que je voulais…

Il l'interrompt en levant la main.

— Il est inutile que j'essaie de vous décrire la… la maladie de Mara… en ces termes. Vous aurez tout le temps nécessaire pour vous en faire une idée. Elle a… des cycles…

— Comme la lune ? demande Graham.

Larry sourit tristement.

— Des crises cycliques, si vous voulez. Il lui faut alors suivre un traitement pour retrouver son calme. Ensuite, elle va mieux – comme en ce moment. Je crois qu'elle est en train de se remettre de l'une de ces « crises ». C'est un hasard…, ajoute-t-il après quelques secondes de silence. Vous aurez bientôt l'occasion d'observer tout cela par vous-mêmes.

Il remet ses lunettes de soleil et son regard se perd dans le lointain. Il paraît si triste que Cassie sent fondre sa colère. Comment un homme seul peut-il à la fois travailler, s'occuper de cet endroit et veiller sur quelqu'un qui semble nécessiter une si grande attention ? Rien d'étonnant à ce qu'il soit un peu bizarre. N'importe qui le serait dans ces conditions. Ce sera bon, de se rendre utile.

— On se retrouve tout à l'heure sur la véranda, pour le repas ? dit Larry. Je vous laisse faire ce que vous avez à faire. Pour le repas, quelque chose de léger, non ? Une salade, par exemple. Il reste du pain, mais, si vous avez envie d'en refaire une fournée… il y a tout ce qu'il faut. En attendant j'ai des choses à régler.

Il leur adresse une sorte de salut en touchant le bord de son chapeau et s'éloigne d'un pas alerte, dans un cliquetis de clés, Yella trottant à son côté.

— Eh bien…, dit Graham, dès que Larry n'est plus en mesure de les entendre.

Il donne à Cassie un petit coup dans les côtes.

— Tu nous as encore fichus dans un de ces pétrins !

— Arrête, Gray ! proteste-t-elle, tout de même soulagée qu'il ait conservé son sens de l'humour. Non mais tu l'as vue, dans sa bicoque !

Elle repense au gloussement qu'elle a étouffé en entrant chez Mara… mais son envie de rire est passée. Elle s'accroupit. La sueur derrière ses genoux produit un petit bruit de succion. Elle caresse les pétales soyeux de la fleur.

Boîte 25
Relais routier de Keemarra
(Woolagong Station)
22 octobre

Chère maman,

Eh bien, nous voici enfin arrivés ! Il fait chaud et on a vraiment l'impression d'être loin de tout. On n'a même pas de véritable adresse – du moins, le courrier n'est pas acheminé jusqu'ici. Il est relevé et distribué au relais routier. Tu adorerais les fleurs sauvages, qui, hélas, ne vont visiblement pas tarder à disparaître. Beau potager, tomates, haricots, etc... Larry et Mara forment un couple atypique, mais ont l'air très sympathiques. Bon, il faut que je te laisse, je dois préparer une fournée de pain ! (Merci pour ta recette infaillible ! Je vais l'expérimenter.)

Baisers,
Cassie

7

Cassie se tient dans l'entrée du bâtiment des tondeurs. Le plancher, fait de larges lames polies par les ans, aurait besoin d'un bon coup de balai pour le débarrasser des dépouilles d'insectes, des feuilles séchées et des moutons de poussière. De part et d'autre, une série de trois portes. Plus une à chaque extrémité, donnant sur l'extérieur. On se croirait dans un wagon. Larry leur a dit qu'ils pouvaient jeter un coup d'œil aux autres chambres. Pourtant, son cœur bat à tout rompre, comme si elle faisait quelque chose de mal. Elle a l'impression de fouiner. Dans le couloir, il fait sombre et presque frais. Les murs sont tapissés de papier peint, à motif de fleurs et de vases. Était-ce au goût des tondeurs ? Sur les murs, deux photos encadrées : sur l'une, des hommes en nage buvant de la bière à grands traits ; sur l'autre, un tondeur maintenant entre ses cuisses un mouton qui se débat.

Elle pousse la dernière porte. Un lit étroit, une couverture kaki, une paire de bottes, une lampe à pétrole. C'est sûrement la chambre de… c'est quoi son nom, déjà ? … du voisin. Elle la referme. La suivante fait office de débarras : un cadre de lit cassé, une commode sans tiroirs, un tas d'affaires enchevêtrées, de couvertures râpées et de vieux rideaux. Un calendrier aux couleurs passées de l'année 1979, où des femmes à demi nues, assises sur des machines agricoles, vantent les mérites d'un bain antiparasitaire. La porte d'en face ouvre sur une chambre lumineuse, plus spacieuse que la leur, plus chaleureuse… Non que la leur ne lui plaise pas… Elle franchit le seuil.

Le plancher est légèrement en pente, certes…, mais ils pourraient disposer le lit à deux places en travers. Les rideaux sont jaune pâle, les murs parsemés de roses décolorées. C'est une belle chambre. Pourquoi Larry leur a-t-il donné l'autre ? Une commode blanche, un tapis composé de simples bouts de tissus assemblés. Elle s'accroupit et l'examine. Les bandes d'étoffe forment un tourbillon délicatement moucheté, comme une tempête de poussière. Et sur le petit lit bombé, une extraordinaire courtepointe en patchwork. Elle n'a jamais rien vu de pareil : ses couleurs se déploient obliquement en une succession chromatique, allant du bleu pâle aux rouges et aux orangés flamboyants, de la glace au feu. Il est fait main. Elle pourrait en confectionner un, pendant qu'elle est ici. Copier ce motif. Elle l'imagine très bien sur son (sur leur ?) lit, chez elle (chez eux ?). Les gens s'extasieront dessus (ses enfants, qui sait ?) et elle leur parlera de cet endroit, de cet étrange chapitre de son existence. *Mon année dans le désert australien.* Graham fera-t-il encore partie de sa vie ? Sera-t-il leur père ? Elle s'assied sur le lit moelleux et pousse un soupir.

Planté devant la fenêtre de la cuisine, Graham regarde, à travers la vitre crasseuse, la remise où vit Mara. La porte bleue est fermée. Il prend la cigarette roulée coincée derrière son oreille et l'allume. Que fait cette femme dans cette bicoque ? Elle doit en avoir, une histoire à raconter ! Et lui, que fait-il dans cette cuisine, dans cette ancienne bergerie, dans ce pays et dans cet hémisphère ?

Au moins, il est seul. Pour la première fois depuis des jours. L'eau tombe goutte à goutte dans l'évier, le ventilateur grince, des mouches bourdonnent consciencieusement au-dessus de la table et de son assiette maculée de confiture. Il ouvre le robinet et laisse couler l'eau. D'abord opaque comme une eau savonneuse, elle s'éclaircit, sans toutefois devenir fraîche. Il en boit néanmoins quelques lampées et retourne jeter un coup d'œil au petit tableau. Si c'est elle qui l'a fait, elle est vraiment douée. La touche est délicate, la finition brillante. De la laque, peut-être ? Joli travail. Pas trop son style, mais joli. Cela dit, c'était quoi, déjà, son style ?

Il repense à ses années d'études. Un sacré bail. Une déception pour ses parents, il l'avait compris. Les Beaux-Arts. Avec tout ce qu'ils avaient déboursé pour ses études ! N'ayant pas pu avoir d'enfants, ils l'avaient adopté à l'âge de quatre ans et l'avaient pourri gâté. Il est conscient de ça : d'avoir été trop choyé… et alors, qu'est-ce qu'il y peut ? Rien ne lui a jamais été refusé. Il se souvient des montagnes de cadeaux, du vélo enveloppé dans du papier argenté, sous le sapin de Noël. De sa chambre d'enfant, regorgeant d'éléphants et de tigres en peluche. « Comme thème, nous avons choisi la jungle », disait sa mère en la montrant fièrement aux invités. Et l'ordinateur, bien avant que tout le monde en ait un… Ils voulaient qu'il devienne avocat, comme papa. Après tout, c'était leur enfant.

Il se souvient, la première fois qu'il est entré dans cette chambre… Les tigres de la frise, et plus de jouets qu'il n'en avait jamais vu dans la devanture d'un magasin. L'odeur de la peinture neuve et des jouets en plastique. Avocat ! Pourtant il était bon en dessin. Architecte, alors, avaient-ils décidé… Mais non ! Des lignes pas droites, des cieux gris ou jaune soufre se reflétant dans les flaques, des arcs-en-ciel huileux au-dessus d'un canal. Ça lui avait valu un premier prix à la fac. « La lumière complexe », tel avait été son sujet de mémoire. Ici, la lumière n'avait rien de complexe, elle était on ne peut plus élémentaire.

Si j'avais ton talent, je ne le gaspillerais pas.

— Coucou, Jas, marmonne-t-il.

Que dirait-elle de tout ça ? Où cela l'a-t-il donc mené, de « plonger » ? À plus de trente mille kilomètres de chez lui. Elle doit être dans son atelier, à cet instant. Non, pas si sûr… Quelle heure est-il en Angleterre ? Il y a huit heures de décalage horaire, mais il ne sait plus s'il faut avancer ou retarder sa montre et n'a pas envie de se creuser la tête.

Il ramasse trois oranges sur la table. En lance une en l'air, puis deux, puis trois, et commence à jongler. Chaque fruit retombe dans sa paume avec un bruit sourd. Leur écorce ramollie dégage un parfum d'agrume.

Cassie déboule dans la cuisine. Il laisse tomber une orange. Elle jette ses lunettes de soleil sur la table et, avant qu'il ait pu dire un mot, descend un grand verre d'eau sans même attendre qu'elle ait coulé suffisamment pour être transparente. Son visage est rose foncé. Sur son nez, la pluie de taches de rousseur paraît presque verte.

— Qu'est-ce que tu traficotais ? demande-t-il en reposant les oranges.

L'une d'entre elles a roulé sous la table.

Elle s'essuie la bouche du revers de la main, s'approche et l'embrasse. Ses lèvres sont fraîches et humides.

— Je fouinais, répond-elle. J'explorais. Je nous ai dégoté une nouvelle chambre ! Viens voir !

— Tu as pris le soleil.

Elle jette un coup d'œil à ses bras couleur crevette.

— Ouais, j'ai fait un petit tour juste avant. J'ai oublié de remettre de l'écran total, tant pis. Hmm…

Elle plaque ses hanches contre celles de Graham. Aussitôt, il l'entoure de ses bras, mais elle se dégage.

— Viens voir la chambre. Larry a dit qu'on pouvait…

— Laquelle ?

— Celle qui est en face de la nôtre. La fenêtre est beaucoup plus grande.

Il hésite.

— Euh… mais… en fait, je pensais la prendre. Pour peindre. Il y a une meilleure lumière.

— Oh… mais…, bredouille-t-elle.

Son sourire se fige.

— Je croyais que tu avais l'intention de peindre dehors.

— Va quand même me falloir un atelier.

— Un atelier ! ronchonne-t-elle.

— Notre chambre est bien. Tu as dit qu'elle te plaisait. Tu as envie que je peigne, non ?

Elle se dirige vers le frigo.

— Tu as trouvé du pain ?

— Pas encore.

Elle se retourne.

— Je trouve ça très égoïste de ta part. Tu pourrais parfaitement peindre dans l'autre pièce, gémit-elle, comme si elle allait éclater en sanglots.

— Hé, Cassie…, dit-il en l'entourant de nouveau de ses bras. Tu disais qu'elle te plaisait, notre chambre.

— Je n'avais pas encore vu l'autre.

Elle détourne le visage.

— Faut préparer le déjeuner.

— Tu vas avoir tes règles, c'est ça ?

— Oh, va te faire foutre !

— Oh, oh…

Ses épaules sont lisses et halées. Il l'attire contre lui, lui embrasse les cheveux, respire son odeur de sel et de sueur.

— Faut préparer le déjeuner, répète-t-elle en se crispant.

— Il n'y a pas le feu, non ?

Elle se libère aussitôt de son étreinte.

— Tu ne veux pas aller peindre un peu ? Ou faire des croquis. Tu as au moins une heure devant toi.

Elle s'accroupit, plonge son regard au fond d'un placard, en sort un saladier et recule avec un petit cri lorsque quelque chose de vivant tombe de l'étagère.

— On discutera de tout cela plus tard.

La *discussion*, cette éternelle menace. Il quitte précipitamment la cuisine et va chercher ses crayons dans le bâtiment des tondeurs.

Cassie descend au potager avec un panier pour ramasser des tomates pour le déjeuner. *Tu vas avoir tes règles ?!!!* Quel plaisir de se pénétrer de ce puissant parfum de feuillage, de se laisser bercer par le doux jaillissement de l'eau dans le réservoir, par le gazouillis des oiseaux et la stridulation des sauterelles... Quelque chose la titille, comme un picotement insistant. Et si ça ne pouvait pas marcher ? Elle et Graham. Stop ! Elle doit leur laisser une chance.

Elle soulève une tomate encore attachée au plant. Se demande quelle est sa variété. Chaud et lourd, le fruit a une peau épaisse et tient bien dans sa main. Elle enfonce un ongle et la peau éclate, révélant une chair pulpeuse. Cassie est d'humeur sensuelle. Elle l'aurait bien fait, si elle n'avait pas été si irritée. Ce n'est pas le temps qui manquait. Mais pourquoi faut-il qu'il se réserve la meilleure piaule, bordel ! Elle lèche le jus sur son pouce. Il est tiède, sucré, et son goût piquant n'a rien à voir avec celui des tomates anglaises. La tomate se détache aisément de sa tige. Elle en cueille trois autres. Elles sont si énormes qu'on pourrait déjeuner d'une seule d'entre elles.

Elle rassemble quelques haricots et une salade aux feuilles molles et tièdes, parmi lesquelles elle trouve une chenille jaune, grosse comme un doigt de bébé. Elle se cabre, hérissant ses poils noirs, sous son corps en forme d'accordéon. D'une chiquenaude, Cassie la fait tomber, et la regarde se tortiller dans la poussière. Lève le pied pour l'écraser. Si elle ne le fait pas, elle va se transformer en papillon et pondre des milliers d'œufs. Le bord des feuilles de laitue est déjà rongé par les chenilles. Et puis, la larve ne pense pas, et ne risque donc pas de souffrir – elle cessera tout simplement d'exister. On peut à peine appeler cela une mort. Juste une petite bouillie sur le sol, qui va sécher et dont il ne restera plus rien d'ici une demi-heure.

Cassie serre les dents, détourne les yeux et s'exécute. Mieux vaut ça que les pesticides.

Elle essuie dans la poussière la semelle de ses sandales et va remplir l'arrosoir au réservoir. Ce que c'est bon d'être occupé, d'avoir des choses à faire, de profiter de la nature et de l'odeur de ce qu'on cultive. *Un atelier !* Ce mot lui paraît terriblement prétentieux. Pourquoi pas une *pièce*, tout simplement ? Il a intérêt à se mettre à la peinture, alors, et vite ! La terre s'assombrit quand elle l'arrose. Les épaisses tiges du plant de tomates l'aspirent et les feuilles semblent frémir et se raidir sous ses yeux. Il faut qu'elle fabrique du compost. Aujourd'hui même.

Yella entre dans le potager et vient frotter son museau contre sa jambe.

— Salut mon beau !

Il dresse la tête à la vue de l'arrosoir.

— Tu veux boire un coup ?

Elle se rappelle qu'il est sourd et se penche pour lui tapoter la tête.

— Il n'a pas envie de la boire.

La voix de Larry la fait sursauter.

— Aspergez-lui le dos !

— Quoi ?

— Allez-y !

Elle soulève l'arrosoir et laisse le jet se répandre sur l'échine de l'animal. Il se cambre, ferme les yeux et grogne de plaisir d'une façon comique. Cassie s'écarte d'un bond et éclate de rire lorsqu'il se secoue en répandant une pluie de gouttes sur ses jambes. Puis cette andouille de chien roule sur le dos et se trémousse dans la poussière. Et se relève, l'œil vif et les poils hérissés par la boue.

— Les plaisirs simples…, dit Larry

— Eh oui !

Cassie essuie ses tibias mouillés.

— Larry ?

Il fixe quelque chose, une feuille de tomate.

— Elles ont besoin d'une bonne pulvérisation, dit-il en désignant les bidons de pesticide. Vous disiez ?

— Je peux vous poser une question ?

— Naturellement.

— Pourquoi… enfin, je sais que ce ne sont pas mes affaires mais… Puisque Mara est gravement malade, pourquoi avoir choisi de vivre si loin de… du monde civilisé… sans même une radio ?

— Si nous vivions dans le monde civilisé, comme vous dites, Mara serait sans doute internée dans un hôpital spécialisé.

Il s'approche d'elle en souriant.

— Croyez-moi, poursuit-il, si bizarre que ça puisse paraître, c'est la meilleure solution.

Sa barbe pointe, ses yeux pâles sont plongés dans ceux de Cassie.

— Sans doute, dit-elle. Ce doit être terrible. C'est si généreux de votre part.

— Généreux ?

— De vivre ici. D'avoir tout laissé tomber pour Mara. Peu de gens l'auraient fait. Et votre profession ?

— Je l'exerce.

— Comment ça ?

— Oh, dit-il en secouant la tête. On aura tout le temps d'en discuter. À présent, faut que je me remette au boulot.

Elle ramasse son panier de légumes.

— Je vais utiliser les méthodes de l'agriculture biologique, dit-elle. Plutôt que… vous savez… ces saletés de produits chimiques.

— Ces saletés de produits chimiques !

Il garde un moment les yeux rivés sur elle, puis hausse les épaules.

— Faites comme bon vous semble. À propos, puisque nous sommes seuls… Graham… je ne me l'imaginais pas ainsi.

— Vous vous l'imaginiez comment ?

— Je voyais quelqu'un de plus… de plus…

Mais il laisse sa phrase inachevée, hausse les épaules et conclut, avec un sourire forcé :

— Je suis sûr qu'on finira tous par se faire les uns aux autres. Quand on se connaîtra mieux.

Il jette un coup d'œil à sa montre.

— Je vais être occupé jusqu'au déjeuner, dit-il, avant de pivoter sur ses talons et de s'éloigner, avec Yella trottant à ses côtés.

Cassie apporte la salade et les haricots, nettoie les tomates et les coupe en tranches. Il s'imaginait quelqu'un de plus quoi ? De plus poli ? De plus grand ? De plus humble ? De plus efficace ? Mais elle sait parfaitement ce qu'il veut dire. Elle aussi aurait voulu que Graham soit plus… C'est pour ça qu'ils sont ici, non ? Elle retire une ou deux larves minuscules de la chair des tomates, et saupoudre les tranches juteuses de sel, de poivre et de feuilles de basilic hachées. Elle fait bouillir des œufs, coupe ce qui reste de pain et finit par trouver une autre miche – Graham a oublié de la sortir, bien sûr – dans les profondeurs du freezer envahi par le givre. Plus tard, elle fera une autre fournée.

Elle a une drôle de sensation, un poids entre les épaules, comme si on l'observait. Mais il n'y a personne. Elle ouvre le garde-manger et examine les boîtes de conserve. Une bête détale, effrayée par la lumière, et

Cassie a un mouvement de recul. L'endroit dégage une odeur rance et familière : toile cirée, bougies, saleté ordinaire... un bon nettoyage s'impose. Certaines des conserves, très anciennes, ont leurs bords rouillés et des étiquettes à peine lisibles. Ce sera marrant, en un sens, de mettre de l'ordre dans tout ça. Elle trouve une boîte de thon, une autre d'anchois. *Une salade niçoise**[1] ? Pourquoi pas, bien qu'elle n'ait pas trouvé d'olives.

Elle équeute et effile les haricots. Il a raison. Ils finiront par se faire les uns aux autres. C'est juste une affaire de temps. Tout va bien se passer. Elle prend les couteaux, fourchettes et assiettes et les dispose sur la table de la véranda. C'est une grande table, dont le plateau est fait d'une unique pièce de bois au grain épais et veines tourbillonnant autour d'un énorme nœud. Sale, également : des restes de nourriture et de Dieu sait quoi d'autre, de la cire incrustée de miettes... il y a du boulot. Elle sourit, en repensant à l'expression de Graham, quand Larry lui a demandé de ne pas jurer.

Debout en haut des marches, elle regarde au-delà de la bicoque, de la pompe éolienne. Au bas d'une pente se dresse une rangée d'eucalyptus. Un ancien enclos pour chevaux, leur a dit Larry. Un enclos de plus de deux mille hectares, il restait encore des fragments de barrière çà et là, si on se donnait la peine de les repérer. *Deux mille hectares.* Dix fois la surface d'une exploitation agricole anglaise.

Au loin, elle aperçoit Graham, assis contre le tronc d'un arbre, le bloc à dessin sur les genoux. Il est coiffé du chapeau de paille effiloché qu'il a pris en passant. Et elle se radoucit à la pensée de son talent. OK, il est à toi, ton atelier ! Si seulement il voulait bien se remettre à peindre, s'impliquer réellement dans *quelque chose.*

1. Les mots en italique suivis d'un astérisque sont en français dans le texte. (*N.d.l.T.*)

Leur maison est tout entière décorée de ses tableaux : des images étranges, des reflets, des ondulations huileuses... Comment, avec un tel don, peut-il ne pas avoir envie de peindre ? Il prétend être bloqué, pourtant... cette façon qu'il a de saisir le mouvement d'un simple coup de crayon. Il griffonne souvent, quand il est au téléphone. Une ligne continue, sans lever une seule fois le crayon. De ses longs doigts délicats, il ébauche une fille faisant volte-face, le balancement de sa jupe, un oiseau qui s'envole, un sourire naissant. Cette dernière esquisse, il l'avait faite pendant qu'il parlait à Jas au téléphone. Une conversation chuchotée, interminable, durant laquelle Cassie s'était sentie obligée de quitter la pièce à contrecœur, bien qu'elle y fût entrée avant lui. Et quand, juste après, elle avait posé les yeux sur le bloc-notes à côté du téléphone, il y avait ce *sourire*... un sourire d'autant plus étonnant qu'il était tracé d'une seule ligne – et suffisamment contagieux pour qu'elle ne puisse résister à l'envie de sourire, elle aussi.

8

Graham fait halte devant les marches de la véranda. Cassie ne l'aperçoit pas immédiatement. Le menton entre les mains, elle observe quelque chose, mais quoi ? Sa nuque est luisante sous l'épaisse queue-de-cheval. Lui-même écarte les lourdes mèches qui retombent sur sa peau couverte de sueur. Elle a mis les fleurs dans un vase et parfumé l'eau de la carafe avec des morceaux de citron. Les grosses tranches de tomates se chevauchent sur un plat, leur rouge est rehaussé par le filet d'huile et le vert du basilic haché. Ce pourrait être une composition. Il pourrait en tirer un tableau, si les natures mortes étaient son truc.

— Tu pensais à quoi ? demande-t-il.

Elle sursaute.

— Oh, à rien d'important. Alors, c'était comment ?

Il serre le bloc à dessin sous son bras. Rien à montrer, à peine quelques coups de crayon. Un tronc, la ligne d'horizon, le battement de queue d'un lézard. Tout est trop grand, trop écrasant. Il est d'abord allé dans son atelier mais ça n'a rien donné. Alors, Graham est sorti, s'est assis sous un arbre et, le papier sur les genoux, le crayon levé, il s'est tenu prêt... mais toujours rien. La lumière avait dansé devant lui comme une catin. À quoi bon peindre ? avait-il songé, à quoi bon produire un tableau de plus ? Imaginons que l'on brûle tous les tableaux du monde… Qu'en resterait-il, une fois l'incendie éteint ? Un tas de cendres… Alors ? Où était l'intérêt ?

Il l'embrasse. Reconnaît le goût du thon.

— Tu avais l'air perdu dans tes pensées. Tu étais où, au juste ?

— J'attendais, tout simplement.

Cassie va dans la cuisine et revient avec un plat rempli de pain. Lorsqu'elle le place sur la table, une mouche se pose dessus. Elle la chasse d'un geste de la main.

— Qu'est-ce qu'il y a ?

— Je t'en prie, Gray. Il faut qu'on parle.

— On *va* parler, dit-il avec un serrement de cœur.

— C'est bien pour parler, qu'on est venus jusqu'ici ?

— Pour parler de quoi ?

— De nous, bien sûr. De quoi d'autre, à ton avis ? Du CAC 40 ?

Il prend une grande inspiration.

— Je suis là, non ? C'est ce que tu voulais…

Elle saisit un morceau de pain et se met à le mâchonner, de minuscules miettes restant collées à sa lèvre inférieure.

— Oui, tu es là, hein ? réplique-t-elle avec un sourire.

— Alors… Comment tu trouves le jardin ?

— Génial. Gray, je t'en prie… Mettons tout de suite les choses au clair…

Elle lèche une miette, sur son pouce.

— … en ce qui nous concerne. Histoire de pouvoir passer à autre chose.

Elle hésite, puis :

— Tout ce que je désire, tu le sais, c'est une vraie rela tion monogame.

Il ne peut réprimer un grognement.

— Arrête ! Qu'est-ce qu'il y a ?

— Tu sais bien… c'est ce mot… celui qui commence par un « m ».

Elle se mord la lèvre. Il distingue, sur sa joue, le duvet presque invisible que caresse un rayon de soleil.

— Je ne veux pas avoir à y revenir en permanence, dit-elle. Je voudrais qu'on en discute une bonne fois pour toutes.

— Je n'ai rien contre le fait d'être…

Il cherche le mot qui ne va pas lui arracher la bouche.

— … d'être loyal, poursuit-il étonné par la simplicité de la formulation. C'est juste ce mot… ça fait penser à… à la monotonie.

— Tu n'as rien contre le fait d'être loyal ? Où est le problème, alors ?

— Il n'y a pas de problème, dit-il.

À cet instant, il jurerait que c'est vrai. Dans cette lumière, des paillettes fauves dansent dans les yeux de Cassie, qui paraissent plus gris que verts.

Elle ramène une mèche derrière son oreille.

— Eh bien ? demande-t-elle.

— Eh bien, je serai loyal, à partir de maintenant, dit-il en s'apercevant qu'il aime ce mot, sa simplicité. Il est loin d'être aussi pesant que « monogamie ».

— Ce n'est pas ici que tu risques de rompre ton serment ! Alors, pour pouvoir repartir sur des bases solides, je voudrais savoir quelle est la dernière personne avec qui tu as couché ?

— Et toi ?

— Tu le sais… c'était Rod. Mais j'en avais pas vraiment envie, c'était à cause de toi… parce que, de ton côté… Moi je n'en ai jamais ressenti le besoin… bien que pour être sincère…

Son regard prend une expression rêveuse et Graham en ressent une jalousie inattendue. Elle secoue la tête.

— De toute façon, c'était il y a presque un an. Alors que toi tu…

La porte s'ouvre et Mara entre, suivie de Larry. Graham respire, soulagé. Jusqu'à quel point va-t-il devoir être loyal ? Les cheveux de Mara sont coiffés en une natte épaisse, qui retombe sur l'une de ses épaules nues. Elle porte, enroulé autour de ses seins et noué à la façon d'un sarong, un léger drap marron.

— C'est prêt ? demande Larry.

— Oui, dit Cassie. Je vais tout suite chercher…

— Une bouteille de vin ? suggère Larry.

— Oh, Larry, oui ! s'exclame Mara en claquant des mains.

— Pour vous souhaiter la bienvenue et fêter votre arrivée !

— Ouiiii !

— C'est une très bonne idée.

Cassie va chercher la nourriture dans la cuisine. Graham sourit en la regardant s'éloigner. Elle ne boit jamais à l'heure du déjeuner. Mais quand elle le fait, il apprécie. Et après…, se dit-il en tendant les doigt, au lit ! Il sort son tabac de sa poche.

— Qu'est-ce que vous nous avez préparé ? demande Mara.

Elle gravit les marches de la véranda avec difficulté, se prenant les pieds dans le drap trop long.

— Quelque chose avec du thon, à ce qu'il semblerait.

Graham garde en bouche le goût du baiser. Il prend une feuille de papier à cigarette et commence à s'en rouler une.

— J'aime le thon, fait remarquer Mara.

Elle s'assied sur la chaise la plus proche et plante son regard dans celui de Graham. Ses yeux sont marron doré, entourés de cernes noirs.

— Tu ne peux pas attendre la fin du déjeuner pour fumer ? demande Cassie à Graham en posant bruyamment le saladier sur la table.

— Pour ma part, je préférerais que vous attendiez, dit Larry avant de verser du vin rouge dans les verres que Cassie a prévus pour l'eau.

— Pas de problème.

Graham retire la cigarette de sa bouche et la pose sur la table, à côté de sa fourchette. Il hume le vin et en prend une gorgée. Léger et aromatique, à la température du corps.

— Délicieux, dit-il.

Dans cette chaleur, une seule gorgée – voire la seule odeur du vin – lui fait tourner la tête.

— Vous vous y connaissez en vin ? lui demande Larry.

— Je ne suis pas un spécialiste, dit-il. Mais j'ai quelques notions. Mon père était un vrai connaisseur.

— Vous pourriez reconnaître le cépage de celui-ci ?

Cassie jette à Graham un regard amusé. Il hume le vin et fronce les sourcils. En dépit de papa et de sa célèbre cave il n'a pas la moindre idée de ce que c'est.

— Du cabernet sauvignon ? hasarde-t-il.

— Du shiraz.

— Ah ouais ?

— Servez-vous, dit Cassie. Ce n'est pas facile, de cuisiner chez les autres, quand on n'est pas habitué à…

— Vous n'êtes pas « chez les autres », réplique Larry. Dites-vous bien que vous êtes ici chez vous.

Il lève son verre à sa santé.

— À la vôtre ! lance-t-elle.

— Eh bien, à la vôtre. Bienvenue à vous !

— Bienvenue, dit Mara.

— Merci.

— Ouais. À votre santé !

Graham se gratte le menton. Il ne s'est pas rasé depuis deux jours et ça le démange. Il lorgne du coin de l'œil le fin petit rouleau blanc près de son assiette, dont s'échappe un brin de tabac brun doré.

Mara mange soigneusement, bien qu'avec avidité, en s'essuyant la bouche avec un coin de son drap. Larry a une véritable serviette en tissu, enroulée dans un anneau en os. Il va la chercher lui-même et, avec un grand geste du bras, la sort du rond de serviette et la coince sous sa chemise. Les autres doivent faire sans. La mère de Graham avait une passion pour le linge de maison, les serviettes de table… Il fallait les enrouler une fois le repas fini. Il revoit les rouleaux blancs, louche de nouveau sur sa cigarette et détourne les yeux.

Sous les bras charnus de Mara, deux auréoles de sueur se sont formées sur le drap. Son odeur… impossible de ne pas la remarquer. Repoussante ou enivrante, Graham n'arrive pas à décider… mais le côté grisant est peut-être dû au vin ? Elle ne ressemble pas à une odeur corporelle masculine, ni à celle de Cassie, franche et salée – qui lui devient familière, ces jours-ci. C'est une odeur suave, musquée et écœurante – mais sans doute est-elle parfumée.

— Vous peignez, Mara ? demande Graham.

— J'en suis capable, répond-elle.

— Mara est une peintre exceptionnelle.

Il leur adresse un sourire, puis laisse son regard s'attarder plus longuement sur Mara.

— J'ai fait les Beaux-Arts.

— Ah oui ? réplique Graham.

— Ça a l'air de vous étonner.

— Pas du tout, dit-il.

Il est étonné. S'imagine mal Mara aux Beaux-Arts – qu'il a lui-même fréquentés pendant un trimestre. Il avait commencé à suivre le cursus, mais les choses s'étaient mises à mal tourner. En y réfléchissant, il l'imagine mal où que ce soit.

— C'est quoi, ça ? demande Cassie en passant le pouce sur des crénelures irrégulières, à la surface du bois.

— Des traces de termites, dit Larry. Vous en verrez partout. Là, par exemple ! dit-il en désignant la porte.

— Des termites, répète Cassie dans un frisson. Comment se fait-il qu'ils fassent beaucoup plus peur que les fourmis ?

— La reine termite peut atteindre la taille d'un concombre, réplique Mara

Graham éclate de rire. Mais elle paraît très sérieuse.

— Vous avez déjà vu des termitières ? poursuit-elle. C'est très impressionnant. N'est-ce pas, Larry ?

— On les trouve où ? demande Graham.

— Dans les environs, la première colonie digne de ce nom est à… euh… relativement loin, en fait.

Larry vide le reste de la bouteille dans le verre de Mara et en ouvre une autre. Le bouchon roule en bas des marches.

— Fred revient quand ? demande Mara, au moment même où Graham demande à voir ses tableaux. Je ne peins plus, lui répond-elle.

Mara baisse les yeux et pique délicatement sur sa fourchette un petit morceau de tomate, un bout de haricot et une lamelle de thon. Elle la porte à sa bouche.

— Je vous expliquerai plus tard, dit Larry.

— Non, tu ne vas pas leur expliquer…

Un morceau de haricot s'échappe de sa bouche.

— Pardon… mais c'est à moi d'expliquer. Il n'y a rien à expliquer. Je peins et je brûle mes toiles parce que je ne sais pas peindre… je peins et je brûle, je peins et je brûle…

— Calme-toi, Mara, lui souffle Larry en posant la main sur son bras. J'ai dû la contraindre à arrêter. À cause du risque d'incendie.

Graham avale sa salive.

— Bizarre, fait-il remarquer en posant sa fourchette. Je pensais justement à ça, ce matin.

Cassie lève les yeux.

— À quoi ?

— Après le déjeuner, une bonne sieste…, dit Larry, visiblement nerveux.

— Les Aborigènes mangent les termites, vous le saviez ? dit Mara en repoussant la main de Larry. Mais jamais la reine.

— Tu n'y pensais pas vraiment ? demande Cassie à Graham.

— La reine est sacrée.

— Si, j'y pensais…, rétorque Graham, avec un froncement de sourcils. Enfin, non, pas exactement, poursuit-il d'une voix plus douce. C'est difficile à expliquer.

— Ici, on n'a pas à expliquer, n'est-ce pas, Larry ? Ce sera la nouvelle règle, d'accord ? propose Mara.

— Mara…, dit Larry, en se penchant vers elle. Il ne faut pas que tu t'excites.

Puis, à l'adresse de Cassie :

— Je n'aurais pas dû la laisser boire, à vrai dire. Mais comme on avait quelque chose à fêter…

Mara éclate de rire. Bien qu'elle n'ait cessé de les essuyer avec le drap, ses lèvres sont luisantes d'huile de thon.

— Ce n'est pas compatible avec son traitement. Calme-toi, Mara !

— Je décrète donc… Je *suis* calme, dit-elle en levant son verre. Je décrète que… nul ne sera tenu de fournir des explications.

— Quelles sortes d'explications ? demande Cassie.

— Quelles qu'elles soient. Il n'y aura plus besoin de s'expliquer. Ou de demander à quelqu'un de le faire.

Cassie l'observe quelques instants.

— C'est une idée géniale ! s'exclame-t-elle en souriant à Graham. Hé, Gray, n'est-ce pas que c'est une idée géniale ?

— Ouais, dit-il.

Dommage qu'elle ne parle pas sérieusement. Il surprend l'expression de Larry, l'ardeur avec laquelle il dévisage Cassie. Il ne peut pas lui en vouloir. À côté de Mara – non qu'elle soit laide ni même commune… Mara croise son regard et il prend conscience qu'il avait les yeux rivés sur le drap tâché de sueur et sur la courbe aplatie de ses seins. Les grains de beauté forment une sorte de constellation. Il s'attarde sur son regard aux paupières tombantes. Cette natte est aussi épaisse qu'une corde.

— Vous accepteriez de me peindre ?

— Je ne fais pas de portraits, au sens classique du terme.

— Au sens classique du terme !

— Vous pourriez me passer l'eau, s'il vous plaît ?

Sous la table, Cassie lui donne un petit coup de genou. Son short s'est relevé, révélant la blancheur de sa peau, au-dessus de la limite un peu floue du bronzage. Pas de problème ! songe-t-il. Juste après le déjeuner, sur ce vieux lit.

Larry pousse la carafe vers Cassie. Elle verse l'eau et la boit en fermant les yeux de plaisir. Graham observe le mouvement de sa gorge, tandis qu'elle avale.

— Vous faites quoi ? demande soudain Mara, en pointant un doigt vers Cassie. Lui, il est peintre...

Cassie s'essuie la bouche.

— J'enseigne à temps partiel, à des adultes. Le jardinage, ce genre de trucs.

— Elle fait tout un tas de choses, dit Graham. Je peux fumer à présent ?

Il allume sa cigarette avec son briquet, inhale la fumée.

— C'est une excellente cuisinière.

Il recrache la fumée. Il se sent bien, subitement. Heureux, alangui, à moitié saoul. Il est d'humeur à faire l'amour.

— Elle est super à la cuisine, insiste-t-il, en pensant « elle est super au lit ».

— Une personne terriblement précieuse, alors, dit Larry.

— On dirait que vous faites mon éloge funèbre ! proteste Cassie.

— Sauf que c'est vrai, nuance Graham en posant la main sur sa jambe, avant de la presser. Elle fait tout bien.

— N'empêche qu'elle a trop bu, dit Cassie. Qui a envie d'un café ?

Elle se lève, chancelle un peu et sa hanche heurte l'un des coins de la table.

— Aïe ! Je ne devrais pas boire à l'heure du déjeuner

Elle commence à empiler les assiettes.

— Laissez ça pour le moment, dit Larry. Allez vous allonger. Je suis sûr que vous avez besoin de vous étendre.

Elle sourit en agrippant la table pour conserver son équilibre.

— À vrai dire… oui.

Larry croise le regard de Graham, et sourit lui aussi.

9

Graham suit le regard de Larry, qui ne quitte pas Cassie des yeux, tandis qu'elle descend les marches et contourne la maison.

— Je me demande ce que ça fait d'être blonde, dit Mara.

Une mouche verte aux reflets irisés se promène autour de sa bouche.

— Je me demande si on voit les couleurs différemment, selon qu'on a les yeux noirs ou bleus. Je me le suis toujours demandé.

— On ne le saura jamais, dit Larry.

— Non.

Ils restent un moment assis là, à se pencher sur la question. Les mouches se traînent sur les assiettes poisseuses. Graham sent son visage qui le démange. Il frotte sa barbe de trois jours. Il faut qu'il se rase. Il aurait dû se lever en même temps que Cassie. Il se sent coincé, à présent. Il se roule une autre cigarette.

— On s'en fait un petit ?

— Oh, pardon… vous en voulez une ?

— J'ai de la bonne herbe…

— Ouais, super.

Il dissimule sa surprise dans un bâillement. De toute façon, Cassie voudra dormir. Peut-être que Larry s'adoucira un peu, après avoir fumé un joint. Graham chasse une mouche d'un geste de la main. Il ne comprend pas comment les deux autres peuvent s'en soucier aussi peu. Bien que ce soit sur Mara qu'elles se posent, et pas sur Larry. Impossible de l'imaginer couvert de mouches. Mara finit par lever la main pour déloger d'une chiquenaude la mouche qu'elle a au coin des lèvres. L'insecte s'envole dans un bourdonnement paresseux et se pose sur le bras de Graham. Il la chasse en tapant sur sa peau pour effacer la sensation des pattes de mouche.

— Elle ne vous veut aucun mal, dit Mara, avec un sourire. C'est juste une petite mouche.

Larry saisit l'herbe séchée entre le pouce et l'index et la dispose sur le papier de chanvre. Sa langue, sur le papier, frétille comme celle d'un lézard.

— Prêt ? demande Graham.

Larry hoche la tête et tend le cou. Graham allume le joint avec son briquet.

S'habituera-t-il un jour aux mouches, et à tout le reste ? Il se renverse sur sa chaise, étend les jambes, regarde autour de lui. Deux lampes et une quantité de bougies et de bouts de chandelles sont disposées sur la large rampe de la véranda. Des objets en fil de fer rouillé destinés à Dieu sait quoi – l'un d'eux serait-il un piège ? – sont pendus à des clous.

Mara bâille.

— J'ai sommeil, dit-elle.

Elle se lève en s'appuyant sur la table et marche sur le bout de son drap, qui glisse et révèle un bout de sein.

— Je te rejoins dans un tout petit moment, dit Larry en consultant sa montre.

Mara pose une main chaude et pesante sur l'épaule de Graham.

— C'est un mari merveilleux. Qui sait où je serais, sans lui ?

Elle verse de l'eau dans un verre et la boit avec avidité. Puis elle remplit de nouveau le verre et l'emporte avec elle. Elle descend les escaliers en le tenant des deux mains, comme une enfant. Son drap est mouillé, à l'endroit où elle était assise : un grand papillon de sueur à hauteur des cuisses et des fesses. Mara entre dans la remise et referme la porte derrière elle.

— Merci.

Graham prend le pétard rachitique, ramolli par la salive de Larry. Les yeux clos, il aspire une longue bouffée. Aussitôt, le sol semble se dérober sous ses pieds.

— Nom de Dieu !

Larry renverse la tête en arrière.

— Pas mal, hein ? La modification génétique a du bon !

Graham ferme les yeux. Incapable de penser. À moitié ivre, désorienté par le décalage horaire et à présent, cette explosion… la dernière chose dont il avait besoin Il ne devrait pas fumer, ça ne lui réussit pas. Ça ne lui a jamais réussi. Il se comporte comme un idiot et il devient parano. Sous ses paupières, des lumières crépitent comme des feux d'artifice. Il ouvre les yeux. Larry sourit, frais comme un gardon.

— Intéressant. Vous êtes de constitution fragile, fait-il observer.

— Je me sens bien, rétorque Graham, avant de prendre une autre petite bouffée, qu'il garde un instant dans sa bouche, puis d'exhaler la fumée et de rendre le joint à Larry.

— Il n'y a pas de honte à ça, dit Larry.

Graham se lève pour prouver qu'il va bien. Il s'appuie sur la rampe de la véranda et tourne le dos au paysage.

— Êtes-vous particulièrement sensible à certaines substances ?

Graham le fixe.

— Hein ? pourquoi ?

— Cassandra ?

— *Quoi ?*

— Vous et Cassandra… Ça se passe comment, tous les deux…

Larry hésite.

— … physiquement ?

— Putain de merde ! s'exclame Graham, dans un éclair de colère. Il ferme les yeux un moment. Serre les poings, respire un grand coup, recouvre ses esprits.

— Désolé.

Larry secoue la tête et se penche vers Graham.

— Voyez-vous, mon ami. Pour qu'on arrive à s'entendre, tous les deux…

Il s'arrête, comme s'il avait la gorge nouée. Nom de Dieu ! Il ne va tout de même pas se mettre à pleurer. Graham se retourne et, baissant les yeux, contemple la rangée d'eucalyptus. Leur silhouette, que la distance rend minuscule, se détache nettement sur le bleu du ciel. Un perroquet rose et gris, d'un genre apparemment commun ici, se pose sur la rampe de la véranda. L'oiseau incline la tête et le scrute d'un œil mauvais.

Larry se racle la gorge.

— Cacatoès rosalbin, dit-il.

— Pardon ?

— L'oiseau. C'est son nom.

Yella se dresse sur ses pattes, se traîne jusqu'à son écuelle d'eau, et se met à laper. Il s'assied et se gratte l'oreille, soulevant un nuage de poussière. Cassie sera déshabillée. Peut-être ne dormira-t-elle pas ? Peut-être sera-t-elle couchée à l'attendre ? Il songe à Mara. Attend-elle la venue de Larry ? L'image qui lui traverse l'esprit le fait sourire : les jambes grêles de Larry, entre les énormes cuisses de Mara.

— Et vous et Mara ? Ça va comment, physiquement ?

Larry pose sur lui un regard vide d'expression.

— Ce ne sont pas mes oignons ? suggère Graham.

Le croassement d'un perroquet, derrière lui, le fait sursauter.

— Écoutez, reprend-il. L'idée ne vient pas de moi, d'accord. Que ce soit bien clair : Je suis venu pour faire plaisir à Cassie. Et pour me remettre à peindre. Pigé ?

Larry garde un visage impassible.

— Je comprends très bien. Moi aussi, je préférerais être ailleurs. Si je reste ici, c'est pour Mara.

Son expression fait l'effet d'un masque fragile. Est-ce du courage ? De la bravade ? Graham ressent un élan de pitié. Larry a beau être un champion du self-contrôle, il s'est fait piéger ! Il doit avoir ses bons côtés, après tout. Il faut lui donner sa chance.

Il pivote sur ses talons, avec la sensation que tout tourne autour de lui. Il secoue la tête lorsque Larry lui tend le joint. Ce dernier tire une ultime bouffée, puis écrase le mégot.

— Elle a besoin de soins… ça exige de la patience. Sans ses médicaments, elle…

Il écarte les doigts.

— … et même avec, il n'est pas toujours possible de lui faire garder son calme.

— Où est-ce que vous vous les procurez ? demande Graham. Les médicaments.

Il réprime un sourire. Il a la vision absurde d'une fiole et d'une cuillère géantes.

— Vous n'avez pas de médecins itinérants, ici ?

— Je crains que l'état de Mara n'outrepasse les compétences de n'importe quel médecin itinérant.

Larry se lève et se met à empiler les assiettes.

— Je vais faire la vaisselle. Exceptionnellement… pendant que vous finissez de vous acclimater. Au fait, ajoute-t-il avec un sourire. Nous sommes tous deux terriblement impatients de découvrir votre travail, et que vous vous remettiez à peindre. De voir ce que vous allez faire de…

Il agite le bras en direction du paysage.

Graham a le ventre noué. Il comprend soudain… c'est la peur. Il a envie de se remettre à peindre et, jusqu'à cet instant, il ignorait à quel point. N'avait pas pris conscience de l'étendue de sa frustration. *La frustration.* Voilà le problème. Depuis des années. C'est d'une telle évidence. Pourquoi cela ne lui est-il pas apparu plus tôt ?

— Vous paraissez épuisé. Pourquoi ne pas aller faire la sieste avec Cassandra ?

— Cassie. Elle a horreur qu'on l'appelle Cassandra.

Larry hoche la tête – tristement ? Une fois de plus, Graham se trouve assailli par un obscur sentiment de mauvaise conscience.

— Je vais piquer un roupillon, alors. Puisque ça ne vous dérange pas.

Graham descend les marches et jette un coup d'œil à la porte écaillée, derrière laquelle Mara doit attendre qu'on lui administre ses médicaments. Il manque de trébucher sur une poule qui picote le sol pour en extirper quelque chose – sûrement pas un ver, avec une terre aussi sèche ? Elle s'éloigne précipitamment, sur ses longues pattes noueuses.

Alors qu'il contourne la maison, Graham voit dépasser le bout d'une échelle rangée sous la véranda. Il se penche pour jeter un coup d'œil. Distingue la silhouette figée de l'iguane – c'est censé porter chance, non ? – au milieu d'un bric-à-brac invraisemblable. Il sort l'échelle. C'est une grande échelle de bois grisâtre, aux rivets rouillés. Ça lui rappelle un truc qu'il faisait souvent, il y a longtemps. L'échelle répand des filaments de toile d'araignée et de poussière sur le sol tandis qu'il la tire de dessous la véranda. Il la dresse et la fait tenir bien droite devant lui. S'il y arrive, alors tout ira pour le mieux.

Il agrippe le bois lisse des montants, lève les yeux vers les barreaux qui semblent rétrécir à mesure qu'ils s'élèvent. Il en dénombre douze. Il pose un pied sur le premier barreau, puis sur le second. Retrouve la sensation physique… l'échelle qui tangue… il faut lui opposer une résistance, garder l'équilibre, le rétablir à chaque seconde… un barreau après l'autre… attention à ne pas perdre l'équilibre ! Nom de Dieu, il est à deux doigts d'y arriver. Il gravit plus de la moitié des barreaux et se tient là, sur l'échelle qui oscille, dominant l'après-midi brûlant.

Alors qu'elle était assise, son verre à la main, elle avait commencé à voir flou et la fatigue lui avait fondu dessus comme une voiture de course. Le décalage horaire, sans doute. Dieu merci, elle s'en était tirée à bon compte. D'un pas chancelant, elle avait quitté la table et, regagnant leur chambre, s'était arrêtée à la cabine des toilettes. Elle s'était bouché le nez à cause de la puanteur, et les oreilles à cause de l'assourdissant bourdonnement des mouches au-dessous d'elle. S'était aspergé le visage d'eau. Puis était retournée à leur baraquement et avait regagné leur chambre – qui, faute d'être fraîche, était au moins protégée du soleil. Intime. Plus douillette à présent qu'elle y a installé une seconde commode et deux chaises. Elle a aussi remplacé la peau de vache par le tapis en bouts de tissus et emprunté la courtepointe en patchwork.

Elle a retiré ses vêtements, les a rangés sur le dossier de la chaise et s'est laissée tomber sur le vieux lit mou et affaissé pour attendre Graham. Pourvu qu'il n'irrite pas Larry ! De quoi peuvent-ils bien parler ? À vrai dire, elle est trop épuisée et a l'esprit trop embrumé pour s'en soucier. Ça lui fait bizarre, d'être ainsi nue et exposée. Cette impression idiote qu'on peut la voir… Elle rejette la courtepointe et la couverture, ne ramenant sur son corps que le léger drap rose. Dehors, des cris d'oiseaux lui rappellent ceux des perruches – peut-être bien que c'en est. Et autre chose, une sorte de gloussement. Un chant tellement moins mélodieux que celui des oiseaux anglais. Combien de temps faudra-t-il pour qu'elle s'accoutume au pépiement de ces oiseaux ? L'oreiller est moelleux et elle sombre rapidement dans un sommeil profond.

Un peu plus tard, comme à partir d'un puits sonore, elle entend Graham entrer, distingue le claquement de sa ceinture sur le sol, et le sent plonger dans le lit de tout son poids. Elle reconnaît l'odeur piquante du savon au goudron et voilà qu'il l'embrasse. Son visage hérissé de poils est moite, son souffle échauffé par la cigarette et le vin.

— J'ai grimpé au ciel avec une échelle, marmonne-t-il à son oreille d'une voix pâteuse.

— Hein ? Oh, arrête ça ! dit-elle en s'efforçant de le repousser.

— Allez, Cass…

Il lui prend le sein, qu'il serre dans sa main, puis descend sur son ventre. L'approche a beau être brutale, Cassie n'en sent pas moins son désir attisé. La main de Graham entre ses jambes lui semble émettre des rayons, tel un objet radioactif. Il est temps qu'ils passent à l'action, après tout. Elle écarte un peu les cuisses, embrasse sa bouche qui empeste le tabac. Il la caresse. L'un de ses doigts tièdes s'insinue dans les plis de son intimité, dans un mouvement de va-et-vient qui la rend glissante et accélère les battements de son cœur. Elle le saisit par les hanches, le plaque contre elle. Il la pénètre. Elle gémit, halète. Chaque fois, c'est la même stupéfaction : à quel point c'est bon, à quel point il la comble, jusqu'à ce qu'elle ait le sentiment que son cœur va éclater. À quel point ça colle entre eux. À quel point elle l'aime et à quel point – quoi qu'elle puisse ressentir à d'autres moments – son corps est amoureux de celui de

Graham. Elle enfonce ses talons dans son dos, se cambre au-dessous de lui.

— Je t'aime, dit-elle.

— Moi aussi.

Ils le font vite, à la hussarde. D'habitude, quand ça se passe comme ça, Cassie en veut encore. Mais maintenant, dans cette chaleur, elle est contente d'être étendue là, le corps poisseux et palpitant, et d'écouter Graham s'endormir. Elle l'embrasse entre les omoplates, là où une petite touffe de poils noirs pousse comme une herbe soyeuse. Elle ne lui a jamais parlé des poils, se demande s'il sait qu'ils sont là. Elle espère que non. Que c'est un secret entre elle et le corps de Graham.

Au bout de quelques instants, son souffle se mue en ronflements. Elle ne pourra pas retrouver le sommeil. À cause de l'excitation, de la chaleur, de Graham qui l'écrase à moitié. Impossible de ne pas être comprimés, sur ce matelas affaissé.

Cassie dit toujours « Je t'aime » en premier, ce à quoi il répond invariablement : « Moi aussi. » Elle tente vainement de réprimer sa tendance à couper les cheveux en quatre, mais la réplique est déjà formulée : Il s'aime lui-même ? Cette manie lui vient de son père, devant qui on ne pouvait prononcer un mot sans qu'il commence à chipoter. Elle avait horreur de ça quand elle était gosse, et voilà qu'aujourd'hui elle fait pareil. Elle se tourne sur le côté, irritée. Pourquoi ne le dit-il jamais le premier, sans y être incité ? Peut-être devrait-elle cesser de le dire, elle, et voir au bout de combien de temps il s'en rendrait compte – à supposer qu'il s'en rende compte.

Elle a de nouveau envie de faire pipi. Mais elle est découragée à l'idée de devoir utiliser ces horribles toilettes extérieures. Bizarre qu'il n'y ait pas de salle de bains dans la maison. Pourquoi n'ont-ils pas visité le reste de la maison ? Ils ne sont jamais allés au-delà de la cuisine. Elle tente d'ignorer la forte sensation de picotement dans sa vessie, mais en vain. Elle s'extirpe du lit et Graham, toujours endormi, roule au milieu du matelas avec un grognement satisfait.

Elle enfile peignoir et sandales et sort. En face des fourrés broussailleux – des arbustes aux feuilles qu'on dirait de cuir ouvragé – elle ouvre tout grand le peignoir et, écartant les pans comme des ailes, savoure sur son corps la délicieuse caresse de la brise. Si cet endroit était plus près des gorges, ce serait le paradis. Une baignade par jour, pour entretenir sa forme et se rafraîchir. Elle se demande quelle distance les sépare de la piscine la plus proche. Si seulement ils pouvaient nager – ne serait-ce qu'une fois par semaine.

Personne alentour. Aucun risque d'être vue. De jolis perroquets rose et gris se chamaillent dans les arbres. Les feuilles émettent un bruissement cristallin, rafraîchissant, semblable à celui d'un cours d'eau. S'éloignant un peu du bâtiment, elle se dirige vers les fourrés et s'accroupit. L'herbe qui paraissait si douce est piquante comme un porc-épic. Ce doit être ça, le spinifex. Elle s'accroupit une nouvelle fois et, avec le sentiment d'être une petite fille s'adonnant à un plaisir défendu, regarde l'urine former une flaque entre ses pieds, éclabousser ses sandales, être absorbée par la terre. Une malheureuse fourmi s'efforce d'y échapper en agitant ses antennes. Puis Cassie va au lavabo et se frotte l'entrejambe avec un gant de toilette et du savon. Elle frotte un peu plus que nécessaire, le savon lui pique la peau. Encore un serrement de cœur… elle retient son souffle et se fige… Et si on pouvait la voir ? Elle ramène son peignoir sur elle et s'empresse de retourner se coucher.

10

Graham se penche sur Cassie, pour mieux l'examiner. Elle dort profondément, les cheveux répandus sur l'oreiller comme si elle était tombée de très haut. Un sein dépasse du drap, aplati par la position horizontale, son mamelon rose et velouté. La même nuance de rose que ses lèvres. Il pose sa tasse de thé sur le sol et s'assied doucement au bord du lit, se rapprochant encore de son visage. La peau est luisante, la mâchoire relâchée, les cils pâles humides de sueur et les paupières délicates et veinées comme des pétales de fleur. On peut se l'imaginer à douze ans, en la voyant ainsi libérée de toute tension, tandis qu'elle flotte dans le lointain pays des songes. Lorsqu'il l'embrasse, elle ouvre les yeux et le fixe un instant avec surprise, comme si elle ne le reconnaissait pas, puis elle fronce les sourcils.

— Salut, dit-il.

— Tu m'espionnais ?

— Je t'ai apporté du thé.

— Il est quelle heure ?

Elle se redresse et ses seins, ses cheveux, tout se remet en place et retrouve son apparence habituelle. Elle se frotte les yeux.

— Je ne savais plus où j'étais.

Il lui tend la tasse.

— Merci. Alors, vous avez discuté de quoi, toi et Larry ?

— On a fumé.

— Fumé ? Avec Larry ?

Elle fait la grimace.

— Aïe ! L'anse est brûlante !

Elle prend un bout de drap, qu'elle enroule autour.

— T'es sérieux ?

— Oui. De l'herbe.

Les plis de son front se creusent tandis qu'elle considère sa tasse de thé.

— Vous vous entendez bien ?

Il hausse les épaules.

— Quand on ira en ville, j'achèterai des tasses en porcelaine, dit-elle.

Quand on ira en ville ? Il la regarde. Ses cils blonds duveteux sont caressés par la vapeur. Elle plaisante ou quoi ?

Cassie lève un bras pour entortiller sa chevelure sur sa nuque.

— Peut-être qu'il la garde surtout pour Mara ? L'herbe ? À des fins thérapeutiques.

— Non. Elle était déjà allée se coucher.

— J'adore ces siestes. Il est où, ton thé ?

— Je vais le boire sur la véranda. À l'ombre. Sur la balancelle.

— OK.

Elle plie les jambes, pose la tasse sur ses genoux.

— Tu as vu… tout ce baratin à propos des nouvelles règles !

Elle boit son thé à petites gorgées, sans cesser de sourire.

Il la regarde avec un visage dénué d'expression.

— « Nul ne sera tenu de fournir des explications » et tout le tralala. Tu crois qu'elle bluffe ?

— En tout cas, ce n'est pas une mauvaise idée.

— Hmm… Tu ne t'en tireras pas aussi facilement ! On n'en a pas encore fini avec le sujet… Pas la peine de faire cette tête-là ! dit-elle avec un sourire. Je veux simplement qu'on mette tout sur le tapis, une bonne fois pour toutes, avant de repartir de zéro. Qu'on fasse table rase, en quelque sorte. Si on veut sérieusement se donner une chance d'y arriver.

— Très bien, reconnaît-il. Ça me paraît raisonnable. Mais plus tard, d'accord ?

Il se lève.

— Et ce drap qu'elle portait… On aurait dit une toge !

— Ouais. C'est vrai. À tout à l'heure.

La porte claque derrière lui. Certains arbustes ont de bizarres excroissances, semblables à de grosses bougies. Drôles de fleurs ! Entre elles se déploie le brillant réseau filamenteux des toiles d'araignée. Comment parviennent-elles à tisser des fils assez longs pour relier un arbre à l'autre. En supposant que c'est bien l'œuvre des araignées et non de Dieu sait quelle bestiole australienne dont il n'aurait jamais entendu parler. Sa bouche est râpeuse comme la base d'une cage à perroquets. Sauf qu'ici les perroquets ne sont pas en cage mais en liberté.

À l'avant de la maison, les marches menant à la véranda sont pourries et l'ancienne entrée principale est rendue inaccessible par l'accumulation de toutes sortes de détritus. Il prend la tasse de thé et s'assied sur la balancelle. Elle bascule en grinçant. Des écailles de rouille se détachent des chaînes. Graham observe, à travers les fourrés, le bâtiment des tondeurs, les eucalyptus à la silhouette alambiquée qui se dressent au-delà, le château d'eau saumâtre, deux poules rousses, une portion de terre recouverte de ce machin jaune – c'était quoi, déjà, son nom ? Vu d'ici, le paysage semble revenu à une échelle plus familière. Et ces deux jeunes eucalyptus à tronc blanc, on pourrait presque les prendre pour des bouleaux. Il pourrait peindre ça. Mais à quoi bon ?

Son cœur bondit dans sa poitrine. Il roule une cigarette, ferme les yeux. Il est encore fatigué. Il a l'impression qu'ils sont partis de chez eux il y a une éternité, or une semaine ne s'est pas encore écoulée. Il écoute les oiseaux, le grincement de la pompe. Incroyable, qu'il parvienne toujours à faire ce truc avec l'échelle ! Enfin, presque… Il allume sa cigarette, se renverse sur son siège, ferme les yeux. *Si on veut sérieusement se donner une chance d'y arriver. Sérieusement.* Quand il la regarde, quand il la touche, quand ils font l'amour, quand il craint de ne plus jamais la revoir, tout lui semble évident. Mais des mots comme *sérieusement*…

La dernière fois qu'il s'est disputé avec ses parents, son père lui a jeté à la figure : *Il est temps de grandir !* Ils étaient venus assister à sa remise de diplôme. Ils étaient fiers ; pourtant, si on leur avait laissé le choix… Toujours est-il qu'il avait bien travaillé. *Une première, mon chéri !* Ils avaient amené un marchand d'art avec eux. Avaient beaucoup parlé d'influences et de recommandations, toute cette merde. L'avaient mis sous pression. Et puis il y avait eu le dîner au restaurant, sa mère, avec sa choucroute de cheveux blonds. Tout se passait bien, mais il avait fallu qu'ils s'y mettent, tous les deux. Tu parles d'un traquenard ! *Il est temps de passer aux choses sérieuses, mon garçon ! Cesse de tourner le dos à la réalité ! On ne t'a jamais rien refusé.* La joie que lui avait causé sa réussite s'était vite évanouie. Il pensait que ça leur ferait plaisir ; qu'ils verraient qui il était ; qu'il avait prouvé qu'il était un bon fils. Mais c'était toujours la même histoire. Ce n'était pas suffisant. Traduction : il n'était pas vraiment leur fils.

Ils avaient bu du champagne pour fêter son succès, puis étaient passés au vin rouge. Graham en avait commandé une autre bouteille, même après qu'ils eurent commencé à poser les mains sur leurs verres en signe de refus. Il les avait écoutés jusqu'à la nausée lui rebattre les oreilles au sujet de son avenir et de la nécessité d'être sérieux et responsable. Puis s'était levé, leur avait dit d'aller se faire foutre, avait renversé sa chaise et saisi la bouteille.

— Eh bien..., avait balbutié le marchand d'art.

— Responsable, mon cul ! avait-il ajouté, aussi fort que possible, en se délectant de la situation.

Il a honte en y repensant. Mais ça change quoi ? Ensuite, il les avait laissés plantés là. Les dernières paroles de son père : *Il est temps de grandir !*

Voilà des années qu'il ne pense presque plus à eux. Pour Cassie, c'est inconcevable. « Pourquoi ne pas chercher à retrouver tes vrais parents, dans ce cas ? » avait-elle demandé. Mais à quoi bon se mettre en quête d'autres gens à décevoir ? Proche comme elle l'est de sa sœur jumelle, elle ne peut imaginer qu'on puisse se passer de famille. Pourtant la famille...

Soudain, un picotement sur sa jambe. Il se lève d'un bond, pousse un cri, balance sa tasse par-dessus la rampe de la véranda et le thé jaillit en l'air en décrivant un arc de cercle. Une araignée, une énorme saloperie velue ! Elle a détalé Dieu sait où. Il se frotte la jambe. Elle devait être planquée sous le coussin. Elle a disparu. Il lève les yeux vers l'auvent et ses zones d'ombre. Il a l'impression que des millions d'yeux sont fixés sur lui, ceux de toutes ces araignées qui sont peut-être rassemblées là, dans les coins obscurs, à se payer sa tête. La gorge sèche, il fixe l'endroit où le thé a laissé une trace dans la poussière.

La porte du bâtiment des tondeurs claque. Cassie sort en relevant ses cheveux et se dirige vers lui. Elle se fraie un chemin à travers les fourrés et se plante devant lui, en bas de la véranda.

— Qu'est-ce qui se passe ? demande-t-elle.

— Rien. Une araignée.

— Une araignée ?

Elle baisse les yeux sur la tasse, sur l'éclaboussure dans la poussière. Ramasse la tasse et grimpe les marches, les lèvres agitées d'un tremblement nerveux.

— Un putain de monstre. Là, sur ma jambe.

— Où ça ?

— Elle est partie.

— De quelle couleur elle était ?

— Ça change quoi… ? Je sais pas. Couleur araignée.

— Oh

Elle secoue la tête et réprime un sourire. Elle porte la robe qu'il aime, bleu clair, ample.

— Eh bien, jetons un coup d'œil.

Elle soulève le coussin de la balancelle. Il y a bien une araignée tapie là, avec des pattes velues, des yeux blancs plantés dans une tête sombre. Mais *son* araignée était plus grande, il en est certain.

— Voilà, dit-elle en essayant de la chasser du siège. Au lieu de détaler et de se cacher, comme n'importe quelle araignée britannique raisonnable, elle campe triomphalement sur ses positions.

— Elle m'a l'air plutôt inoffensive, dit-elle. Je vais demander à Larry. Il a peut-être un livre sur le sujet, qu'on pourrait consulter.

Elle ne porte pas de soutien-gorge et, lorsqu'elle se penche, ses seins se balancent comme deux cloches sous sa robe de coton léger. Larry fait son apparition.

— Tout va bien ? demande-t-il. Il m'a semblé entendre un cri.

— Ouais ouais, tout est en ordre.

— Il a vu une araignée.

Cassie plisse le nez et sourit. Les yeux injectés de sang de Larry glissent de sa bouche à ses seins.

— Vaut mieux être prudent, dit-il.

— C'est quoi, comme espèce ?

— Oh, une espèce commune, l'araignée des jardins.

Larry s'arrache à la contemplation des seins de Cassie.

— Écrasez-la si vous voulez, mais ne dites rien à Mara. Elle s'imagine que ça porte malheur. Cependant ici, votre sort dépend de vous, si vous voulez mon avis. À l'avenir, pensez à regarder sous les coussins avant de vous asseoir.

Il descend les marches en fredonnant un air. D'en haut, on aperçoit le rose de son crâne, sous les cheveux.

— Hé ! dit Cassie, enlaçant la taille de Graham avant de l'embrasser de ses lèvres humides et entr'ouvertes. Il sent le bout de ses dents. Il lui enserre les fesses et les presse.

— Je parie que tu te sens un peu couillon.

— Tu as remarqué qu'il regardait tes nichons ?

Elle s'écarte de lui.

— Ouais. Il y a plein de mecs qui font ça, tu sais, ils ne peuvent pas s'en empêcher. Ils ne s'en rendent même plus compte. C'est une sorte de… réflexe – comme vérifier l'âge d'une voiture, ou un truc dans le genre.

— Je le fais, moi ? demande Graham.

Elle penche la tête et le dévisage, le regard brillant.

— À vrai dire, oui.

Elle s'éloigne et lui sourit par-dessus son épaule.

— À plus tard, à la cuisine.

Cassie met la bouilloire sur le feu et rassemble la farine, la levure et un grand saladier, qui ressemble à celui qu'elle utilise chez elle, marron et bosselé à l'extérieur, blanc à l'intérieur. *Cuisiner avec trois fois rien. Avec Cassie dans le bush australien*. Elle tamise la farine, brandissant l'instrument à l'intention d'une caméra imaginaire. Sourit à la pensée de Graham et de son araignée. Il faudra qu'elle raconte ça, dans ses cartes à Patsy et à sa mère – *Si seulement vous aviez vu sa tête !*

La chaleur est telle que la levure jaillit presque de son emballage. Les granulés pétillent en entrant en contact avec l'eau sucrée. Avec un climat pareil, on ne peut que réussir son levain. Si le paradis a une odeur, ce doit être celle de la levure. Cassie s'en pénètre. Une saine odeur de fournil, savoureuse et enivrante. L'odeur du retour à la vie.

Elle verse le levain mousseux dans la farine, remue avec une cuillère, plonge les mains dans le saladier afin de transformer le mélange filandreux en une masse compacte, et commence à pétrir. Elle imagine le gros plan. La pâte a la tiédeur de la chair et paraît s'animer tandis qu'elle la presse, la malaxe presque comme… hum…

Elle pouffe de rire. Être excitée par de la pâte à pain !

La porte s'ouvre et, s'attendant à voir entrer Graham, elle esquisse un sourire. Mais c'est un inconnu qui paraît sur le seuil : un petit homme trapu vêtu d'un tricot de corps noir et crasseux.

Il la toise, écarquille les yeux comme s'il venait de voir un fantôme, et finit par se ressaisir.

— Salut Yella, dit-il en grattant le chien derrière l'oreille.

— Bonjour ? hasarde Cassie.

Il la fixe pendant quelques secondes, secoue la tête et sourit.

— Je suis désolé. Vous me rappelez quelqu'un. Ça m'a déconcerté. Je suis Fred.

— Salut, dit Cassie. Larry nous a parlé de vous. Je suis Cassie.

— B'jour Cassie. Vous êtes pas toute seule ?

— Je suis ici avec Graham, mon petit ami. Il ne va pas tarder.

Fred hoche la tête d'un air songeur.

— Larry est dans le coin ?

— Il ne doit pas être loin… il travaille, sans doute. Je vous proposerais bien une tasse de thé, mais…

Elle lui montre sa main. Les filaments de pâte collés à ses doigts écartés évoquent une toile d'araignée.

— Vous tracassez pas !

Il balance un sac en plastique sur la table.

— De la viande, précise-t-il.

— Je vais la mettre au frigo, dans une minute. Vous habitez près d'ici ?

— On peut dire ça, répond-il dans un ricanement.

Il s'assied sur un tabouret et la regarde. Elle pétrit timidement. Elle n'arrive pas à se figurer son âge. Il a la peau ridée et tannée d'un vieillard, mais, dans la chevelure brune qui lui tombe sur les épaules, pas un seul cheveu gris. Il la regarde avec des yeux brillants, qu'il plisse comme s'il y avait trop de lumière.

— Alors, ça vous plaît ici ?

— L'Australie ? J'adore.

— Mais *ici* ?

— Eh bien…

— Faut le temps de s'habituer, pas vrai ?

— On vient juste d'arriver.

Il s'apprête à répliquer quelque chose, puis se ravise. Cassie sort la pâte du saladier, sépare la masse moelleuse en trois boules de pâte, qu'elle recouvre d'un chiffon humide.

— Le thé, à présent.

Alors qu'elle remplit la bouilloire, elle entend Larry siffloter un air d'opéra. Il entre dans la cuisine, donne à Fred une tape sur l'épaule.

— J'ai entendu le 4 × 4.

Puis, à l'adresse de Cassie :

— Je vois que vous avez déjà eu le plaisir de…

— C'est beaucoup dire, mon pote. Mais on s'est présentés, dit Fred.

Il rejette la tête en arrière et part d'un éclat de rire qui rappelle le déclenchement d'un moteur de hors-bord. On l'a mise en garde contre les hommes australiens, surtout dans les régions désertiques. Bruts de décoffrage, c'était ça l'expression. Le rire de Fred s'éteint.

— Tu ne m'avais pas dit que tu attendais des visiteurs.

Il jette un coup d'œil à Larry, qui le fixe d'un regard absent.

— Je peux te parler dehors une minute ? demande Fred.

Larry lève la main.

— Chaque chose en son temps, Fred. Cassandra, je vous présente notre voisin.

— Enchantée de faire votre connaissance. Votre maison est loin d'ici ?

— À une centaine de kilomètres à l'est, répond Fred.

— C'est au diable !

— Et après, en continuant dans cette direction, la maison la plus proche est à quelle distance, déjà ? demande Larry.

Fred hausse les épaules.

— Un millier de kilomètres environ. C'est le bout du monde, ici. On est au beau milieu de nulle part !

— Hmm…

Cassie ne doute pas qu'il y ait des habitations plus proches, dans d'*autres* directions. La façon dont ces deux-là se vantent d'être loin de tout ! Comme si le fait de vivre dans un trou paumé les rendait plus malins ou plus virils. Elle baisse les yeux sur le sol, et sur les pieds nus de Fred. Des pieds courtauds, aux orteils fins comme ceux d'un enfant. Il faut qu'il soit dingue, pour se balader pieds nus avec toutes ces bestioles qui traînent. Elle reste quelques instants à les contempler, fascinée par la délicatesse et l'innocence de ces pieds, dont la plante doit être dure comme du cuir.

Graham entre, stupéfait de se trouver face à une assemblée aussi nombreuse.

— Graham, voici Fred. Fred, je te présente Graham, dit Larry.

— Salut.

Graham tend la main.

Sans se lever, Fred lui offre la sienne. Cassie constate avec un pincement au cœur qu'il lui manque le pouce de la main droite, et voit Graham s'en rendre compte et tressaillir à la seconde où il s'apprête à la serrer.

— Fred habite la maison d'à côté…, explique Cassie. Elle ne se trouve qu'à une centaine de kilomètres d'ici !

— Quelqu'un a envie d'une bière ? propose Larry, en sortant un pack de bière du frigo.

— C'est de la viande, dit Fred en donnant un petit coup de coude sur le sac en plastique au contenu sombre et mouillé.

Du sang a coulé sur la table.

— Du kangourou. Percuté sur la route. Mais frais !

— Une bière, Cassandra ? demande Larry.

Elle secoue la tête en regardant la viande d'un œil soupçonneux et en espérant que ce ne sera pas à elle de s'en occuper.

— J'allume tout de suite le barbecue.

Visiblement, il est comme chez lui.

Graham prend une bière. Fred en serre une contre son torse avec sa main dépourvue de pouce et, de l'autre, en fait sauter le bouchon.

— Comment va Mara ? demande-t-il.

— Comme d'habitude.

Larry verse sa bière dans un verre.

Fred se tourne vers Graham.

— Alors, vous faites quoi dans la vie ?

Il boit au goulot de sa bouteille et laisse échapper un rot.

— Désolé, mon petit, vaut mieux que ça sorte ! dit-il en adressant un clin d'œil à Cassie.

— Graham peint, explique Cassie.

Graham essuie la mousse, sur sa lèvre supérieure.

— Ça m'est arrivé à moi aussi.

Cassie va mettre la bouilloire sur le feu. Elle a envie d'un thé, même si elle est manifestement la seule.

— Fred, dit-elle. Vous avez une famille ? Des enfants ?

Silence de mort. Larry tressaille et baisse les yeux.

— Non, dit Fred.

Suivent quelques secondes de malaise. On entend les hommes avaler bruyamment leur bière, l'eau frémir puis bouillir.

— Vous faites quoi par ici ? demande Graham.

— Je m'occupe de mes affaires, rétorque Fred.

Graham rougit et s'accroupit pour caresser le chien.

— Le prenez pas mal, mon gars.

— Ne vous inquiétez pas, réplique Graham d'un ton sec.

— J'parie que vous vous demandez ce qui est arrivé à mon pouce, dit Fred, en surprenant un coup d'œil de Cassie.

— *Non !* proteste-t-elle. Je n'avais même pas…

— Étonnant, ce manque de curiosité ! fait remarquer Larry.

Le visage de Cassie s'empourpre.

— Non ! Évidemment que ça m'intéresse !

Fred laisse échapper un rire tonitruant.

— Évidemment que ça vous intéresse, mon petit !

Fred tend ses deux mains. La droite, privée de pouce, forme presque un rectangle.

— Quand j'étais gosse… douze ans que j'devais avoir, mon papa m'a emmené avec lui dans le bush, une occasion du tonnerre. Et puis il y a eu un serpent, vous voyez… enfin, moi, je l'ai pas vu venir… du moins pas avant qu'il soit trop tard. Un serpent brun… un tueur. Je sortais de l'eau… je venais de faire trempette… quand ce salopard de serpent… avant que j'aie compris quoi que ce soit…

Il serre sa main, à l'endroit où se trouvait son pouce.

— Mon père a sorti son couteau, m'a attrapé la main et m'a sectionné le pouce.

Cassie se tortille sur son siège.

— Il vous a coupé le pouce ?

— Il n'avait pas le choix s'il ne voulait pas me regarder crever sur place. Une fois que le venin de ce salopard circule dans votre sang, vous êtes fichu, il y a plus rien à faire. Alors il a creusé un trou et l'a enterré.

— Le pouce ou le serpent ? demande Cassie, serrant ses précieux pouces contre sa poitrine.

Fred éclate de rire.

— Le pouce ! Un tout petit trou a suffi.

— Je ne pourrais jamais faire ça, dit Cassie. Et toi, Gray, t'en serais capable ?

— C'était ça ou repos éternel, rétorque Fred.

— On ne sait jamais vraiment ce dont on est capable, tant qu'on n'a pas été confronté à des situations extrêmes, fait remarquer Larry.

Il sourit à Cassie.

— N'est-ce pas ?

— Sans doute...

Elle baisse les yeux. Elle pourrait au moins trouver une repartie spirituelle.

— Je vous prie de m'excuser un instant...

Elle sort et descend les marches de la véranda. Un éclat de rire se fait entendre. Ce n'est pas de *toi* qu'ils se moquent ! songe-t-elle aussitôt. Qu'est-ce qui lui prend ?

Elle reste plantée, indécise, devant la porte de Mara. Ce n'est pas normal, ce n'est pas sain que Mara soit enfermée là-dedans, dans cette atmosphère confinée. Peut-être pourrait-elle lui proposer une tasse de thé ? Elle frappe, mais le son est à peine audible, et aucune réponse ne lui parvient. La peinture s'écaille, dessinant comme une carte géographique sur la porte. Elle en détache un fragment, qui s'insinue sous son ongle.

Elle voudrait tant pouvoir parler à Patsy ! Si seulement il y avait un téléphone ou une connexion internet. Pas une seconde, elle n'avait envisagé l'absence de téléphone. Soudain, l'éloignement lui donne le vertige. Ce lien viscéral qui les unit, sa sœur et elle, le voilà rompu par la distance qui les sépare. Elles ne sont même pas dans le même fuseau horaire, et Cassie n'a pas la moindre idée de ce que sa sœur est en train de faire. Dans la torpeur accablante de l'après-midi, elle s'éloigne de la maison jusqu'à ce qu'elle lui paraisse toute petite.

Tout d'abord, apercevant la rangée d'arbres à sa droite, elle ferme les yeux et marche comme si elle avançait parmi des draps séchant sur des cordes à linge, allongeant les bras pour dégager la voie. Sous ses pieds, la croûte de terre séchée lui rappelle un instant la neige ; mais cette impression fond presque aussitôt, laissant ses lèvres déshydratées. Difficile de se contraindre à marcher les yeux fermés et les mains tendues, difficile de croire qu'il n'y a vraiment rien qui puisse lui faire obstacle. Et pourtant il n'y a rien.

Des fourrés épineux, tannés comme du cuir. Rien d'autre pendant près d'un kilomètre – ensuite, ils deviennent plus broussailleux. Rien ni personne. Or, elle a besoin de parler à quelqu'un. À quelqu'un d'autre que Graham. Mara dans cette remise, dans cette pièce rouge et suffocante… elle étouffe, à cette seule pensée. Elle se lance un défi, comme Patsy et elle avaient coutume de le faire sur la plage ou le terrain de jeux. C'était à celle des deux fillettes qui osait garder les yeux fermés le plus longtemps. Elles s'avançaient à l'aveuglette, avec des mouvements de somnambules. L'une marchait en tête, guidant l'autre. Et une marche à monter, et une marche à descendre ! Stop !

Elle se rappelle avoir entraîné Patsy au bord du canal. Patsy lui faisait confiance et, si elle avait trébuché ou fait un faux-pas, sa sœur serait tombée à l'eau. La tentation avait été si forte, de la faire marcher tout au bord, pour voir si elle allait tomber. La queue-de-cheval blonde de Patsy, identique à la sienne, la robe d'écolière à carreaux, les chaussettes qui tirebouchonnent sous la lanière des sandales. Elle n'était pas tombée. Peut-être qu'elle trichait et regardait à travers ses cils – comme Cassie lorsque c'était son tour de fermer les yeux.

Elle sent une vive piqûre sur la jambe, rouvre soudain les yeux… un serpent ! Non, ce n'est qu'une plante épineuse. Sur sa jambe perle une goutte de sang. Elle l'essuie, puis lèche la tâche sombre sur son doigt. Regarde autour d'elle, stupéfaite. Elle s'est détournée de sa trajectoire initiale. Les arbres sont à présent derrière elle, et non plus à sa droite. Pourtant, elle n'a pas changé de direction. Elle a piqué droit devant, de cela, elle est certaine.

De nouveau, la sensation d'être observée… C'est absurde. Ils sont tous à l'intérieur. Nul ne l'observe. Qu'est-ce qui lui prend ? N'empêche que l'impression est là… un léger mouvement, dans un coin de son champ de vision ? Elle pivote sur ses talons. Personne. Évidemment. C'est idiot. Le soleil qui lui joue des tours. Et ses yeux. Et son imagination. Elle retourne vers la maison en s'obligeant à marcher normalement et en résistant à l'envie de courir.

Woolagong Station
(Mais la réponse est à adresser au Relais Routier de Keemara, boîte 25.)

Le 23 octobre

Chère Patsy,

Comment vas-tu ? Es-tu consciente que c'est la première fois que nous restons si longtemps sans échanger de nouvelles ? Bien sûr que tu t'en rends compte ! Tout est très bizarre ici. Larry et G. n'ont pas vraiment accroché, mais je pense que ça va s'arranger. D'accord, L. est un drôle de type, mais je l'aime bien. C'est dingue, d'avoir tout laissé tomber pour venir s'installer ici avec Mara, sa femme, qui n'est vraiment pas bien – une maladie mentale, plus que physique. Je ne sais pas encore ce qui cloche chez elle, mais elle se promène vêtue d'un drap et passe les trois quarts de son temps seule dans une remise !

J'espère que Katie aimera la photo du kangourou. Tu me manques pour de bon, Patsy. J'ai tellement l'habitude de tout te raconter – et de tout savoir de toi. J'espère qu'Al ne te prend pas la tête, dis-lui que je lui demanderai des comptes (ça va lui faire peur !).

C'est beau ici, dans le genre aride. On bronze… mais G. dirait qu'à côté de ça on s'est bien fait avoir. Ce qui ne l'a pas empêché de décréter qu'une des chambres (la plus belle !) lui servirait d'atelier. J'espère qu'il va se remettre à peindre. Il a une peur bleue des araignées ! C'est assez mignon, à vrai dire. Vous allez être obligés de vous farcir des centaines de photos, à mon retour ! Il y a un joli potager, et j'ai commencé à constituer un amas de compost.

Embrasse Katie aussi fort que possible sans l'étouffer. Caresse Chat de ma part, et donne-lui une ration supplémentaire de croquettes. Merci encore de bien avoir voulu t'en occuper.

Je t'embrasse très fort,

Cassie

11

Graham renverse la tête en arrière, ployant le cou. Le ciel semble détraqué – les constellations sont déformées, menaçantes.

— Voici la Croix du Sud, dit Larry.

Il se penche vers Cassie, sur le banc en rondins, à côté du gril. Graham la suit des yeux, alors qu'elle relève le menton et regarde dans la direction qu'indique Larry, à travers la fumée des grillades.

— Ce groupe de trois et…

— La bouffe est quasiment prête, l'interrompt Fred. Où sont les assiettes ?

— Encore un verre ? propose Larry à la ronde.

S'ils devaient jamais être à court de quelque chose ici, songe Graham, ce ne serait certainement pas de pinard.

Mara s'assied près de lui et presse sa cuisse contre la sienne. De nouveau cette odeur… peut-être juste l'odeur d'une femme d'un certain âge, une odeur de fruit mûr Elle porte le même vieux drap, et du rouge à lèvres foncé qui déborde. Ses boucles d'oreilles en plume de perroquet s'emmêlent avec des mèches de cheveux.

— J'aime bien vos boucles d'oreilles, dit Cassie.

— C'est Fred qui me les a faites.

— Je peux vous en faire si vous voulez.

— Oh, merci !

— Ouvrez bien les yeux, et trouvez-moi deux belles plumes.

— Ce sont les créatures les plus intelligentes de la planète, les perroquets…, dit Mara. C'est ce qu'affirme Fred. Hein, Fred ?

— À l'exception des êtres humains, j'imagine, fait remarquer Larry en débouchant une autre bouteille.

— C'est ce que j'ai entendu à la radio.

Fred retourne une dernière fois les steaks de kangourou sur le gril.

— Les assiettes sont prêtes, Laz ?

Laz ? Les relations entre Fred et Larry sont visiblement de nouveau au beau fixe. Un peu plus tôt, lorsque Graham était revenu dans la cuisine après être allé faire pipi, il les avait surpris en train de se disputer. Il avait entendu Fred crier quelque chose et, au lieu d'arriver au milieu de leur prise de bec, il avait préféré repartir. Mais il avait peut-être mal compris.

— Ils ont fait une expérience, poursuit Fred, en balançant d'impressionnantes portions de viande dans les assiettes. Avec des baleines, des dauphins, des chiens, des perroquets et vous savez quoi ? Les perroquets sont arri vés en tête.

— Je ne vois pas comment on peut mettre en compétition une baleine et un perroquet, lance Cassie.

— Quoi qu'il en soit, tranche Mara sur un ton de triomphe, ce sont les perroquets qui ont gagné !

Graham tressaille à la pensée que ces brillantes créatures volent librement, réfléchissant sans trêve… À quoi, d'ailleurs ? Ça lui paraît bizarre, cela dit. Il se souvient des visites, quand il était gosse, chez une grand-tante de sa mère ou un truc du genre. La vieille femme avait un perroquet, une bête grise et puante, borgne, qui refermait ses serres croûteuses sur vos doigts lorsque vous les glissiez entre les barreaux de la cage.

— Il va t'arracher le doigt, lui répétait la vieille femme. Mais il ne pouvait s'empêcher de titiller le perroquet malgré l'odeur qui le suffoquait presque. Il se demande ce que pensait l'oiseau, s'il était si intelligent que ça.

Larry leur tend les assiettes pleines. À la lueur des lampes à pétrole, la viande paraît presque noire et couverte de cendres. Graham prend une bouchée et commence à mâcher la viande dure et calcinée.

— Alors, tu trouves ça comment, le kangourou ? demande-t-il à Cassie.

— Très bon, répond-elle la bouche pleine, en évitant de croiser son regard.

Larry se rassied à côté d'elle avec un soupir de satisfaction.

— Le pain est délicieux, Cassandra.

Cassie avale avec effort.

— Merci. Je vous en prie, appelez-moi Cassie.

— Si vous préférez. Bien qu'il soit regrettable de mutiler un aussi beau prénom, réplique Larry.

Fred pouffe.

— Mutiler ! Eh, reprends-toi, mon pote !

— Cassie, dit Larry en trinquant avec elle.

Elle sourit et se met à siroter son vin. Graham étudie son expression, où il croit déceler de la joie et de l'orgueil. Ça la branche, ce genre d'attention mielleuse ?

— Alors, vous allez vous mettre à peindre ? demande Fred. J'ai touché à la peinture, moi aussi, dans le passé.

— Ah oui ?

— Il y a des années de ça.

— Le tableau qui a attiré votre attention, dans la cuisine, précise Larry.

— C'est vous qui l'avez fait ? demande Graham à Fred, silhouette floue dont il ne distingue précisément que la cigarette allumée, à travers le nuage de fumée. Il est magnifique, mec. Et vous avez arrêté de peindre ?

— Ouais.

— C'est criminel !

— Tu peux parler, fait remarquer Cassie.

— *Criminel*, répète Larry d'un ton amusé.

— Et vous, Larry, vous faites quoi, au juste ?

— De la recherche, rétorque sèchement Larry.

— Dans quel domaine ?

— Je compile des données préexistantes.

— Dans quel but ? demande Graham.

Ça amuse Graham, de mettre Larry mal à l'aise. D'abord, c'est quoi, tous ces mystères ? Et quand va-t-il arrêter son cirque avec Cassie ? L'enfoiré !

— Graham ! lance Cassie en le fusillant du regard.

— De la bonne et saine nourriture ! dit Fred.

— Il en reste des quantités, dit Larry. N'hésitez pas à vous resservir.

— Et vous, Graham ? demande Larry. J'ai cru comprendre que vous êtes en panne d'inspiration, ces derniers temps.

— Je suis en train de constituer un tas de compost, lance Cassie.

Fred manque de s'étouffer avec sa viande.

— C'est pourquoi je vous demande de mettre toutes vos épluchures et votre thé infusé dans le seau qui est à côté de l'évier.

— J'aurais pu vous amener un sac de compost, ma mignonne.

— Non, dit Cassie, avant de se pencher vers Fred pour lui expliquer les raisons de son choix.

Le goût de la viande et l'odeur de Mara rappellent quelque chose à Graham. Il se creuse la tête et la vieille au perroquet lui revient à l'esprit. Et cette fois où il lui avait fallu séjourner seul chez elle, il a oublié pourquoi – peut-être que sa mère était à l'hôpital. Elle l'invitait à venir dans son lit le matin, pour lui faire un câlin. Elle n'avait jamais eu d'enfants, lui avait-elle raconté, ne s'était jamais mariée non plus. Mais elle aimait ça, câliner les petits garçons, avait-elle dit, et il s'était laissé faire. La dentelle rêche de sa chemise de nuit contre son visage... La façon dont il retenait son souffle pour ne pas respirer son odeur. Un jour, elle lui avait dit : « Ferme les yeux et bouche-toi les oreilles ! » mais il l'avait tout de même regardée s'accroupir au-dessus du pot de chambre, sa chemise de nuit déployée autour d'elle. En dépit de ses oreilles bouchées, il avait entendu le long bruissement, et l'avait vu s'essuyer avec le bord de sa chemise de nuit avant de se remettre au lit.

Et dans sa cuisine glaciale, la viande qu'elle préparait pour les chats... Un haut-le-cœur l'empêche de déglutir. Elle n'avait pas de chat chez elle, à cause du perroquet, mais les chats errants du quartier se retrouvaient tous les jours devant sa porte. Son ami le boucher lui donnait la viande invendue afin qu'elle puisse les nourrir. Et tous les après-midi, l'odeur de la viande en train de bouillir, le jus grisâtre que la vieille faisait couler dans l'évier, les fragments de cartilage mâchouillé et les petits bouts d'os jaunâtres que les chats abandonnaient dans la cour.

Il vide son verre en quelques lampées et le vin pourpre et moelleux chasse le goût de la viande. Il ne lui a pas accordé une seule pensée depuis des années. Et à présent, c'est tout juste si elle ne lui manque pas. Elle doit être morte aujourd'hui. Bien qu'il n'en ait jamais rien su. Il ne se rappelle même plus son nom. Ni qui elle était par rapport à sa famille. De toute façon, il n'a pas beaucoup pensé à ses parents non plus. Il n'a jamais senti de vide. Pourtant il y en a un. Il aura fallu qu'il parte aussi loin pour s'en rendre compte.

À côté de lui, Mara mastique un morceau de viande. Il l'entend la broyer, la triturer. S'efforce de détourner son attention et se concentre sur les bruits de la nuit : des animaux qui se battent, les gémissements d'une bête, le générateur.

Le bras de Mara frôle le sien. À travers sa chemise, il sent la fraîcheur de sa chair abondante. La peau, au-dessus de la poitrine écrasée par le drap, est d'un brun presque patiné, la ligne séparant les seins noire et fine comme un trait de pinceau. Il s'empresse de regarder ailleurs. Quelque chose bouge sous la véranda, il surprend un œil brillant. C'est seulement cette espèce de gros lézard, l'iguane, qui vit sous l'escalier.

— Je suis lessivée, dit Cassie. Je me fais un thé, et je vais me coucher, si personne n'y voit d'inconvénient. Qui en veut ?

Le rire de Fred les fait tous sursauter.

— Du thé ! Sacrées gonzesses !

Il avale sa bière et décapsule une autre bouteille.

— Gray ?

— Non merci.

Cassie emporte son assiette à l'intérieur. Pour jeter sa viande à la poubelle, songe Graham avec envie. Il a un morceau épais dont le cœur ne doit sans doute pas être cuit.

— J'y vais moi aussi, Larry, dit Mara.

— Je t'apporte tes cachets.

— Prends ton temps, réplique Mara en se relevant avec effort. Je vais dans la cuisine, faire un brin de causette avec Cassie.

— Non, rétorque Larry. Tu as besoin de repos. Tu devrais aller au lit.

Mara se fige, ouvre la bouche, et hausse les épaules. Sentant peser sur lui le regard de Graham, Larry se tourne vers lui.

— Il ne faut pas qu'elle se fatigue trop, explique-t-il. Ça aggrave son état.

— Hé Mara, dit Graham, dans un élan d'énergie fébrile.

Il pose son assiette. Avec un peu de chance, le chien va manger sa viande.

— Ne partez pas tout de suite, je voudrais vous montrer un truc. Une minute…

Il va chercher l'échelle.

— Allume la lampe, Cass, dit-il en désignant la grosse torche électrique de Fred, posée sur la rampe de la véranda.

— Pourquoi ? Tu veux faire quoi ? demande Cassie en s'exécutant tout de même.

Graham reste un moment ébloui, puis lève un doigt.

— À présent, silence, mesdames et messieurs.

L'échelle se dresse au-dessus de lui, vers les étoiles. Il gravit un échelon, puis un autre et encore un autre. Il entend Mara pousser un cri de surprise, continue à grimper en souriant tandis que l'échelle oscille, oscille… Il voit son ombre interminable vaciller sur le sol. Sans doute a-t-il un peu trop bu, car son pied glisse et il est obligé de sauter à terre. Tout juste a-t-il le temps de saisir au vol l'échelle avant qu'elle s'écrase sur le gril.

Larry applaudit mollement.

— Je serais vous, je m'en tiendrais à ce que je connais…

— Essayez encore une fois ! dit Mara.

Mais Cassie le regarde en secouant la tête, et éteint la torche électrique. Il n'a pas la force de recommencer. *Enfoiré !*

— Non, je manque d'entraînement.

Il remet l'échelle à sa place et reste quelques instants planté dans le noir, les yeux plongés dans l'obscurité impénétrable. Au bord des larmes.

Cassie se brosse les dents et recrache la mousse dans l'évier. Des filaments de viande lui sont restés coincés entre les dents. Elle n'est pas très carnivore, mais au moins, le kangourou a grandi dans un environnement naturel – plus bio, tu meurs. Elle ne retrouve pas le fil dentaire mais est trop épuisée pour s'en soucier. Trop fatiguée aussi pour nettoyer son visage luisant de sueur et d'écran total. Elle ne désire qu'une seule chose : s'étendre. Une fois dans la chambre, elle s'étire et bâille à s'en décrocher la mâchoire. La bougie est presque entièrement consumée. Elle en allume une autre. La lueur chaude et tremblotante est moins violente, pour ses yeux fatigués, que ne l'aurait été la lumière électrique. Elle s'extirpe de ses vêtements et titube jusqu'au lit. Il grince un peu sous son poids et elle glisse dans un sommeil profond et voluptueux, si bien qu'elle n'entend pas Graham se coucher.

La première chose dont elle ait conscience, c'est d'un violent baiser sur la bouche – qui n'a rien de tendre et ressemble si peu à Graham que, l'espace d'un instant, elle craint que ce ne soit quelqu'un d'autre. Mais c'est son visage, son menton mal rasé, son haleine échauffée par le vin et la viande.

— Hé, marmonne-t-elle. Je dors !

Mais il continue à l'embrasser. À la lueur de la bougie, il a l'œil hagard. Il tripote ses seins et enfonce un genou entre ses jambes, l'obligeant à les écarter.

— Hé ! dit-elle.

Elle s'efforce de se dégager mais s'aperçoit à contrecœur que cela ne lui déplaît pas. Elle ne l'a jamais vu comme ça, c'est étrangement excitant. Elle se débat mollement mais il la prend avec brutalité et impatience. À peine l'a-t-il pénétrée qu'il jouit dans un râle, et se retourne sur le côté. Et on dirait bien que c'est fini.

Elle reste étendue là, à fixer le plafond en attendant qu'il parle. Mais il ne dit rien.

— C'était comment pour toi ? demande-t-elle au bout d'une minute.

Il bredouille quelque chose. « Désolé », peut-être ? Elle se lève, l'entrejambe tiède et poisseux.

— Salopard ! dit-elle sans conviction. Elle enfile son peignoir et sort se nettoyer. Au-dessus d'elle, le ciel, constellé d'étoiles est d'une magnificence invraisemblable. Elle lève les yeux vers toutes ces constellations bizarres et la traîne blanchâtre de la Voie lactée. Lorsqu'elle revient, il dort et, à la lueur de la bougie, ses cils projettent sur ses joues des ombres angéliques. Elle le regarde fixement. Cela a-t-il réellement eu lieu ? Dans son sommeil, il respire avec la régularité d'un enfant. Elle songe à le réveiller à coups de pied, à le chasser du lit, à l'envoyer dormir dans son putain d'atelier.

Mais c'est Graham. Elle est fatiguée. Et elle n'a pas envie d'être seule. Elle souffle la bougie, se couche près de lui et se retrouve malgré elle blottie contre sa peau brûlante. La lumière des étoiles filtre à travers le rideau vaporeux. Entre ses dents, les filaments de viande commencent à avoir un goût de pourriture.

Chère maman, cher papa.

Vous serez surpris d'avoir de mes nouvelles. Je suis moi-même surpris de vous écrire. Je suis en Australie-Occidentale avec ma petite amie, dans une sorte de bergerie désaffectée. Je suis venu ici pour peindre. Je...

12

Seule dans la cuisine, Cassie coupe des oignons en pleurant. Elle pleure parce que, ce matin, elle a cassé son miroir. Elle l'a laissé tomber, il s'est brisé. Elle l'a ramassé. Le verre était encore en place, mais brisé en une vingtaine de morceaux, où son visage lui est apparu décomposé comme dans un portrait de Picasso. Elle pourra faire remplacer le verre à son retour, bien sûr. Cependant le miroir ne sera plus celui qui a reflété le visage de sa grand-mère. Cassie se souvient d'elle le tenant de façon à vérifier son chignon dans la glace de sa coiffeuse. Le miroir ne sera plus jamais le même. Elle n'a pas pleuré sur le coup. Ce sont peut-être les oignons qui ont déclenché la crise.

Et sans doute aussi la fatigue. Elle n'a pas fermé l'œil de la nuit. Et Graham, à côté d'elle, dormant sur ses deux oreilles… Elle avait rallumé la bougie, regardé ses joues se gonfler et ses lèvres s'ouvrir avec un léger bruit de succion à chaque expiration. Elle avait essayé de penser au potager. S'ils parvenaient à créer une mare et à y installer des grenouilles, alors celles-ci mangeraient les insectes. Elle s'était interrogée, vu l'aridité de la région, sur l'existence d'espèces locales. Il faudrait qu'elle consulte Larry. Elle jette les pelures d'oignons dans le nouveau seau à compost (comment l'empêcher d'attirer un nuage de mouches ?) et verse de l'huile dans une poêle qu'elle fait glisser sur la plaque brûlante.

Elle s'essuie les yeux et se retourne au bruit de la porte qu'on ouvre, espérant voir paraître Graham – il s'est levé et est sorti très tôt ce matin. Dire qu'il n'est jamais debout avant elle ! Il a vite fait de se lever et de filer, histoire qu'ils n'aient pas le temps de parler. Mais ici, il ne pourra pas lui échapper bien longtemps !

Ce n'est pas Graham. C'est Mara, nue comme un ver à l'exception d'une paire de bottes masculines, dont les lacets traînent sur le sol.

— Qu'est-ce qui ne va pas ? demande Mara.

— Tout va bien.

Cassie s'essuie le visage d'un geste de la main, mêlant les larmes à la sueur. Elle esquisse un sourire, se demandant si Mara est consciente de sa nudité. Elle semble très à l'aise. Cassie ne sait plus où poser les yeux.

— Vous préparez quoi ? demande Mara.

— En général, je fais d'abord frire les oignons, et après je décide.

— Vous allez utiliser les restes de ce malheureux kangourou ?

— Du ragoût de kangourou ?

Cassie plisse le nez. Une des spécialités de *Avec Cassie dans le bush australien* ?

— Fred adore les ragoûts.

Mara sort un tabouret et s'assied. Ses gros seins reposent sur la table comme deux bébés phoques. Difficile de ne pas regarder. Une belle poitrine, d'ailleurs, du moins avec la table pour en supporter le poids. La peau est lisse et ferme, bien plus jeune que celle du visage et du cou.

— Larry dit que vous avez été souffrante…

— Souffrante ? Je suis un véritable danger public ! Qu'est-ce qu'il a dit, Larry ? demande Mara en saisissant la main de Cassie et en l'attirant près d'elle. Qu'est-ce qu'il vous a raconté sur moi ?

— Rien. Simplement que…

Mais Cassie a perdu le fil de ses pensées. Elle est distraite par les mamelons de Mara, qui semblent la fixer comme deux placides yeux marron. La main de Mara resserre son étreinte. Elle ne se souvient plus bien de ce que Larry a dit ou laissé entendre.

— … que vous aviez besoin de calme et de tranquillité. Que vous étiez…

Le mot « fragile » lui vient à l'esprit, mais aucun qualificatif ne lui paraît plus éloigné de cette femme robuste, hâlée et chaussée de bottes.

— … que vous aviez besoin d'un espace à vous, hasarde-t-elle.

Mara lui lâche la main.

— Un espace à moi. Oui, c'est vrai.

— Visiblement, il vous est très dévoué.

— Nous sommes un couple très uni.

Elle a dit cela sur un ton… Cassie fronce les sourcils.

— Je ne suis pas bête, vous savez, poursuit Mara avec véhémence.

— Je le vois bien. Larry dit que vous êtes une femme brillante, improvise Cassie.

— Vraiment ?

Le visage de Mara s'illumine.

— Les gens brillants…, dit-elle…, sont forcément sensibles. Le monde fait tellement mal.

Cassie ramasse une miette sur la table. *Le monde ?*

Mara bâille à s'en décrocher la mâchoire et s'étire. Ses seins se soulèvent et Cassie a un aperçu de l'intérieur de sa gorge. Elle détourne les yeux et fait glisser les oignons dans l'huile dorée. Aussitôt s'élève un doux grésillement.

— Passons à Fred, dit Mara. Qu'est-ce que vous pensez de Fred ?

— Il a l'air plutôt gentil.

Cassie sort les restes de viande du réfrigérateur. Elle les pose sur la planche à découper et, avec un couteau, tranche dans les parties tendineuses. Le sang suinte et s'insinue dans les rainures de la planche. Elle retient son souffle, se protégeant contre l'odeur de la viande et contre l'image de la carcasse heurtée avec un bruit sourd, alors que Fred venait en voiture jusqu'ici.

— Oh, Fred, dit Mara en souriant et en secouant la tête. Ça vous dirait, des anchois ?

Elle se dirige vers le garde-manger. Son derrière large et bosselé garde la trace de la chaise. Ses cheveux lui tombent dans le dos, coiffés en une natte épaisse dont l'extrémité atteint la raie des fesses.

— Non merci, répond Cassie.

Elle découpe la viande en morceaux grossiers, les balance dans la poêle, passe rapidement la planche à découper et le couteau sous l'eau, pour rincer le sang. La poêle grésille de plus belle, le sang se fige et vire au marron poisseux.

— J'adore les anchois, dit Mara. Mais je n'arrive pas à ouvrir la boîte.

Cassie la prend et l'ouvre à l'aide de la petite clé fixée au couvercle. Mara fourre le doigt dans la conserve et en ressort deux filets hérissés de barbilles. Elle rejette la tête en arrière, ouvre la bouche et engloutit les anchois dégoulinants d'huile. Cassie sourit, et l'image des phoques s'impose de nouveau à elle. Les yeux clos, Mara se délecte.

— Tout ce qui est salé, ajoute-t-elle. Mais par-dessus tout les anchois. Et le beurre d'anchois ! Tartiné sur du pain grillé, ajoute-t-elle dans un soupir.

— Jamais goûté, dit Cassie. Il y en a, ici ?

Une cuillerée de beurre d'anchois donnera à vos plats une touche de fantaisie. Un filet d'huile, mélangé à des miettes de poisson, coule entre ses seins.

— Oui. Larry adore ça, le beurre d'anchois.

Cassie perçoit un bruit, au-dehors… peut-être Graham. Elle tressaille. S'il entrait, alors que Mara est totalement… mais ce n'est que le chien qui pointe son museau derrière la porte grillagée.

— Yella ! dit Mara.

Le chien vient fourrer la gueule dans son entrejambe. Cassie détourne les yeux. Graham va forcément arriver tôt ou tard.

— Mara, dit-elle avec un geste vague de la main. Vous êtes…

— Quoi ? Oh, vous faites allusion à… Allez, ouste !

Elle repousse le chien, qui grommelle et se couche sous la table.

— Je ne crois pas aux vêtements, dit Mara. C'est une des raisons pour lesquelles nous vivons ici. Vous avez entendu parler du naturisme ? À Lewes, ça n'était pas très bien vu… mais ici…

— Oh ! Le naturisme ? Mais Larry…

Mara éclate de rire en se tenant le ventre.

— Larry… ce n'est pas vraiment son truc.

Puis, se redressant :

— Sans ses vêtements, il serait… insignifiant, et ça, c'est inconcevable ! dit-elle, les yeux brillants de malice. Il m'oblige à me couvrir quand il y a de la visite… Mais vous n'êtes plus des visiteurs, n'est-ce pas ? Vous faites partie de la maison, à présent, il vous paie pour ça !

— Hmm…

— Vous vous inquiétez pour votre homme ?

Mara glousse et lèche l'un de ses doigts.

— Ça pourrait le mettre mal à l'aise, vous ne croyez pas ?

— Et vous, Cassie, ça vous gêne ?

— À vrai dire… un peu. C'est juste qu'on n'est pas habitués à…

— Mais vous vous habituerez vite. Vous aussi, vous pourriez enlever les vôtres.

Cassie hésite, puis pouffe en imaginant la tête de Graham s'il les trouvait toutes deux nues dans la cuisine, au milieu des effluves d'oignon frit.

— Les autres, ils n'ont jamais pu s'habituer.

— Les autres ?

— Lucy et Ben. Vous lui ressemblez.

— À qui ?

— À Lucy. Quoi qu'il en soit, Larry n'est pas là. Il n'y a que moi… et Graham. Mais il vous a déjà vue toute nue, non ? Il vous connaît parfaitement.

— Qui était Lucy ?

Mara se contente de secouer la tête.

Cassie retire la poêle du feu. La viande cuit trop rapidement. Elle va être aussi dure que le cuir des vieilles bottes de Mara. Il aurait fallu la faire mariner.

— Au fait, où est Larry ? Vous croyez que ça le dérangerait que j'ouvre une bouteille, pour ajouter au ragoût ?

— J'en doute. Il est parti avec Fred. Il ne vous a pas prévenus ? Vous voyez, maintenant que vous êtes ici, il est libre. D'aller et venir.

— Libre d'aller où ? demande Cassie en la regardant fixement. Et moi qui ai cuisiné pour douze !

Mara hausse les épaules.

— Je pourrais dévorer un kangourou entier ! Je vais peut-être me faire un œuf, pour me caler.

Graham est abruti, comme si le soleil et le sable lui engourdissaient le cerveau. L'échelle est impossible. Cette lumière ne produit pas d'ombres et même là où il y a de l'ombre, celle-ci n'a pas de *corps*. Tout est trop grand. Il se sent démuni. Les arêtes des collines qu'ils ont survolées, il les voit désormais comme les rides de sable sur la plage, après que la mer s'est retirée… mais gigantesques, démesurées. Il est là, semblable à un insecte, pauvre petit point noir soumis à l'entêtant martèlement du soleil, perdu dans les vastes étendues entre les ondulations arides. Il ne sait pas par où commencer.

Mieux vaut rentrer. Faire face à ce qui l'attend. Tôt ce matin, conscient du ridicule et riant de son absurdité, il a laissé dans son sillage une série d'objets, afin de pouvoir retrouver son chemin. Cependant l'idée est loin d'être stupide, car le voilà qui part dans la mauvaise direction. Il y a quelque chose qui le désoriente, c'est chaque fois pareil. Peut-être le soleil n'est-il pas à la bonne place ? Peut-être est-il du mauvais côté ? On croit qu'on ne prête pas attention à la position du soleil, mais il suffit qu'il en ait changé parce que vous n'êtes plus dans le même hémisphère, et votre cerveau ne s'y retrouve plus. Vous êtes déconcerté, alors que vous pensiez être insensible à ce genre de phénomène.

Graham se dirige vers la maison, partant dans ce qui lui semble le mauvais sens, et tombe sur le premier objet : une boîte d'allumettes. Il poursuit sa route d'un pas plus assuré et ramasse tour à tour un crayon, un livre, un tube de dentifrice (qui s'est fendu et a répandu sa texture blanche et crayeuse sur la terre rouge) et deux bouteilles de bière. Enfin, il reconnaît la configuration du paysage, la rangée d'eucalyptus et l'éclat éblouissant du soleil sur un toit en tôle. Il a la bouche sèche et, sous le chapeau, sa tête est baignée de sueur. Un corbeau lui adresse un cri railleur, digne d'un chat siamois, et sautille en traînant les lourdes plumes de sa queue avant de s'envoler pesamment et de se poser près de lui sur le sol poussiéreux. L'oiseau le suit et, avec son bec de charognard et son regard rusé, lui donne la nausée. Ou bien c'est juste le soleil.

Il a la gueule de bois. Il veut retrouver Cassie, désire avec une soudaine avidité l'étreinte de ses bras nordiques, la fraîcheur qui semble en permanence émaner d'elle. Mais elle lui en voudra encore pour hier soir. Ça lui ressemble si peu, d'agir ainsi. Et de s'endormir tout de suite après ! Il n'était pas lui-même, quand ça s'est passé. Littéralement. Pourtant, il n'ose imaginer sa réaction s'il lui fournissait une telle explication.

Il est encore très loin quand l'odeur du ragoût lui parvient aux narines. Puis, il s'approche et distingue des voix de femmes dans la cuisine. Cela a quelque chose de rassurant, dans sa banalité même. Il s'arrête devant la porte, retire son chapeau trempé. À l'intérieur, ses yeux mettent un moment à discerner la peau nue de Mara. Le dos large, la courbe des hanches, les jambes massives, chaussées de bottes. Cassie croise son regard, par-dessus l'épaule de Mara.

— Ça sent bon ici ! lance-t-il d'une voix un peu trop haut perchée.

— C'est moi ! répond Mara en se retournant, ses énormes seins ballottés par le rire qui secoue son corps.

— C'est le ragoût de kangourou, dit Cassie.

Il se dirige vers le frigidaire, ouvre la porte et s'expose à une bouffée d'air frais mais malodorant.

— Une bière ? propose-t-il.

— Prenons-en tous une, suggère Mara

— Vous êtes sûre que vous pouvez ? demande Cassie.

— Oui.

Il s'assied, regarde la pagaille sur la table : des coquilles d'œufs, des miettes, une boîte d'anchois poisseuse et – bien entendu – une mouche aux pattes engluées dans l'huile renversée. De gros mamelons, de fins poils noirs semblables à des pattes d'araignée.

Il décapsule trois bouteilles, presse le verre glacé de l'une d'entre elles contre sa joue et la vide d'un trait. La bière est si fraîche et si piquante que c'en est presque douloureux. Mara passe devant lui, balançant ses seins à quelques centimètres de son visage, et s'assied. Sa peau va du brun clair au brun foncé. Cassie le surveille, si bien qu'il est forcé de détourner les yeux. Il ne trouve rien à dire. Au plafond, les hélices du ventilateur brassent les capiteuses odeurs de cuisine. Graham se sent sur le point d'étouffer.

— C'est où ? demande Mara.

— Pardon ?

— Ce que vous avez fait.

— Rien fait, aujourd'hui. Vous savez ce que c'est.

Mara repart dans un éclat de rire. Nouvel ébranlement des chairs.

— Vous êtes embarrassé. À cause de moi. Vous verrez, ça passera.

Graham se lève. Avant de quitter la pièce, il s'oblige à regarder franchement Mara – les lignes qui la composent. À la considérer comme une chose, comme un objet disposé dans l'espace. À enregistrer le moindre détail : la chair qui déborde de part et d'autre de la chaise ; une jambe hâlée, recouverte de poils noirs, s'enfonçant dans le rabat d'une botte ; un lacet s'enroulant sur le sol comme un point d'interrogation. Il lève les yeux sur les seins volumineux, le genre de poitrine contre laquelle on voudrait se jeter pour pleurer un bon coup. Cassie le suit du regard tandis qu'il observe Mara. Il n'a pas la force de la regarder.

Il sort. Déjà la bouteille n'est plus très fraîche entre ses mains. Il trébuche sur les poules et gagne le bâtiment des tondeurs, ouvre le robinet et se rince le visage à l'eau tiède. Il retire sa chemise et s'asperge le cou et le torse. Il prend le savon entre ses doigts et, le mêlant à l'eau saumâtre, tente de le faire mousser. Ça ne mousse guère mais il se dégage tout de même une timide odeur de goudron.

Dans la chambre étouffante, il retire son short et se laisse tomber sur le lit, pressant son visage et ses hanches contre le coton rugueux du couvre-lit en patchwork. Le souvenir de la veille au soir remonte en lui, tel un rêve. Et des images se superposent : la terre, la viande, la peau nue. Il pousse un grognement.

Cassie ouvre une conserve de pois chiches et une de tomates pelées, qu'elle rajoute à la poêlée. Elle émiette un cube de bouillon et verse une pincée d'herbes. Ça la déconcentre, la façon dont Mara la regarde. Elle en devient maladroite.

— Vous utilisez quoi ? Du Spécial pizza ? demande Mara.

— Du Spécial pizza ! Oui, ce genre de chose… mais vous savez…

— Oui ?

— C'est toujours un peu improvisé. Vous savez, Mara, c'est sympa, d'avoir quelqu'un à qui parler. Une femme.

— En réalité, je devrais pas…

Mara pose la tête sur ses bras croisés. Sa longue natte, au milieu du dos, ondule comme une seconde colonne vertébrale.

— Vous ne devriez pas quoi ?

— J'ai sommeil.

— Pourquoi ne pas vous étendre un peu ? demande Cassie avant de remuer une dernière fois le contenu de la sauteuse et de couvrir. Une fois que j'aurai nettoyé la cuisine, je vais sans doute faire une pause, moi aussi.

— OK.

La voix de Mara, assoupie sur la table, lui parvient faiblement.

— Vous êtes sûre que ça va aller ? Quand Larry doit-il rentrer ?

— Peut-être ce soir. Mais ce n'est pas sûr.

— D'accord. Bon… le ragoût pourra attendre. Ce sera sûrement meilleur demain. Ça aura mijoté.

— Il était gêné, dit Mara en se redressant brusquement, le visage rouge et luisant de sueur.

— Eh bien, un petit peu, sans doute.

— J'appelle ça du naturisme, mais en réalité… je ne supporte pas de sentir des vêtements sur mon corps, surtout autour de la taille. Ça m'oppresse, explique Mara d'une voix qui ressemble de plus en plus à un gémissement. Et puis, être obligée de *choisir* ! Un jour, je me suis réveillée et j'ai compris que je ne pourrais plus m'habiller. Impossible de choisir. Je peux pas vous dire quel effet ça fait… c'est comme des pinces qui vous enserrent.

Elle ouvre et ferme le poing, une expression de panique sur le visage.

— Tout va bien, dit Cassie. Calmez-vous.

Elle jette un coup d'œil vers la porte en s'interrogeant sur le traitement de Mara, en se demandant s'il n'aurait pas fallu lui donner quelque chose, là, tout de suite. Larry n'aurait pas dû s'en aller comme ça, sans un mot.

— Si Larry n'avait pas été là… C'est pourquoi… tout cela ici… ce que j'ai fait…

— Oui ?

Cassie se ronge un ongle. Que devrait-elle faire ?

— Et ici, je suis libre de ne pas porter de ceinture, et de ne pas obéir. Libre de peindre. Ou de ne pas peindre.

— Je vois.

— Et Larry est un saint, même si… C'est un saint. Il me fournit tous les médicaments dont j'ai besoin et décide de tout ce que je dois faire, si bien que je n'ai plus qu'à me laisser vivre. Tout ce dont j'ai besoin à présent…

Mara desserre les poings et pose les mains sur la table, paumes tournées vers le haut. Les ongles y ont laissé leur marque.

— Quoi ?

Mara secoue la tête.

— Je crois que je comprends, dit Cassie.

Mara scrute son visage quelques instants.

— Oui ? Je pense que je ferais mieux d'aller m'allonger.

Cassie respire.

— Oui, oui. C'est ce qu'il y a de mieux à faire.

À peine Mara est-elle sortie de la cuisine que Cassie, laissant tout en plan, s'empresse d'aller retrouver Graham. Il est affalé sur le ventre, au milieu du lit, vêtu en tout et pour tout d'un caleçon.

— Hé !

Elle s'assied sur le bord du lit et retire ses sandales. Commence à enlever son tee-shirt, puis se ravise et le remet en place.

Graham se retourne. Des mèches trempées de sueur collent à son front. Après un moment d'hésitation, elle s'étend près de lui.

— Pousse-toi ! ordonne-t-elle.

Il tente de se déplacer de quelques centimètres sur le matelas en creux, mais leurs corps retombent toujours vers le milieu du lit. Il lève un bras, s'arrête, et s'apprête à le lui passer autour de l'épaule. Elle soupire et tourne la tête pour le laisser faire.

— Alors ? dit-elle.

Le bras de Graham, sous son cou, est tiède et mou. Il expire une bouffée d'air un peu âcre.

— Je suis désolé, OK ? Je ne sais pas ce qui m'a pris. Je devais être bourré.

— Suffisait de *demander*…

— C'est venu comme ça, dit-il. Une pulsion irrésistible.

Elle glousse, mais reste sur ses gardes.

— Ça ne se reproduira pas.

Ils restent quelques instants étendus dans l'atmosphère surchauffée de la pièce. Se décontractent dans les bras l'un de l'autre, jusqu'à ce que toute tension ait disparu.

— Je t'aime, quoi qu'il en soit, dit-elle.

— Moi aussi.

Elle se tourne vers lui, lui embrasse la joue.

— Et Mara, alors ? demande-t-elle en s'appuyant sur le coude pour observer son expression. Tu t'es rincé l'œil, hein ?

— C'était difficile de ne pas regarder, non ?

— J'imagine. Ça t'a excité ?

La question lui échappe avant qu'elle n'ait songé à la retenir.

Il aspire une longue bouffée d'air, la garde dans ses poumons. Puis, en expirant :

— Ça m'a scié, surtout.

— Scié ! Pareil pour moi.

— Et Larry ? demande Graham en plissant les yeux.

Elle se mouille un doigt et lui lisse les sourcils, hérissés par la poussière.

— Quoi, Larry ?

— Il te plaît, pas vrai ?

— *Graham !*

Il ne peut tout de même pas s'imaginer ça ? Elle le regarde pour voir s'il plaisante, mais il a fermé les yeux. Elle se rallonge et respire son odeur : la sueur, le savon, et sa propre odeur, masculine et poivrée.

— Elle a l'habitude de vivre nue, c'est ce qu'elle m'a expliqué. Les habits la rendent plus ou moins claustrophobe. J'ai cru comprendre qu'elle avait fait un genre de dépression. Larry l'a obligée à porter le drap jusqu'à ce nous soyons installés.

— On a intérêt à s'y habituer, alors, murmure-t-il.

— Elle s'est un peu... échauffée. Elle est pas mal dérangée. Il faudrait savoir quoi faire si... si elle pète les plombs... Eh, Larry t'a dit qu'il partait ?

— Pas que je me souvienne.

— Ce n'est pas très sympa de se tirer comme ça, sans un mot.

— Non.

— Tu veux faire quoi ?

Graham se tourne sur le côté. Ils se retrouvent face à face. Ses grands yeux verts plongent dans ceux de Cassie.

– Hmm...

Elle retient son souffle. Il lui caresse l'épaule, lui effleure un sein et descend sur les hanches où sa main s'arrête. Le bout de sa langue pointe au milieu de sa lèvre inférieure, tandis qu'il se concentre sur elle, avec cette expression qui la fait toujours fondre.

— Encore ? demande-t-elle, sa voix soudain devenue rauque, son ventre se dissolvant en un liquide doré.

13

Il se réveille en sentant la main de Cassie lui caresser doucement le torse et glisser sur son ventre. Ça le chatouille. Il se tortille et ouvre les yeux. Ses membres sont engourdis. Il pourrait aisément se rendormir. Il ferme les yeux pour échapper au regard pénétrant de Cassie.

— Je remettais un peu d'ordre dans tes poils, c'est tout.

Il sent son souffle sur sa poitrine lorsqu'elle approche son visage.

— Oh, regarde, tu as un poil blanc !

Au contact de ses doigts, il lui semble que son cœur cesse de battre.

— Je vais aller chercher du thé. Ou bien on y va tous les deux ?

Le lit remue, signe qu'elle vient de se lever.

— J'en ai pour une minute.

Elle enfile une robe à la hâte, chausse ses sandales et sort. Il écoute les bruits : une sorte de cigale, les oiseaux, le gargouillis de ses intestins. Il se redresse et, baissant les yeux, examine les poils de son torse. Effectivement, il y en a un blanc, perdu au milieu des noirs. Et, pis que cela, il constate avec horreur qu'il commence à prendre de la brioche. Ce pourrait être le ventre d'un homme d'âge mûr. Le sang bat dans ses tempes. Il saisit le poil entre le pouce et l'index, le coince entre ses ongles et tire. Un coup sec, qui lui fait venir les larmes aux yeux. On s'installe, on vieillit, on meurt. Il tient le cheveu entre ses doigts. Il étincelle, telle une aiguille lumineuse qui pointerait dans une direction où il n'a aucune envie d'aller.

Il se lève, met son jean, passe un débardeur. Se penche pour regarder son reflet dans le miroir brisé de Cassie. Un visage fragmenté. Autour des yeux, des ridules ; sur les tempes, quelques cheveux blancs et, lorsqu'il écarte bien les lèvres, des dents jaunies et irrégulières. Il sort faire ses besoins dans la cabane. Assis dans sa propre puanteur avec, au-dessous de lui, le bourdonnement d'un million de mouches, il se sent brusquement pris de panique. Il n'y a pas moyen d'y échapper. Soit on meurt jeune, soit on vieillit et on finit quand même par mourir, et il est déjà trop vieux pour mourir jeune.

Graham sort. Il faut qu'il se bouge. Tout passe vite comme dans un film. Qu'est-ce qu'il fait ici ? C'est sa vie. Il tend les bras, plaque les mains sur le sol, lance les jambes en l'air, retombe, lève à nouveau les jambes et ainsi de suite jusqu'à ce qu'il parvienne à se maintenir en équilibre sur les mains. Alors, les poignets tendus, les bras tremblants, il fait un pas.

Cassie apparaît à ce moment précis, portant, sur un plateau, théière, tasses et biscuits. Elle s'arrête, les yeux écarquillés. Elle croyait qu'il s'était rendormi et voilà qu'elle le trouve marchant sur les mains, le cou gonflé par l'effort, les cheveux traînant dans la poussière.

— Hé ! lance-t-elle.

Elle a l'impression d'être comme la femme, dans la comptine… c'était quoi son nom, déjà ? La mère Hubbard.

Elle est allée lui acheter du pain,

Et quand elle est revenue, il marchait sur les mains.

Il laisse retomber ses pieds sur le sol et se relève, le visage en feu.

— Tu viens prendre le thé ?

Il hésite, jette un coup d'œil derrière elle, comme s'il avait mieux à faire, puis hausse les épaules.

— OK.

Ils entrent. Ce qu'il fait chaud ! Elle retire sa robe et, nue, s'assied sur le lit, croise les jambes et sert le thé. Il reste planté près de la porte, comme prêt à se sauver.

— Qu'est-ce qui te prend ?

Il s'avance vers le lit, s'assied. Tend la main vers une cigarette à moitié fumée, qu'il rallume.

— Si on fait un bébé, dit-elle. Ce n'est pas gagné, je le sais, mais si jamais, tu t'arrêteras hein ?

— Je m'arrêterai de quoi ? demande-t-il.

Graham retire la cigarette de ses lèvres et lui lance un regard distrait.

— De fumer.

— Que j'arrête de fumer ?

— Qu'est-ce que tu faisais, dehors ?

Il hausse les épaules.

— Une envie soudaine.

— Tu aurais dû travailler dans un cirque, toi, dit-elle avec un sourire. Bois ton thé. Tu ne fumeras pas dans la maison, au moins. Pas à côté du bébé.

Il rejette la tête en arrière et fait un rond de fumée, puis un second. Elle les regarde s'élever dans l'air, se déformer, s'évaporer. Elle est surprise que ça ne déclenche pas l'alarme antifeu. La tendresse qu'elle ressentait pour Graham vient de se teinter d'irritation.

— Tu ne m'as jamais répondu, dit-elle.

— C'est pure spéculation.

— Mais c'est pour ça qu'on est là.

Il plonge les yeux dans sa tasse, y repêche quelque chose – un moucheron ou une poussière. Il a encore de la terre rouge dans les cheveux, qui est en train de tacher le drap.

— De toute façon, je ne parlais pas de ça. Je faisais référence à la discussion qu'on a eue plus tôt.

Il la regarde. Il a quelque chose dans l'œil. Ses pupilles sont dilatées. Même ses longs cils recourbés ont de la poussière rouge à leur extrémité.

— Pourquoi tu veux savoir ? Ça ne peut que te faire de la peine.

— Parce que comme ça, on pourra…

Elle a le ventre noué.

— … on pourra prendre un nouveau départ.

C'est lamentable, elle-même en est consciente. Pourquoi a-t-elle besoin de savoir ? Il a raison. Qu'est-ce que ça peut bien faire ?

— Ça ne va pas marcher, dit-il.

— Quoi ?

— Je n'aurais pas dû venir.

Elle a le souffle coupé. L'envie de pleurer lui fait tomber le coin des lèvres, si bien qu'elle ne peut plus boire son thé.

— Je veux dire… merde alors ! s'exclame-t-il en se levant. Une année ! Une année de ma vie. Coincé ici. Je ne peux pas foutre une année en l'air.

Elle parvient à maîtriser le tremblement de ses lèvres. Il fume et parcourt la pièce de long en large en faisant craquer le sol.

— L'année va s'écouler que tu sois ici ou ailleurs, dit-elle.

Il lui jette un regard noir et pousse un soupir excédé. La fumée lui sort par les narines.

— De toute façon, ce ne sera pas une année fichue. Pas si tu te remets à peindre. À vrai dire, si on voit les choses sous cet angle, dit-elle en pesant ses mots, on peut dire que tu as foutu ces dernières années en l'air. Et…

Elle lui tend la main. Après un temps d'hésitation, il la prend.

— Et puis, si nous devons être ensemble. Crois-moi…, dit-elle en pressant ses doigts, … je t'aime pour de bon.

— Ouais. Faudrait peut-être que je me mette au travail, alors.

Il sort précipitamment, la laissant soupirer d'amour et d'impuissance. Baissant les yeux, elle étudie le drap froissé et poussiéreux, une trace de cendre, l'endroit où sa peau bronzée redevient blanche, en haut des cuisses. Au moins, ici, il ne peut pas fuir.

Boîte 25
Relais routier de Keemara
Pour Woolagong Station
16 novembre

Chère Patsy,

J'ai l'impression qu'on est là depuis des siècles. Parfois, je me demande comment on va tenir un an. G. et moi nous nous entendons bien, les trois quarts du temps. Sauf qu'on est constamment l'un sur l'autre (ha, ha !). Ce n'est pas une façon de parler. Je ne me suis jamais sentie aussi excitée de ma vie. C'est sûrement à cause du soleil. J'ai cessé d'utiliser mon diaphragme. Je ne peux pas le nettoyer correctement, et je ne tiens pas à attraper une amibe – et Graham dit que les préservatifs gâchent le plaisir. (Est-ce que je t'ai dit qu'il n'y avait pas de véritable salle de bains ? Juste des toilettes extérieures, bien sûr du point de vue écologique, c'est parfait, on gaspille beaucoup moins d'eau. Mais je dois reconnaître que je rêve d'une bonne douche et d'un vrai shampooing. Mes cheveux sont dégueus – je ne peux pas les laver comme il faudrait, ils deviennent tout collants avec le sel. Dieu sait comment Larry parvient à paraître si pimpant.)

Si j'échoue, je risque donc de me retrouver mère célibataire. Tant pis. De toute façon, il faudra sûrement des mois. Il t'a fallu quelques mois, non ? Tu me manques vraiment beaucoup. Personne à qui parler. On s'est disputés cet après-midi. Il s'est remis à faire des trucs comme marcher sur les mains. Est-ce que c'est bon signe ? Un autre gosse ??? Il y a un type, un certain Fred, qui est sympa, très australien, un peu bourru mais normal, si tu vois ce que je veux dire. J'espère que le koala de la carte postale plaira à Katie. Je lui en ramènerai un (en peluche !) à notre retour.

Embrasse-la pour moi, ainsi que Al.

Supplément de croquettes pour Chat !

Vous me manquez terriblement.

Cassie

PS : Devine quoi ! Il m'a accusée d'avoir un faible pour Larry ! Je te dis pas ma tête ! Tu crois que c'est bon signe ?

PS² : C'est faux, bien sûr. Bien que je reconnaisse qu'il a un petit quelque chose… la maturité, sans doute ?

14

À l'ombre des arbres, Graham regarde arriver le 4 × 4. Larry et Fred déchargent cartons, glacières et sacs. Le tintement des bouteilles qui s'entrechoquent lui parvient, par-delà la poussière, et il avale sa salive, soudain assoiffé. Il s'adosse au tronc d'un arbre et, tout en les observant, porte une bouteille d'eau tiède à sa bouche et boit à grands traits. Il voit une minuscule Cassie en robe bleue et chapeau de paille descendre les marches de la véranda pour les accueillir. Vue d'ici, elle pourrait être n'importe qui. *Arrêter de fumer !*

Dans un élan soudain, il lève son crayon et commence à tracer une ligne. Mais l'élan meurt presque aussitôt, et le trait se perd sur la page. Le poignet fatigué, la sueur sur la mine de plomb, le temps perdu à gribouiller du papier… Il faut qu'il fasse *quelque chose*. Cette lumière lui coupe tous ses moyens. Le ciel pluvieux et le gris béton d'une ville, par un jour d'hiver, l'inspireraient davantage. La lumière de son pays. Ça, il était capable de le peindre. Pourquoi les a-t-il laissés l'en empêcher ? Mais que faire avec ce qu'il a sous les yeux ? Tout est trop cru, trop exposé. Il n'y a rien à révéler. Tout ce qu'il a esquissé jusqu'à présent… de la gnognote !

Graham reprend quelques lampées de cette eau qui a un goût de plastique, déchire et froisse la feuille de papier, la laisse tomber sur le tas. Il allume son briquet. La flamme, trop pâle, est imperceptible. Il ramasse négligemment l'une des pages froissées et l'enflamme, la maintenant entre le pouce et l'index pendant que le feu en dévore les bords. Elle conserve un instant sa forme, puis, lorsque les flammes atteignent ses doigts, Graham la laisse tomber sur le sol et il n'en reste rien, si ce n'est une petite traînée de cendres. Avant de se lever pour aller rejoindre les autres, il brûle l'une après l'autre toutes ces feuilles gâchées.

Sur la table et la rampe de la véranda les flammes des bougies vacillent. Un papillon de nuit se cogne au verre de la lampe à pétrole suspendue. Le silence est empli du faible battement des ailes veloutées.

Les assiettes sont vides, maculées de traces rouges. Larry ressert du vin à tout le monde. Nul ne proteste, bien que tous aient déjà beaucoup trop bu. Cassie porte immédiatement son verre à ses lèvres et commence à siroter. Le vin est sombre et épicé, mais quelle importance ? Idéal pour le ragoût, a dit Larry. Elle est tellement contente que ça lui ait plu. Et que Larry et Fred soient revenus. À présent, elle n'a plus à se faire de souci pour Mara. La fumée de cigarette s'élève et forme un nuage sous le toit de la véranda. Il fait assez frais pour que Mara elle-même ait les épaules recouvertes d'un châle.

Il est tard. L'heure de se coucher. Mais il y a la table à débarrasser, et toute cette vaisselle à faire. Elle n'a pas la force de s'y mettre, préfère rester le nez dans son verre. Graham et Fred sont en grande conversation, au sujet d'un peintre.

— Pourquoi ne pas faire un peu de musique ? interrompt Larry.

— Oui ! Oui ! s'exclame Mara en claquant les mains.

— J'ai cru comprendre que vous jouiez de l'harmonica ? dit Larry.

Les cheveux de Graham retombent sur son visage, dissimulant son expression.

— Ouais, ça m'arrive.

Fred va chercher sa guitare dans le bâtiment des tondeurs, et Graham se lève pour le suivre. Cassie emporte quelques assiettes. Larry entre dans la cuisine, le saladier sous le bras.

— Tout va bien ? demande-t-il. J'ai eu le sentiment que vous étiez un peu...

Il la regarde attentivement.

— ... Vous n'êtes pas triste, j'espère ?

Cassie secoue la tête. Il paraît tellement gêné, si peu à l'aise sur le terrain des sentiments. Pourtant, il s'est rendu compte que ça n'allait pas. Et il a la gentillesse de s'en soucier.

— J'ai un peu le mal du pays, c'est tout.

— Eh bien... quoi de plus normal ?

— Le fait de n'avoir personne à qui... vous comprenez... à qui *parler*. Patsy me manque.

Graham entre dans la cuisine, tapotant son harmonica contre sa paume.

— Il est crade à l'intérieur, explique-t-il en posant un regard surpris sur Larry, qui s'écarte brusquement de Cassie.

— Notre pauvre Cassie me disait qu'elle avait le mal du pays.

— Ah ouais ?

— Juste un petit peu, dit Cassie. Toi aussi, je parie.

— Ouais, juste *un peu* !

Il sourit, croisant enfin son regard. Puis arrache à l'harmonica un gémissement strident.

Le bruit d'une guitare qu'on accorde parvient jusqu'à eux. Larry lui touche l'épaule et sort.

— C'était quoi, là ? demande Graham.

— Quoi donc ?

— Tu devrais te méfier de lui, tu sais.

Il la plaque contre l'évier et tente de l'embrasser.

— Tu es saoul, dit-elle d'une voix gaie, en le repoussant.

— Et toi, tu ne l'es pas ?

Elle le repousse de nouveau.

— *Moi** ?

Il l'embrasse. Un baiser enfumé, piquant, profond, au léger goût métallique. Elle enroule une jambe autour des genoux de Graham.

— On n'est plus fâchés, alors ?

Il l'embrasse encore, mais moins passionnément, puis il se dégage.

Les accords d'un ragtime se font entendre. Soudain, elle a terriblement envie d'un truc frais et sucré.

— Eh, tu imagines... une bonne glace ! dit-elle dans un frémissement.

Lorsqu'elle revient avec le thé, Larry est en train de déboucher une autre bouteille. Un bruit sourd. Comme papa, songe-t-elle, presque choquée par cette association. On pourrait hurler à pleins poumons ici et personne n'entendrait. Mais peut-être, demain, un homme rassemblant son troupeau de moutons à un millier de kilomètres de là surprendrait un fugace écho de ce cri, et s'arrêterait pour se demander ce que c'est. Puis oublierait. Quelle idée idiote ! Elle la balaie aussitôt.

Mara se penche en avant, tenant dans ses bras, tel un bébé, ses deux seins pressés l'un contre l'autre.

— Ses doigts sont comme des poissons quand il joue, dit-elle, et Cassie les voit frétiller sur les cordes.

— Quelqu'un veut du thé ? demande-t-elle, mais personne ne répond. Et elle n'a même pas la force de se servir. Elle se rassied et, sentant une douce chaleur s'y répandre, pose la main sur son ventre. Elle ressent la même chose qu'au début de leur histoire, du temps où ils ne pouvaient s'empêcher de se toucher. Graham est si séduisant quand il joue de l'harmonica. Elle tend la main vers son verre. Larry se penche et le remplit à nouveau.

— Il faut que je boive de l'eau, dit-elle d'une voix pâteuse en le regardant droit dans les yeux. J'ai fait du thé.

— Vous et votre thé !

Larry pose la main sur son épaule. À travers l'étoffe de son châle, elle sent ses doigts s'attarder.

Graham secoue son harmonica, ramasse sa cigarette. Il plisse les yeux, la scrute à travers la fumée.

— Je vous en sers une tasse ? demande Larry, mais elle secoue la tête.

Les doigts de Fred accélèrent le mouvement, pris d'une agitation frénétique. Cassie a un large sourire. Larry l'observe toujours.

— Quoi ? demande-t-il. Qu'est-ce qu'il y a de drôle ?

Mais elle ne veut pas se donner la peine d'expliquer, craint que sa voix ne trahisse son état. Il laisse son regard s'attarder quelques instants sur elle – comme si son cas méritait une telle attention – puis détourne les yeux.

— Qui veut danser ? demande Mara.

Elle se lève en heurtant la table, si bien que tout s'entrechoque. Une bougie se renverse, sa flamme vacille puis s'éteint. Cassie la remet en place. Quelque chose lui frôle la joue. Quelque chose de doux, peut-être un papillon qui tourbillonne dans sa chute ? Mara lève les bras, déployant le châle rouge autour d'elle, comme une paire d'ailes.

— On dirait un papillon de nuit, dit Cassie.

— Quoi ?

Elle secoue la tête. Mara rejette la tête en arrière et, les yeux clos, commence à remuer son corps. Cassie rassemble la cire renversée dans sa paume. Elle est très chaude, mais pas au point de brûler.

— J'adore danser, dit Mara.

Larry se lève et s'adosse au poteau de la véranda. Cassie s'attend à le voir se mettre à danser, mais il se contente de regarder Mara. Elle n'arrive pas à discerner ce qui se passe en lui. Graham observe, lui aussi, cette femme nue qui ondule au rythme de la musique. Cassie surveille l'expression de son visage. Elle songe que c'est tout de même drôle : Elle emmène Graham ici pour l'éloigner des autres femmes et voilà le spectacle qu'il a sous le nez ! Et son délire, au sujet de Larry ! Eh bien, cela ne lui fera pas de mal de se poser des questions.

Les yeux fermés, les traits crispés, Fred improvise un riff, fredonnant et tapotant du poing sur l'instrument pour ajouter un élément rythmique. Bizarre, cette façon qu'il a de pincer les cordes et de tambouriner avec sa main privée de pouce. Mais ça fonctionne. Il joue bien. Vraiment bien. Il est totalement concentré, et la musique semble couler hors de lui. La cire durcit sur la paume de Cassie. Dans la lueur incertaine des bougies, le corps de Mara est pâle et voluptueux.

Son châle glisse et tombe à terre.

— Vous, dansez avec moi ! lance-t-elle en désignant Graham.

— Non, dit-il en secouant la tête.

Cassie jette un coup d'œil à Larry, pensant qu'il va arrêter Mara, leur expliquer qu'elle a besoin de se reposer ou de prendre ses médicaments. Mais son regard se pose sur Graham.

— Allez-y, dit-il.

— Pourquoi pas ?

Graham se lève. C'est avec un sourire d'enfant reconnaissant que Mara tend les bras vers lui et commence à se balancer avec lui, les seins écrasés contre son débardeur. Ce doit être chaud et doux. Cassie presse la cire dans sa main et y plante les ongles. Les danseurs virevoltent si bien que Graham lui tourne le dos. Il fait l'andouille, tortille les hanches, renversant Mara en arrière.

Il ne lui manque qu'une rose entre les dents. Mara rit à s'étouffer, sa main comme une étoile de mer au creux des reins de Graham. Ce n'est qu'une danse, après tout ! Le vin ne réussit pas à Cassie. Elle a besoin de boire de l'eau, de s'en aller d'ici et de s'étendre.

Fred continue à jouer sans prêter attention aux danseurs. Cassie sent les yeux de Larry braqués sur elle. Lorsqu'elle lève la tête, il lui sourit lentement.

— Vous dansez ? demande-t-il.

— Non.

La cire est dure. Elle la laisse tomber sur la table et se lève.

— Non merci.

Elle passe devant Graham et Mara, qui font volte-face pour qu'elle puisse passer. Peut-être Graham tente-t-il de croiser son regard ? Elle détourne les yeux.

— Je ferai la vaisselle demain, dit-elle en prenant soin de bien articuler. Elle s'agrippe à la rampe pour ne pas trébucher dans l'escalier et disparaît derrière le bâtiment des tondeurs. Les étoiles attendent là-haut, à la mauvaise place et dans le mauvais ciel, et la lune pleine et blafarde ressemble à un jeton volé dans un jeu de société. Sa lueur est assez forte pour qu'il y ait des ombres. Cassie vomit sous un arbre.

Chère maman, cher papa,

Ma petite amie et moi sommes en Australie, où nous travaillons dans une ancienne bergerie. Cassie vous plairait, j'en suis sûr. Je peins. Je sais que je n'ai pas écrit depuis un bout de temps. Après mon exposition de fin de diplôme, cette dispute, ~~je n'avais pas l'intention de~~

15

Un matin couleur de cendre. Des bougies consumées, des mégots écrasés dans des restes de ragoût. La nourriture desséchée a formé une croûte sur les assiettes. Elle aurait dû finir de débarrasser hier soir. La table grouille de mouches qui bourdonnent et frottent leurs sales pattes l'une contre l'autre. Cassie a mal à la tête, et la lumière lui donne des élancements, alors qu'elle rassemble les verres et les emporte dans la cuisine. Bizarrement, presque toutes les assiettes sont sales. À croire qu'ils étaient vingt et non cinq. La situation lui échappe totalement, côté cuisine. Dans l'évier, la vaisselle de la veille s'entasse. *Avec Cassie dans le bush australien.* Ah ! Qu'est-ce qui lui arrive ? Chez elle, jamais elle ne laisserait les choses se dégrader comme ça. Ici, elle souffre d'une espèce de lassitude permanente. Elle n'a quasiment rien fait du jardin, si ce n'est l'entretenir, et n'a même pas commencé son ouvrage en patchwork. Se donner la peine de planifier, de penser… Oh, et puis il y aura toujours le temps !

Le poêle s'est éteint. Donc, pas d'eau chaude pour la vaisselle. À moins qu'elle ne le vide et ne le rallume, ou que Graham ne le fasse. Ils dorment tous ici, et leurs ronflements poisseux la rendent dingue ! Elle donnerait n'importe quoi pour pouvoir se baigner ! Plonger dans une eau claire et fraîche. Quelque chose détale dans un coin, lorsqu'elle saisit la pelle pour ramasser les cendres.

C'est par pure politesse que Graham a dansé avec Mara. S'il avait refusé… On les paie pour être amicaux, et Graham s'est montré amical. C'est le genre de chose que les amis ont coutume de faire ensemble : danser. Elle aurait dû danser avec Larry. Qu'est-ce que Graham aurait pu y trouver à redire ?

Elle a un sale goût dans la bouche. Dieu merci, elle ne fume pas. Aujourd'hui, elle va nettoyer cette cuisine, tout remettre en ordre. Et, dorénavant, boire moins et se coucher plus tôt. Vivre sainement. S'occuper de cette cuisine, faire du pain. Travailler au jardin. Elle est douée pour ça, mettre les choses en place. C'est une activité gratifiante, absorbante, qui transfigure son environnement immédiat.

Dans son foyer, elle vit comme un vice secret sa passion du nettoyage, de l'ordre, son envie de faire briller ce qui est terne. Avec tout ce bazar, on a du mal à y croire, mais c'est vrai. Ce n'est pas quelque chose dont on peut parler dans les dîners en ville. *Vous faites quoi ? Eh bien, j'adore cuisiner et faire le ménage*. Quelquefois, elle se dit qu'elle aurait aimé vivre comme sa grand-mère. N'avoir rien d'autre à faire, pour être comblée et admirée de tous, que bien s'occuper de son foyer.

D'un sac en toile posé près du frigo, elle sort une orange et l'épluche. Ça ne se conserve pas dans des sacs ! Elle en dispose quelques-unes dans une assiette. Une corbeille à fruits aurait son utilité ici. Elle l'ajoute à la liste qu'elle dresse en pensée. Sous l'écorce cireuse, la peau blanche est douce et ferme comme de la peau humaine. La pulpe est sucrée et pleine de pépins. Pour le thé, il va falloir être patiente. Tous encore au lit, ces sales flemmards. Danser, d'accord… Mais pas avec une femme nue ! Cela dit, ce n'est pas la faute de Graham. Le goût de l'orange lui donne une impression de propreté et

– bizarrement – d'innocence. Ils ne se saouleront plus comme ça. Pas elle, en tout cas.

Elle met des allume-feu et du papier dans le poêle, craque une allumette, attend que le feu ait pris, puis referme la porte. Elle éternue – la cendre lui chatouille le nez. Elle sort et empile les assiettes, racle la cire sur le bois de la table, frotte et récure. Elle ramasse les bouteilles de vin et les aligne à côté de l'évier. Huit bouteilles, c'est ce qu'ils ont bu la veille au soir. Huit bouteilles à cinq. À quatre, à vrai dire, vu que Fred carburait à la bière. Et Mara s'est contentée d'un seul verre. Pas étonnant que Cassie ait la gueule de bois.

La nuit dernière, quand Graham est venu se coucher, elle n'a rien dit, a fait semblant de dormir tout en l'observant à travers ses paupières mi-closes. Pas de bougies. Juste la lueur de la lune filtrant à travers les rideaux aux licornes. Il avait trébuché, il s'était heurté à quelque chose. Après s'être déshabillé, il s'était laissé tomber sur le lit, près d'elle, avec un grognement. Un insecte l'avait suivi dans la chambre – peut-être un moustique, une bestiole qui bourdonnait. Cassie s'était emmitouflée dans le drap et l'avait entendu s'endormir aussi rapidement que s'il avait pris un coup sur la tête – d'ailleurs, elle croit bien avoir perçu un bruit sourd.

Elle était restée étendue là, à l'écouter ronfler, alors qu'elle aurait voulu le réveiller et lui parler. Mais elle ne savait pas comment s'y prendre. Ce que ça doit faire bizarre de presser son corps contre celui d'une femme nue sous les yeux du mari ! A-t-il eu une érection ?

Elle s'était rongé les sangs pendant ce qui lui avait paru une éternité. Puis avait entendu Fred regagner sa chambre, son lit grincer lorsqu'il s'était couché. Et son ronflement lui était parvenu aux oreilles. Sûrement l'effet de l'alcool. Graham ne ronfle quasiment pas chez eux. Ici, on peut dire qu'il se rattrape. Elle a eu droit à la stéréo. De quoi devenir folle ! Parfois à l'unisson et parfois non. Un ronronnement quasi-continu, comme s'ils entretenaient un dialogue nocturne. Étrangement, elle était malgré tout parvenue à s'endormir, mais d'un sommeil aussi léger et irritant que le bourdonnement du moustique.

Plantée dans la cuisine, elle regarde toutes les portes fermées à clé. Les lames grossières et gauchies du plan cher, une bande de moquette poussiéreuse. Fermées à clé… Pourquoi donc ? Quand elle tire sur la poignée du placard, elle est surprise de le voir s'ouvrir tout grand. S'en échappe une odeur de caoutchouc et de renfermé. Au milieu du bric-à-brac, elle voit un énorme pot de peinture. De la laque blanche. Son cœur bondit. Elle sait ce qu'il faut qu'elle fasse, pour arranger les choses. Prendre un nouveau départ. Elle va peindre la cuisine. Ça fera plaisir à Larry et à Mara. Tout sera différent lorsque les taches auront disparu, lorsque le sang des moustiques écrasés aura été recouvert d'une couche de peinture.

Fred entre dans la cuisine d'un pas traînant, pose sur elle ses yeux bleu vif. Elle est enchantée de le voir. De voir une autre personne – à peu près – normale.

— B'jour, lance-t-il.

— Je croyais que personne n'allait jamais se réveiller.

— Oh, moi je suis du matin, mon petit.

— J'aimerais bien…, dit-elle. Je voudrais… une corbeille à fruits.

— Une corbeille à fruits, répète-t-il en imitant son accent anglais.

— Pour les oranges, ce serait tellement joli.

Dieu sait pourquoi, elle est au bord des larmes.

— En Angleterre, elles ne sont jamais vraiment fraîches…, bafouille-t-elle, … les oranges… et les citrons non plus… On ne le sait pas, avant d'en avoir mangé des fraîchement cueillis. Vous voulez une orange ? Elles sont délicieuses.

— Il y a du café ?

— Je mets la bouilloire à chauffer.

Fred mord dans l'écorce d'une orange, plissant les yeux pour ne pas recevoir de jus. Sur son front et ses tempes, une pellicule de sueur brille comme de la rosée. Une quantité de cheveux, ternes et soyeux. Fred sort une chaise et s'assied. Il a les jambes fortes et velues et ses jolis pieds d'enfant sont nus.

— Fred…

— Hmm ?

Il presse l'orange contre son torse, enfonce les ongles au sommet du fruit épluché, et le sépare en deux. Il détache un quartier et se met à mâcher. Recrache un pépin entre ses dents.

— Hmm…, reprend Cassie d'une voix hésitante. Je voulais juste votre avis au sujet de… enfin… de notre installation ici.

Fred fronce les sourcils, engloutit un autre quartier, crache un second pépin.

— Je veux dire…, commence-t-elle en agitant la main. C'est un peu…

— Ne vous faites pas de souci, mon petit.

Il met un doigt sur ses lèvres. Ou n'est-ce qu'une impression ? Peut-être s'essuyait-il simplement la bouche ?

Il se lève, se dirige vers la fenêtre, regarde en direction de la remise.

— Les autres, ils étaient comment ?

Il se raidit. Réplique, sans se retourner :

— Écoutez, mon petit, vous êtes là, à présent. Contentez-vous de jouer le jeu.

— Mon Dieu ! que voulez-vous dire par là ?

Fred secoue la tête sans répondre.

— J'aime bien votre tableau, dit-elle, histoire de meubler ce silence trop pesant. Quel drame, que vous ayez cessé de peindre !

Elle a le sentiment de s'enfoncer dans une sorte de marécage, mais n'en poursuit pas moins :

— J'ai besoin d'aspirine, je ne devrais vraiment pas boire autant. Je vais faire le ménage aujourd'hui, et peindre… Oh, pas peindre comme vous… peindre les murs.

Fred se retourne.

— Je suis désolée. Je bredouille toujours quand je suis nerveuse. Ce n'est pas que vous me rendiez nerveuse, mais…

— Le vrai drame, je vais vous le raconter, dit-il lentement.

Il s'assied, appuie les coudes sur la table et presse les doigts sur ses tempes. À la place du pouce, une zone incurvée et luisante.

— J'ai été marié autrefois, dit-il.

Cassie s'assied près de lui et suit son regard, fixé sur le tableau.

Bien sûr.

— On roulait en direction du nord. De Darwin. La famille de Lynnie. Un mariage. Je voulais pas y aller. J'ai pété un câble. Le stress… j'avais peut-être bu une bière ou deux, une des gamines à l'arrière poussait des hurlements. J'ai pété un câble. Je suis sorti de cette putain de route.

Il ferme les yeux, comme pour se blinder contre les images qui lui reviennent à l'esprit. Cassie pose une main sur son genou. Le pauvre homme. Elle sent les poils, contre sa paume. Se dit que ça fait bizarre, sa main sur le genou nu. Il la soulève et la serre dans la sienne. Sa main paraît toute petite, dans la paume chaude de Fred.

— Lynette et Sylvie sont mortes sur le coup, dit-il. Bonnie, elle, a mis une semaine à mourir. Et moi… je m'en suis tiré sans une égratignure.

Il serre sa main si fort qu'elle craint qu'il ne la brise. Ils restent là, sans dire un mot. L'eau bout, mais Cassie n'a pas envie de bouger. La douleur de Fred lui arrache le cœur.

Elle tente de déglutir, sa bouche est sèche.

— C'était il y a combien de temps ?

— Douze ans.

— Douze ans.

— Je me suis interdit… de jamais plus me lier à qui que ce soit.

Il s'efforce de sourire, de revenir au présent et à la cuisine inondée de lumière.

— Et c'est ce que j'ai fait. Voilà pourquoi je vis seul. J'ai pas eu le cœur de me remettre à peindre depuis.

Cassie respire un grand coup. Il faut qu'elle dise quelque chose. On dit quelque chose dans ces cas-là. Mais, à cet instant précis, Larry entre dans la cuisine en se frottant les mains. Fred lâche celle de Cassie.

— Bonjour.

Larry, propre et pimpant dans une impeccable chemise blanche, paraît très content de lui. Dans l'air flotte un parfum d'eau de toilette ou d'after-shave. Comment fait-il pour être si soigné ? Et il a beau boire, il n'a jamais la gueule de bois – ou en tout cas, ça ne se voit pas. Le chien le suit et s'étend sous la table, sur le sol crasseux. Cassie y remarque des grains de riz, des poils de chien, une épingle à cheveux, toutes sortes de choses… Comme s'il n'avait pas été nettoyé depuis des jours. Ce qui n'est évidemment pas le cas.

Larry hoche la tête en direction de la bouilloire.

— Le café est en route ? Alors, on échangeait des confidences ?

Cassie se lève.

— Mara en prendra une tasse ?

— Elle ne va pas se lever ce matin.

— Qui sait ? Elle sera peut-être contente de discuter. Je pourrais la lui apporter.

— Elle ne va pas se lever.

Puis, sautant du coq à l'âne :

— Tu repars ce matin, Fred ?

— Ouais, c'était mon idée.

— Ça vous prend combien de temps ? demande Cassie en posant une tasse de café devant lui.

Elle ramasse les épluchures d'orange et les balance dans le seau à compost.

– Je vais faire le ménage, ajoute-t-elle à l'adresse de Larry. Je m'excuse pour la saleté. Je ne sais pas comment…

— Ne vous faites pas de souci.

— Deux ou trois heures, dit Fred.

— Un long trajet ! fait remarquer Cassie.

— Long !

Fred renverse la tête en arrière et éclate de rire. Il a retrouvé son état normal. Cassie se demande s'il n'est pas un peu bizarre. À cause de la tragédie, et du fait qu'il est presque tout le temps seul, comme il le dit lui-même. On le serait à moins.

— Deux heures de trajet, c'est rien, dit-il. On met la clim, un petit peu de musique. Ça laisse le temps de réfléchir.

— C'est comment, là où vous vivez ?

Fred jette un rapide coup d'œil à Larry, puis regarde ailleurs.

— C'est une jolie ville.

— On pourrait peut-être vous rendre visite un de ces jours, dit Cassie en songeant à sa liste.

— Vous mourez d'envie de vous enfuir d'ici, hein ? demande Larry.

— Non, j'ai juste quelques achats à faire. J'adore fouiner dans les boutiques.

— Sacrées gonzesses !

— Non, rétorque Cassie, agacée. J'ai besoin d'aller dans une librairie, par exemple. Je voudrais un livre sur l'agriculture biologique en Australie-Occidentale.

Fred secoue la tête, tire du papier de la poche de son short et se met à rouler une cigarette. Son étonnante dextérité fait oublier son pouce manquant.

— Vous pouvez commander ce que vous voulez, dit Larry. Je vous l'ai déjà dit. On ira vous le chercher. Absolument tout ce que vous voulez.

D'accord. Mais je veux y aller moi-même.

— On a des cartes postales à…

— Mettez-les dans la boîte.

— Il n'y a toujours pas de courrier ? Je suis sûre que ma sœur m'a écrit.

Fred ferme les yeux et s'enfonce dans sa chaise.

— Non, pas encore. Mais je vérifierai en arrivant à Keemara.

— J'ai trouvé de la peinture, dit-elle en dissimulant sa déception. Blanche. Ça ne vous dérange pas, que je retape un peu la cuisine ?

— Bien au contraire, dit Larry.

Larry jette un coup d'œil autour de lui, puis la regarde Ou plutôt, regarde en elle.

— Vous êtes vraiment une personne pleine de ressources, n'est-ce pas ? ajoute-t-il.

Chère Jas,

Je n'en reviens pas d'être aussi loin. C'est sidérant, comme tu disais. Tu parles d'un changement de perspective ! Comment vas-tu ? Moi, je m'ennuie ferme, pas de copains, quasiment rien à faire. Et le temps passe... On se croirait sur une autre planète. Vous me manquez, toi et les autres. Dommage que tu sois pas là.

Bises,
Graham

16

Graham lèche, l'un après l'autre, ses doigts luisants. Une salade de tomates tiède, baignant dans l'huile. Du pain qui sort du four. À quatre, ils sont venus à bout d'une miche entière, à force de saucer leurs assiettes.

— Je vais prendre un cours aujourd'hui, décrète Mara.

Le bruit de son verre qui retombe lourdement sur la table arrache les convives à leur humeur rêveuse.

— Ah ouais ? demande Graham en lui jetant un coup d'œil.

Un silence.

— Ça fait partie de vos attributions, non ? dit Larry.

— Ouais, super.

Il sourit à Mara, dont le menton est plein d'huile.

— Quand ça ?

Cassie le regarde d'un air dubitatif.

— Le pain est un délice, dit-il.

— Merci.

Elle ramasse un grain de sel sur la table et se lèche le doigt, fixant sur lui ses yeux rayonnants.

— Ça t'a fait quoi, de danser avec Mara ? lui a-t-elle demandé plus tôt.

— Ce n'était pas désagréable, a-t-il répondu sans réfléchir.

Voilà une réponse maladroite et, de toute évidence, pas la chose à dire. Mais qu'est-ce qu'il était censé dire ?

— Sa nudité ne signifie rien, avait-il bafouillé, en cherchant à se convaincre lui-même. C'est sa façon d'être. Il faut voir sa peau comme le pelage d'un animal.

Mais au milieu de gens vêtus, c'était trop troublant pour qu'on s'y habitue. Quoi qu'il puisse dire ou prétendre, ça ne peut pas laisser indifférent, une femme qui se balade nue dans la maison… et ces seins, et ces fesses, la tache sombre de la toison, quels que soient les efforts pour regarder ailleurs. Et il a le sentiment – est-ce de la paranoïa ? – que Larry se délecte de son malaise.

— Gray !

Par-dessus la table, Cassie se penche vers lui, souriant jusqu'aux oreilles, et fait claquer ses doigts.

— Alors, dit Larry. J'en conclus que c'est arrangé.

— Bien sûr.

Graham sourit, soudain soulagé. S'occuper de quelqu'un d'autre, pour changer. C'est peut-être ce dont il a besoin, pour briser cette chape de plomb.

— À votre service.

Graham frappe à la porte de Mara. Il n'arrive toujours pas à se faire à l'idée qu'elle vive dans la remise. Les histoires qu'ils auront à raconter à leur retour… Ce matin, il s'est réveillé de bonne humeur à la pensée qu'il n'allait pas devoir peindre, mais travailler avec quelqu'un d'autre. Ça pourrait le remettre sur les rails, qui sait ? Et il est curieux de voir ce que fait Mara. De la connaître un peu mieux.

La porte s'ouvre. Mara lui prend la main et l'attire à l'intérieur. La lourde tenture, en retombant sur la porte, fait aussitôt écran à la lumière du soleil.

— Prête ? lance-t-il dans la semi-obscurité. J'ai installé les couleurs, le papier et tout le reste sur la véranda… à moins que vous ne préfériez qu'on se mette ailleurs ?

— Ici, dit Mara. J'ai de la peinture ici.

— Mais on ne peut pas peindre ici, Mara. Il nous faut de la lumière.

Il règne dans la pièce une forte odeur d'encens, de bougie, d'effluves corporels.

— C'est plus intime, explique-t-elle en prenant sa main.

Au moins, elle porte un peignoir, constate-t-il avec soulagement.

— Venez, dit-il. Il est impossible de peindre dans la pénombre. On étouffe. C'est pas croyable, une chaleur pareille.

— Non, rétorque-t-elle.

Elle lui lâche la main, passe derrière lui pour atteindre la porte, écarte la tenture. Graham croit qu'elle s'apprête à la rouvrir, mais elle se contente de pousser le verrou.

— Voilà. C'est fermé.

— Ça ne sert à rien. Je n'ai qu'à le tirer, dit-il en levant un doigt.

Elle éclate de rire.

— Ce n'est pas pour vous empêcher de sortir, idiot. C'est pour les empêcher d'entrer.

Il regarde autour de lui. Ses yeux s'accoutument lentement à l'obscurité. Du velours partout. Sur les murs, les kilims rouges. Le rideau qui recouvre la fenêtre est orné de rayures par lesquelles le soleil s'infiltre, rougeoyant comme les barres orange d'une cheminée électrique.

— Il est hors de question de travailler ici ! dit-il en s'efforçant de dominer la claustrophobie panique qui lui noue la gorge.

— Il fait chaud, concède-t-elle. Vous pourriez retirer vos vêtements. Vous suez ? Non, ce sont les cochons qui suent. Ou les chevaux. Vous transpirez ? Les femmes, elles, se contentent de rayonner.

Elle éclate de rire et ouvre tout grands les bras – et le peignoir.

— Je veux que vous me peigniez.

Elle agite les bras, et le peignoir tombe sur le sol.

— Je ne fais pas de portraits. Écoutez, Mara, je…

— Non.

— Pourquoi ne pas discuter de tout ça dehors ?

— Regardez, dit-elle. Regardez !

Elle s'approche de lui. Il s'oblige à ne pas reculer. Elle paraît beaucoup plus imposante dans cet espace clos, et sa peau concentre toute la lumière de la pièce. Elle soulève ses seins pour les lui montrer.

— Regardez !

Il est pris d'une brusque envie de rire. C'est tellement absurde. Elle ne peut pas le tuer avec ses seins.

— Regardez ! insiste-t-elle.

Il n'a d'autre choix que de lui obéir et il voit, alors, ce qu'elle lui désigne. Sur ses seins, elle a peint un motif imprécis, vert et blanc.

— Des lys, explique-t-elle. Ce n'est pas facile de se peindre soi-même. Vous pourriez les refaire ? Et ensuite, je pourrais vous peindre à mon tour.

— Pardon ?

Un éclat de rire lui reste coincé dans la gorge, une perle de sueur glisse sur sa joue.

— Écoutez, dit-il en prenant une grande respiration. Il va falloir que… Sérieusement. Faut que je sorte…

Elle recule.

— Allez-vous-en, alors. Sortez !

Elle est en colère, mais il n'y peut rien. Il a besoin d'air.

— Désolé, dit-il en s'empêtrant dans la tenture.

Il ouvre le verrou et sort dans la chaleur assommante. Il se penche en avant, appuyant les mains sur ses cuisses jusqu'à ce que le vertige passe. Nom de Dieu ! Cet endroit est une vraie maison de fous !

Perchée sur l'escabeau, Cassie repeint, au rouleau, le plafond de la cuisine.

— Tu n'es pas le seul à peindre, ici, dit-elle d'une voix affectée par la façon dont elle étire son corps.

— Ohé Cassie, lance Graham.

Elle finit d'appliquer le blanc contenu dans le rouleau. Le résultat est spectaculaire, comparé à ce que c'était. Elle est vêtue d'une chemise blanche qu'il n'a jamais vue, une chemise d'homme. Elle porte sans doute quelque chose dessous, mais on ne voit que ses cuisses dépasser de la chemise.

— Qu'est-ce qui se passe ? demande-t-elle, fronçant les sourcils et riant à moitié.

— Je veux m'en aller.

— Où ça ?

— Partir, je veux dire. Je veux qu'on s'en aille. Tout de suite !

— Ne dis pas n'importe quoi.

— C'est une maison de dingues. J'ai ma dose !

Larry entre dans la cuisine en faisant claquer la porte-moustiquaire derrière lui.

— Vous avez contrarié Mara, dit-il, l'air furieux.

— *Graham*. Qu'est-ce que tu as fait ? demande Cassie.

— Nom de Dieu, mec, elle est dingue. Elle m'a demandé de la peindre.

— Et ?

— Et alors ? dit Cassie. Où est le problème ?

Elle pose le rouleau sur le plateau, puis descend de l'escabeau. Son nez est moucheté de gouttes de peinture, par-dessus ses taches de rousseur.

— Elle m'a demandé de la peindre.

— Et puis ?

— Buvons un verre, dit Larry. Vous me semblez drôlement secoué. La citronnade, Cassie ?

Il tente de poser la main sur la manche de Graham, mais celui-ci se dégage.

Cassie sort un pichet du frigidaire, pendant que Larry dispose trois verres sur la table. C'est Cassie qui a fait la citronnade, la recette de sa grand-mère, dit-elle. Elle est trouble, avec quelques morceaux de pépins qui flottent en surface. Graham en prend une gorgée. Son visage se crispe.

— Faut ajouter du sucre, dit-il en faisant la grimace.

Elle a dû se tromper dans la recette. L'acidité lui pique les joues, sa bouche se remplit de salive. Il avale en grimaçant.

— Elle n'est pas si ratée que ça ! dit Cassie, poussant vers lui la boîte en fer qui contient le sucre. Alors, qu'est-ce qui t'a pris ?

Elle verse une cuillerée de sucre dans son verre, et remue.

— J'aurais dû vous expliquer la situation un peu plus en détail, dit Larry.

Il sait garder son calme, faut lui reconnaître ça.

— Vous saisissez bien, désormais, que Mara n'est pas tout à fait… que c'est pour cela que nous vivons ici.

— Mais pourquoi avoir refusé de la peindre ? demande Cassie.

— De la peindre, elle… De peindre sur son corps.

— Peindre *sur* elle ?

— Je ne vois pas ce qu'il y a de choquant à cela, dit Larry. Où est le mal ? L'art corporel est une des plus anciennes formes d'art, sans doute le plus ancien. Ici, en particulier, sur cette terre ancestrale, n'est-il pas naturel qu'un artiste développe un tel intérêt ? Attendez une minute.

Il franchit le seuil et s'enfonce dans la maison. En ressort avec un livre qu'il pose sur la table, devant Graham.

— Jetez-y un coup d'œil.

Il feuillette les pages aux couleurs somptueuses : des peintures, des piercings, des tatouages de toutes les tribus du monde. De gros plans sur des peaux noires barbouillées d'ocre et de blanc ; sur des peaux blanches tatouées de motifs compliqués.

— Si j'avais pu prévoir une réaction aussi hystérique, je vous aurais un peu préparé. Mara a, comme vous le savez, cessé de peindre sur le papier ou sur la toile. Je n'arrive pas à la dissuader de détruire tout ce qu'elle peint, et voilà qu'elle s'est prise de ce soudain désir de peindre sur la peau. Je ne vois vraiment pas où est le mal. Ça pourrait l'aider à se remettre à une forme d'art plus classique. Songez-y comme à une sorte de thérapie. Une thérapie par l'art. Cassie, qu'en pensez-vous ?

Elle hausse les épaules.

— Mais elle voulait que je peigne *son corps*.

— Pour commencer.

— Mais… ça m'a paru… Ça ne vous dérange pas que je touche et que je peigne le corps de votre femme ?

— Nom de Dieu… Vous me croyez à ce point borné ?

— Je ne pense pas que Cassie apprécierait.

— Je ne crois pas qu'elle soit bornée à ce point.

— J'avoue que ça me semble un peu bizarre, reconnaît Cassie.

— Moi, je trouve que c'est architordu, dit Graham.

— Du calme.

Larry marque un temps de silence.

— Si vous ne souhaitez pas aider Mara, ne le faites pas. Personne ne vous oblige à quoi que ce soit, ici.

Graham rajoute une cuillerée de sucre dans sa citronnade. Peine perdue. Elle reste désespérément acide. Il sort son tabac, d'une main tremblante. Il se sent vraiment couillon, tandis que les deux autres le regardent se rouler une cigarette.

— Alors, dit-il en fixant Larry droit dans les yeux, ça ne poserait pas problème si je refusais ?

— À moi, non, répond Larry. Mais votre refus ne manquera pas de décevoir la pauvre Mara et rendrait votre position de…

Il se racle la gorge.

— … d'artiste en résidence… disons… pour le moins superflue.

Graham crache la fumée d'un air méprisant. Cassie lui jette un regard noir. Larry se lève, pose son verre vide à côté de l'évier.

— C'est à vous de décider. Quant à moi, j'ai du travail qui m'attend.

Il quitte précipitamment la pièce. Ils l'entendent ouvrir une porte au fond du couloir et la claquer.

— Graham ! lance Cassie, contrariée.

— Quel putain d'enfoiré ! s'exclame Graham. J'en ai ma claque.

— Tu ne vas pas déjà renoncer ? C'est nul !

Une mèche de ses cheveux est raidie par la peinture blanche. Il jette un coup d'œil à ses cuisses brunies, sous la chemise blanche et, sentant naître son désir, plaque un poing sur son entrejambe.

— Je t'en prie, dit-elle. Ne renonce pas ! Pas tout de suite. Fais-le pour moi. S'il te plaît.

Il se passe la main dans les cheveux, de la racine à la nuque, et lisse sa queue-de-cheval.

— Nom de Dieu ! dit-il avant de prendre une gorgée de citronnade. C'est trop acide, ajoute-t-il avec une nouvelle grimace.

— Les citrons sont particulièrement acides.

— Hein ?

Elle secoue la tête. S'ensuit un long silence, comme s'il lui fallait préparer ce qui va suivre. Elle lui prend la main.

— Gray, dit-elle en lui caressant le pouce et les os saillants des jointures. Tu ne serais pas… attiré par Mara, n'est-ce pas ?

Il émet un ricanement.

— Je t'ai suivie jusqu'ici et tu te demandes encore si..

— Excuse-moi.

Elle sourit… l'espace entre ses dents blanches, le nez éclaboussé de peinture, une mèche blanche…

— Écoute, pourquoi ne pas m'aider à repeindre la cuisine, alors ? On pourrait la terminer aujourd'hui. Oh, regarde !

Elle désigne le plafond, où un insecte se débat, une aile engluée dans la peinture.

— Pauvre bestiole ! Tu peux la libérer ?

Sa manche se relève, la lumière fait briller les poils blonds, sur son bras.

— Tu sais quoi ? dit-il. Ça te va du tonnerre de Dieu.

— Quoi, ça ? demande Cassie, tirant sur la manche relevée de la chemise. Du coton égyptien. C'est à Larry. Je lui ai demandé n'importe quel vieux vêtement… mais il est magnifique, tu ne trouves pas ?

Elle tourne sur elle-même, et la chemise remonte sur ses jambes.

— Magnifique, répète-t-il.

Il monte sur l'escabeau pour tenter de sauver l'insecte agonisant.

17

Cassie est assise à la table, sur la véranda. Elle y est presque au frais, avec son grand verre de citronnade. Elle ouvre son cahier. Il faudrait qu'elle prenne quelques notes pour son nouveau module. *Jardiner dans le bush australien*. Quoiqu'elle ne voie pas vraiment qui ça pourrait intéresser. Et si personne ne s'inscrivait ? De toute façon, elle n'a pas grand-chose à écrire sur le sujet. Elle n'a rien fait du tout. Elle fronce les sourcils, mâchouille le bout de son stylo. Qu'est-ce qui ne va pas chez elle ?

Larry sort de la maison.

— Ça ne vous dérange pas, que je vous tienne compagnie un moment ?

— Bien au contraire.

Elle est soulagée d'être interrompue. Larry paraît fatigué, il a les traits tirés.

— Je peux vous servir une citronnade ? demande-t-elle. Ou une tasse de thé ?

Il secoue la tête.

— La cuisine est resplendissante. Merci. C'est au-delà de ce que je…

— Je vous en prie. Je… on a pris plaisir à le faire.

Cassie est satisfaite du résultat, contente d'elle-même. Et de la blancheur, de la propreté, de l'odeur de peinture fraîche. Elle ne recouvre pas toute la saleté, mais presque, à condition de ne pas y regarder de trop près.

Il essuie une chaise et s'assied.

— Vous étiez en plein boulot ?

— En fait...

Elle grimace et lui montre le cahier vide.

— Comment va le jardin ? Vous vous amusez ?

— Je me contente de l'entretenir, pour le moment. J'ai demandé à Fred de me rapporter des graines. Je veux faire pousser des plantes odorantes, du type alyssum. Afin d'attirer des insectes.

— Il n'y en a pas assez à votre goût ? demande-t-il avec un sourire.

— Si ! Mais des insectes butineurs – ceux qui mangent les parasites. Je me demande comment attirer davantage de lézards.

Il l'observe quelques instants.

— Je suis admiratif, dit-il.

— De quoi ? De moi ?

— De votre... goût du travail.

— Mais je n'en fais pas tant que ça ! D'ordinaire, je.

— Non, non. J'apprécie votre façon de faire. Vous cuisinez merveilleusement bien, avec fantaisie. Pour prenez les choses... comment dire... au sérieux.

— Eh bien ! lance-t-elle, ne sachant que répliquer. Moi aussi... je suis admirative, dit-elle enfin. Vous êtes ici, avec Mara, et vous vous montrez si...

Elle a failli dire *patient*. Avec Graham. Mais ç'aurait pu sembler déloyal.

— .. Si quoi ?

Son regard est amical. Ses ridules se plissent légèrement.

— Eh bien... Graham est parfois un peu... un peu difficile. Cette histoire de peinture avec Mara...

— Hmm...

Il s'enfonce sur sa chaise, qui émet un craquement. L'après-midi touche à sa fin, l'air est moite. Un corbeau se pose sur la rampe de la véranda, sautille lourdement et reprend son vol en agitant ses ailes charbonneuses. Le ciel se fait de plus en plus sombre et des amas de nuages, au loin, font penser à de noirs ballots de tissu.

— Nos prédécesseurs, ils étaient comment ? demande Cassie.

Il croise les bras. Le soleil se reflète sur sa montre en or et éblouit Cassie.

— Vos prédécesseurs ?

— Elle s'appelait Lucy, c'est ça ?

Ses narines se pincent, tandis qu'il aspire par le nez.

— Ils étaient très… gentils. Mais ça n'a pas fonctionné. Ils n'étaient pas à la hauteur, dirons-nous. Que savez-vous, à leur sujet ?

— Pas grand-chose. Mara a juste fait une réflexion au sujet de Lucy. Que je lui ressemblais, ou un truc dans ce goût-là.

Il hoche la tête et pince les lèvres. Cassie se penche sur son cahier, fait mine de griffonner dans la marge. Long silence.

— Pas de thé, vous êtes sûr ?

Il se racle la gorge.

— Je ne voudrais pas m'immiscer entre deux jeunes gens manifestement très amoureux…

— Gray et moi ? demande-t-elle, le visage en feu. Vous nous trouvez amoureux ?

— Eh bien, vous êtes seule à pouvoir répondre à ça.

— Non, je veux dire… Ça se voit ?

Il glousse.

— J'ai néanmoins le sentiment que Graham, en vous suivant jusqu'ici, cherche à se faire pardonner quelque chose. N'ayez crainte, je suis un peu… disons que j'ai un sixième sens.

— Non, pas à se faire pardonner ! dit-elle avec un rire forcé.

— C'est un test, alors ?

— Non ! Qu'est-ce qui a pu vous donner une idée pareille ?

Elle le dévisage avec stupéfaction, mais ne lit, dans son regard à lui, que de la bienveillance.

— Pardonnez ma maladresse, dit-il, visiblement embarrassé. Changeons de sujet.

— Non, c'est bon.

— Vous avez toujours le mal du pays, n'est-ce pas ?

— Un peu, reconnaît-elle.

— Vous pensez que vous vous sentiriez mieux si vous aviez quelqu'un à qui parler ? À qui vous confier ?

— Ma sœur me manque.

Elle est gênée par le tremblement dans sa voix. Avale sa salive.

— Allons, allons.

Il tend le bras et lui touche la main.

— Ne pleurez pas.

— Je ne pleure pas. C'est juste que…

Elle plisse les yeux et, tournant la tête, porte son attention sur la rangée d'eucalyptus, au-delà de la remise de Mara, jusqu'à ce que le danger soit passé.

— Vous avez raison. C'est vrai… Il me manque quelqu'un à qui parler. Patsy et moi, on passe notre temps à tout se raconter. C'est presque douloureux, dit-elle en posant le poing sur son cœur. Ici… ce manque. Et je n'ai pas reçu une seule lettre. Elle a pourtant dû m'écrire.

Larry soupire.

— Je demanderai à Fred de revérifier. Vraiment, je suis désolé de vous voir ainsi. Et je suis conscient de ne pas pouvoir remplacer votre sœur, mais je sais écouter.

Elle le regarde. Il semble si plein de sollicitude. Ce serait grossier, de refuser de lui répondre. Et puis, flûte, faut bien qu'elle parle à quelqu'un !

Il attend, la tête renversée sur le côté.

— Eh bien, dit-elle au bout d'un moment, vous avez en partie raison à notre sujet. Si nous sommes venus ici… ce n'est pas seulement pour changer d'air… c'est à cause de notre relation. Je veux… je veux fonder un foyer. Ça doit vous paraître pathétique, non ?

— Pas le moins du monde.

— Je veux qu'on ait un bébé. Et même qu'on se marie. Enfin, qu'on soit un couple normal. Vous voyez ce que je veux dire ?

Larry hoche la tête.

— Vous avez raison, nous sommes amoureux. En tout cas, moi, je suis amoureuse de lui. De son côté, c'est plus dur à dire. Mais…

— Il n'est pas du genre à se fixer ?

— Eh bien…

Elle passe la main dans ses cheveux poisseux et emmêlés.

— Que voudriez-vous ? demande Larry. Dans un monde idéal ?

Elle l'observe quelques instants.

— J'imagine que j'aimerais qu'il soit plus stable, plus soucieux de son foyer. Et *fidèle*, dit-elle en baissant les yeux sur ses mains.

De la terre sous les ongles, des éclaboussures de peinture sur sa peau. Et pourtant elle a bien frotté. Ses mains sont aussi rêches qu'un tampon à récurer. Elle a l'impression d'être dans un sale état.

Larry acquiesce gentiment.

— J'hésite à vous proposer ça, mais…

— Quoi ?

— Non, l'idée va vous déplaire.

— Quoi ? demande-t-elle avec un petit rire, morte de curiosité.

Il croise les bras et renverse la tête en arrière. Elle entend un faible craquement, au niveau de sa nuque. Sa barbe pointe en avant, si bien qu'elle distingue le travail parfaitement net du rasoir, entre la gorge et le menton.

— Au moins, dites-le-moi !

Il la regarde.

— Bon, d'accord. Mais sachez que c'est une simple suggestion. Une façon de vous aider à obtenir ce que vous voulez. Si vous ne le désirez pas, alors…

— Quoi ?

Son impatience l'amuse, elle le voit bien. Ses yeux brillent, même s'il garde son sérieux.

— Je travaille dans le domaine de l'industrie pharmaceutique, reprend-il. De la recherche… non pas tant de la recherche que du regroupement des données préexistantes. J'en tire des conclusions pour un laboratoire pharmaceutique. C'est une des seules activités ayant trait à mes compétences que je puisse exercer ici.

— Je vous admire vraiment d'avoir abandonné tant de choses pour Mara.

— Il est plutôt plaisant, dit-il en jetant un coup d'œil en direction de la remise, d'avoir la personne que vous aimez pour vous tout seul, vous ne trouvez pas ?

Elle hésite.

— Seulement si l'autre le souhaite.

— Bien entendu. Mon activité, donc, me donne l'opportunité de manipuler un certain nombre de produits médico-pharmaceutiques. Je ne désespère pas, voyez-vous, de pouvoir guérir Mara. Et il existe un produit…

Il lève la main pour l'empêcher de l'interrompre.

— … qui modifie le comportement.

— Qui modifie le comportement ? Qu'est-ce que ça signifie ?

— Il peut être très efficace pour rendre les gens plus… stables, dirons-nous. Les gens qui ont ce côté rebelle… séduisant certes… mais qu'une tendance à l'autodestruction empêche de se fixer.

Cassie éclate de rire.

— Graham ne prendrait jamais ce genre de chose ! Pas à cette fin, en tout cas ! Dites « fixe-toi ! » à Graham et il se met aussitôt sur orbite !

— Précisément, dit-il, ses doigts tapotant la table.

— Vous ne suggérez pas de le droguer à son insu !

Il se penche vers elle, désireux d'être plus clair.

— Ça ne fonctionne pas comme un médicament traditionnel. C'est-à-dire que l'effet, sur la psyché, est plus éducatif que palliatif. S'il en prenait pendant un mois ou deux, vous constateriez une stupéfiante amélioration. Il serait câblé à neuf, si vous voulez. Ce serait toujours le même homme, vous comprenez... simplement un peu moins exalté. Plus enclin à s'engager et à vous être fidèle. Cela lui permettrait aussi de se concentrer davantage sur le travail. Il deviendrait plus adulte, en quelque sorte.

— Non !

Elle n'en croit pas ses oreilles. Le mettre sous traitement, alors qu'il est en pleine forme ?

— Très bien, dit Larry. Votre réaction est tout à fait à votre honneur. Je m'y attendais. Mais l'avenir est là, vous savez.

Il appuie ses paumes sur la table et tend le cou vers elle. Les veines de ses mains enflent et bleuissent. Ses ongles semblent de nacre. Comment fait-il pour être si soigné ?

— Bientôt, les gens auront recours aux médicaments pour remédier à toutes sortes de troubles mineurs de la personnalité. Ce sera aussi anodin que de prendre un cachet d'aspirine pour... une rage de dents, par exemple.

Elle fronce les sourcils.

— Mais... ça ne me paraît pas bien, de transformer les gens en ce qu'ils ne sont pas.

— Ah bon ?

Sa réaction la stupéfie.

— Je ne veux pas le transformer en ce qu'il n'est pas !

Larry sourit, entrelaçant les doigts.

— Allons, Cassie. Je n'ai jamais laissé entendre une chose pareille. Oublions tout cela. Ce n'était qu'une suggestion. Mais peut-être vaudrait-il mieux ne pas parler de cette conversation à Graham ?

Il se lève, quitte la véranda.

Le soleil se déverse, tel de l'or liquide, entre les balustres de la véranda. Il faudrait qu'elle fasse quelque chose à manger. Il y a une quantité d'œufs… encore une quiche ? Un produit qui modifie le comportement ? Quelle idée !

Le corbeau repasse et croasse en battant lourdement des ailes ; son cri évoque celui d'un bébé. Cassie va dans la cuisine et prend un œuf entre ses mains. Elle demeure quelques instants pensive. Une telle proposition est-elle raisonnable ? Si Graham avait un vrai problème physiologique, pourquoi pas ? Mais rien ne cloche chez lui. Il est simplement lui-même. La conversation a mis Cassie mal à l'aise. Prend-elle les choses trop à cœur ? C'est gentil de la part de Larry, cependant, d'avoir voulu l'aider. C'est un homme de cœur. Et, qui sait ? Peut-être a-t-il raison : l'avenir est sans doute là. Si seulement elle pouvait discuter avec Patsy. Elle secoue la tête, désorientée, privée de tous ses repères.

Boîte 25
Relais routier de Keemara
Woolagong Station
23 ??? novembre
(Je perds la notion du temps !)

Chère Patsy,

Toujours pas de lettre. Ça fait plus d'un mois. J'espère que tout va bien, ça te ressemble si peu de ne pas donner de nouvelles. Rien non plus du côté de maman, mais ça me surprend moins. Es-tu certaine d'avoir bien noté l'adresse ? L'adresse complète est sur l'enveloppe. Revérifie.

Je travaille vraiment dur, surtout en cuisine – j'aime bien ça, mais il fait trop chaud. Je jardine. Je fais du compost – mais quelqu'un y a jeté de la viande et il a fallu que j'aille la récupérer. Je te dis pas les asticots... dégueulasse ! J'ai même repeint la cuisine. G. s'est remis à la peinture, je crois, je ne veux pas trop lui poser de questions. Il lui arrive de donner un coup de main par-ci, par-là, mais tu le connais.

Je n'ai toujours pas réussi à établir le contact avec Mara. J'ai besoin de compagnie féminine, mais elle est sous traitement pour des troubles mentaux – je n'ai pas trop saisi quoi, mais je ne vois pas en quoi ça pourrait lui faire du mal de parler ? Ce pourrait être une forme de thérapie, et il vaudrait mieux ça, pour elle, que de passer son temps toute seule. Je vais en parler à Larry, mais il la protège tellement. Il bosse dans l'industrie pharmaceuthique (j'ai un doute sur l'orthographe), à un très haut niveau.

Je voudrais ~~pouvoir~~

J'ai eu une conversation bizarre avec Larry, aujourd'hui. Il faut que je parle à quelqu'un. Qu'est-ce que tu penses de ça : mettre quelqu'un sous traitement afin de changer son comportement ? Il dit que c'est l'avenir. Tu le ferais, toi ?

Tu te souviens de ce que papa a écrit sur notre cahier secret, quand on était gamines ? Faites attention aux vœux que vous formulez. Tu te souviens ? Il me manque toujours, pas à toi ? Je ne comprends toujours pas pourquoi maman nous a renvoyées si vite en pension après sa mort. Oh, je sais, faut que je change de disque ! On a trop de temps pour gamberger ici, c'est le problème. Trop de réflexion, pas assez d'action ! Je me sens..

comment dire… paresseuse et détachée de tout. Ce n'est pas du tout moi. Ce doit être à cause de la chaleur. Ça me rappelle la pension, à vrai dire. Ça n'a pas grand-chose à voir mais… ce sentiment d'être loin de tout. Que se passe-t-il, dans le vaste monde ?

Mille baisers à ma nièce préférée (la seule !) qui me manque. A-t-elle fait ses premiers pas ? Ce que je suis triste de louper ça !

Tu me manques. S'il te plaît, je t'en prie, écris bientôt. Caresse Chat.

Bisous,
Cassie

18

Graham fait une pause sur la véranda. Il s'étire et prend une grande respiration, gonflant d'air ses poumons enfumés. Il est tôt. Pour une fois, il est debout avant Cassie. C'est bon, le sentiment d'avoir une tâche à accomplir. Ça doit faire cet effet-là, d'aller au boulot tous les matins. Non. Il se souvient de la fois où il a eu un « vrai » boulot, le genre qui commence à neuf heures et termine à dix-sept. Dans une agence maritime. Trombones, formulaires, chemise et cravate ! Tu parles d'une vie ! Tous les matins, la corde au cou. Un jour, au déjeuner, il était sorti acheter un sandwich, avait arraché sa cravate et n'était jamais revenu. Ils pouvaient se la coller là où je pense.

Il s'agrippe à la traverse de la véranda et balance sont corps d'avant en arrière. Un oiseau blanc bat des ailes non loin de lui, et se perd dans l'immensité bleue. Graham est submergé par une sensation de liberté. Il se laisse retomber sur le sol et pénètre dans la cuisine.

Larry est déjà là, et dans l'air flotte le parfum de son eau de toilette ringarde, du café et du pain grillé. Il repêche un œuf à la coque dans une casserole.

— Ah. Bonjour, dit-il. Vous en voulez un ?

— Non merci.

— Je vous ai servi du café. Vous prenez du lait ?

Graham jette un coup d'œil au rebutant broc de lait reconstitué et secoue la tête.

Larry tartine son pain grillé sans croûte de Vegemite[1] et le taille en lanières. L'œuf est posé dans un coquetier à rayures bleues et blanches. À l'aide d'une petite cuillère, il retire le chapeau. Le jaune dégouline sur la coquille, tombe sur l'assiette. Larry y plonge une lamelle de pain, la saupoudre de sel et la croque à pleines dents. Ses yeux étincellent, tandis qu'il mâche.

— Les petits plaisirs, hein Graham ? Les petits plaisirs. Il n'y a rien de meilleur au monde.

Le café amer, et la vision du jaune brillant et visqueux sur les dents de Larry, donnent à Graham un haut-le-cœur.

— Ouais. Mara est levée ?

— Dès que je finis mon œuf, je lui en apporte un. Qu'elle ne travaille pas l'estomac vide !

Graham respire un grand coup.

— Écoutez, mec, dit-il. Elle veut absolument travailler dans cette bara… dans sa chambre. Mais il fait trop chaud et beaucoup trop sombre. À dire vrai, ça me rend un peu claustro. Vous pourriez peut-être…

Larry est concentré sur son œuf.

— Oh non. Je ne me permettrais jamais de me mêler d'une question de nature si manifestement artistique.

— Mais…

Graham renonce à discuter. Parfois, il est impossible de savoir si Larry se fout de sa gueule ou si c'est vraiment un connard de première. Il se lève et se sert un verre d'eau.

— Mais… ? répète Larry, tout en maintenant l'œuf en place entre le pouce et l'index et en extirpant une cuillerée de blanc légèrement gélifié.

---

1. Pâte à tartiner à l'extrait de levure de bière. (*N.d.l.T.*)

Graham boit l'eau à grandes gorgées, s'en rinçant la bouche pour se débarrasser des grains du café mal filtré.

— Rien. Mais vous savez à quel point il est difficile de... de la raisonner ?

Larry l'observe attentivement.

— C'est à moi que vous demandez ça ?

Graham coupe une tranche de pain. Il a la flemme de la faire griller. Il décide d'apporter son thé à Cassie. L'eau de la bouilloire est assez chaude, il prépare une théière.

— Comment va notre chère Cassie ce matin ?

— Elle dort.

Larry hoche la tête, tamponne, de sa serviette, les coins de sa bouche.

— Vous êtes sûr de ne pas vouloir vous laisser tenter par un œuf à la coque ?

— Oui j'en suis sûr.

À l'aide d'une cuillère, Larry dépose dans l'eau bouillante l'œuf qu'il destine à Mara. Puis, il retourne le sablier.

— Vous ne trouvez pas que c'est l'invention la plus ingénieuse qui soit ? Si simple. Et en plus, c'est un très bel objet, non ?

Il le maintient à la lumière, les yeux fixés sur le sable qui s'écoule par le conduit.

— Ouais ouais, c'est ça...

Graham pose le pain, la théière et deux tasses sur un plateau.

— Dans une heure, alors ? dit Larry. Mara sera prête et vous attendra.

Cassie dort encore lorsque Graham laisse lourdement tomber le plateau sur le sol, à côté du lit. La chambre sent le renfermé. Elle se réveille toujours la première. D'habitude. Mais tout le monde, ici, paraît plongé dans la torpeur. Sauf Larry.

— Mon Dieu, tu es levé ! dit-elle en tendant la main vers la tasse.

Son visage chiffonné porte la trace de l'oreiller et ses yeux paraissent minuscules. Elle bâille à s'en décrocher la mâchoire, et Graham détourne les yeux, pour ne pas voir ses plombages et le dépôt blanchâtre sur sa langue.

— On aura peut-être du courrier aujourd'hui, dit-elle. Il y aura des tonnes de lettres, j'en suis sûre. Gray…

Elle lui prend la main.

— Je t'aime, tu sais. Tel que tu es.

Il grimace.

— Tu n'as pas le choix.

— Oui, c'est idiot. Mais ça me titille, tu sais, qu'on n'ait jamais terminé cette discussion. Qu'on n'ait pas fini de laver notre linge sale.

Elle sourit, les yeux encore ensommeillés. Pour la première fois, Graham remarque ses conduits lacrymaux, roses et humides. Le sang bouillonne dans ses veines.

— OK, dit-il. Bordel ! OK, la dernière fille avec qui j'ai baisé. Tu veux vraiment le savoir ? C'est Jas.

Elle le dévisage un moment sans comprendre. Une brindille vient frapper la fenêtre.

— *Jas*, murmure-t-elle, pinçant ses lèvres palies.

Elle se racle la gorge.

— Mais chaque fois que je… Tu prétends toujours que vous n'êtes qu'amis.

— C'est vrai.

— On ne fait pas ça, quand on est seulement amis.

Il hausse les épaules.

— C'était quand ?

— Pourquoi tiens-tu absolument à te faire du mal ?

— Quand ?

— Très bien. Le jour où tu es allée à Londres pour organiser ce voyage au Pays des merveilles.

Elle tressaille.

— Très bien. Je me tire.

Il se lève.

– À plus tard, ajoute-t-il.

Mais, une fois sur le seuil, il se retourne. Ne peut se résoudre à la quitter alors qu'elle paraît si blessée. Même si elle l'a cherché.

— Écoute, c'était avant qu'on décide de…

Elle hoche la tête. Baissant les yeux sur sa tasse de thé.

— Oui, dit-elle à voix basse.

— Je ne…, bafouille-t-il. Je n'ai pas l'intention de… Je fais un effort.

— Tu m'étonnes !

Elle lève sur lui des yeux brillants.

— En même temps, ici, tu n'as pas vraiment le choix. Enfin…, dit-elle, esquissant un sourire et regardant la porte. À plus tard.

Il sort, avec le sentiment d'avoir été congédié. Fait un flip arrière, à même le sol.

Sans les rayures lumineuses du rideau, qui indiquent que le soleil brille au-dehors, on pourrait se croire au beau milieu de la nuit. Il attend que ses yeux se soient habitués à l'obscurité, retient quelques instants son souffle pour éviter de respirer l'odeur de la pièce – malgré l'encens, ça sent la tanière, une tanière habitée par un animal femelle. Il distingue la silhouette de Mara, vautrée sur les coussins. Elle est nue. *Redescends, mon gars !* songe-t-il, bien qu'elle ne soit pas son genre, mais alors vraiment pas.

— Vous êtes prête ?

— Oui, dit-elle d'un ton las ou déprimé.

— Vous préférez peut-être remettre ça à un autre jour ?

— Non.

— Bon, très bien. Allons nous installer sur la véranda. Ou dans mon atelier… il est très agréable.

Il ne supporte déjà plus l'atmosphère étouffante de la remise. Tout ça à cause des yeux ensommeillés de Cassie, de sa bouche tirée ? Serait-ce une sorte d'épreuve ? Combinée en accord avec Larry ? Il secoue la tête. *Reviens sur terre, Graham !* Vraiment parano…

— Il faut que nous restions ici, proteste Mara.

— Mais… la lumière…

— La peinture est là, dit Mara, désignant une table basse. Tout est en place.

— Ouais. Vous voulez quoi, Mara ?

— Vous le savez.

— Mais c'est vous qui devriez peindre. On pourrait sortir et…

— Non ! lance-t-elle en élevant la voix. Larry dit que vous…

— Bien, bien.

Il pousse un long soupir. Il meurt d'envie de fumer. Il s'en grillerait bien une dehors.

— Ce sont des couleurs destinées à la peinture corporelle ?

— Oui, Larry les a achetées dans une boutique d'accessoires pour la scène, à Perth. J'aime bien la pâquerette de Cassie. Une pâquerette ici, ce serait possible ?

Elle lève un bras et désigne la peau, au-dessus du coude.

— Pourquoi ne pas vous faire tatouer ?

Mara pouffe. Une bulle lui sort du nez, qu'elle retire d'un geste de la main, avant d'essuyer sa main sur l'un des coussins qui l'entourent.

— Les tatouages ne partent pas ! Si je me faisais tatouer, comment je pourrais m'en débarrasser ? En me coupant le bras ?

Graham se résigne. Plus tôt il s'y mettra, plus tôt il aura fini. Et plus vite elle se lassera de son idée de dingue.

En plus des couleurs, il y a de l'eau, une palette, des serviettes en papier. Tout a été prévu. *Merci Larry.* Graham s'assied à côté de Mara. Il croise les jambes, soulève son bras replet et, du bout des doigts, touche la peau au-dessus du coude, étonnamment fraîche.

— Ici ?

Graham choisit un pinceau fin. Avec à l'esprit le pied de Cassie, ses délicates articulations, et la fleur tatouée sur sa peau sèche, il se met à l'ouvrage… la pointe du pinceau, le pigment blanc. Il se souvient de la première fois où il a vu la marguerite, de l'envie qu'il avait eue de prendre son pied dans ses mains et de l'embrasser. Son pied d'un blanc de marbre. Comme il lui avait semblé parfait, inaccessible ! Mais il ne l'était pas. Quelques nuits plus tard, il avait pressé les lèvres sur la marguerite et avait respiré l'odeur légère et banale de son pied.

Mara glousse tandis qu'il esquisse les pétales. Il lui serre le poignet. Sent battre son pouls. Il est contraint de se pencher et de respirer son odeur : transpiration, peau tiédie par la chaleur, sébum des cheveux, huile au parfum douçeâtre (noix de coco ?). Elle a le ventre arrondi, un grand pli en haut des cuisses et, à cette distance, Graham ne distingue rien au-dessus de la courbe du ventre. Parvient à se concentrer sur sa pâquerette. Il retient son souffle et la sueur coule sur son visage.

Il ajoute du gris pour donner du volume aux pétales, dessine un cœur jaune et une branche qui se ramifie. La peau a une texture intéressante – son grain, fin et gras. S'il peignait la peau de Cassie, cela n'aurait rien à voir : elle est plus sèche, d'un blanc presque bleuté aux endroits jamais exposés au soleil. Sur ses seins où les veines tissent leur réseau, il pourrait dessiner le delta d'un fleuve et peindre ses mamelons pâles d'un rouge vif affriolant. Ceux de Mara sont sombres et pointent vers le bas. *Imagine-les, entre tes dents… leur consistance caoutchouteuse…*

— Voilà !

Il donne une dernière touche de vert pour suggérer deux feuilles, et recule.

— Ne touchez pas maintenant. Laissez sécher.

— Le fixateur, dit Mara.

— Pardon ?

— Là…

Elle désigne un spray. Sur le récipient métallique, la photo d'un bras autour duquel s'enroulent des serpents et des roses.

— Comme ça, il ne s'effacera pas trop vite.

Il vaporise le produit sur la peau. Dans l'air confiné, l'odeur est si forte qu'il manque tourner de l'œil. Il pose quelques instants sa tête sur ses genoux. Il a les oreilles qui sifflent. Mara lui touche la nuque.

— Vous êtes sensible, dit-elle d'une voix chantante. Pas comme Cassie. Elle, c'est une dure à cuire.

— Faut juste que je respire.

Il se redresse difficilement et, titubant, s'arrache à sa caresse et à la réaction physique qu'elle suscite en lui – un réflexe purement mécanique. Il ouvre la porte et, haletant mais soulagé, écarte la tenture et laisse entrer l'air et la lumière.

Mara reste couchée sur les coussins qui se révèlent, à la lueur du jour, tachés et usés. Elle tord son bras pour contempler la pâquerette. Son corps s'éclaire comme sous le feu d'un projecteur – les ombres profondes, la silhouette massive.

– C'est joli, dit-elle. Merci. Maintenant…

— Ça suffit pour aujourd'hui, réplique Graham.

Deux cacatoès sautillent parmi les poules. Et voilà qu'ils se mettent à glousser comme elles, les bouffons ! Graham aspire une longue bouffée d'air et recouvre ses esprits.

— Oh, mais…

— Ça n'a pas été trop dur, alors ?

La voix de Larry le fait sursauter.

— Regarde ma pâquerette ! Mais je veux…

— Ne sois pas trop impatiente, Mara. Il ne faut pas trop lui en demander.

Graham fusille Larry du regard.

— Mais il en fera plus la prochaine fois, n'est-ce pas ? Demain, Mara ? Ça te ferait plaisir ?

— Encore un petit quelque chose, dit-elle.

— Ça vous va, Graham ? Ce n’était pas si terrible, non ?

Larry s’avance pour lui tapoter le bras, mais Graham fait un pas de côté.

— Tout va bien, lance-t-il par-dessus son épaule, en se dirigeant vers le bâtiment des tondeurs.

Boîte 25
Relais routier de Keemara
Woolagong Station
30 novembre (dans ces eaux-là)

Chère Patsy,

Tu dois en avoir par-dessus la tête de mes lettres. Si tu les reçois – auquel cas, tu en recevras plusieurs d'un coup, vu que celle-ci partira avec la précédente. J'imagine que j'ai remplacé le téléphone par les lettres. Ça me rend dingue, de ne pas pouvoir te parler, de ne pas savoir comment tu vas. Tu ne sais pas la dernière ? Graham est seul dans cette remise avec Mara, il la peint, je crois... enfin, il peint sur sa peau ! Tu imagines le délire ? Ça ne me pose pas de problème, même si c'est un peu tordu. Quelle ironie, quand on y réfléchit...

On a eu une discussion, et devine quoi ? Il m'a dit qu'il a toujours couché avec Jas. Tu crois ça ? Tout ce baratin, comme quoi ils étaient juste amis... des foutaises. Je n'aurais jamais cru qu'il irait jusqu'à mentir. Je lui ai posé tellement de fois la question. Il nous est même arrivé d'inviter Jas à dîner. Tu l'as vue au dîner pour fêter notre départ, tu te souviens ? Les cheveux teints en roux, la voix grave, elle fume comme un pompier. Plate comme une limande. Elle portait un truc déchiré. Par conséquent, je ne discute pas vraiment avec lui. Comment pourrais-je jamais lui faire confiance de nouveau ? Mais je n'ai personne d'autre à qui parler. Fred n'est pas là. Bon, il reste Larry, je peux toujours discuter un peu avec lui. Il est gentil, c'est un brave type. Il est juste un peu... un peu bizarre, mais à force d'être coincé ici... Je crois que je vais moi-même devenir bizarre. Tu remarques ma bizarrerie ? Parfois, je me demande si on va vraiment tenir un an. J'espère. Ce serait gênant, de revenir tout de suite après ces grands adieux ! Même si tu me manques terriblement.

Oh non... penser à notre retour me donne envie de pleurer. S'il te plaît, je t'en prie, je t'en supplie, écris-moi, dès que possible. Embrasse Katie, caresse Chat.

Bises,
Cassie

19

Ce n'est pas si dur que ça d'y retourner. Il est d'humeur docile, une sorte d'animal domestique. La chaleur, la femme nue… on s'habitue à tout. Et il n'y en a pas pour longtemps. Ce n'est qu'une scène jouée par des êtres minuscules au milieu de nulle part. Ça n'aura aucune incidence sur rien. Les oiseaux n'interrompront pas leur vol. Il va peindre et cela fera plaisir à Mara – pour le moment, il ne peut pas espérer mieux faire.

La veille au soir, couché près de Cassie, il a songé à Jas. Par défi, en quelque sorte. Et puis elle lui manque. Elle le comprend mieux que Cassie ne l'a jamais compris. Pourquoi n'est-il pas avec elle dans ce cas ? Comme Cassie le ferait certainement remarquer, Jas ne dirait sans doute pas non. Mais elle ne l'excite pas tellement. C'est ça, le plus bête. Jas est vraiment une amie, sa meilleure copine. Du moins elle l'était. Qu'est-ce qui lui a pris de faire ça et, en plus, de cracher le morceau ? Elles disent qu'elles veulent la vérité, et voilà où ça mène. Soudain, il a une violente envie de revoir Jas. De la voir rouler une cigarette de ses doigts aux ongles rongés, le regarder en coin à travers la fumée, et s'esclaffer de son rire guttural… Et c'est tout.

Le café ultrafort de Larry lui fait mal à la tête. Il s'assied à côté de Mara, sur les coussins. Les couleurs sont sorties, prêtes à être utilisées. Mara a l'expression avide et impatiente d'un gamin qui va à un goûter. Il y a au moins une personne, ici, à qui il fait plaisir.

Il s'agenouille près des couleurs et de la palette, et pousse un soupir.

— Alors, que puis-je faire pour vous ?

— Des fleurs... des fleurs et des plantes grimpantes. Vous êtes fâché ?

Plus de pâquerette sur son bras.

— Je l'ai retirée. Je voulais être propre, pour recommencer à zéro.

Graham mouille son pinceau et le trempe dans la couleur verte. Il se sent un peu absent. Il est là sans être là, dans la chaleur étouffante de cette baraque de dingues, avec cette dingue à poil. Le genre de truc qui n'arrive qu'en rêve. Il peint une plante grimpante sur ses bras, qui remonte en serpentant sur ses épaules. Peint des racines sur ses pieds, les maintenant en place tandis qu'elle se tortille sous la chatouille du pinceau. Il peint rapidement, avec insouciance. Quelle importance ? Ce n'est pas fait pour durer. Il dessine, sur les veines de ses jambes, des rameaux verdâtres entrelacés, des boutons et des fleurs sombres... Il y trouve une liberté, goûte la joie de l'abeille qui butine. Le caractère éphémère de la chose a du bon : ça partira au lavage, il peut faire ce qu'il veut. Ça lui rappelle que ça peut être aussi libre que cela, la peinture. La façon dont il peignait sur les murs ; ses parents horrifiés, à la vue de sa chambre transformée en forêt et, entre les arbres, du crépuscule rouge sang... On l'avait rapidement recouverte de papier peint. Or c'était *sa* chambre. Oui, mais lui n'était pas vraiment leur enfant, etc.

Les vrilles de la plante se fixent au-dessus des genoux et Graham ne sait pas comment affronter l'intérieur des cuisses, la zone sombre de l'entrejambe, la fente visible entre les poils, la puissante odeur de femme, flottant dans l'atmosphère aux ténébreux parfums. Il bande, comme n'importe quel homme à sa place. Il est mal à l'aise, voudrait changer de position, mais ne peut pas quand elle est si près de lui… et ce n'est qu'un réflexe, Cassie elle-même le reconnaîtrait. Il détourne les yeux, boit une gorgée de jus de fruits. Douceâtre, écœurant. *Essaie de penser à autre chose !*

Il regarde le ventre. Comment illustrer ce généreux espace ? Il trempe son pinceau dans le violet et, suivant la courbe, peint quelque chose. Une créature marine recroquevillée sur la surface convexe, aux doigts semblables à des feuilles. Mara, renversée en arrière pendant qu'il peint, s'ouvre à lui. Sa peau est douce et détendue. Mais ses abdominaux se tendent lorsque, soudain, elle se redresse.

— Une crampe…, commence-t-elle, clignant des yeux comme quelqu'un qui se réveille.

Elle baisse les yeux et s'extasie sur ses jambes. Elle paraît plus habillée que jamais. On dirait qu'elle porte des bas et des manches de couleur, et ses seins semblent encore plus nus. Il est stupéfait par le travail accompli. Il ignore pendant combien de temps il a peint, mais ce qui est certain, c'est que ça l'a absorbé. Il a goûté la liberté grâce à la peinture, au flux de la couleur. Et c'est précisément ce qu'il doit faire, cela et rien d'autre : il doit se laisser aller et peut-être, alors, que tout reviendra. Il a une idée, et quelle idée ! Pourquoi peindre l'Australie et s'efforcer de capter cette lumière ? Pourquoi ne pas plutôt recommencer à peindre l'Angleterre ? Peindre, de mémoire, son intensité différente, ses plantes, sa pluie, ses feux de signalisation, la feuille d'un platane collée sur une vitre mouillée…

Mara, les yeux baissés, se met à gémir.

— Oh, vous m'avez peint un bébé ! dit-elle, abîmant la peinture avec sa main.

— Ce n'est pas un bébé, réplique-t-il. C'est une sorte de créature… une créature marine… blottie dans sa coquille. Regardez, la coquille est là.

Mais quand il regarde, lui aussi voit un bébé.

Les larmes ruissellent sur les joues de Mara. Graham n'en a jamais vue d'aussi grosses, on dirait les gouttes d'une pluie d'été. Elles se répandent sur sa poitrine. Une longue larme serpente entre ses seins.

— Eh, ne pleurez pas ! dit-il d'un ton embarrassé. Il ne sait pas où poser les yeux.

— Que se passe-t-il ? Vous voulez que j'aille chercher Larry ?

— Non, pas lui.

— Cassie, alors ?

Mara referme les bras autour de ses genoux, étalant et détériorant le motif. Elle sanglote et se balance d'avant en arrière.

— Non.

Elle lève les yeux, le visage barbouillé de peinture.

— J'ai eu un bébé autrefois, vous le saviez ?

— Vous avez eu un bébé ?

Il regarde fixement la silhouette recroquevillée, comprenant mieux la texture de son estomac et les lignes – des vergetures argentées – qu'il a veinées de rouge et de bleu.

— Le bébé… une petite fille… elle est morte, bafouille-t-elle à travers ses larmes. Elle était violette… de la couleur de ce bleu-violet et j'ai… c'est là que j'ai… c'est là que tout est parti à vau-l'eau…

Mince ! Graham l'entoure de son bras. Il ne sait pas quoi lui dire.

— Larry était mon docteur. Larry m'a sauvée.

— Oui.

Le contact de Mara lui coupe le souffle. La peinture poisseuse sur la peau suintante, le corps massif blotti contre le sien. Son cœur bondit dans sa poitrine. Elle sanglote comme une enfant et il la serre contre lui.

La peinture souille sa chemise. Pauvre femme. L'odeur de son chagrin, de ses larmes domine tout. La sentir dans ses bras. Nouvelle érection, la douceur de ses seins, impossible à éviter. Ça ne signifie rien, et il n'y a pas de limite bien nette entre enlacer et embrasser… afin de réconforter cette malheureuse femme dans ses bras… L'urgence de son érection, leurs chevelures entremêlées, ce corps qui s'ouvre au-dessous du sien. Soudain, elle est sous lui et ses vêtements à lui sont également ouverts et il est en elle, et tous deux sont recouverts de peinture… De peinture, de sueur et de larmes et la différence n'est pas bien grande, entre être en elle et être dans sa chambre… la chaleur, la profondeur, un plongeon irrésistible à travers des couches de velours mouillé. Sa jouissance est si puissante que c'en est presque douloureux.

Il lui suffit d'une minute pour comprendre ce qu'il vient de faire. Ça dégouline et empeste. Il se relève si vite qu'il manque de perdre connaissance.

— Reste avec moi !

Il tressaille devant la main tendue, et remonte la fermeture Éclair de son jean. *Bordel de merde !*

— Mara, il ne s'est rien passé, dit-il d'une voix grêle.

Il a honte, mais tient à mettre les choses au clair.

— Mara, je vous en prie… je suis vraiment désolé. Il faut que je m'en aille.

Elle lève son visage mouillé et le détaille des pieds à la tête. Puis, renversant la tête en arrière, elle éclate de rire. Un rire de folle, surgi de nulle part. Normal, c'est une folle. Il a baisé une folle. C'est un truc de fou, le genre de chose qui arrive quand on approche les fous de trop près. Leur folie déborde et vous emporte. Baissant les yeux, il regarde les traînées de peinture sur sa peau, sur sa chemise, sur le devant de son jean délavé.

— Mara, il faut que je parte tout de suite.

Elle ne dit rien. Il ne peut déchiffrer son expression… la sueur, les larmes, ce sourire. Il referme doucement la porte derrière lui et, suffoquant, aspire une longue bouffée d'air chaud et sec. Il fonce vers le bâtiment des tondeurs pour se déshabiller et se laver. Il s'interdit de penser que Larry pourrait apparaître dans son champ de vision, garde la tête baissée et, priant pour que Cassie ne soit pas dans les parages, manque de trébucher sur une saleté de poule. Il se fait violence pour ne pas courir.

Chère maman, cher papa,

Je suis dans le désert, en Australie-Occidentale, avec ma petite amie Cassie. Je suis une sorte d'artiste en résidence. Ça fait un bail, pas vrai ? Depuis que je suis coincé ici, j'ai eu pas mal de temps pour penser au passé. C'était qui, cette vieille femme chez qui vous me laissiez ? Je ne connais même pas son nom. Était-ce une parente ? J'ai songé à la recontac…

20

C'est risible. Le déjeuner sur la véranda. Mara assise à table, mastiquant bruyamment ses toasts à la sardine telle une grande enfant radieuse, tartinée de la tête aux pieds de couleurs visqueuses. Sur ses bras, on distingue encore des feuilles, mais le reste de son corps ressemble à un énorme hématome. Elle a de la peinture partout : sur les cuisses, le ventre, et même dans les cheveux.

— Délicieux ! dit Larry en prenant une autre tartine.

C'est sûrement de l'ironie – on ne peut pas dire que le repas soit des plus raffinés. Cassie a songé, puis renoncé, à faire un soufflé à la sardine. Mais non, le voilà qui sourit. La tension entre Larry et Graham semble s'être évanouie, maintenant que Mara est contente. C'est visiblement la clé : tant que Mara va bien, tout va bien. Tout ce que veut Larry, c'est que Mara soit heureuse. Eh bien, rien de plus simple. Elle n'est pas difficile. Tout ce que Cassie leur a mitonné jusqu'à présent, elle l'a dévoré. Quand son état lui permettait d'être avec eux.

Cassie est sens dessus dessous. Graham et Jas. Graham et Mara, dans la remise chauffée à blanc. Quelle idiote elle fait… Tout, ici, est tellement différent de ce qu'elle avait imaginé que, pour un peu, elle en rirait. Éloigner Graham de Jas (le nom lui donne un pincement au cœur) et de la tentation – enfin, à l'évidence c'était davantage que de la tentation – pour le soumettre à une poisseuse promiscuité avec Mara.

Graham a une expression sinistre, cela dit. Sans doute regrette-t-il, à présent, d'avoir parlé. Il évite même de croiser son regard.

— Gray, tu n'as presque rien mangé.

Elle pousse vers lui le plat de pain grillé à la sardine. Sous le hâle de sa peau, son visage est terreux.

— Pas faim, marmonne-t-il.

— Vous devriez, murmure Mara.

— Regardez ça !

Larry se lève brusquement en heurtant la table.

Il désigne l'horizon où les nuages s'amassent, une fois de plus.

— Vous sentez... ? Il y a du vent. Il vient du nord-est, ajoute-t-il. Il se peut que la pluie vienne jusqu'à nous.

— Dieu soit loué ! dit Graham, le nez dans son assiette.

— Et..

Larry tend l'oreille, se lève, plisse les yeux.

— ... Oui. Je crois que Fred arrive.

— Ah ouais ?

Cassie redresse les épaules, réjouie par cette perspec tive. Fred. Dieu merci. Quelqu'un d'*autre*. Ses petits yeux, ses délicats orteils nus. Quelqu'un de simple et de franc. Et le courrier ! Il leur apporte sûrement des lettres. À la pensée d'avoir des nouvelles de chez elle, Cassie se sent soudain plus légère. Et le ravitaillement : des fruits, du lait, de la viande, des produits frais. Ça lui met l'eau à la bouche. Elle ne parvient pas à distinguer quoi que ce soit, si ce n'est un léger nuage rouge, que rien ne différencie de la poussière que soulève un vent de plus en plus fort.

— Je ne vois rien, dit Graham.

— Question d'habitude, réplique Larry.

— On devrait peut-être rentrer ? propose Cassie, en commençant à empiler les assiettes. Gray ?

Larry aide Mara à se lever et tous deux contemplent le paysage, en protégeant leurs yeux.

— Où ça, Larry ? demande Mara.

Le vent forcit rapidement. Des grains de poussière scintillent dans l'air lumineux.

— Je crois que je vais faire du pain, dit Cassie avant que ses pensées ne se portent sur le repas du soir.

De la pizza, ce ne serait pas une mauvaise idée... Il suffit de prévoir un peu plus de pâte. Il y a des anchois, et si Fred apporte du fromage... ça permettrait de cuisiner les tomates autrement. Mara et Larry sont si drôles à regarder, tous les deux, plantés là... Elle, avec son gros derrière plissé, les traînées de peintures semblables à des traces de main sur sa peau, et sa tignasse hirsute. Lui, tiré à quatre épingles avec son impeccable pantalon gris, ses chaussures grises immaculées et sa chemise d'un blanc éclatant. Il se tient près d'elle mais prend soin de ne pas la toucher – soucieux de ne pas se salir.

Graham surprend le regard de Cassie, l'interroge des yeux, et esquisse un sourire piteux. Il doit s'imaginer qu'elle lui pardonne. Mais *Jas*, tout de même... Il emporte la carafe et deux verres.

— Viens, Cassie. Allons nettoyer ça, dit-il en lui décochant le regard vert qui la fait fondre. Il a les cheveux lâchés, a dû passer la tête sous le robinet de l'évier avant de se mettre à table. Ils sont lisses et brillants. Elle l'aime, pour de bon, et malgré tout. Elle n'y peut rien. Elle a l'impression qu'un ressort se détend entre ses côtes. Si ce n'est pas de l'amour !

Graham ferme la porte de son atelier. Un peu d'intimité, Dieu soit loué ! Ses pensées tournent en rond – *Jas Mara Jas Mara Jas Mara, Jas*. Il n'a jamais voulu ça. Il s'assied à la table, dans la lumière dorée qui filtre à travers les rideaux, et écoute le vent malmener la charpente du bâtiment, soulevant une portion du toit qui bâille et retombe avec fracas. Son corps est parcouru d'un frisson métallique. De la poussière sur ses dents, sous ses ongles… rouge… partout ce putain de rouge. Il roule une cigarette et aspire une longue bouffée. Mara. Nom de Dieu. C'est comme un mauvais rêve, il suffit de l'oublier. Il faut qu'il le balaie de son esprit. Mara est folle. Ce qui s'est passé n'était pas réel. C'était un coup de folie.

Nom de Dieu. Qu'a-t-il fait ?

Il ferme les yeux et oblige son esprit à voyager à des milliers de kilomètres de là. Des champs vallonnés, des lignes qui s'entrecroisent, toute une gamme de verts où surgit, çà et là, le jaune éclatant du colza, la sombre silhouette des maisons de pierre, les diverses nuances de gris. La cigarette brûle, oubliée, dans le couvercle de pot de confiture pendant que, sous ses doigts, l'esquisse se révèle peu à peu. Son cœur bat à tout rompre. Les touches délicates de l'aquarelle sur le papier blanc, le papier blanc immobile… Pas de sang sous sa surface, pas de poils, quasiment pas d'odeur – juste un support sec, propre, immaculé. Sous l'effet de la concentration, il respire à peine. La douceur des couleurs… le ciel délavé, presque translucide devenant plus foncé, et presque bleu, entre les collines. On sent l'odeur de la pluie quand on peint un paysage nuageux, tout comme on la devine en été sur une pierre chauffée par le soleil.

Il est fatigué, comme c'est bon… de se concentrer… sur quelque chose de positif. Ça l'arrache presque totalement à lui-même. Pourtant, le fracas du toit lui rappelle à quel point il est épuisé et le ramène à son propre effondrement intérieur. Il va s'étendre sur le lit moelleux, fermer les yeux et faire un somme.

Mais, avant qu'il se soit levé, on frappe à la porte – petits coups secs, donnés du bout des ongles. Larry entre, passe son menton barbu dans l'embrasure.

— Ah, dit-il en refermant la porte derrière lui.

Graham constate avec plaisir que sa chemise blanche est maculée de poussière rouge et de peinture violette. Graham baisse de nouveau les yeux sur son dessin. Dans un réflexe enfantin, il a envie de le cacher avec son bras. Il se force à rester bien droit – alors que la présence de Larry dans son dos le fait presque frémir.

— Bien, bien, dit Larry. Ce n'est pas trop tôt ! Peut-être avez-vous trouvé votre muse ?

— Ce n'est pas pour la poésie qu'on dit ça ?

Graham regarde par-dessus son épaule et voit briller les dents de Larry, juste aux commissures des lèvres. Il retourne à son esquisse. Voit où il lui faut poser le trait final, en diagonale.

Larry émet un ricanement.

— Si, sans doute. Alors, vous avez trouvé l'inspiration ? Et, à ce qui semblerait, une source de satisfaction ?

Graham fait tourner un crayon entre ses doigts, ses yeux fixés sur le 3B 3B 3B qui défile indéfiniment. Il respire un grand coup.

— Fred est arrivé ?

— Non. J'ai dû me tromper. Cassie sera enchantée que vous ayez retrouvé l'inspiration. Mais elle le sera peut-être moins en découvrant de quelle manière.

Le toit se soulève et retombe bruyamment, avec un son métallique qui rappelle à Graham le goût de ses plombages, au fond de sa bouche.

— Je fais allusion, bien sûr, à vous et Mara.

Le rire de Graham donne l'impression qu'une écharde lui est restée coincée dans la gorge.

— Moi et Mara ? Vous voulez rire ? dit-il, élevant la voix, tandis que le vent mugit.

— Juste ciel ! dit Larry. Il va y avoir de l'orage.

— J'ai fait ce que vous m'aviez demandé.

— Et même davantage, je le crains. À vrai dire, je crois que vous avez profité de la situation et que vous avez abusé d'elle alors qu'elle était bouleversée.

— Hein ?

— Je me demande ce que Cassie va en penser.

Le crayon se brise entre les doigts de Graham.

— Elle ne croira jamais vos conneries.

— C'est pourtant ce que Mara affirme.

— Oh, allez vous faire foutre ! Qu'est-ce que vous imaginez ? Que Cassie se fiera plus volontiers à Mara qu'à moi ?

— Eh bien...

Larry se penche en avant et glisse dans le creux de l'oreille de Graham :

— Quoi qu'il en soit, il vaudrait mieux ne pas en parler... juste pour le cas où la foi de Cassie en votre. . euh... sincérité, ne serait pas aussi absolue et touchante que vous paraissez le croire.

— Oh, vous pensez la connaître mieux que moi, c'est ça ?

Graham se lève et renverse violemment la chaise sur le sol. Il meurt d'envie de coller son poing dans la figure de Larry.

Larry recule.

— Alors, dit-il. Nous allons tous deux garder le silence et demain, vous peindrez Mara.

— Non.

— Vous peindrez Mara, et dût-elle exiger d'autres attentions, vous les lui accorderez.

Nouveau fracas métallique.

— Faut que je répare ce toit.

Un filet de sueur coule sur la joue de Graham. Son cœur bat à tout rompre.

— Vous avez changé de refrain, dit-il.

— Pardon ?

Larry fait un pas vers la porte.

— Je croyais que j'avais « abusé d'elle ».

— Il y a toujours plusieurs façons de considérer les choses, n'est-ce pas ?

— Où est-ce que vous voulez en venir ?

— Je dis juste que vous devriez faire tout ce qui est en votre pouvoir pour la contenter. Pauvre Mara ! Elle est – son bonheur est – mon unique *raison d'être**. Ce pourquoi nous nous sommes installés ici. Et rien ne nous oblige à le dire à Cassie.

— Vous voulez que je baise votre femme ? C'est quoi, votre problème ? Vous n'arrivez pas à le mettre au garde-à-vous ?

Un frémissement, sur la joue de Larry. Enfin, une réaction ! Mais il reste silencieux.

— Alors comme ça, vous racolez pour elle ? dit Graham. Écoutez, on veut partir. C'est clair ? Vous êtes taré.

Larry s'avance vers lui en plissant les yeux. Il lève le doigt, s'apprête à parler… Mais Graham ne peut plus se maîtriser. Il a la rage au ventre, et c'est la rage qui guide son bras. Son poing s'abat sur le visage de Larry. Le nez de Larry pisse le sang. Il y porte les mains, les laisse retomber, regarde le liquide rouge et brillant s'écouler entre ses doigts, puis lève les yeux sur Graham.

Le vent s'engouffre dans la cuisine, charriant sable et détritus, et faisant vibrer la porte-moustiquaire. Fred n'est pas venu. Cassie est si déçue qu'elle en pleurerait. Pas de courrier, ni de fromage. Elle déteste ce vent. De quoi elle aura l'air, sa pizza sans fromage ? Mais il est trop tard à présent, la pâte est pétrie et étalée.

La porte s'ouvre et Larry entre, le nez en sang, la chemise éclaboussée de sang.

— Oh, mon Dieu ! s'exclame-t-elle. Que s'est-il passé ? Asseyez-vous.

Elle va chercher la trousse de secours et en sort un morceau de coton.

— Voilà… Qu'est-ce qui s'est passé ?

Au regard qu'il lui lance, elle a un serrement de cœur. Pitié, pourvu que ce ne soit pas Graham !

— Eh bien, dit-il, tamponnant le sang et parlant du nez comme s'il était enrhumé. Votre petit ami a le sang chaud.

— Oh non ! Ce n'est pas lui qui… Pourquoi ?

Un filet de sang lui sort des narines, rougit sa moustache.

— Prenez encore du coton. Oh, mon Dieu, il n'est pas cassé, tout de même ? Pourquoi vous a-t-il frappé ?

Larry secoue la tête.

— Je n'ai pas compris. Je lui ai simplement demandé comment s'était passée sa séance de travail avec Mara, ce matin, et il…

Il fait un geste d'impuissance. Il a perdu sa contenance habituelle, paraît très ébranlé.

— Je vous prépare un thé, ou bien… Oh, mon Dieu !

Cassie s'assied, cache quelques instants son visage dans ses mains. Puis relève la tête.

— Il fait quoi, en ce moment ?

— Il est en train de se calmer, j'espère.

— Je suis vraiment désolée. Je sais qu'il lui arrive d'être un peu… un peu impulsif. Mais il ne s'est pas battu depuis Dieu sait combien de temps. Pas depuis que je le connais.

— Vous disiez qu'il ne ferait pas de mal à une mouche.

— Eh bien, c'est vrai. C'est ça le plus absurde. Il ne ferait jamais volontairement de mal à quelqu'un. À moins de perdre le contrôle.

— De ses nerfs, vous voulez dire ?

— Oui, en quelque sorte.

— Il suffit d'un rien, visiblement.

— Non. Normalement, non. Quelque chose a dû le mettre hors de lui…

Larry secoue la tête.

— Je ne vois pas ce que j'ai pu faire…

— Je suis vraiment désolée, dit-elle en se tordant les mains. Je ne sais pas quoi dire. Il est très nerveux en ce moment. On s'est plus ou moins… Dites, vous ne voudriez pas un… un cognac, par exemple ? Il y en a dans le garde-manger.

Il se tamponne à nouveau le nez et tressaille.

— Bonne idée. À condition que vous en preniez un aussi.

— Eh bien…

Un cognac – c'est bien la dernière chose dont elle ait envie, mais tant pis !

Elle en verse dans deux verres. S'apprête à dire « tchin », avant de songer que ce n'est pas le moment de porter un toast. L'or brûlant du cognac, en pénétrant dans sa gorge, la fait tousser.

— L'aventure touche à sa fin, je suppose. Je veux dire… vous voulez sans doute qu'on parte ?

Il sirote son cognac, se pince l'arête du nez et l'observe quelques instants.

— Et vous, qu'en pensez-vous ?

— Eh bien…

Elle se mordille le pouce, un bout de pâte crue se coince entre ses dents et elle l'avale.

— On devrait peut-être…

— Abandonner ? demande-t-il, apparemment déçu. Quand vous vous étiez si bien adaptés ? Vous aurez tenu encore moins longtemps que les autres.

Ce n'est pas ce qu'elle désire. Elle s'aperçoit que, étrangement, elle s'est mise en compétition avec ces inconnus.

— Oh, réplique-t-elle. Mais vous ne voudriez tout de même pas qu'on reste ?

Il la fixe de ses yeux gris. Un regard plein de bonté et de tristesse, souligné par des rides qui trahissent l'expérience et, sans doute aussi, la souffrance.

— Quel but poursuiviez-vous, en venant ici ?

— Vous le savez. Je vous l'ai dit.

— Êtes-vous parvenue à une conclusion ? En ce qui vous concerne, vous et…

On dirait qu'il ne peut se décider à prononcer le nom de Graham. Il tamponne son nez enflé.

— Pas vraiment, dit-elle dans un soupir.

Du bout de la langue jusqu'au fond du ventre, elle sent en elle la brûlure du cognac. Ses épaules se relâchent un peu. Larry n'est pas en colère, du moins pas contre elle.

— Il me semble qu'avec quelques semaines de plus nous aurions pu parvenir à… En fait, j'ai l'impression qu'on était en train de progresser… Il venait juste de m'avouer une chose qu'il fallait que je sache, et même si la vérité est dure à avaler, je me sens mieux à présent. Il vaut toujours mieux être au courant, n'est-ce pas ?

— Vous croyez ? demande-t-il en ricanant.

— Et… Je crois qu'il s'est remis à peindre.

— Il était en train de peindre, à l'instant.

— Vraiment ?

— Alors, vous voulez rester ou pas ?

— Lui ne le voudra sûrement pas !

— Mais vous ?

Elle détourne le visage. Le regard de Larry est presque trop intense. Quand elle pense à sa maison, à Patsy, à son lit et à son jardin, la tête lui tourne sous l'effet de la nostalgie. Mais elle a horreur de renoncer. Et puis Larry serait déçu, et elle ne veut pas le décevoir.

— Je ne sais pas, dit-elle. Je crois que je préférerais attendre encore un peu.

— Il pourrait s'en aller et vous pourriez rester ? suggère Larry.

— Non, non. S'il veut partir, je partirai avec lui.

— Eh bien, il choisira peut-être de rester. On verra bien, non ? Mara serait si désolée de le voir nous quitter… et moi aussi.

Il prend la main de Cassie dans la sienne.

— Vraiment ?

Elle rougit et retire sa main.

— Vous savez, le produit dont je vous ai parlé .., commence-t-il. Il pourrait justement empêcher ce genre de réaction. Lui redonner une certaine sérénité.

Elle se mord la lèvre.

— Non…

Il se penche vers elle.

— Il n'y a pas d'effets secondaires, si c'est ce qui vous inquiète. C'est le plus étonnant, dans cette nouvelle génération de médicaments : ils ont un rayon d'action extrêmement précis. Aucun effet secondaire. Une légère amélioration du comportement, une action relaxante… Nous sommes à la veille d'une révolution thérapeutique. D'ici à dix ans, les gens n'hésiteront plus.

— Mais il ne voudra jamais le prendre !

— Vous pourriez le lui administrer. Croyez-moi, c'est la seule façon, pour vous, d'obtenir ce que vous désirez. Si vous voulez rester…

— Je veux rester. Du moins, encore un peu.

— Dans ce cas, cela permettra d'éviter…

Il désigne son nez en esquissant un sourire.

— … d'autres incidents de ce type.

Elle le dévisage.

— Est-ce à cette condition… que vous nous garderez ?

— Mon Dieu, bien sûr que non ! Pour qui me prenez-vous ?

— Excusez-moi, ce n'est pas ce que j'ai voulu dire.. je…

— J'essaie simplement de vous aider.

Sur la table, les boules de pâte lèvent paresseusement en se craquelant sur les bords.

— Je ne pourrai pas faire ça.

— Tenez, dit-il, plongeant la main dans la poche de son pantalon pour en sortir un petit flacon de comprimés blancs. Ça se dissout aisément, précise-t-il.

Elle prend le flacon, le fait tourner entre ses doigts, regarde les comprimés s'agiter à l'intérieur.

— Non, dit-elle. J'en serai incapable.

Elle tente de les lui rendre, mais Larry a les mains dans le dos. Sur sa moustache, le sang sèche peu à peu.

— Gardez-les, pour le moment, dit-il avec un sourire. Au cas où vous changeriez d'avis.

— OK. Très bien.

Elle les prend et les fourre dans sa poche. Elle les balancera plus tard dans les toilettes.

— Qu'est-ce qui t'a pris, nom d'un chien ?

Elle trouve Graham étendu sur le ventre, le visage enfoui dans l'oreiller. Elle claque la porte, mais pas assez vite pour éviter que le vent ne soulève le tapis dans un nuage de poussière. Les courants d'air s'engouffrent dans la chambre, le toit se soulève et retombe bruyamment.

— Je ne peux pas croire que tu aies frappé Larry. *Pourquoi ?*

Il se tourne sur le côté.

— Parce qu'il me casse les couilles, bordel !

— Mais qu'est-ce qu'il a fait ? Qu'est-ce qu'il a dit ?

Graham lui jette un regard hostile.

— Tu as presque quarante ans, Graham.

— Je n'ai pas presque quarante ans, proteste-t-il.

— Trente-sept ans l'année prochaine. Tu es à deux doigts de la quarantaine. Quand est-ce que tu vas te comporter comme un homme de ton âge ?

Il se crispe sous son regard. Puis se redresse, met la main autour de son poing meurtri.

— Je suppose qu'il est venu pleurer dans ton giron ?

Elle s'assied sur le lit, pousse un soupir.

— Je peux jeter un coup d'œil ?

Il la laisse prendre sa main. Les articulations sont rouges et enflées.

— Tu es désespérant, dit-elle en sentant sa colère s'évanouir. Tu veux partir d'ici ?

— Évidemment, bordel !

— Gray !

— Pas toi ?

— Je n'en sais rien.

— Je croyais que tu avais le mal du pays ?

— Oui, mais… Oh, tu es vraiment incorrigible.

Elle caresse ses longs doigts et, sur ses phalanges et ses mains, les petits poils noirs qui l'ont toujours excitée. Les poils autour du poignet, et sur ses bras, ses bras qu'elle aime tant sentir se refermer sur elle.

— Si j'ai eu l'idée de faire des pizzas, c'est uniquement parce que Larry a dit que Fred arrivait. Elles vont être immangeables sans fromage, dit-elle d'une voix piteuse.

— Toi, tu veux rester ?

— Encore un petit peu ? Jusqu'à Noël, par exemple ? On verra, alors, comment ça se passe.

— Je ne sais pas.

Il lui saisit le pouce et le serre.

— Je t'aime, dit-elle. Pourquoi est-ce que toi, tu ne me le dis jamais ?

— Je ne serais pas là autrement, non ?

Il l'attire vers lui. Elle se laisse étreindre et sent son ventre se contracter lorsqu'il passe un doigt sur ses lèvres et le lui introduit dans la bouche. Son doigt a un goût de sable, le sable envahit tout. La fenêtre vibre. Il l'embrasse.

— Tu es magnifique, souffle-t-il, passant le bout de sa langue sur la lèvre supérieure de Cassie. Elle l'embrasse, happée par le désir, enroule une jambe autour de la cuisse de Graham et se presse contre lui. Mais il se fige et se redresse.

— Quoi ?

— Trente-six et quarante ans, ce n'est pas du tout pareil.

— Désolée, dit-elle.

Ils restent assis, en silence, pendant qu'il roule une ciga rette sur son genou.

— J'ai peint, aujourd'hui... enfin... j'ai fait une esquisse pour un tableau, dit-il en allumant son briquet.

— Oui ?

— L'Angleterre. Le Derbyshire. Des collines et des murs. Je veux rentrer, Cass.

Elle lui reprend la main. Entre leurs peaux, la poussière, toujours. Elle tente de déchiffrer son expression, de lire dans ses yeux. Il refuse de la regarder en face. Elle a un serrement au cœur et lui lâche la main.

— C'est Jas, c'est ça ? Tu as envie de la retrouver ?

— *Non !* Il va falloir que je te le dise combien de fois ? Il n'y a que toi, Cassie. Il n'y a que toi ! Avec Jas, je n'avais pas... ça n'avait aucune importance. Ça s'est passé, c'est tout.

Elle soutient son regard, jusqu'à ce qu'il baisse les yeux et se mette à rougir.

— Le plus triste, c'est que je te crois. Pauvre Jas !

Il hausse les épaules.

— Est-ce que... est-ce que ça pourrait se reproduire ? demande-t-elle en s'efforçant d'adopter un ton ferme.

Il secoue la tête.

— C'était une connerie... je me suis comporté comme une andouille. Je n'ai pas réfléchi. Je suis désolé.

— Tu ne réfléchis pas beaucoup, en général ?

Elle ne lui a jamais vu un air aussi désolé. Ses yeux brillent comme s'il allait fondre en larmes.

Elle respire un grand coup.

— Alors… Tu seras… c'était quoi, ton mot déjà… « loyal » ?

Il hoche la tête et la regarde avec une lueur d'espoir.

— Et on reste ici ? demande-t-elle.

— Il le faut vraiment ?

Il la gratifie du genre de sourire qui ferait fondre le cœur le plus endurci, mais elle résiste vaillamment.

— Larry nous accorde une dernière chance. Il se comporte vraiment bien dans cette histoire.

Graham ricane.

— Qu'est-ce qu'il y a ?

Il secoue la tête

— Si tu tiens…

Elle s'interrompt et prend une grande respiration.

— Si tu tiens à nous, je crois qu'on devrait saisir cette chance.

Cassie lui prend la main et caresse ses doigts. Puis elle la porte à sa bouche et suce l'extrémité du majeur. Un goût de sel, de peinture et de peau. Le désir la happe de nouveau, telle une vague gigantesque.

— Alors ? demande-t-elle.

Elle se lève, fait glisser son short et sa culotte et entend le léger cliquetis des comprimés au fond de sa poche. Il la fixe, d'un œil hagard.

— Alors ? répète-t-elle.

— Ouais ? souffle-t-il.

— Enlève ton jean, ordonne-t-elle.

Cassie le regarde s'en débarrasser en vitesse et se rasseoir sur le lit en tirant sur sa cigarette. Sa belle bite se dresse alors qu'elle se penche pour y coller les lèvres. Mais elle n'a pas la bonne odeur. Cassie n'a pas envie de la sucer aujourd'hui. Au lieu de ça, elle s'assied sur lui à califourchon et lui retire sa cigarette, qu'elle pose sur le couvercle de pot de confiture. Elle remonte son tee-shirt au-dessus de sa tête – elle a renoncé à porter des soutiens-gorge, par cette chaleur. Un filet de poussière et de sueur, entre ses seins. Elle les prend dans ses mains, les lui met sous le nez. Il plisse les yeux, ses longs cils assombrissant son visage.

— Baise-moi, alors ! dit-elle.

— C'est un ordre ?

Bien qu'il dise cela d'une voix rauque, il paraît presque triste. Il lève la main et caresse un sein, puis l'autre. Tendrement, respectueusement, comme s'il ne les avait jamais vus auparavant.

— Le grain de ta peau est d'une finesse incroyable.

— Allez !

Elle s'écarte et s'étend près de lui. Déboutonne la chemise de Graham. Retrouve sa saveur et ce courant, entre eux, toujours aussi renversant. Une éternité, qu'ils n'ont pas été aussi passionnés. Il la mord et lui suce l'épaule et le cou. Demain, les traces seront visibles de tous, mais après tout, quelle importance ? Pourquoi ne feraient-ils pas l'amour ? Pourquoi n'auraient-ils pas de suçons ? Elle le mord elle aussi, mord et suce son cou tandis que, gémissant et secoué de frissons, il jouit en elle. Puis, il descend sa main sur son ventre et la caresse jusqu'à ce qu'elle se cabre et jouisse elle aussi, au moment où le toit s'effondre, dans un fracas retentissant. Elle reste étendue dans une sorte d'extase ébahie, et a un petit rire nerveux.

— Je crois que la terre a tremblé.

— Je t'aime, dit-il.

— Moi aussi, dit-elle en souriant, le visage enfoui dans sa peau, dont elle aime tant la saveur poivrée.

Un léger parfum huileux, l'odeur de la remise. Mais elle ne veut pas s'en soucier. Elle ne peut pas le perdre, un point c'est tout.

Il lui semble entendre encore la voix de Patsy : « Pourquoi lui ? Il y a tellement d'autres mecs charmants. Charmants et adultes. » C'est à peu près ce que tout le monde avait dit. Mais étendue là, à ses côtés, elle connaît la réponse. Parce que personne ne lui plaira jamais autant ; parce qu'elle ne trouvera jamais meilleur amant que lui ; parce qu'elle a énormément d'affection pour lui (la plupart du temps) et parce que lorsqu'elle imagine avoir des enfants, c'est avec lui.

Ce n'est pas un choix. C'est comme ça, tout simplement.

21

Son poing lui fait mal. Il se sent épuisé, vidé. Qu'est-ce qui lui arrive ? Cassie est allée faire les pizzas. Il ne va pas tarder à la rejoindre mais, auparavant, Graham veut s'en griller une. Comment va-t-il pouvoir les regarder en face ? Il roule sa cigarette, allume le briquet puis, le gardant en main, voit son image s'y refléter en miniature. Il se souvient du jour où Jas le lui a offert. C'était son anniversaire, elle ne le lui avait pas souhaité. Aucune impor tance, elle avait dû oublier. Il ne méritait pas mieux : après tout, il ne lui fêtait jamais le sien. Ils étaient au pub. Elle avait allumé la cigarette de Graham avec.

— Joli, avait-il dit en le lui prenant des mains.

Un gros zippo en acier chromé, lourd dans sa paume.

— Oh, garde-le ! avait-elle dit avant d'éclater de rire. Joyeux anniversaire, imbécile ! C'est pour toi que je l'ai acheté. Ne le perds pas !

Et, chose étonnante, il l'a toujours.

Il enfile son jean et un tee-shirt propre. L'autre, roulé en boule sur le sol, est couvert de peinture. Il le balance dans un coin. Qu'est-il censé faire ? Danser de joie ? Ah ouais… baiser la femme, casser la gueule au mari et, ensuite, venir partager leur repas. Quelle situation comique !… Quand il le racontera. À son retour. À supposer qu'il le raconte jamais. Mais pour le moment, il est toujours là. Son estomac gargouille. Il meurt de faim. Il entend une voiture approcher. C'est peut-être Fred. Tant mieux ! Ça rendra les choses un peu plus faciles… Il se fait une queue-de-cheval, passe ses sandales et sort.

Le vent lui dessèche la bouche et lui envoie de la poussière dans les yeux. Il les protège d'une main. Lorsqu'il entre dans la cuisine, Fred est là. Il y a des sacs de courses sur la table, de la salade, des bouteilles de vin rouge. Dans l'air flotte une bonne odeur de pizza.

— Vous arrivez juste à temps, dit Cassie à Fred. Je n'ai qu'à les sortir du four, les recouvrir de fromage et les remettre cinq minutes à cuire. Salut Gray !

Elle lui sourit, dévoilant l'écart entre ses dents, de son sourire sensuel, irrésistible. Presque terrassé par une vague de mauvaise conscience, il se dirige vers elle pour l'embrasser, mais elle l'esquive.

— Tu veux bien débarrasser et mettre la table ?

— Ça va, mon gars ? demande Graham à Fred.

— Ouais. À ce que j'ai entendu, il y a eu de la bagarre. Toutes mes félicitations !

Il s'esclaffe. La lumière fait briller une dent en or, au fond de sa bouche. Graham le regarde avec surprise.

— Je t'ai servi du vin, dit Cassie en le lui apportant. Tu as l'air d'avoir besoin d'un verre.

Elle le regarde boire, d'un air préoccupé. Le vin est bon.

Cassie tend une bière à Fred.

— Vous avez le courrier ?

Il secoue la tête.

— Comment ça se fait ? demande-t-elle en gémissant, le visage chiffonné.

— Il y a eu une embrouille… Je suis désolé, mon petit. La prochaine fois, d'accord ?

— Une embrouille ? demande Cassie. Quel genre d'embrouille ?

— Désolé, mon petit, répète Fred. Où est Mara ?

Il décapsule sa bouteille de bière et boit une gorgée.

Cassie soupire.

— Oh, il semblerait qu'elle soit de nouveau pas bien.

Dieu soit loué, pour ça et pour le reste. Graham respire et vide d'un trait son verre.

Larry entre dans la pièce. Chemise blanche immaculée. Nez enflé.

— Fred, lance-t-il d'une voix aimable, ignorant ostensiblement Graham.

— C'est presque prêt, dit Cassie. Fred est arrivé à temps avec le fromage.

Graham débarrasse. Puis, il dispose les couverts sur la table, et verse du vin dans les verres.

— Je suppose, dit Larry en s'asseyant en bout de table et en dépliant sa serviette, que suite à l'échauffourée d'aujourd'hui, vous songez à démissionner ?

Il dit ces mots d'un ton sec et d'une voix pâteuse.

À démissionner ? L'enfoiré !

— On en a discuté..., commence Cassie.

— Ah oui ? demande Larry, jetant un coup d'œil au poêle. On peut se mettre à table ?

Cassie saisit les gants de cuisine.

— Tu me donnes un coup de main, Gray ?

Il lui touche le bras, et tous deux se baissent pour sortir les pizzas du four.

— Hé, chuchote-t-il. On t'a déjà dit que tu étais canon ?

Elle sourit, le regarde en plissant les yeux. Son visage est encore rougi par l'amour ou, peut-être, par la chaleur du four. Des mèches s'échappent de sa queue-de-cheval. Elle lui paraît parfaite, absolument parfaite. Elle mérite un putain de dix sur dix. Il pose la main sur son bras, voudrait dire quelque chose... Mais quoi ?

— Ouste ! lance-t-elle en se dégageant.

Ils placent les deux grandes pizzas sur la table.

— Allez… Que chacun se serve ! lance-t-elle en se rasseyant.

Il s'installe en face d'elle, tend la jambe pour lui faire du pied sous la table, et avale une longue gorgée de vin.

— J'ai une proposition à vous faire. Mais, avant tout, un toast en l'honneur de notre cuisinière, propose Larry en levant son verre.

Cassie éclate de rire, repousse le pied de Graham.

— Ce n'est pas grand-chose !

— Elles ont l'air tellement appétissantes qu'on se régale d'avance, mon petit, dit Fred.

Graham n'arrive pas à regarder Larry. Le voir exulter en exhibant sa blessure ! Il prend une bouchée de pizza. Elle est délicieuse, épicée, agrémentée de petits morceaux d'anchois et de piments. Cassie le foudroie du regard. Il aurait dû attendre les autres.

— Alors, cette proposition ? demande-t-elle à Larry.

— Peut-être qu'un intermède… un petit voyage de deux ou trois jours, juste vous deux, vous permettra de faire le point ?

Le regard de Cassie s'illumine.

— Sérieusement ? Ce serait génial, tu ne trouves pas, Gray ?

Aucune hésitation. Il hoche la tête. S'il y a une chose à laquelle il ne s'attendait pas…

— C'est décidé, alors. Fred, tu les emmèneras ?

— Où ? demande Cassie. À Perth ?

Fred hausse les épaules, se gave de pizza.

— Quand ça ? demande Graham.

Larry touche le bout de son nez et tressaille.

— Après-demain, ça vous irait ?

— Où ça ? insiste Cassie.

— Dans les montagnes ? suggère Larry.

— Je préférerais aller en ville.

— Pour les détails, nous verrons plus tard, dit Larry. Graham ?

— Ouais… ce serait cool.

— Cool, répète Larry.

Son regard s'attarde sur Graham. Il lève son verre vide. Graham se ressert, puis se penche pour remplir celui de Larry. Cassie a à peine touché à son vin. La cuisine est étouffante, les mouches nerveuses… L'idée d'être ailleurs, dans un pub peut-être, de boire une chope de bière, entourée de nouvelles têtes…

— On ne pourrait pas y aller demain ? demande Cassie.

— Mara est censée avoir une séance de travail avec Graham, dans la matinée, dit Larry. Vous ne voudriez pas la décevoir, n'est-ce pas, Graham ?

Graham mâche trop violemment et se mord la langue. Dans sa bouche, le goût du sang se mêle à celui des anchois et du fromage. Il garde les yeux rivés sur son assiette.

Fred ouvre une autre bouteille de bière.

— Je voyais que dalle, dans la voiture, à cause de la tempête. Faut que je nettoie ce putain de 4 × 4 demain, dit-il d'un ton nerveux.

Il y a un silence. Graham lève la tête, et croise le regard de Cassie. Son visage a repris sa couleur habituelle. Les yeux écarquillés, elle l'observe avec appréhension. Il engouffre un morceau de pizza malgré le goût de sang dans sa bouche, malgré son ventre noué.

— Excellent, Cassie ! dit Larry. Même si ça me fait un peu mal de manger, à vrai dire. Comme tu peux le constater, Fred, je me suis fait amocher ! Je vais voir comment va Mara, si vous le permettez.

Il se dirige vers la porte.

— Le vent est tombé, dit-il en sortant.

— Un putain de bol, marmonne Fred.

Cassie est dans la cuisine. Tout le monde dort encore Enfin… Larry a dû se lever puisque sa serviette est sur la table. Elle l'a rangée hier soir. Un carré de lin roulé dans son rond de serviette en os. Lorsqu'elle fait la lessive, il y a une quantité de linge blanc : chemises, serviettes de toilette, gants de toilette, serviettes de table, sous-vêtements – des slips kangourou tout ce qu'il y a de vieillots. Un par jour. Dire qu'elle parvient tout juste à convaincre Graham de changer les siens deux fois par semaine. Le lendemain serait un jour de lessive, s'ils ne partaient pas. Elle espère qu'ils iront dans une ville avec des boutiques, une pharmacie, des cafés, peut-être même une pépinière. Des choses de tous les jours, des plaisirs ordinaires… Et qu'elle pourra appeler Patsy, entendre sa voix. Son cœur bondit dans sa poitrine. Ils reviendront ressourcés. Pourront repartir de zéro.

Elle reste plantée là, à mâchouiller un bout de pizza refroidie. « Que faire ? » se demande-t-elle. La lessive ? Elle pourrait s'y mettre. Ça vaudrait peut-être mieux. Graham attend son thé du matin. Il va falloir qu'elle l'extirpe du lit, pour qu'il donne sa leçon à Mara. Elle verse quelques cuillerées de thé dans la théière. Prend deux biscuits dans une boîte en fer. Dispose les tasses sur un plateau. Pendant ce temps, elle sent un objet pressé sur sa hanche. *Pas d'effets secondaires*. Si cela ne fait que le rendre plus calme et plus fiable, où est le mal ? Elle sort le flacon de sa poche, retire le bouchon. *Ça se dissout dans l'eau*. Elle en fait glisser un dans sa paume.

Elle sent son ventre se contracter, comme si l'on tirait une ficelle. Ce qu'elle est excitée ! Qu'est-ce qui lui prend ? Ce n'est pas pour lui déplaire, cela dit. Elle va lui apporter le thé et se recoucher près de lui. Juste un petit coup vite fait. On dirait qu'elle est en chaleur… sûrement la chaleur. Et puis, maintenant que le problème Jas est évacué. Elle s'occupera de la lessive plus tard. Deux tasses, une verte et une bleue. De la céramique grossière, ramenée par Fred après qu'elle lui eut dit qu'elle détestait les tasses en fer-blanc. Le comprimé tombe de sa main dans la tasse bleue. Elle verse le thé. Ajoute du lait en poudre et remue. À la surface des deux tasses, une mousse blanchâtre. Elle s'empare du plateau et sort de la cuisine.

Il se réveille une nouvelle fois lorsque Cassie ouvre la porte.

— C'est brûlant ! prévient-elle.

— Pour changer ! Le thé. Merci.

Il se redresse, se calant sur l'oreiller. Il a la main engourdie. Ah ouais…

Elle s'assied sur le bord du lit.

— Imagine un peu… demain, dit-elle. Ça va être génial ! Je me demande où on va aller… On va pouvoir téléphoner. Peut-être même qu'on trouvera un cybercafé, d'où on pourra envoyer des mails à tout le monde. Et au retour, on se sentira mieux. Prêts à repartir de zéro.

Elle a les cheveux lâchés. Il lève la main pour les lui caresser. Les pointes sont desséchées, presque blanches. Les racines ont gardé leur couleur blond doré.

— Ouais. Écoute. Je me disais qu'on pourrait ne pas revenir.

Son cœur bat plus vite, tant cette pensée l'exalte.

— Quoi ?

Elle lui tend sa tasse. Trop chaude. Il la pose sur la caisse, à côté du lit.

— Quand on partira demain, on pourrait rassembler nos affaires et se casser d'ici. Où que Fred nous amène, on n'aura qu'à lui dire qu'on a décidé de… C'est un bon gars, il marchera.

— Hmm…, dit-elle en plissant le nez. On ne pourrait pas… Tu crois que si ? Il va le découvrir, il risque de… Larry… si on emporte toutes nos affaires ?

— On prendra juste le nécessaire, alors. L'argent, les passeports… Le reste, on n'en a pas vraiment besoin.

Elle jette un coup d'œil autour d'elle.

— Non, tu as raison. Mais…

— Quoi ?

— Oh… rien. C'est seulement que ça me donne le sentiment de renoncer. Je n'aime pas abandonner.

— Ça ne va pas nous empêcher d'être ensemble, dit Graham. Je veux vivre avec toi. Pour de bon. On peut faire un bébé.

— Oui ? demande-t-elle, scrutant son expression.

— Ouais. Pourquoi pas ?

Il tend le bras vers la tasse.

— Attends ! s'exclame-t-elle en posant la main sur son bras. Ne le bois pas tout de suite.

— Pourquoi ?

— Je sais pas. Je suis hyperexcitée.

— Encore !

Elle lui caresse la jambe sous le drap, remonte sur ses couilles et frotte son membre, jusqu'à ce que le drap se dresse comme une tente. Pourtant il n'est pas d'humeur à ça.

— Tu vas me tuer. Laisse-moi boire mon thé.

Il avale une gorgée.

— Non ! s'écrie-t-elle brusquement. Elle donne un coup dans la tasse, qui vole. Le thé brûlant gicle et se répand sur le drap.

Il sursaute, ébouillanté.

— Aïe ! Bordel de merde !

— Mon Dieu, je suis désolée. Ça va ? Viens ici.

Elle saisit la carafe, au pied du lit, et asperge d'eau son ventre et sa cuisse. Ce n'est pas bien méchant, mais ça fait un mal de chien. Et le lit est une vraie mare.

— Pourquoi tu as fait ça ?

— Je croyais avoir vu… une bête.

— Une bête ?

Cassie a le visage empourpré, les cheveux en bataille. A-t-elle complètement perdu la tête ?

— Je suis désolée, répète-t-elle.

Elle se mord la lèvre.

— Tu ne veux pas boire le mien ?

Elle lui tend l'autre tasse.

— Non, c'est bon. Je crois que je vais me lever. Plus tôt on partira d'ici, mieux ce sera, hein ?

Son short est trempé. Elle le retire. Se retrouve en culotte. Noire. Elle est belle en culotte. Il ne pourrait pas passer sa vie avec une femme qui ne le serait pas. Il s'étonne d'avoir eu cette pensée. *Passer sa vie*. S'est-il vraiment formulé les choses ainsi ?

– Oui, dit-elle. Tu as raison.

10 décembre (à peu près)

Chère Patsy,

C'est peut-être ma dernière lettre. À vrai dire, il est possible que tu la reçoives après notre retour (et je t'aurai sûrement eu au téléphone d'ici là). Tout est très étrange. Le comble a été atteint hier, quand G. a donné un coup de poing à Larry. Oui ! Une horreur ! Il y avait du sang partout. Je ne te dis pas l'ambiance ! Mais le truc bizarre, c'est qu'entre nous les choses évoluent un peu, je ne sais pas pourquoi. Je pense qu'on peut s'en sortir. Je suis bien tombée amoureuse de lui avec tous ses défauts, non ? Ce ne sera pas le papa le plus équilibré, mais il sera peut-être marrant, tu ne crois pas ? Faudra que je sois solide pour deux. J'ai trouvé des lettres qu'il a commencées à écrire à ses parents, dans les dernières pages de son cahier de dessin. Il y a du progrès, non ? Dedans, il m'appelle sa petite amie, ce qui doit signifier quelque chose. Il ne les a pas terminées mais, Dieu sait pourquoi, elles me donnent de l'espoir...

Je posterai moi-même cette lettre. Quel luxe, une boîte aux lettres ! Graham a la langue pendante, à la pensée d'aller dans un pub. À vrai dire, moi aussi. Je serai bientôt de retour !!!

Embrasse Katie, caresse Chat, dis bonjour à Al.

Cassie

22

Planté sur la véranda, Graham regarde la porte de Mara. La peinture bleue qui s'écaille. Maintenant, il veut peindre. Ce qui s'est passé la veille l'a intrigué : l'humidité de l'Angleterre, la végétation luxuriante, les murs gris ardoise, le scintillement du quartz, le doux gonflement de l'eau avant qu'elle se brise sur la pierre et ne retombe. Il secoue la tête… Il devrait donner un coup de main à Cassie, pour la lessive. Mais il y a encore cette chose qu'il *doit* faire. Pour la toute dernière fois. Afin que Larry soit content, comme dirait Cassie.

Il frappe à la porte de la main gauche. Pas de réponse. OK, parfait. Larry a dit qu'elle l'attendait, mais il se peut qu'elle soit retournée se coucher. Très bien. Il frappe de nouveau, plus discrètement. Alors qu'il s'apprête à regagner son atelier, le son de la voix de Mara lui parvient aux oreilles.

— Entrez.

La gorge nouée, il pousse la porte, entravée par la tenture. Puis s'enfonce dans l'obscurité orangée et dans la douceur écœurante de la pièce. Mara est accroupie par terre. Il ne dit rien. S'assied sur un coussin, aussi loin d'elle que possible. Elle est en robe de chambre, ses cheveux lui tombent sur le visage. Ils restent quelques instants immobiles. Graham transpire par tous les pores de sa peau. La sueur ruisselle sur son front, coule sur ses oreilles et ses joues, le long de son cou, sous ses bras, sur ses flancs. Il jurerait qu'il est en train de fondre.

Il se racle la gorge.

— Mara ?

Elle chuchote quelque chose.

— Pardon ?

Elle marmonne, derrière le rideau de sa chevelure. Peut-être est-elle gênée ? A-t-il bien entendu le mot « bébé » ?

— Je ne comprends pas.

Elle relève la tête, et sa chevelure s'écarte, révélant son visage.

— Je pensais que vous pourriez me faire un bébé. Mais maintenant, il dit que je ne vous plais pas.

Il ouvre la bouche, y laisse entrer la chaude puanteur de l'encens.

— Un bébé ? demande-t-il avec un rire glacé. Ah non, désolé.

Ils restent assis là. Le ventre de Graham est encore irrité par la brûlure du thé, et la sueur lui donne des picotements. Le visage de Mara luit dans la pénombre.

— Vous ne voulez pas sortir pour dessiner ?

— Je ne me sens pas bien.

— OK. Vous voulez que je vous laisse ?

Son regard est attiré par le fin rai de lumière, sous la porte, à l'endroit où le rideau est écarté.

— Non, dit-elle.

Il jette un coup d'œil alentour, avec un sentiment d'impuissance : coussins, tapis, rideaux, tout est rouge et moelleux. Sa chevelure et sa peau dégagent une forte odeur de noix de coco. Elle a de gros orteils, déformés par les oignons. Graham a du mal à croire à ce qui s'est passé la veille, pourtant, il est conscient qu'il pourrait, malgré lui, le refaire. C'est horrible, cette pulsion animale qui le dépossède de sa volonté. Son regard est happé par les cuisses lisses et luisantes, dans l'ouverture du peignoir.

— Vous avez envie de parler ? demande-t-il en désespoir de cause. Pourquoi ne sortez-vous pas d'ici ?

— C'est chez moi.

— Mais pour vous laver, par exemple, vous faites comment ?

— Je ne me lave pas. Je me masse le corps avec de l'huile.

Elle lève les mains, comme pour lui montrer. Dans la pénombre, il ne voit pas grand-chose.

— Votre peau m'avait paru…

Il s'interrompt, incapable de dire « huileuse ».

— … m'avait paru très douce.

Elle sourit. Son sourire surprend toujours, dans ce visage aux traits lourds.

— Ça fait combien de temps que vous êtes ici ? demande-t-il.

Elle penche la tête de côté, entortille des mèches de cheveux autour de ses doigts.

— Je ne sais pas.

À la vue de son expression, elle éclate de rire.

— Je vous assure, je ne sais pas.

— Qu'est-ce qui…, bafouille-t-il. C'est quoi, au juste, votre problème ?

— Serrez-moi dans vos bras.

— J'aime mieux pas.

Le rai de lumière. Ses cuisses. La porte. La sueur lui pique les yeux.

— Prenez-moi juste dans vos bras. Qu'est-ce que ça peut faire ? Après ce qui s'est passé hier… Je ne mords pas.

Il pousse un soupir, s'approche d'elle, passe un bras autour de son épaule, par-dessus la masse emmêlée de ses cheveux.

— Vous voulez que je vous coiffe ? demande-t-il.

— Oh oui.

Il trouve une brosse pleine de cheveux enchevêtrés, s'agenouille derrière elle et commence à tirer dessus pour les démêler.

— Je suis désolé pour hier, dit-il en soulevant la chevelure épaisse et drue, noire striée de gris.

Ça empeste la noix de coco. À chaque coup de brosse, elle émet, en signe de satisfaction, un petit bruit guttural, tel un pigeon ramier. Ses cheveux chargés d'électricité statique vont à la rencontre de la brosse.

— Fred me brosse les cheveux comme ça, dit-elle. Fred est gentil.

— Mara…, commence-t-il, la gorge nouée. Pouvez-vous me promettre quelque chose ?

— Hmm ?

— Ne dites pas à Cassie… ce que nous avons… ce qui s'est passé. Je vous en prie.

— Bien sûr que je lui dirai pas.

Elle lève la main :

— Croix de bois croix de fer, si je mens je vais en enfer. De toute façon, pourquoi j'irais raconter ça ?

Graham pose la brosse, lisse la chevelure à la main. Ferme les yeux une minute, sent sa tension se relâcher sous l'effet du soulagement.

— Merci.

Elle pousse un petit rire triste.

— Je vous en prie.

— Je suis désolé… je ne sais pas… je n'ai pas pu me retenir.

— Hmm.

Il lisse sa chevelure, encore et encore, puis la sépare en trois et commence à faire une tresse.

— Vous envisagez toujours d'avoir un enfant ? demande-t-il.

— Si j'avais un enfant, je crois que ça me ferait du bien. Perdre mon bébé m'a rendue malade. En avoir en autre me permettrait de guérir, vous ne croyez pas ?

— Comment pourriez-vous vous occuper d'un bébé là-dedans ?

— Je sortirais, évidemment !

Il frissonne : Larry et Mara élevant un enfant ! Pauvre bâtard fantomatique…

— Pourquoi Larry ne vous fait-il pas un enfant ?

— Je ne lui plais plus. Il n'aime que les blondes comme Lucy.

Elle s'interrompt.

— Lucy ? répète Graham.

— Non, non.

Elle fond en larmes. Ah non. Pas question de repartir pour un tour. Il la serre quand même contre lui. Presse le tissu rouge et velouté du peignoir en évitant de regarder les cuisses, tandis que l'odeur capiteuse lui remplit les narines. Sa mère a dû essayer d'avoir un bébé, avant que ses parents l'adoptent. Il tente de l'imaginer jeune. Une pauvre jeune femme sans enfants. Sans sa coiffure plaquée. Au moment de son adoption, elle devait avoir l'âge qu'il a maintenant. À cette pensée, l'émotion l'envahit. Enlacer cette malheureuse grosse femme à la chair frémissante lui fait venir les larmes aux yeux. Il a la gorge nouée. Nom de Dieu ! Il est à deux doigts d'éclater en sanglots lui aussi.

Cassie fourre le linge blanc dans la machine à laver à deux tambours. Jusqu'à présent, elle a toujours utilisé des lave-linge entièrement automatiques. Et recommencera à le faire, après leur retour. C'est la dernière fois qu'elle fait la lessive ici. Lorsqu'ils seront rentrés, ils pourront faire le point. Retrouver leur vie. Mieux vaut qu'ils s'en aillent. D'accord, ils renoncent… Et alors ? Ce matin, elle a eu peur de ce qu'elle a failli faire.

Lorsque Graham est parti voir Mara, elle a emporté le flacon dans les toilettes. Elle a dévissé le couvercle, avec la ferme intention de jeter les comprimés dans la fosse. Mais quelque chose l'en a empêchée – comme une main posée sur son bras. Elle a fait demi-tour et, au lieu de s'en débarrasser, a caché le flacon au fond de son sac à dos. Pourtant, quand elle songe à ce qu'elle était sur le point de faire… Cet endroit, la façon dont il agit sur son esprit…

Dans le silence, on entend juste l'eau se déverser dans la machine par le tuyau spécial à extrémité recourbée. Larry est dans son bureau. Graham avec Mara. Elie fronce les sourcils, ferme le robinet d'eau, verse la lessive blanche mouchetée de bleu, juste ce qu'il faut. L'odeur est agréable, il se forme une mousse rougeâtre. Dehors, Fred nettoie la voiture. Demain. Dans son impatience, elle redresse les épaules – mais sent son estomac se nouer.

Lorsqu'elle était entrée dans la cuisine, un peu plus tôt, elle avait trouvé Fred et Larry en train de boire un café.

— … expédier l'affaire en vitesse…, disait Fred.

Il s'était interrompu en l'apercevant.

— … expédier l'affaire en vitesse. On peut dire que tu as un putain de vocabulaire, mon pote ! avait repris Fred, en faisant un clin d'œil à Cassie.

Elle remue les vêtements avec une pince en bois. La manche mouillée d'une chemise blanche remonte à la surface et se gonfle d'air. Elle appuie dessus pour chasser l'air, regarde l'enchevêtrement de vêtements et se fige. Expédier quelle affaire ? Et puis, quelle importance ? C'est sa dernière journée de lessive ici. La dernière matinée qu'elle passe dans cette cuisine. Elle jette un regard alentour. Les murs blancs, sur lesquels les tâches anciennes commencent déjà à réapparaître. Elle s'en veut terriblement de laisser tomber Larry. Et cette malheureuse Mara. Cassie songe à préparer un repas spécial, pour ce soir. Quelque chose qui leur fera plaisir à tous. Seuls elle et Graham sauront que c'est un dîner d'adieu. Elle s'appuie contre la machine qui vibre… Hmm, la sensation est agréable, contre son pubis…

Larry entre. Elle recule en rougissant. Elle ne va pas bien, ou quoi ? Il pose un nécessaire de voyage sur la table.

— Mara est dans tous ses états, dit-il. Elle ne va pas tarder à avoir une crise, et je viens de me rendre compte qu'il ne restait plus assez de médicaments. Il faut que je prenne la voiture pour aller chez Kip, et que je lui demande de m'amener à Perth en avion. Je laisse Fred s'occuper de la maison. Vous comprenez que dans ces conditions…

— Mais Graham est dans la remise !

— Ah bon ? Ne vous faites pas de souci. Elle est sous calmants. Je vais tout de suite le chercher. Je crains que cela ne nous oblige à reporter votre voyage.

— Oh non ! Vous aviez promis !

Il hausse les épaules, écarte les doigts dans un geste d'impuissance.

— Je suis désolé. Je ne vois pas comment faire autrement.

Elle s'assied trop brusquement, sur le bord de la chaise. Se fait mal et se frotte le derrière. Elle pourrait fondre en larmes.

— Graham va péter un câble. Et, pourquoi on ne viendrait pas avec vous ? J'aimerais tellement aller à Perth.

Larry secoue la tête.

— Fred peut veiller sur Mara, insiste Cassie.

— Fred doit repartir avant mon retour. Croyez-moi, je suis désolé. Quand je serai rentré – on arrangera ça à la prochaine visite de Fred. Un voyage à Perth, si c'est réellement ce que vous voulez. Une semaine entière, un bel hôtel, la totale.

Elle lève les yeux sur le nez rouge et enflé de Larry et sur les minuscules caillots de sang collés à sa moustache.

— À présent, il faut vraiment que j'y aille. Fred prendra soin de Mara pendant mon absence.

D'un geste de la tête, il désigne un flacon de comprimés, sur le buffet.

— Il sait ce qu'il faut faire.

Il s'interrompt.

— … Je vais sortir Graham de là et je vous le renvoie, d'accord ?

— Vous allez être absent combien de temps ? demande-t-elle d'un ton piteux.

— Deux ou trois jours.

— Mais si Fred part avant vous… Mara sera seule ?

— Il reste assez de médicaments pour tenir jusqu'à mon retour. Fred vous expliquera. Je suis navré, Cassie.

Et le voilà parti. Sans plus de façons.

Cassie s'effondre. Enfouit son visage dans ses mains et éclate en sanglots. Elle distingue la voix de Larry, puis celle de Graham. Elle se crispe, s'attendant à entendre le cri de Larry lorsque Graham lui enverra son poing dans la figure Elle se redresse, essuie ses larmes. Graham entre dans la cuisine. Il a la figure rouge, à cause de la chaleur, mais semble plutôt joyeux.

— Qu'est-ce qu'il y a ? demande-t-il.

— Tu n'es pas fou de rage ?

Il lève un doigt. La voix de Larry leur parvient, puis le claquement de la portière et le vrombissement de la voiture qui s'éloigne.

— Ce n'est plus qu'une question de jours, dit Graham. Et puis… Perth, c'est mieux ! On va pouvoir aller direct à l'aéroport et vroum… le premier vol pour l'Angleterre !

— Oui, j'imagine que c'est mieux comme ça.

Mais son enthousiasme l'a abandonnée, elle est comme un ballon dégonflé. Maintenant qu'ils ont pris la décision de partir, elle veut en finir le plus vite possible. Elle jette un coup d'œil à la machine à laver.

— Tu pourras m'aider à étendre tout ça dans deux minutes ?

— N'aie pas l'air si excédée !

Il lui masse les épaules.

— Mon Dieu, ce que tu es tendue.

Lui embrasse le front.

— Alors, Mara était comment ? demande-t-elle.

— Je meurs de soif. Il y a de la citronnade ?

— Plus sucrée, cette fois-ci. Ça m'a inquiétée, de te savoir là-dedans.

Graham s'arrête devant la porte du frigo.

— Pourquoi ça ? demande-t-il, lui tournant le dos.

Elle remarque que ses cheveux ont poussé, qu'ils lui arrivent désormais en dessous des épaules.

— Larry a dit qu'elle n'allait pas tarder à avoir une de ces crises. Je me demande comment il le sait ?

Graham prend le pichet de citronnade dans le frigo.

— Elle m'a paru…

Il s'en sert un verre.

— … Elle ne m'a pas semblé aller mal. Un peu engourdie, peut-être. Tu en veux ?

Elle hoche la tête.

— Tiens. Je vais aller peindre un peu. Ce que j'ai commencé hier, je…

Elle boit sa citronnade à petites gorgées. Peut-être un peu trop sucrée, cette fois-ci.

— Et la lessive ? dit-elle, mais il a déjà presque atteint le seuil. Oh, laisse tomber. Je n'ai rien d'autre à faire.

— Tu es sûre ?

Elle hoche la tête. Il sourit, lui adresse un salut de clown, et sort. La porte grillagée claque. La machine fuit. Une mare rougeâtre s'est formée sur le sol, l'eau s'étant mêlée à la poussière charriée par le vent la veille au soir. Graham a raison. Ce n'est plus qu'une question de jours. Et puis… Perth. L'aéroport. La maison. Patsy. Maman. Les amis. Le jardin. La petite Katie. Le chat. Sans doute les décorations de Noël sont-elles déjà en place ? Ça lui fait bizarre, de penser à ça. Elle se souvient du grand arbre, dans le centre-ville, du vent qui le faisait ployer, du cliquetis des guirlandes lumineuses et de leurs ampoules rouges, jaunes et vertes. Peut-être neige-t-il ? Cette idée lui paraît grotesque. Une chose si pure, si fraîche… Ils n'ont pas vu une seule goutte de pluie, depuis qu'ils sont ici.

La machine à laver s'arrête et, à l'aide de la pince en bois, Cassie extirpe les vêtements propres et gorgés d'eau pour les mettre dans le bac à essorer. Puis elle la remet en marche. Cette machine de malheur tressaute comme si elle était possédée du démon. Fred s'approche d'elle, par-derrière. Ce n'est que lorsqu'il lui tape sur l'épaule qu'elle s'aperçoit de sa présence.

— Eh ! s'exclame-t-elle en sursautant.

— Vous voulez que je la maintienne en place ? demande-t-il.

Il s'appuie sur la machine, jusqu'à ce qu'elle ne bouge plus.

— J'ai bien failli y laisser toutes mes dents ! dit-il, dans le silence soudain.

— Une citronnade, ça vous dit ? Je vais étendre le linge. Et après, faut que je fasse une deuxième fournée.

Il ramasse un sac en plastique, sur la table.

— Je vous ai apporté un cadeau, dit-il, d'un air presque timide.

Elle prend le sac. À l'intérieur, une corbeille à fruits. Taillée dans l'eucalyptus, irrégulière, ourlée et luisante comme une vague. Les nœuds brillent dans le bois massif.

— C'est magnifique, dit-elle.

Il rougit. *Fred* rougit !

— Vous l'avez trouvée où ?

— Je l'ai fabriquée.

— Vous l'avez fabriquée ?

Elle respire un grand coup pour éviter de fondre de nouveau en larmes. Il l'a faite exprès pour elle, parce qu'elle lui a dit qu'il manquait une corbeille à fruits.

Et elle l'a, sa corbeille ! Cassie la place au centre de la table et la remplit d'oranges et de citrons.

— Voilà, dit-elle. Je l'emporterai avec moi quand je partirai.

Et cela va se produire plus tôt que tu ne le crois. Elle l'imagine sur la table, chez elle. Le seul souvenir qu'il lui restera de... de tout ça. Elle n'a jamais fini de découper ses bouts de tissus pour la courtepointe, s'est contentée d'entretenir le potager. A laissé tomber l'idée d'un nouveau module, « Jardiner dans le bush australien ». Ils vont rentrer les mains vides, la queue entre les jambes, au bout d'à peine deux mois.

Excepté le fait que ça va peut-être enfin fonctionner, avec Graham. Et c'était ça, le but essentiel. Fred va lui manquer. Les autres sont trop bizarres – elle-même commence à se trouver un peu bizarre. Mais Fred a beau être un bluffeur et un misogyne de première, il n'en est pas moins réglo.

— Vous devez être déçue, dit-il. Pour le voyage.

— Ouais, bon, on peut attendre quelques jours.

Elle fourre dans la machine le linge de couleur. Toutes ses culottes, le drap rose, un tee-shirt taché de peinture. Elle les saupoudre de lessive. Des effluves lui montent au nez et la font éternuer

— J'aime assez faire la lessive, dit-elle. Virer toute cette crasse.

Elle attend que la machine ait démarré, puis fait volte-face.

— Fred ?

— Oui ?

Il sort du frigidaire du pain et du fromage. Une meule de fromage à pâte molle et fraîche, dont un quart a déjà été consommé. Il lui vient l'eau à la bouche, lorsqu'elle respire son odeur piquante.

— Vous en voulez ? demande Fred.

— Ouais, pourquoi pas ? Fred…, commence-t-elle. Ça va peut-être vous paraître complètement idiot…

Il tourne son regard vers elle. Ses sourcils hérissés lui donnent une apparence comique. Cassie baisse les yeux sur les orteils délicats de Fred.

— Je me demandais… si Mara… si elle n'avait pas… vous savez, puisqu'elle n'a pas toute sa tête… Je me demandais ce qu'elle avait fait pour que Larry ait besoin de la faire venir jusqu'ici. Enfin… se pourrait-il qu'elle ait… vous savez… fait quelque chose de violent ? Tué quelqu'un, par exemple.

Il enfonce la pointe du couteau dans le fromage. Jette un coup d'œil au tableau représentant sa femme et ses filles.

— Oh, mon Dieu, je suis désolée, dit-elle.

— Pardon ?

Il fronce les sourcils et suit son regard.

— Oh non, ne vous faites pas de mouron.

Il garde les yeux rivés sur le tableau pendant un long moment, secoue la tête, se tourne de nouveau vers elle avant de porter son attention sur le morceau de fromage qu'il tient dans sa paume.

— Mara – tuer quelqu'un ? Impossible. Elle ne ferait pas de mal à une mouche.

— Dans ce cas, pourquoi est-elle toujours sous calmants ? Pourquoi sont-ils ici ? Comme s'ils se cachaient. C'est l'endroit rêvé pour se cacher.

Il secoue la tête, engouffre le morceau de fromage, mâche, et avale. Il scrute le visage de Cassie, jusqu'à ce qu'elle commence à se sentir mal à l'aise.

— Laz est un drôle d'oiseau, dit-il enfin. Ou, pour dire les choses autrement, il est un peu siphonné…

Il sourit, laissant voir, sur sa langue, des petits bouts de fromage mouillés de salive.

— Vous savez ce qu'il dit. Sans lui, elle serait quelque part, dans une maison de dingues.

— Oui…, insiste Cassie. Mais pourquoi si elle est inoffensive ?

Fred fixe le plafond. Cassie fait de même. Rien à voir, là-haut. À part le ventilateur inutile. Le détecteur de fumée ou Dieu sait quoi. Le cimetière de mouches que constitue le luminaire en faïence blanche.

— Qu'est-ce qu'il y a ? demande-t-elle.

— Suivez mon conseil, dit-il sur un ton calme. Continuez comme prévu. Tout se passera bien, si vous ne le fichez pas en rogne.

— Mais Graham l'a déjà fichu en rogne !

— Ouais, bon.

— Mais pourquoi, Fred ?

Il secoue la tête.

— Vous me faites peur ! Qu'est-ce qui se passe ?

Il détourne les yeux, mais esquisse un sourire.

— Y a aucune raison d'avoir peur, dit-il. Faut que j'aille m'occuper de Mara.

Il se tourne vers les flacons, en extirpe deux capsules et des comprimés, qu'il fourre dans sa poche. Elle a envie de crier, tant sa frustration est grande. Ça fait trop de questions en même temps. Mieux vaut se calmer un peu. La machine à laver continue à tourner péniblement, elle enfonce le drap rose à l'aide de la pince en bois.

La soupe glacée de courgettes a un goût amer. Du point de vue de Graham, rien n'est plus contre nature qu'une soupe froide. Et comme la croûte du pain est dure comme du bois, il faut un bon moment pour parvenir à la mie. Au-dessus de la table, la lampe se balance au gré du vent, crachote, et répand une odeur de pétrole.

— Hé, Graham ! s'exclame Fred, la bouche pleine. Qu'est-ce que vous diriez d'une petite balade ? Y a des peintures rupestres aborigènes, à deux heures de route, au nord. On pourrait aller y jeter un coup d'œil, si ça vous dit ?

Graham regarde Cassie, qui donne de violents tours de moulin à poivre sur sa soupe. Ce serait fabuleux, de prendre un peu le large. Aller ailleurs, voir des choses différentes. Faudrait qu'il voie les trucs des autochtones, tant qu'il est ici. Peut-être qu'il pourra s'arrêter dans un pub, boire une bière. Il salive à la pensée d'un bon demi. Le rêve !

— Non, je peux pas, répond Graham.

Cassie lève les yeux. Son visage est plongé dans l'ombre.

— Larry n'aura aucun moyen de le savoir, j'imagine.

C'est à Fred qu'elle s'adresse, et non à Graham.

— Parfaitement, mon petit. On met les voiles à l'aube, on sera de retour avant la tombée du jour. Je vois pas où est le mal, hein ?

— Dans ce cas…, dit Graham, impassible, en reprenant une cuillerée de l'horrible soupe.

Le linge, que personne ne s'est donné le mal de rentrer, se balance dans l'obscurité, tel un groupe de danseurs fantômes.

Fred s'extirpe de son siège, laissant échapper un pet.

— Désolé, mon petit. Je reviens tout de suite.

Il descend les marches de la véranda, un pet accompagnant chacun de ses pas.

— Ça veut sûrement dire qu'il apprécie le dîner. Cassie ?

— Ce n'est pas terrible, hein ? dit-elle. Je ne sais pas ce qui m'arrive.

— Ce n'est pas si mal.

Il pose sa cuillère, écrase une croûte de pain entre ses doigts.

— Alors, tu en penses quoi ?

— C'est la dernière fois que je cuisine des courgettes.

— Non, pas de ça. De la proposition de Fred, d'aller faire un tour avec lui. Tu en penses quoi ?

Long silence. Rompu par le gloussement lointain d'un kookaburra, un martin-chasseur géant.

— Tu as entendu ?

Elle sourit avec mélancolie. Il a envie de l'embrasser.

— Je pense que ça te ferait du bien, dit-elle. Et que tu es un putain de veinard !

Il sent son cœur bondir dans sa poitrine.

— Tu pourrais peut-être venir aussi ?

— Je ne sais pas, dit-elle en se mordillant le doigt. Tu crois ? Si on donnait à Mara de quoi dormir toute la journée ?

Elle plisse le nez.

— Non, ce ne serait pas bien de la laisser seule, poursuit-elle. Et si quelqu'un venait ?

— Qui ça ? Les témoins de Jéhovah ?

— Ouais.

Elle passe le doigt dans une éclaboussure de soupe sur la table, et trace une ligne sinueuse.

— C'est marrant. J'adorerais voir débarquer des témoins de Jéhovah. Ou un de ces VRP qui vendent du double-vitrage. N'importe qui.

Le kookaburra s'est rapproché, avec son gloussement frénétique. Le ciel est comme pris d'hystérie.

— Tu imagines… la camionnette du marchand de glaces ? dit-elle.

— Hein ?

— Oh, rien.

Elle se lève.

— Je vais chercher du fromage, d'accord ? Elle est immangeable, cette soupe.

Elle se tient derrière lui, frôle sa tête d'un baiser.

— Je trouve que tu devrais quand même y aller, ajoute-t-elle.

Il a l'impression qu'une porte s'ouvre dans son esprit. Préfère ne pas parler.

— Sauf si tu as peur que ça te coupe l'inspiration, poursuit-elle. Maintenant que tu t'es remis à peindre ?

— Non, dit-il précipitamment. Tu es vraiment sûre, Cass ? demande-t-il en lui prenant la main. Je ne partirais pas, si Larry était là.

Elle retire sa main et se met à empiler les assiettes.

— Qu'est-ce que tu veux dire par là ?

Il se ressert un verre de vin.

— Pourquoi tu ne partirais pas ? Tu ne me fais pas confiance ou quoi ?

— Bien sûr que si.

— Tu insinuais quoi, alors ?

— En bien… Visiblement, tu lui fais beaucoup d'effet.

— Tu rigoles ? De toute façon, il faut être deux, tu sais.

Il se lève, fait volte-face et la serre contre lui. Enfouit le visage dans ses cheveux. Elle sent la cuisine. Il aperçoit, par-dessus l'épaule de Cassie, le balancement lugubre du linge.

— Je ne devrais pas y aller.

— Bien sûr que si. Ne t'inquiète pas pour moi. Ça ne vous prendra que quelques heures, pas vrai ? Fred me dira quoi donner à Mara, et quand. Tu appelleras Patsy pour moi ? Juste pour t'assurer que tout va bien. Dis-lui qu'on rentre à la maison. Tu ferais ça, dis ?

Elle se libère de son étreinte.

— Évidemment que je le ferai.

Elle sourit.

— Pour être tout à fait sincère, je ne suis pas mécontente d'avoir une journée à moi. Et… je vais te faire une liste. Au cas où tu irais dans un magasin. Un sacré veinard, voilà ce que tu es !

23

Cassie se retourne dans le lit, tend le bras vers Graham… Ou du moins, là où il était encore aux premières lueurs de l'aube, lorsque Fred avait donné de grands coups sur la porte. Avant de se lever, Graham l'avait serrée tout contre lui en pressant sur sa hanche son membre raidi. À moitié endormie, elle avait souri et, faisant glisser ses mains, les avait posées sur les fesses de Graham. Mais il avait murmuré :

— À ce soir.

Le matelas s'était détendu. Elle avait écouté Graham relever la fermeture Éclair de son jean, la porte s'ouvrir et se refermer. Elle s'était de nouveau assoupie et avait aussitôt replongé dans un rêve. Elle n'avait même pas entendu démarrer le 4 × 4. De quoi avait-elle rêvé ? Elle se creuse la tête pour tenter de s'en souvenir. Il y a de l'eau, elle nage, c'est beau, on dirait la gorge bleue et profonde où ils se sont baignés, le rouge des falaises tranche sur le bleu du ciel. Toute cette fraîcheur. C'est décidé : aujourd'hui, elle se lave les cheveux.

Elle roule sur le dos et étire les jambes et les bras vers les quatre coins du lit, jusqu'à faire craquer ses épaules. Elle sourit. Tout va bien se passer avec Graham. Elle le sent de façon viscérale. Il est si adorable avec elle. Et si ça se passait mal… non, il ne faut pas penser à ça. À la même date, dans un an, peut-être auront-ils un bébé. Elle pose une main sur son ventre – à l'endroit où elle situe l'utérus – et ressent un pincement au cœur.

L'atmosphère est différente aujourd'hui. C'est un jour de vacances. Pas d'obligations. Pas d'hommes dans la maison. Elle n'a à cuisiner pour personne. Mara elle-même n'a besoin de rien, hormis ses médicaments et sa boisson énergétique lyophilisée. La veille au soir, Fred a montré à Cassie comment écraser les comprimés et les mélanger à la boisson – sans cette opération, Mara risquerait de s'étouffer, les muscles de sa gorge étant parfois trop relâchés pour qu'elle parvienne à avaler.

Sur la table de la cuisine, deux tasses de café froid, à moitié pleines. Et, dans une soucoupe, les mégots écrasés de deux cigarettes roulées. Comment peuvent-ils fumer, comme ça, au saut du lit ?

Elle lave les tasses et, encore empêtrée dans son rêve, en laisse tomber une sur la rangée de flacons de médicaments. Ils roulent sur le plan de travail et se répandent par terre. S'agenouillant pour les ramasser, elle constate que le sol est poussiéreux et couvert de poils de chien, bien qu'elle passe chaque jour un coup de balai. La poussière mélangée à l'eau de la machine à laver a séché en dessinant sur le sol des tourbillons, des continents, des empreintes de pas. Ce n'est pas mal, artistiquement parlant. Mais partout, cette poussière rouge et collante… sur les fenêtres, sur le sol, dans ses cheveux. Elle se sent gagnée par le découragement. Mais non. Il faut qu'elle garde sa bonne humeur ! Toute une journée rien que pour elle. Ne pas avoir à discuter, ne rien avoir à faire pour personne.

Soudain, sa solitude lui fait l'effet d'un puits sans fond.

— Lamentable ! dit-elle. Tu me fais pitié, Cassandra !

Yella dresse la tête et lui adresse un petit cri plaintif. Elle le gratte entre les oreilles. D'avoir ainsi prononcé son prénom à voix haute dans la cuisine déserte lui a donné le frisson. Pourquoi a-t-elle dit « Cassandra », et non Cassie ? Plus personne ne l'appelle ainsi. Même Larry y a renoncé. C'est cette façon qu'ils avaient de prononcer son nom, à l'école. *Cassandra*. Une vraie malédiction ! À cause de ça, elle se sentait tellement seule. Cassandra et Patricia. Elles n'étaient pas dans la même classe, ni dans le même dortoir. Comme si leur gémellité était une vilaine habitude dont il fallait les guérir. Elle sent qu'elle s'englue dans sa vieille amertume et se ressaisit. Pas question de se gâcher cette journée.

Elle met la bouilloire sur le feu, verse des croquettes dans l'écuelle de Yella, sur la véranda, va nourrir les poules. Elles détalent en gloussant, les idiotes. Le cou et le croupion de deux d'entre elles ont été becquetés jusqu'au sang. Un coq se pavane, tel un sergent-major, arborant une étincelante culotte de plumes. Cassie s'assure que les poules les plus faibles aient leur ration de grains, ce qui n'est pas simple : chaque fois qu'elle en lance une poignée, le coq et les poules dominantes les bousculent et les frappent à coups de bec. Elle ne trouve que deux œufs dans les caisses, tièdes et couverts de déjections. Trop chaud pour que la ponte soit bonne.

Cassie remarque des créatures translucides qui se tor tillent dans l'eau de leur abreuvoir – elles semblent faites d'eau, seule une fine membrane les sépare du liquide dans lequel elles s'agitent. Elle remplace l'eau. Ça ne peut pas être bon pour les poules, d'avaler ces bestioles. Ou peut-être que si. C'est peut-être des protéines. Qui sait ?

Elle mixe la boisson de Mara – saveur fraise. Prépare les comprimés. Deux bleus, un blanc, un jaune, c'était bien ça ? Les flacons sont mélangés. Fred les avait séparés. Les cinq pour le matin. Les six autres pour le soir. Elle sort les comprimés du flacon. Les trouve plus turquoise que bleus. *C'est bon, Cassie, cesse de couper les cheveux en quatre !* Elle ouvre les capsules, réduit les comprimés en une poudre qu'elle mélange à l'écœurante boisson rose.

— Ça me paraît immoral de droguer quelqu'un de cette manière, avait-elle dit à Fred.

Il n'avait pas protesté. S'était contenté de hausser les épaules et de répondre, dans un soupir :

— C'est comme ça, mon petit.

Elle pousse la porte.

— Mara ! lance-t-elle avec nervosité en passant la tête dans la pièce sombre.

L'odeur de renfermé a laquelle se mêlent de douceâtres effluves corporels – est insupportable. Cassie n'y a pas mis les pieds depuis le premier jour. Ses narines palpitent en signe de protestation. Allongée sur les coussins, Mara dort profondément. Son souffle est rauque, presque un ronflement. Comment peut-on respirer dans une telle atmosphère ?

— Mara ?

Mara émet un grognement. Cassie s'agenouille. Dans ses mains, la tasse de boisson énergétique, un verre d'eau et un gant de toilette mouillé pour que Mara puisse s'essuyer le visage et les mains.

— Bonjour, dit-elle.

La porte s'ouvre toute grande, poussée du museau par Yella. Mara grimace, la lumière lui brûle le visage.

— Je croyais que c'était Fred, croasse-t-elle.

— Fred et Graham ont pris la voiture pour aller se balader.

— Se balader ? demande-t-elle en plissant les yeux. Ce n'est pas possible. Larry est parti, non ?

Son visage se crispe, elle glisse les mains entre ses cuisses.

— Oh, faut que je fasse pipi.

— OK. C'est juste une petite balade. Ils seront de retour avant la nuit.

Mara se lève avec difficulté.

— Il a dit qu'il reviendrait me voir.

— Qui ça ?

Mara vacille.

— Ce n'est pas possible, qu'ils soient tous partis.

— Moi, je suis là. Laissez-moi vous aider.

Retenant son souffle, Cassie prend le bras de Mara et la soutient, pendant qu'elle s'assied sur un seau en plastique. Elle s'efforce de ne pas écouter le lourd crépitement de l'urine frappant le fond du seau. Elle le sort, vide son contenu jaune et mousseux dans la rigole. Retourne dans la pièce et attend que Mara finisse sa boisson énergétique. Comme ça ne lui semble pas bien de rester ainsi penchée sur elle, elle s'installe à côté d'elle, sur les coussins.

Mara fait la grimace.

— C'est dégueulasse. Il n'y en a plus au chocolat ?

— Je regarderai.

— Il croit que je suis de nouveau malade ?

— Je ne sais pas, répond Cassie, mal à l'aise.

Quel dommage, de maintenir Mara sous calmants, alors qu'elles ne sont que toutes les deux. Ça ferait peut-être du bien à Mara de parler. Et Larry serait content. Elle envisage de lui retirer la tasse. Mais si Mara était véritablement dangereuse, si elle avait une de ses « crises » ? Comment Cassie devrait-elle réagir ? Mara n'a pas l'air violente – mais à quoi reconnaît-on les gens violents ? Les énormes seins, au-dessus des cuisses massives. Graham a peint cette peau, s'est approché de ces mamelons, de ce… *Assez ! Ça suffit !*

Mara vide sa tasse et la lui tend. S'essuie la bouche du revers de la main.

— Il va rentrer quand, Fred ?

On croirait entendre un enfant. *Maman, c'est quand qu'on arrive ?*

— Bientôt.

Soudain, Cassie suffoque. C'en est trop. Ils vont partir. Ce n'est pas son problème.

— Faut que j'y retourne, dit-elle, dégoûtée par le visage barbouillé et poisseux de Mara, et par l'odeur d'encens refroidi, de noix de coco et de linge sale.

Dans la cuisine, elle balance à la poubelle les bandes de papier tue-mouche parsemées de cadavres, certains encore brillants – une mouche engluée s'y débat faiblement. Elle essuie la table, balaie le sol, se fait du thé, découpe une tranche dans une miche de pain rassis, et prend un morceau de fromage. Tout est si calme. Pas plus calme que d'habitude, pourtant. Simplement, elle sait avec certitude que nul ne viendra aujourd'hui.

Rien ne pourrait l'empêcher d'explorer un peu la maison. Pour la première fois elle franchit ce seuil et se retrouve dans le couloir sombre et haut de plafond. À l'exception de la porte d'entrée et du placard, toutes les portes sont fermées. Drôlement méfiant, ce Larry. L'adjectif lui va comme un gant. Quels autres qualificatifs pour le décrire, se demande-t-elle en saisissant la poignée de porte en porcelaine de la première chambre, et en poussant de toutes ses forces. Mielleux. Soigné de sa personne. Mystérieux. Impénétrable. Sacrément bizarre. Attentionné… Attentionné ? Oui. Tout au moins à l'égard de Mara. Compréhensif. Son attitude si correcte, après que Graham l'a frappé. Au point de leur suggérer de prendre des vacances. À quelqu'un de gentil, on pardonne presque tout.

Elle retourne à la cuisine. Que faire ? Si seulement il y avait un téléphone ou un ordinateur. Elle meurt d'envie de parler à Patsy. Elle pourrait lui écrire une autre carte postale, mais à quoi bon, puisqu'ils s'en vont. Pas de courrier après tout ce temps – près de deux mois. Quelque part en Australie doit se trouver un tas de lettres qui leur est destiné. N'importe quoi a pu se produire, là-bas, dans la vraie vie. Il y a sûrement un truc qui cloche ; l'adresse n'est peut-être pas la bonne ? À moins que Larry ne revienne avec, toutes les lettres arriveront après leur départ. Parce que Patsy a forcément écrit. Elle ne peut pas ne pas l'avoir fait. Cassie ramasse un livre, sans parvenir à se concentrer sur les mots. Elle n'a envie de rien. Elle jette le thé qu'elle n'a pas touché, et se fait un café. Grignote un autre morceau de fromage.

Autant faire un bon nettoyage. Elle va chercher de la Javel dans le placard, au-dessous de l'évier. À l'intérieur règne une pagaille sans nom : des objets sont entassés les uns sur les autres, au milieu des emballages vides de produits ménagers. Elle va remettre de l'ordre dans tout ça. Au moins, elle aura fait quelque chose d'utile. Elle aime bien ranger. Elle s'agenouille et vide le placard de son contenu : de l'insecticide ; une brosse à récurer infestée d'œufs d'araignée, des torchons crasseux, du Miror, une boîte métallique qu'elle ne parvient pas à atteindre. Elle plonge le bras dans les profondeurs du placard et la boîte tombe dans l'espace entre l'étagère et le mur. Elle retire sa main, contrariée et en nage. Tant pis, ça restera là. Mais elle fronce les sourcils, quelque chose la titille… le bruit. En tombant, la boîte a fait un drôle de bruit. Un cliquètement semblable à celui de pièces de monnaie. Elle est tombée *sur* quelque chose. Larry planquerait-il de l'argent ? Elle a peut-être découvert son secret : une réserve de pièces d'or !

Ah, Ah, Ah ! Toujours est-il qu'elle se sent bêtement excitée en vidant le placard. Un tas de cochonneries dégoûtantes et poisseuses. Bizarre que Larry, si soigné, puisse tolérer une telle saleté autour de lui. Du moment qu'il n'a pas à y toucher. Du moment qu'il a ses serviettes de table, ses chemises blanches, son linge de toilette immaculé. Elle s'accroupit, retire quelque chose de ses cheveux – une toile d'araignée soyeuse. Elle respire un grand coup, se penche, tend le bras, réussit à écarter la boîte. Introduisant un genou dans le placard, elle étire un peu plus le bras et retient son souffle jusqu'à ce que ses doigts touchent et parviennent à saisir la boîte. À l'intérieur, ce n'est pas de l'argent mais un trousseau de clés.

Ils ont parcouru des kilomètres, et tout est toujours pareil. Au moins, il fait frais, grâce au bruyant système de climatisation. Difficile de croire qu'il puisse faire aussi chaud dehors – bien que la route, devant et derrière eux, semble se dissoudre dans les brumes de chaleur. L'autoroute est presque déserte. De temps à autre, un monstrueux train routier passe en trombe. Quatre ou cinq véhicules, des cabines immenses et luxueuses. L'acier chromé étincelle, les pots d'échappement crachent de la fumée. Il ne voit pas les conducteurs, juste la lumière du soleil se reflétant sur les pare-brise.

Fred conduit prudemment. Se laisse dépasser par tous ceux qui en ont envie. Il ne parle pas beaucoup, glisse dans l'autoradio des cassettes de musique country, et Graham finit par en avoir par-dessus la tête des histoires de prison, de mobile homes et d'amours malheureuses.

— Pauvre bestiole ! dit Fred, désignant d'un geste de la tête une carcasse de kangourou.

Ce doit être la centième, aujourd'hui. Cette fois-ci, c'est un bébé, dont les pattes remontent jusqu'à la poitrine.

— Ils suivent leur maman et n'arrivent jamais de l'autre côté de la route, dit-il. Tu nous en roules une, mon pote ?

Graham prépare deux cigarettes, boit une gorgée d'eau. Ils passent sur un nid-de-poule. Graham a un haut-le-cœur. Il pense à Cassie et Mara seules là-bas. Mara dort probablement. Et, de toute façon, elle ne dira rien. Elle le lui a promis, et il lui fait confiance. Il a mauvaise conscience d'avoir abandonné ainsi Cassie. Mais ce que ça fait du bien de prendre le large ! Comme si on l'avait délesté d'un sac à dos de trois tonnes. Baissant les yeux, il regarde son poing meurtri et sourit.

— Comment tu peux supporter Larry ? demande-t-il.

Fred ne répond pas. Fait celui qui n'a pas entendu. Graham se tourne vers la vitre. Le paysage commence enfin à varier un peu. Aux sempiternelles broussailles d'un paysage aride succèdent des arbres de plus haute taille, aux branches tortueuses. Un pont enjambe une rivière presque asséchée. Un filet d'eau rouge serpente dans la boue craquelée de son lit. D'immenses végétaux dressent çà et là leurs longues tiges vertes. Les mises en garde, à un mètre cinquante au-dessus de la route – *Attention ! L'eau peut atteindre ce niveau !* – paraissent absurdes.

— Incroyable, non ? dit Fred. Y a plus de route praticable, ici, quand arrive la saison des pluies.

Il désigne une pancarte indiquant « Wagammara, 16 km ».

— Ça vous dirait, de faire un tour en ville ?

— En ville ? Mais je croyais…

Une ville, songe-t-il. *Un pub. Un demi.*

— Ouais, bien sûr. Si on a le temps.

— On a tout le temps, mon pote.

Graham consulte sa montre. Pas encore midi. Oui, ils ont tout le temps. Ils ont promis à Cassie d'être de retour avant la nuit.

Fred tourne à gauche. Au bout de deux cents mètres, la route devient une piste de terre. De part et d'autre, des buissons épineux. L'herbe paraît souple et soyeuse, mais Graham sait que ses brins sont aussi coupants que des lames. Il doit y avoir un point d'eau pas très loin, vu la soudaine explosion de verdure. Ses yeux desséchés s'en repaissent. Un émeu – ou une autruche ? en tout cas, une énorme bête – se fige entre deux buissons, son œil rond jetant un éclair.

— Elle est grande, cette ville ?

Graham a l'impression qu'ils s'éloignent du monde civilisé, plutôt que de s'en approcher. Pas de véhicules en dehors du leur. La route est si cahoteuse qu'on dirait qu'elle a été sabotée.

Fred éclate de rire.

— Tu verras bien, mon pote.

Il met une autre cassette. Graham grince des dents en entendant vibrer les cordes du banjo et de la guitare hawaïenne. Ce type a vraiment mauvais goût, pour ce qui est de la musique. Mais bon... La perspective de s'envoyer un ou deux demis. Et il a promis d'appeler Patsy s'ils passaient près d'une cabine. Soudain, il se rend compte qu'il n'a pas d'argent.

— Tu ne vas pas le croire, dit-il en tapotant les poches de son jean. Je n'ai pas de fric ! Tu crois ça ? J'ai oublié mon putain de blé !

— T'inquiète pas, mon pote, dit Fred en souriant.

— Je te rembourserai.

— Pas de problème.

Fred arrête le 4 × 4. Sort la cassette. Les yeux plissés, il regarde devant lui. Près d'eux gît une voiture abandonnée, une portière grande ouverte, les phares défoncés. Au-delà du pare-brise, une succession de collines rouges, qu'égayent le vert et le blanc de jeunes eucalyptus.

— Qu'est-ce qui se passe ? demande Graham.

— Regarde ! dit Fred en désignant un poteau indicateur.

— Et alors ?

— Va voir.

Graham ouvre la portière. La chaleur s'abat sur lui comme une chape de plomb. La chaleur. Le silence. Un silence total. Total ? Oui, pas même un cri d'oiseau. Il se dirige vers le poteau indicateur, la surface desséchée de la route crissant sous ses pas. « 2e Avenue », peut-on lire sur la pancarte. Il fronce les sourcils, jette un coup d'œil à la ronde. Et, au bout de quelques instants, comprend.

D'autres voitures abandonnées, une grille cadenassée fixée à des montants – mais il n'y a pas de clôture et la grille ne donne sur rien. Çà et là des pierres qui pourraient provenir de trottoirs. Des arbres et des arbustes qui semblent avoir été plantés. Une cheminée renversée.

Il retourne au 4 × 4.

— C'est ici, Wagammara ? demande-t-il, la gorge nouée par la soif, espérant que c'est une blague.

— Ouais.

— Mais… Qu'est-ce qui est arrivé ?

— L'amiante, mon pote. C'est une ville minière. L'amiante. Regarde en bas !

Graham baisse les yeux vers la route, voit la poussière fine et luisante.

— Ils en ont recouvert les routes. Des déblais de la mine. Jusqu'au jour où ils ont compris que c'était une fibre meurtrière. Les cons ! La mine a fermé. Plus de mine, plus de ville. C'était l'agglomération la plus importante dans un rayon de mille kilomètres.

— Mais que sont devenues les maisons ?

— Ils les ont emportées, les ont reconstruites ailleurs. Ils ont tout récupéré.

Graham remonte dans la voiture, redoutant la poussière empoisonnée qui brille à perte de vue.

— Alors… Pas de ville, pas de pub ?

— Je n'ai jamais dit qu'il y avait un pub, pas vrai ? Mon pote Ziggy habite dans le coin.

— Il y a des gens qui vivent ici ?

Graham jette un coup d'œil au-dehors. Le poteau qui indique la 2e Avenue. La voiture et sa portière qui pend. La grille qui ne mène nulle part.

Fred prend une route qui descend. Elle est accidentée et jonchée de pierres au point qu'on se croirait dans le lit asséché d'une rivière. La poussière forme un nuage derrière eux. Ils s'enfoncent dans un tunnel d'arbres, avant de déboucher dans une clairière. On dirait un parking abandonné, où traîne l'épave d'un vieux bus. Derrière se trouve un lac d'un bleu profond, à la surface ondulée. Des gommiers semblables à des saules, des ombres mouchetées et, sur l'eau, se découpant en ombres chinoises, ce qui semble être un couple de cygnes noirs.

Graham boit tout cela du regard.

— Je piquerais bien une tête, dit-il en songeant à Cassie, qui ne cesse de parler de son désir de nager. Elle ne voudrait certainement pas qu'il s'en prive.

— Vas-y.

— Alors il vit où, ton pote ?

De son pouce tronqué, Fred désigne le bus.

— *Chez Ziggy*, dit-il en rejetant la tête en arrière. On ferait bien d'aller le saluer.

Le claquement des portières résonne sur l'eau et contre le bleu luisant des falaises. Les ondes sonores, dans l'air immobile, sont palpables. Les pneus du bus semblent avoir fondu, le châssis penche et touche presque terre. Il est peint dans des tons criards de rouge et de jaune. Tout autour, le sol est jonché de détritus. À l'avant du véhicule, on peut lire PERTH.

Fred frappe à grands coups sur le flanc du bus.

Pas de réponse. Graham se retourne vers l'eau. Bleue. Le bleu d'un œil indéchiffrable.

— Vous pouvez aller piquer une tête, dit Fred.

Il parcourt le sol accidenté et atteint un rocher en forme de tortue, sous un arbre. Il pisse contre l'arbre, s'assied dans son ombre et roule une cigarette. Graham regarde l'eau. Pourquoi est-elle couverte d'onde, alors qu'il n'y a pas de vent ? Il franchit quelques mètres, se déshabille à la va-vite, lève les bras et plonge. Il en émerge bientôt, le souffle coupé. Chaude en surface, l'eau devient rapidement glaciale et, au-dessous de lui, paraît noire comme de l'encre. Quelle est sa profondeur ? Le choc le requinque et, au bout de quelques instants, la sensation est délicieuse. Son corps immergé, le ciel blanc et les cygnes qui sont effectivement noirs – il préfère garder ses distances… La falaise, ondulée et d'un bleu brillant n'est pas une falaise naturelle, mais le flanc, découpé en gradins, d'une carrière. Il parcourt plusieurs fois le lac, dans un crawl rapide, avant de se hisser hors de l'eau. Puis s'étire, exposant son corps aux rayons du soleil, et remet son slip.

Jetant un coup d'œil autour de lui, il aperçoit Fred, à côté du bus. La portière est ouverte et un type aux cheveux jaunasses se tient sur le marchepied. Les deux hommes l'observent. Il leur fait signe et ils lui répondent. Graham se glisse dans son jean, enfile ses sandales. L'eau coule de sa chevelure sur son visage et son cou.

— Ravi de vous rencontrer, Graham.

Ziggy dit cela sur un ton distingué, très anglais. Il a la peau couleur café, un ventre proéminent, des jambes maigrichonnes. Sa tignasse et sa barbe sont d'un blond jaune, ses yeux, pâles comme la rosée. Les poils frisent entre les mailles crasseuses de son tricot de corps en résille et autour de son slip kangourou. Il tend à Graham une main immense et calleuse.

— Ouais, dit Graham.

— J'ai cru comprendre que vous étiez également artiste ?

— Oui, si on veut. Vous aussi ?

Le rire saccadé et haut perché de Ziggy le prend au dépourvu. Il lui manque une dent sur deux.

— Vous n'avez rien remarqué ?

— Ouvre tes putains d'yeux, mon pote ! s'exclame Fred en secouant la tête.

Les deux hommes éclatent de rire.

Graham rougit. Il se retourne vers le lac et voit enfin. Le rocher en forme de tortue a été sculpté. Il revient sur ses pas, pour regarder la carapace de plus près. Elle est couverte de motifs compliqués, vaguement aborigènes : des spirales, de minuscules représentations d'animaux et d'hommes-brindilles. Puis Graham remarque une souche d'arbre qui représente un corps de femme. Avec sa silhouette replète, son gros ventre, la fente ouverte entre ses jambes, elle évoque un symbole de fertilité. Et lui rappelle horriblement Mara. Il détourne les yeux, les posant de nouveau sur le couple de cygnes. Ils n'ont toujours pas bougé. Travaillés dans un matériau sombre, ils gardent la place qui leur a été assignée. L'eau, en clapotant autour d'eux, suffit à produire une impression de mouvement. Comment a-t-il pu ne pas s'en rendre compte ?

Il revient vers eux, confondu mais souriant.

— Plus on regarde, plus on voit, dit Ziggy.

— Vous m'avez bien eu, avec ces cygnes. Comment est-ce que…

— Ha, Ha ! Entrez donc ! Un petit café ?

Ziggy grimpe les marches et les invite à le suivre. En s'exécutant, Graham remarque sur son slip une quantité de taches douteuses dignes du Livre des Records. Il aimerait voir la tête de Cassie ! À l'intérieur du bus règnent une puanteur et un désordre incroyable. Un sac de couchage pourri, sur un lit constitué de plusieurs sièges de bus ; un petit passage menant à une table ; un amas d'objets hétéroclites, bons pour la décharge, parfois associés de façon insolite : des bouteilles, des têtes de poupée, des piles de magazines, une balle de tennis coupée en deux, dont émerge une main de poupée, un crâne animal – de kangourou ? – peint en rose, un portemanteau orné de capsules et de plumes.

— Tu m'as apporté des choses ? demande Ziggy.

Il pose la bouilloire sur un minuscule réchaud Calor.

Fred sort. Graham regarde par la vitre, mais elle est recouverte d'une épaisse poussière d'un blanc bleuté. Il aperçoit un vieux modèle de téléphone avec une natte blonde sortant du combiné.

— C'est très…, bafouille-t-il, se sentant obligé de dire quelque chose. Très… ingénieux.

Ziggy ricane. Essuie une tasse à l'aide d'un bout de chiffon crasseux.

— J'espère que vous l'aimez bien noir.

— Ouais... À vrai dire, je crois que je ne vais pas prendre de café.

Ziggy hausse les épaules et éteint le gaz.

— Un petit pétard, alors ?

Il s'assied à sa table – dont le plateau consiste en une portière de voiture – et se met à rouler un énorme joint d'herbe pure.

— Ouais.

Fumer de l'herbe est bien la dernière chose dont Graham ait envie. *Pourquoi tu ne dis pas non, dans ce cas*, dirait Cassie.

— Vous allez où ? demande Ziggy.

— Vers le nord, voir des peintures rupestres indigènes, dit-il, hésitant à prononcer le mot « aborigène » devant Ziggy.

— Parce qu'ici, c'est pas assez indigène à votre goût ?

— Je voulais dire...

Fred entre d'un pas lourd, un carton sous le bras.

— T'es pas déjà en train de le baratiner, mon pote ? Méfiez-vous de lui, Graham. C'est le roi des baratineurs.

Ziggy hausse les épaules de façon théâtrale et tend le joint à Graham.

— Après vous, dit-il en se frottant les mains. Voyons ce que nous avons là.

Il sort du thon et des haricots en conserve, des briques de jus d'orange eı de jus de tomate longue conservation, de la vodka, de la sauce Worcestershire.

— Ah ! De quoi faire du bloody mary ! À toi l'honneur, mon vieux.

Graham éclate de rire. Il reste d'autres objets dans le carton – des bouteilles et... le cadre du miroir cassé de Cassie. Il allume le joint et tire une bouffée.

Fred voit son regard rivé sur l'ovale noir décoré de petites fleurs aux couleurs passées.

— Ouais, dit-il, le regard fuyant. Je me suis dit que ça pourrait servir à Ziggy.

— Mais c'est à Cassie, mec.

— Allez, elle ne nous en voudra pas, hein ?

Si, devrait-il dire. *Elle nous en voudra*. Mais il ne dit rien. Garde la fumée en bouche.

— Vous vivez de quoi, dans ce trou paumé ? demande Graham en exhalant.

— Il y a des amis qui passent. Des amis généreux. Et je vends mes trucs. Mon « art ».

— Ouais ?

Quand Ziggy sourit, sa bouche édentée lui donne l'air d'un lampion-citrouille de Halloween.

— Non, pas ça. Je fais des machins aborigènes. Destinés aux touristes.

Il passe la main sous la table, sort un coffret.

— Prenez quelque chose pour votre copine, si ça vous dit.

Fred se frotte les doigts en regardant le joint. Graham tire une autre bouffée et le fait passer. La tête lui tourne lorsqu'il s'accroupit près du coffret. À l'intérieur, des galets peints et des morceaux de bois grossièrement taillés en forme de toucans, de perroquets ou de crocodiles. Il choisit une pierre ornée d'une spirale labyrinthique ocre, jaune et blanc, qui le fait presque loucher lorsqu'il s'efforce d'en saisir le motif.

— C'est quoi ? demande-t-il. Je veux dire… c'est un genre de symbole ou…

— Symbole mon cul ! s'esclaffe Ziggy. C'est de la camelote pour touristes. Plutôt de bonne qualité, d'ailleurs, si je peux me permettre. Ça peut à la rigueur être considéré comme de l'art aborigène.

— Ah ouais ?

Ziggy paraît tanguer, dans la fumée.

— Disons que c'est plus inspiré par le quotidien, que par la symbolique.

Il dit cela sur un ton d'autodérision, en agitant la tête.

— C'est quoi ?

— C'est le bus.

Graham scrute le motif quelques instants, sans arriver à en distinguer les détails. Puis il y parvient. Les points minuscules dessinent quatre roues, comme si le bus était passé sous un rouleau compresseur. Chaque roue est une spirale, ainsi que le volant.

— Merci, dit-il en le fourrant dans la poche de son jean. Ça va lui plaire.

— Mais j'en ai une autre ici, si ça vous intéresse. Un article authentique ! Regardez ça !

Il va farfouiller dans son coffret, sur le marchepied du bus et, parmi les enveloppes et les pelures de fruits, trouve un caillou qu'il tend à Graham. Il n'est pas peint, mais on dirait qu'un atlas a été gravé dessus. Des crêtes bleues, blanches, grises, et toutes les nuances de rouge et de rouille.

Graham presse son pouce sur les reliefs.

— C'est naturel, dit Ziggy. Étonnant, non ? Je suis sûr que vous appréciez ce qui est naturel, non ?

Graham garde les yeux rivés sur le caillou. Il aime le sentir dans sa main.

— Merci.

Il referme le poing. La pensée de Cassie lui serre le cœur.

— Il nous reste combien de temps ? demande-t-il à Fred.

— Le temps que vous voulez. Si vous avez vu suffisamment d'art comme ça, dit-il en lançant un sourire à Ziggy, on peut rester traîner ici, à la place, hein ?

— Ne vous pressez pas, dit Ziggy. Puisque vous êtes là. Il faut que vous restiez déjeuner.

Graham jette un coup d'œil à sa montre. Pas encore midi. Incroyable. Eh bien, le temps lui joue des tours. Il se détend.

— Pourquoi pas ? Merci.

On lui tend de nouveau le joint.

— C'est de la bonne, dit-il avec soulagement.

Il se sent bien. Pas de tremblements. Au contraire, il est plutôt détendu.

— C'est de la culture maison, mon bon monsieur.

Ziggy s'étire, laissant voir, sous ses aisselles suintantes, de grosses touffes de poils jaunâtres.

Dans le bus, la chaleur est étouffante. Le tee-shirt de Graham, trempé de sueur, colle à son dos. Mais au-dehors, il y a le scintillement empoisonné de la poussière. Le feuillage dessine une tache verte, derrière la vitre crasseuse. Il se rassied, se sent presque en paix. Recrache un nuage de fumée. S'ils ne remontent pas plus au nord, il leur reste deux bonnes heures avant de reprendre la route. Et s'il retournait piquer une tête ?

24

Cassie se redresse, le trousseau de clés à la main. Il y en a trois. Ce sont des clés cylindriques – une en cuivre et deux en argent oxydé, reliées par un anneau décoré d'une breloque en cuir mâchouillé. Comment diable sont-elles arrivées là ? Son cœur se serre douloureusement. Il est possible qu'elles soient anciennes, et qu'elles ne correspondent à aucune serrure de la maison… Mais pourquoi ne pas tenter le coup ? Nul ne le saura. Elle ne touchera à rien. Se contentera de regarder. Il n'y a aucun mal à cela ?

Elle nettoie la poussière et les toiles d'araignée qui recouvrent les clés et retourne dans le couloir. Quatre portes fermées, pour trois clés seulement. Elle remarque aussitôt que la porte d'une des pièces de devant est équi pée d'une serrure à mortaise. C'est sans doute le bureau de Larry. Les trois autres serrures sont des serrures à cylindre. Elle respire profondément. S'approche de l'autre pièce située à l'avant de la maison. La chambre à coucher, peut-être ? La première clé n'entre même pas dans la serrure. La deuxième entre, mais ne veut pas tourner. La troisième doit être la bonne ! Elle retient son souffle, rien à faire – ça ne marche pas. Cassie donne un coup de pied dans cette fichue porte. Ce ne sont pas les clés d'ici, visiblement. Quelqu'un a dû les perdre il y a des années. Elle se cogne le doigt de pied contre la porte. Aïe ! Putain de porte de malheur ! Pleurant presque de déception, elle essaie une autre porte, en vain. Quoi de plus inutile qu'une clé qui n'ouvre aucune serrure ?

Cassie est dépitée. Quelle perte de temps et d'énergie ! La journée s'annonce interminable, ennuyeuse et dénuée de sens. Que faire ? Une promenade, peut-être – Yella pourrait l'accompagner – avant qu'il fasse une chaleur d'enfer. Dans l'obscurité, les portes sont comme des visages fermés. Il fait déjà trop chaud. Ici, il fait toujours trop chaud. Elle s'arrête devant la dernière porte. Glisse la clé de cuivre dans la serrure. Et ça marche.

Elle cligne des yeux, surprise par la facilité avec laquelle la clé tourne dans la serrure. C'est la bonne. Elle garde les yeux rivés sur la clé, craignant presque d'ouvrir la porte. Elle a mauvaise conscience, mais pas au point de se raviser. Elle aspire une grande bouffée d'air, tourne la poignée et ouvre grande la porte.

Une salle de bains. Une salle de bains équipée. Elle ne comprend pas, ferme et rouvre les yeux comme si la pièce risquait de s'évanouir devant elle. Une salle de bains. Mais il n'y a pas de salle de bains ! Elle n'en croit pas ses yeux. Et magnifique en plus. Un vrai paradis... Une baignoire à pattes de lion en bronze, des toilettes, un lavabo immaculé, d'une blancheur étincelante – et même un bidet ! Le sol et les murs sont carrelés de marbre blanc. Un long miroir, sur le mur du fond, lui renvoie l'image de son visage ébahi dans l'embrasure de la porte.

Elle entre, le cœur battant à tout rompre. Reconnaît l'odeur de Larry. Pendant tout ce temps, il disposait d'une salle de bains pour lui tout seul. Pourquoi n'en a-t-il rien dit ? Pas étonnant qu'il soit toujours si propre. Sur une étagère, une pile de savons français parfumés au bois de santal, dans leur emballage brun en papier cannelé. Et un bol à raser en bois, une blaireau, un rasoir, une pince à épiler et un instrument de forme bizarre qu'elle prend entre ses doigts, dubitative, avant de comprendre qu'il est destiné à couper les poils du nez. Elle le repose aussitôt. Du dentifrice au goût menthe-cannelle, des gants et des serviettes de toilette rangés en pile – ces serviettes blanches et pelucheuses qu'elle lave une fois par semaine.

Pourquoi a-t-il menti ? C'est comme si – ça lui donne mal au cœur d'y penser –, comme s'il s'était payé leur tête. Les voir suer à longueur de journée, et prétendre qu'il n'y a pas de salle de bains et qu'il doit se contenter de faire ses ablutions dans sa chambre ! Elle aurait dû s'en douter. Elle se sent presque blessée. Il paraissait si amical. Pourquoi ce mensonge ? Cela lui semble fou. Ou du moins, pathologiquement égoïste. *Cruel.*

Elle baisse les yeux sur le lavabo. À cet instant, un mince filet d'eau s'écoule de l'un des robinets et glisse sur l'émail, comme cette idée qui s'insinue dans son esprit. Pourquoi pas ? Pourquoi pas, bordel ? Pourquoi se priver de ça ? Du shampooing à la camomille. Oh… se faire un vrai shampooing, se savonner des pieds à la tête et s'envelopper dans une serviette blanche et souple. Quel mal y aurait-il à cela ? Quand Larry rentrera, la serviette sera nettoyée, séchée, la baignoire astiquée. Il ne se rendra compte de rien. Ça lui ferait tellement de bien. Elle ne causerait de tort à personne. Il n'y a pas d'hésitation à avoir. Elle met le bouchon dans la baignoire, ouvre les deux robinets.

Puis elle retire son tee-shirt, son short et se regarde dans le miroir. De profil, son ventre est un peu plus saillant qu'à l'ordinaire. Normal – plus de nourriture, moins d'exercice physique. Ses seins ont aussi augmenté de volume, et leur blancheur contraste violemment avec ses bras, ses épaules, son visage et ses jambes brunis. Elle tourne la tête pour étudier ses fesses, qu'elle trouve un peu flasques. Mais dans l'ensemble, elle est plutôt pas mal.

Prenant ses seins dans ses mains, elle fait une moue, affectant une pose de pin-up. Jette un coup d'œil au rasoir de Larry. Elle devrait aller chercher le sien, mais ne peut pas résister. Se tartine les jambes et les aisselles de mousse à l'aide du blaireau – qui ressemble un peu à la barbe de Larry, songe-t-elle dans un frisson – et se rase. Se rince soigneusement sous le robinet, replace le couvercle du bol à raser, passe le blaireau sous l'eau et le met à sécher verticalement, puis nettoie les poils et les traces de mousse.

Elle referme les robinets et entre dans la baignoire. Ah, quel bonheur de se laisser glisser dans l'eau – c'est encore meilleur que de faire l'amour, *bien* meilleur. La baignoire est gigantesque. Elle plonge la tête sous l'eau, qui pénètre dans ses oreilles. Le gargouillis de son estomac lui parvient, amplifié. Va-t-elle en parler à Larry ? Que pourrait-elle lui dire ? Elle se demande si Mara et Fred sont au courant, pour la salle de bains. Elle devrait exiger des explications. Mais puisqu'ils s'en vont, c'est désormais sans importance.

Elle s'efforce d'oublier Larry, de profiter au maximum de ce délicieux moment de détente. Le shampooing sent bon, la mousse est soyeuse sur son cuir chevelu. Elle renverse la tête en arrière, agite sa chevelure dans l'eau. Lorsqu'elle se redresse et passe la main dedans, ils crissent, enfin propres. Elle reste étendue, les yeux mi-clos, et remarque qu'une armoire en métal occupe toute la hauteur d'un mur. Elle est fermée par une serrure. Cassie fronce les sourcils. Sort du bain, s'essuie les mains, ramasse le trousseau de clés. Au second essai trouve la bonne clé. Autant jeter un coup d'œil.

À l'intérieur, des médicaments soigneusement rangés sur des étagères. Comme dans une pharmacie. Tout cela pour Mara ? Des boîtes de seringues jetables. Des comprimés et des fioles. Comme celle qu'elle a au fond de son sac à dos. Elle pousse la porte de l'armoire, la referme à clé et fronce les sourcils. Il faut bien qu'il fasse ses recherches – après tout il est médecin. Qu'il ait de quoi soigner Mara, traiter les urgences – les morsures de serpent ou les piqûres de scorpion, par exemple.

Elle retourne dans son bain. L'eau a refroidi. De la mousse et des cheveux flottent en surface – mais ce que c'est bon, tout de même ! S'ils avaient pu se servir de la salle de bains, ne serait-ce qu'une ou deux fois par semaine, leur séjour en aurait été tellement plus agréable. Ce n'est peut-être pas aussi écologique que de se laver à l'air libre avec un peu d'eau et un gant de toilette, mais tellement plus plaisant. Elle ramasse la savonnette et la fait mousser entre ses mains, en songeant que, désormais et jusqu'à la fin de sa vie, elle ne pourra pas respirer le parfum du santal sans penser à ce moment volé et – par conséquent – à Larry. À cet instant, un bruit lui parvient aux oreilles. Le claquement de la porte-moustiquaire de la cuisine. Elle se fige, des bulles parfumées plein les mains. Il y a quelqu'un dans la cuisine. Les bulles tissent une toile entre ses doigts, elle les regarde éclater l'une après l'autre. Remet silencieusement les mains dans l'eau.

Elle suspend son souffle. Le battement de son cœur est visible sur sa peau mouillée. Qui est-ce ? Larry ? Non, non, non. Yella ? Mais non, c'est bien un être humain qu'elle entend se déplacer dans la cuisine. Le cliquetis d'un tuyau, un robinet qu'on ouvre. La tête lui tourne et elle s'oblige à faire entrer un peu d'air dans ses poumons comprimés. Elle se lève, sort de la baignoire, tressaille à la vue de la flaque qui s'est formée sous ses pieds, se tamponne avec la serviette de toilette, remet ses vêtements, le tissu de son short adhère à ses jambes humides. Dans le miroir embué se reflète l'ovale pâle et flou de son visage encadré par les mèches de cheveux. Ses yeux semblent deux cavités sombres. Malgré la chaleur, elle frissonne. Elle regarde autour d'elle. Pas le temps de nettoyer la baignoire. Sur le sol, des traces de pieds. Pas le temps. Elle ramasse le trousseau de clés, se dirige vers la porte.

Elle l'ouvre discrètement, se faufile dans le couloir et, d'une main tremblante, parvient à refermer la porte à clé. Elle fourre le trousseau dans sa poche. À présent, elle n'a plus qu'à regagner la cuisine. Et à faire face à ce qui l'attend. Il lui faut quelques instants pour rassembler son courage. Mais le silence est revenu. La personne qui était là est peut-être repartie ? Peut-être son imagination lui joue-t-elle des tours ? Non. Elle est sûre d'avoir entendu du bruit. Un robinet qu'on ouvre. Elle n'est pas folle.

Elle prend une grande respiration et ouvre la porte.

Là, devant la table, Mara est assise.

— Mara ! s'exclame-t-elle d'une voix tremblante et haut perchée.

Quel soulagement ! Ses jambes se dérobent sous elle et elle se laisse tomber sur la chaise la plus proche.

— Je croyais que vous dormiez.

Mara paraît tout à fait réveillée. Elle a les yeux brillants, les joues presque roses. Ses seins se répandent sur la table, devant elle.

— Je me suis réveillée ! dit Mara. Vous avez pris un bain ?

Cassie ouvre la bouche, mais aucun son n'en sort.

— Vous étiez au courant, alors, pour la salle de bains ? demande-t-elle enfin, tout en trouvant la question idiote – Mara est visiblement au courant. Pourquoi..., bafouille-t-elle. Pourquoi nous a-t-il fait croire qu'il n'y en avait pas ?

— Il veut la garder pour lui tout seul.

Comme si c'était suffisant, comme explication. Cassie l'observe attentivement.

— Eh bien, j'espère que ça ne *vous* dérange pas, dit-elle enfin. Le fait que j'aie pris un bain.

— Ça ne me dérange pas, ricane Mara. Mais Larry...

Cassie hésite. Peut-elle demander à Mara de ne pas en parler ?

— Il vaudrait peut-être mieux que je la nettoie, dit-elle.

Mara hoche la tête. Cassie retourne à la salle de bains, brique la baignoire, essuie le savon, retire la serviette mouillée et la remplace par une autre, propre et pliée. Impossible de deviner que la salle de bains a été utilisée. Absolument impossible.

Elle ferme la porte et va retrouver Mara. Tranquillement assise, celle-ci est occupée à tortiller ses cheveux avec ses doigts.

— Je ne dirai rien, dit-elle.

— C'est vrai ?

— Pourquoi je ferais ça ?

Cassie lui sourit.

— Merci. Je suis contente que vous soyez réveillée, dit-elle, jetant un coup d'œil aux comprimés. Je me sentais un peu… un peu seule, vu que tout le monde est en vadrouille.

— Ça fait des années que Larry est en vadrouille, dit Mara avec une expression espiègle.

— Mara !

— On mange quelque chose ? demande Mara. Je pourrais dévorer un éléphant.

— Hmm, fait Cassie en la regardant avec curiosité. Je vais faire quelque chose à manger, non ? Un brunch ?

De l'eau ruisselle entre ses épaules, pendant qu'elle sort le jambon et les œufs du frigidaire. Elle se retourne vers Mara. Elle semble si différente.

— Je pensais faire du pain perdu.

— Pourquoi pas des crêpes, suggère Mara. Avec du sirop d'érable.

— Je ne sais pas si… attendez.

Cassie va chercher un tabouret, monte dessus, plonge la main au fond de la dernière étagère du frigo. Et en sort une bouteille poisseuse, encore à moitié pleine, de sirop d'érable.

Peut-être ne lui a-t-elle pas donné les bons comprimés ? Ou ne lui en a pas donné assez ? Ou bien Mara a recraché son breuvage à la fraise, sitôt que Cassie a eu le dos tourné ?

— Vous vous sentez bien ? demande Cassie.

Elle en a tout l'air, ne paraît ni folle ni violente. Sa nudité mise à part, elle semble tout à fait normale. La nudité elle-même finit par devenir normale. Ça ferait un drôle d'effet, de la voir en robe. A-t-elle vraiment *plaisanté* au sujet de Larry ?

— Un café ?

— Je vais le faire.

— Non, non.

Peut-être est-ce plus prudent qu'elle ne s'approche pas de l'eau bouillante. Le ventilateur ronronne. Émet un léger grincement. Au-dessous, trois ou quatre mouches s'agitent. Une autre trottine sur l'épaule luisante de Mara.

Cassie casse les œufs et les mélange au lait en poudre, à l'eau et à la farine. *La cuisine de Cassie. Les crêpes : une recette simple, avec des ingrédients de base.*

— Vous ressemblez tellement à Lucy, dit Mara.

— Lucy et Ben, c'est ça ? demande Cassie en s'efforçant de ne pas hausser la voix. De ne pas paraître curieuse.

— Personne n'en parle jamais. Ils sont partis il y a combien de temps ?

Mara secoue la tête.

— Je n'en sais rien. Je n'ai pas la notion du temps.

— Vous savez pourquoi ils sont partis ?

— Un jour, ils n'étaient plus là. C'est tout.

— Ah oui ?

— Vous ne feriez pas une chose pareille, n'est-ce pas ? Vous ne partiriez pas sans prévenir.

Cassie secoue la tête, avec un pincement au cœur. Devrait-elle se confier à Mara ? Pourrait-elle compter sur sa discrétion ? *Non.* Elle agite le fouet et regarde une longue traînée de pâte jaune et onctueuse retomber dans le saladier. Plusieurs questions commencent à la tarauder. Elle va vers le poêle, verse l'eau chaude sur le café en grains, met la poêle sur le point le plus chaud de la plaque. Mara demeure silencieuse – est-elle en train de s'endormir ? Peut-être les comprimés ont-ils un effet différé, et commencent-ils tout juste à agir ?

— Larry est tellement mystérieux, hasarde Cassie. Énigmatique, même. Enfin... je sais qu'il est médecin, mais à part ça...

— Non, dit Mara.

Elle prend aussitôt l'air effrayé.

— Non ?

Cassie verse une louche de pâte dans la poêle, qu'elle fait tourner en la regardant prendre et se gonfler de bulles d'air.

— Vaut mieux que je me taise. J'ai les idées claires, c'est bizarre. Comme si on m'avait retiré un couvercle, ou un truc dans ce goût-là. D'habitude, tout m'apparaît dans une sorte de brouillard. Et puis tout m'est égal, vous comprenez ? Absolument tout.

— Ça me semble épouvantable.

— Tout ce que je veux, alors, c'est dormir.

Cassie se tourne vers Mara.

— Je suis désolée pour vous.

Mara a de grands yeux marron vif. Cassie n'avait jamais remarqué leur beauté auparavant. Et puis, elle paraît plus jeune qu'à l'ordinaire.

— C'est comme un rêve, poursuit Mara en entortillant une mèche de cheveux autour de son doigt. La vie... impossible de distinguer ce qui est réel de ce qui ne l'est pas. Comme s'il n'y avait pas de vraies limites. Ça vous arrive ?

— Non... en temps normal, non, répond Cassie d'une voix prudente. Mais je crois comprendre ce que vous voulez dire.

— Mais à présent...

Mara tend la main et fait tourner son poignet.

— ... je sens que je suis réveillée. C'est le cas, non ? Vous ne voulez pas me pincer ?

Cassie sourit.

— Bien sûr que vous êtes réveillée. Mara, pourquoi.. pourquoi vivez-vous dans la remise ?

— Ce n'est pas une remise, c'est mon atelier !

— Désolée.

— J'ai toujours voulu mon atelier à moi. Comme Larry a sa salle de bains, dit-elle dans un rire.

Son rire a quelque chose d'ironique.

— Pourquoi tient-il à garder la salle de bains pour lui ?

Mara hausse les épaules et secoue la tête. Cassie glisse la spatule sous la crêpe, n'osant pas la faire sauter. La crêpe colle, se déchire.

— Alors, comme ça, Larry n'est pas médecin ? demande-t-elle.

Mara se pelotonne, s'enfonce les ongles dans les bras et presse ses cheveux contre ses seins écrasés.

— Je n'aurais pas dû le dire, murmure-t-elle.

Elle enfouit son visage dans ses mains.

– Ne lui répétez pas que vous ai dit que...

– Ne vous inquiétez pas, Mara. Je ne dirai rien.

Mara la regarde à travers ses doigts écartés.

— C'est vrai ?

— Je vous le promets.

— Larry a dit que je ne devais jamais le dire à personne, sinon...

— Sinon quoi ?

— Sinon, tout va recommencer à aller très mal.

La crêpe est un ratage complet.

— Qu'est-ce que vous entendez par « recommencer » ? Vous voulez celle-ci ? Elle est vraiment pas jojo.

— Ça m'est égal.

— Qu'est-ce que vous voulez dire par « recommencer » ?

Cassie traverse la cuisine, la poêle à la main, et vient déposer l'amas informe dans l'assiette de Mara. Celle-ci la noie dans le sirop d'érable et en enfourne la moitié.

— Parfois ça soulage, de parler, dit Cassie en rongeant son frein.

Mara engouffre un autre morceau de crêpe et mastique d'un air impassible. Assaillie par une foule de questions, Cassie voudrait secouer Mara, la contraindre à dire tout ce qu'elle sait. Elle verse un autre rond de pâte crémeuse dans la poêle, qu'elle fait osciller pour que la pâte recouvre entièrement le fond. Cette fois-ci, il est assez chaud : la crêpe sera réussie.

— Quand il était gamin, commence Mara, la bouche pleine. Hmm, quel régal ! Eh bien, il voulait être docteur, mais il n'était pas assez bon élève. Son frère, son petit frère… *lui*, il est devenu médecin…

Elle termine sa crêpe et essuie ses doigts collants.

— La prochaine, on peut la faire au sucre et au citron ?

Cassie respire un grand coup. Fouille parmi les oranges de la corbeille à fruits et finit par trouver un citron. Un peu ratatiné, mais ça ira. Elle le coupe en deux. Elle le goûte, et l'acidité du jus la fait saliver.

— Et ?

— Ce n'était pas juste, fait remarquer Mara, avant de se lécher les doigts et de regarder la poêle.

— Ça arrive ! dit Cassie en retournant la crêpe, qui a bien meilleure allure, avec son bord brun et croustillant. Qu'est-ce qui n'était pas juste ?

— C'était Larry qui avait toujours fait toutes ces expériences avec les grenouilles et tout ça, et c'est son frère qui… qui est devenu médecin. Larry, quant à lui, a fait pharmacie. Toujours deuxième de la classe.

— Alors, demande Cassie, en s'efforçant de conserver un ton calme, il n'a jamais été médecin ?

— Oh, si. En fait, il l'a été.

Cassie fait glisser la crêpe dans l'assiette de Mara. Elle contient à grand peine son impatience, tandis que Mara se concentre sur sa crêpe. Après avoir disposé une ligne de sucre au milieu, elle presse le citron jusqu'à ce que le sucre devienne translucide, puis roule la crêpe et prend une bouchée. *Une excellente idée de brunch. Oh, la ferme !*

— Hmm…

Mara mâche en silence, le sucre craque entre ses dents. Elle avale, rouvre les yeux.

— Vous n'en voulez pas ?

— Peut-être une, quand vous aurez fini. Il reste plein de pâte. Vous ne voulez pas terminer de me raconter ? Puisque vous avez commencé. Croyez-moi, Mara, je sais garder un secret.

Mara s'interrompt, la bouche pleine.

— Si vous dites à Larry que vous ai parlé, je lui dirai que vous avez pris un bain.

— Il n'est pas question que je lui dise.

Mara déglutit.

— C'est ce qu'il m'a dit en tout cas… du moins, c'est ce qu'il me semble. Parfois j'oublie des choses…

Elle se tait, les yeux fixés sur le vide.

— Oui ?

— Ils se ressemblaient comme deux gouttes d'eau, Larry et son frère cadet. Presque autant que des jumeaux. Un jour, Larry est allé chez son frère, qui venait de s'installer dans une autre ville et d'y ouvrir un cabinet. Et puis son frère est mort, subitement, d'une crise cardiaque. Larry n'a rien pu faire… il n'avait pas prévu ça. Parfois, il se passe de drôles de choses, non ?

— Oui, c'est sûr.

— Quelqu'un a téléphoné… une urgence… on l'a pris pour le docteur. Il y est allé. Ensuite, il a endossé l'identité de son frère. Son frère a été enterré sous son nom à lui.

— Non ! Et ça a marché ? Et la famille ?

— Le père était mort, la mère gâteuse. Il a évité les vieux amis de la famille. Et puis, c'était le portrait craché de son frère.

Mara hésite.

— Je ne le connaissais pas encore, à l'époque. Ce n'est pas si terrible que ça, non ?

— Eh bien...

— Il s'est occupé du cabinet pendant un bout de temps, ça marchait bien. C'est comme ça que je l'ai rencontré. Je suis venue consulter.

Elle s'interrompt. Son visage s'est assombri.

— Oui ? dit Cassie.

Puis, au bout de quelques instants :

— Vous avez perdu un bébé, c'est ça ? Graham m'a raconté. Je suis désolée.

– Larry dit que je ne dois jamais raconter ça à personne. Autrement, on me mettra en prison, on m'enfermera pour toujours. Larry prend soin de moi. Faut que je lui obéisse. Sinon...

— Je..., bredouille Cassie, stupéfaite par le changement qui s'est brusquement opéré en Mara, dont l'apparence et la voix se sont modifiées. Peut-être est-elle vraiment folle ? Et si elle était sur le point d'avoir une crise de délire ?

— Désolée, je n'aurais pas dû poser la question. Vous voulez une autre crêpe ?

Mais Mara poursuit son récit. Cassie retire la poêle du feu et s'assied.

— Quand le bébé est mort, j'ai... j'ai perdu la boule... et Larry et moi, eh bien, nous... nous avons eu une aventure... si on veut... toujours est-il qu'on s'est retrouvés ensemble. Au début, il ne faisait que m'aider et puis un soir... je ne me souviens de rien, c'est lui qui me l'a raconté... j'ai été prise d'un accès de folie, j'ai complètement perdu la tête et... – elle chuchote – ... j'ai tué mon mari.

— Vous avez tué votre mari ? Comment ça ? Pourquoi ?

— Je ne me souviens pas. Il était malade, de toute façon. Larry était son médecin. Mais… *la violence.* Je n'étais plus moi-même. Larry s'est débrouillé pour maquiller les faits, je ne sais pas comment. Vous comprenez, s'il ne m'avait pas amenée et cachée ici, je serais en prison ou dans un asile. Folle et dangereuse.

Elle marque une pause.

— Folle et dangereuse. Je ne me souviens pas de ce que je fais. Quelquefois, je ne sais pas ce que je fais. Il y a des choses que je fais, que je ne voudrais pas faire, et si je les fais, c'est pour Larry. Je suis désolée. Désolée.

Quoi ? Qu'est-ce que peut bien faire Mara ?

— Mais, dit Cassie, la bouche sèche, vous n'avez pas l'air dangereuse.

Mara se lève et, malgré elle, Cassie frémit. Mara éclate de rire.

— Ah non ? Il faut que je boive un verre d'eau. Je mangerais bien une dernière crêpe.

— Tout de suite, asseyez-vous.

Cassie lui sert un verre d'eau et remet la poêle à chauffer.

Mara boit.

— Je ne suis pas dangereuse pour le moment, dit-elle. Là, maintenant, je me sens bien. J'ai les idées claires. Mais je n'aurais pas dû vous parler. Larry a dit que si je parlais, je le regretterais.

— Vous n'avez jamais raconté ça à personne ?

— Fred sait tout. Fred est mon ami.

— Fred est très sympathique.

— Ne le répétez à personne, dit Mara en se penchant vers elle. Mais j'aime Fred, chuchote-t-elle avec fierté. Et il m'aime. Si c'était possible, on serait ensemble. Un jour…

Elle se redresse, le sourire aux lèvres.

Cassie s'assied. Ça fait beaucoup à digérer. Elle commence à douter des paroles de Mara. Celle-ci imagine-t-elle des choses, comme l'a suggéré Larry ?

— Vous voulez votre café ?

— Fred et moi, nous… nous nous comprenons.

Mara se lève soudain, en faisant trembler la table.

— Vous ferez attention, hein ? demande-t-elle.

— Comment ça, attention ?

— Vous lui ressembliez tellement, quand vous êtes sortie de la salle de bains. Ça m'a fait sursauter. Attendez une minute !

Elle sort. Ses fesses portent l'empreinte de la chaise. La porte-moustiquaire claque bruyamment. Le cœur de Cassie bondit dans sa poitrine. Une mouche se pose au coin de sa bouche, Cassie se griffe la lèvre en voulant la chasser d'une tape. Elle suit Mara jusqu'au seuil, et attend. Mara émerge de la remise, un objet à la main. Un morceau de papier. Non, une photo. Elle grimpe les marches.

— Regardez, dit-elle.

— C'est Lucy ?

La jeune femme est blonde, de taille et de corpulence moyennes. Deux nattes de cheveux blonds retombent sur sa poitrine, retenues à l'extrémité par des rubans en lambeaux.

— Vous voyez ce que je veux dire ?

Cassie fronce les sourcils.

— Oui, il y a une petite ressemblance. Elle a les cheveux plus longs.

Mara est sur le point de dire quelque chose, lorsqu'elle se fige et lève la main. Le bruit d'un véhicule qui s'approche.

— Larry, déclare-t-elle en scrutant l'horizon.

— Mais il avait dit plusieurs jours. Ça ne pourrait pas être Graham et Fred qui reviennent plus tôt que prévu ?

Pitié, Pitié, faites que ce soient eux ! Impossible de savoir ce que cache le nuage de poussière.

— Vous devriez peut-être aller vous étendre ? propose Cassie. Il sera peut-être…

Mais Mara ne bouge pas. Elle se tient si près de Cassie que son sein frais touche le bras de celle-ci.

— Pourquoi il faut que je fasse attention ? demande Cassie. Qu'est-ce que vous avez voulu dire ?

Elle se passe une main dans les cheveux. Ils sont presque secs, mais déjà un peu collés par la sueur. Et elle n'a même pas eu le temps de se coiffer. Son estomac se noue lorsqu'elle aperçoit un éclair blanc et comprend que c'est bien la voiture de Larry.

— Ne répétez jamais ce que je vous ai dit, murmure Mara d'un ton pressant. Jurez-le-moi.

— Je vous le jure.

— Vous le jurez sur votre tête ?

— Je le jure sur ma tête, répète-t-elle dans un frisson. Sincèrement, je pense que vous devriez aller vous étendre.

Mais c'est trop tard.

25

La voiture s'arrête. Larry sort et claque la portière. Yella accourt à sa rencontre, agitant sa queue dressée. En entrant, Larry adresse à Cassie un sourire crispé. Il a le visage rouge, ses vêtements sont légèrement poussiéreux. Il va vouloir prendre un bain.

— Mara est réveillée ! dit-il. Ça, c'est une surprise ! Est-ce que ça va ?

Il jette un regard noir à Cassie.

— Il y a des courses dans la voitures. Est-ce que vous pourriez... ?

— Bien sûr !

Elle sent une odeur de brûlé et s'empresse de retourner à la cuisine. Retire la poêle de la plaque. La crêpe est noire, la cuisine pleine de fumée. En ressortant, elle évite de croiser le regard de Larry. Ces idiotes de poules se précipitent vers elle en gloussant, croyant qu'elle revient les nourrir. Si on lui avait dit qu'un jour elle aurait envie de chasser des poules à coup de pied ! Dans la voiture, il y a une glacière et plusieurs sacs en plastique remplis de nourriture. Une odeur de pommes pourries. Elle glisse un sac autour de chacun de ses poignets et attrape la glacière avec les deux mains. Lorsqu'elle revient, il n'y a plus personne dans la cuisine enfumée. Elle commence à ranger la nourriture dans le frigidaire. Du beurre, du lait, du bacon, de la viande hachée. Lorsqu'elle tourne la tête, elle aperçoit Larry.

— Où est Mara ?

— Elle est retournée dans sa chambre.

— Mais elle allait…

Bien, a-t-elle envie de dire. *Elle était en pleine forme.*

— Comme vous la connaissez mal ! dit Larry.

Il secoue la tête.

— Maintenant, dites-moi… Où sont les autres ?

Il attend et ajoute, avec un petit rire sec :

— Ils ne vous ont tout de même pas abandonnée ?

— Non, non. Ils sont allés voir des peintures rupestres. C'est juste une petite expédition.

— Je ne me rappelle pas avoir été consulté, dit-il d'un air stupéfait.

— Eh bien…

— Ils ont voulu faire ça en douce, hein ?

— Mais tout va bien. Ils seront là ce soir. Peut-être même en fin d'après-midi. Je leur ai dit que ça ne me dérangeait pas.

— Tout va bien ? répète Larry. *Tout va bien ?* Tout d'abord ça ! dit-il en agitant la main pour désigner la fumée. Et puis Mara… surexcitée et visiblement sur le point de faire un épisode psychotique. Ça s'annonce toujours par des mensonges. Elle vous a raconté des histoires, non ?

— Non, je ne crois pas. On a simplement… bavardé.

— Et de quoi avez-vous parlé ?

— De pas grand-chose, à vrai dire. La nourriture. Les crêpes.

Larry la fixe droit dans les yeux. Elle rougit et regarde ses pieds et ses jambes rasées de frais.

— Et Fred lui a donné ses médicaments, avant de partir en balade ?

— Il m'a expliqué ce que je devais lui donner.

— Et qu'est-ce que vous deviez lui donner ?

— Eh bien… – Cassie avale sa salive – J'ai fait tomber les flacons par terre. Il les avait laissés dans le bon ordre. Ce n'est pas sa faute. Un comprimé jaune, c'est bien ça ? Un blanc, trois bleus…

— Montrez-moi.

Ses mains tremblent tellement qu'elle a du mal à retirer le bouchon.

— Heureusement que je suis revenu plus tôt que prévu, dit-il. Une chance, que les comprimés n'aient pas provoqué de crise psychotique. Ceux-ci, ce sont les bleus !

Larry parle de façon hachée, son flegme a manifestement disparu. Il verse des comprimés sur sa paume. La couleur n'est pas la même, oui, elle le voit à présent.

— Je suis désolée.

Larry remet les pilules dans le flacon.

— Ce n'est pas votre faute, dit-il. Ne vous inquiétez pas. Mais il faudra que j'aie une explication avec Fred.

Il lui met un doigt sous le menton, et l'oblige à relever son visage écarlate. Elle est contrainte de regarder Larry droit dans les yeux. Son expression est redevenue calme, voire bienveillante.

— Il n'est rien arrivé de grave. Pas la peine de faire cette tête, hein ? Je suis désolé de m'être emporté. La fatigue, vous comprenez. Tenez, je vais me rafraîchir un peu… pourquoi ne pas faire une autre fournée de crêpes, pendant ce temps ? Avec du bacon ? J'ai une faim, tout à coup !

Il s'essuie le doigt sur sa manche, franchit le seuil et s'enfonce dans le couloir, la glacière sous le bras. Des médicaments, sans doute… A-t-elle bien refermé le placard à pharmacie ? Oui, bien sûr, pas de doute là-dessus. Elle regarde la petite porte, au fond de la cuisine. Si seulement elle pouvait prendre ses jambes à son cou ! Mais tout va bien. Tout va bien se passer. Comment pourrait-il deviner qu'elle s'est servie de la salle de bains ? Il n'a aucun moyen de le savoir.

Elle sort la poitrine fumée de son emballage papier. Alors qu'elle sépare les tranches souples, la porte s'ouvre et Larry entre. Cassie dispose le bacon dans une poêle. S'accroupit pour vérifier le feu. Elle a l'impression que le regard de Larry lui brûle le dos.

— Votre bain vous a fait du bien ?

Il a dit cela sur un ton placide. À peine sent-on, dans sa voix, une nuance de déception. Avec son ongle, Cassie gratte l'émail du poêle, à un endroit où il s'écaille.

— Redressez-vous, Cassandra. Ne faites pas l'idiote. Je ne vous ai jamais prise pour une idiote.

— Très bien, dit-elle.

Elle se relève en chancelant un peu. Les mains pleines de graisse de porc.

Il tient un cheveu entre ses doigts, qui relie ses deux mains comme un garrot invisible.

— Il me semble que c'est l'un des vôtres.

Il coince le cheveu entre le pouce et l'index, avant de le laisser tomber sur le sol. Puis il se frotte méticuleusement les doigts, comme pour se débarrasser de la sensation.

— Comment êtes-vous parvenue à entrer ?

— Les clés.

Elle les tire de sa poche.

— Où les avez-vous trouvées ? demande Larry, en désignant la table d'un geste du menton.

Elle les pose.

— Là. Derrière le placard, au-dessous de l'évier.

— *Derrière* le placard *au-dessous* de l'évier, ricane-t-il. Et que traficotiez-vous, au juste, derrière le placard, au-dessous de l'évier ?

— Je faisais le ménage.

Larry s'esclaffe. Se tape sur la cuisse.

— Nom de Dieu !

Il s'avance et ses mains se crispent sur les bras de Cassie. Un frisson la parcourt. Il scrute son visage. Son haleine sent la cannelle et la menthe. Le blanc de ses yeux est légèrement rosé.

— Je n'aime pas qu'on utilise ma salle de bains.

— Je suis désolée.

— Et je déteste les gens qui fourrent leur nez partout.

— Pardonnez-moi.

— Vous trouvez peut-être que c'est bizarre ?

— Non ! dit-elle en rougissant. Vous êtes chez vous.

— En effet.

Il se passe la langue sur les dents du haut et desserre son étreinte.

— Prenons donc le petit déjeuner, dit-il.

Fred est défoncé. Vautré sur les sièges de bus, il ronfle à faire vibrer les vitres. Ziggy va et vient. Que fait-il, au juste ? Il n'avait pas parlé de déjeuner ? C'était il y a combien de temps ? Graham consulte une nouvelle fois sa montre. Pas encore midi. Ça, c'était de l'herbe ! Pas *encore* midi ?

— Ta montre s'est arrêtée ? demande Ziggy, se dressant au-dessus de lui. Des crackers ? propose-t-il en brandissant un paquet de biscuits dont l'emballage orange crépite.

— Ouais.

— Un autre bloody mary ?

— Non.

Il avale sa salive. N'arrive pas à se débarrasser du goût du jus de tomate. Il regarde sa montre en s'efforçant de distinguer la seconde aiguille, cette patte de mouche qui devrait se déplacer sur le cadran. Elle tressaute faiblement et se fige. Il se met à glousser.

— C'est le champ magnétique, dit Ziggy en tirant sur le couvercle d'une boîte de sardines. Ce que ça peut faire chier, ici.

— Alors, il est quelle heure ?

Ziggy regarde les poissons réduits en bouillie.

— L'heure de déjeuner, je dirais.

Et ils s'esclaffent bien que ce ne soit pas drôle. Graham se tient le ventre, riant jusqu'à en avoir mal à l'estomac. Il ne sait pas depuis quand il n'a pas ri ainsi.

— Non, sérieusement, dit Ziggy lorsqu'il est de nouveau en état de parler. Je compte toujours sur mon bon vieux bidon pour me donner l'heure.

Fred se redresse en clignant frénétiquement ses yeux bleus injectés de sang avant de comprendre où il se trouve et de sourire.

— Je vais piquer une tête, dit-il.

— Tu veux pas manger avant, vieux frère ? demande Ziggy.

— Une minute, mon pote. L'appel de la nature,

Graham s'étouffe de rire, tousse jusqu'à ce que les larmes lui coulent des yeux. Ziggy lui donne un coup de poing entre les épaules, et la toux se calme. Boit une longue gorgée d'eau tiède. Se sert un coup de vodka. C'est meilleur sans la tomate et tout le reste. La vodka pure creuse dans sa gorge un canal brûlant, il peut enfin respirer.

— Tu viens d'Angleterre, non ? demande Graham, lorsqu'il a repris son souffle.

— Comment tu l'as deviné, nom de Dieu ?

Ziggy sourit. Un sourire démesuré. On pourrait s'y perdre. Ces lèvres charnues et craquelées, cette dentition fantaisiste. On dirait une grosse tranche de melon.

— Maman est aborigène... D'où mon physique.

Il s'encadre le visage de ses mains, éclate d'un rire tonitruant.

— Papa est un écrivain voyageur Ouais ! Il a écrit un ouvrage célèbre sur l'art aborigène. *Balade dans le temps du rêve*. Tu l'as lu ? Bien sûr, maintenant il date un peu. Mais ç'a été un classique en son temps. Tire-toi, ma vieille ! dit-il en chassant, d'un geste de la main, une mouche venue se poser sur la boîte de sardines. C'est bon pour la santé, les sardines. À condition de manger les arêtes. À cause du calcium..., précise-t-il en mâchouillant bruyamment. Ils sont allés en Angleterre, c'est là que je suis né. Maman n'a pas pu s'y faire – le climat, les préjugés, cette façon brutale de traiter la terre. Elle est revenue ici, mais papa l'a convaincue de me laisser là-bas, pour que j'y sois éduqué. L'université de Winchester et tout le tralala. Mais...

Il hausse les épaules.

— Eh ben ! dit Graham, la bouche sèche, les lèvres collées par les miettes de crackers.

Il s'enfile son verre de vodka.

— Tu la vois souvent, ta mère ?

Ziggy secoue la tête.

— Je la voyais à un moment. Mais ça n'a pas... ça n'a pas marché. Elle vit dans la réserve de Kallikurri. Avec une nouvelle famille. Elle est très amère. Je crois qu'elle a décidé d'effacer cette partie de sa vie – et j'en fais partie.

De son large index, il écrase la mouche sur la boîte de conserve. Puis il lèche son doigt plein d'huile et l'essuie sur son tricot de corps.

— Mais... après tout, c'est son droit, non ? Je ne lui en veux pas, à vrai dire.

— Et tu vis seul ici, toute l'année... il ne t'arrive jamais de... enfin... de souffrir de la solitude ?

Ziggy fourre les doigts dans un bocal de cornichons. Une forte odeur de vinaigre leur parvient aux narines. Graham y plonge lui aussi les doigts. *Fourchette, Graham !* dirait Cassie. Pour la première fois en deux mois, elle n'est pas là pour le surveiller. Il saisit un cornichon et le sort du bocal. Du vinaigre coule sur son poignet.

— Personne ne m'a forcé. J'ai essayé le mariage, dit Ziggy. Delia, une Anglaise. J'ai un gamin, d'ailleurs. Dans le Nord, à Cairns.

Il se lève en vacillant et se met à farfouiller dans une pile de papiers, jusqu'à trouver ce qu'il cherche : la photo d'un garçon en short, au teint légèrement hâlé. Il a les genoux cagneux, et ses cheveux d'un blond jaunasse paraissent plaqués sur son crâne.

— Billy. C'est un bon garçon. On se voit quelquefois.

Graham se délecte de la saveur de vinaigre et d'aneth du cornichon croquant.

— Le truc, dit Ziggy, c'est qu'il peut à la rigueur passer pour un Blanc, avec la mère qu'il a. Mais si je débarque...

— Eh ! s'exclame Fred en déboulant dans le bus. Il reste quelque chose à manger ? Ou bien vous avez tout bouffé ?

La lumière a changé. Tout d'abord, Graham croit que ses yeux lui jouent des tours. L'effet de la drogue, de l'alcool, de la chaleur étouffante... Il sort pisser. Se dirige vers le lac. Sa surface, plus sombre, est agitée d'un clapotis régulier. Graham remarque un autre tronc sculpté. Un poisson, avec ses arêtes et ses entrailles. Un poisson labyrinthique. Plus on regarde, plus on voit... Les cygnes sont manifestement des faux. Non, pas des *faux*, des œuvres d'art.

La distinction le fait grimacer. Il ne parvient pas à se concentrer. Retire son tee-shirt, songe à piquer de nouveau une tête, histoire de se laver de sa sueur et de se rafraîchir les idées. Mais, tandis que Graham hésite à plonger, le soleil change de position, déployant ses rayons aveuglants sur la surface de l'eau, avant de disparaître derrière la carrière, laissant Graham ébloui. Le parking est maintenant plongé dans l'ombre. Il frissonne. Tout est trop calme. Et pourquoi ces ondulations à la surface de l'eau, alors qu'il n'y a pas de vent ? Un visage peint sur le rocher attire son attention. Il ne peut en détacher le regard. Un visage de facture primitive, dont la bouche ouverte et les yeux, peints en blanc, se découpent nettement sur la pierre bleu foncé.

Graham remet son tee-shirt et regagne le bus. Il a le sentiment d'être observé, mais ce sont de faux yeux.. même pas des yeux... de simples pigments... n'empêche qu'il est heureux de se retrouver dans le bus.

— Commence à faire nuit, dit-il.

— Hein ?

Fred ne tourne même pas la tête. Il est absorbé par la page centrale d'un magazine où une fille blonde tire la langue et écarte les jambes ; son sexe rasé – douloureusement traversé d'une agrafe – luit comme un coquillage tout juste ouvert.

Graham frémit et détourne le regard

— On devrait y aller, non ?

— Je suis pas en état de conduire, réplique Fred. Ma foi, va falloir qu'on reste ici.

Il tourne la page. La même fille, à genoux et fesses en l'air, photographiée de dos Une rose tatouée sur l'une de ses fesses.

— Vous êtes les bienvenus, dit Ziggy.

— On ouvre la bouteille de whisky ? demande Fred. Allez, on s'installe !

— Et moi qui oublie les bonnes manières... Je vous en prie, faites-moi l'honneur de rester, insiste Ziggy.

— Cassie va être furax, dit Graham.

— Mais non, tout va bien se passer. Ce soir, demain, qu'est-ce que ça change ?

— Tu crois ?

De toute façon, il n'a pas le choix. Il ne serait pas non plus en état de conduire – s'il avait son permis. Pourquoi n'y a-t-il pas pensé avant ? Il croit déjà entendre Cassie. *Tu ne réfléchis jamais.* Aux conséquences, à la responsa bilité, et tout le bordel. Et merde alors ! Il saisit la bouteille de vodka et, renversant la tête en arrière, la vide d'un trait.

26

Il fait nuit. Ils ne rentreront plus. Cassie a mal aux oreilles, à force d'être restée toute la journée à l'affût du moindre bruit de moteur. Mais non... Rien, hormis les avions traçant dans le ciel une ligne blanche, ou le pépiement des oiseaux. Mara n'a pas reparu. Quant à Larry, il s'est retiré dans son bureau. Distant et poli, chaque fois qu'ils se sont croisés. Mais elle l'a évité autant que possible, en passant les trois quarts du temps dans le potager.

Là, à l'ombre des filets de protection, elle s'était mise à regretter de ne pas en avoir fait davantage. Or, en tour nant le compost, elle avait constaté avec stupéfaction que le centre du tas s'était déjà décomposé en une matière noire et friable. Par cette chaleur, la magie s'est opérée dix fois plus vite que chez elle, en Angleterre : ces coquilles d'œufs, feuilles de thé et pelures d'oranges se sont transformées en un merveilleux terreau odorant. Elle espère qu'ils sauront l'entretenir. Elle laissera peut-être des instructions à l'intention de leurs successeurs. Mais, à part le compost, elle n'a rien fait dont elle puisse s'enorgueillir. Soudain, elle avait eu mauvaise conscience en pensant à Mara – non, impossible de la prévenir ! Comme pour s'efforcer de compenser leur départ imminent, elle avait passé des heures à arracher les mauvaises herbes, à arroser les plants et à les passer en revue. Puis, s'imaginant qu'ils seraient tous là ce soir, elle avait préparé une énorme casserole de sauce bolognaise, avec des tomates séchées au soleil par ses soins. Or, ils ne seront que tous les deux, vraisemblablement.

C'est bizarre, qu'il tienne à garder sa précieuse salle de bains pour lui tout seul. Ou égoïste. Mais – songe-t-elle avec un soupir, en se regardant dans le miroir – c'est son affaire, et ce ne sera bientôt plus la leur. Elle applique de la crème hydratante sur son visage et décide, pour une fois, de faire un effort. Si elle se met sur son trente et un pour lui plaire, peut-être lui pardonnera-t-il ? Bien sûr elle n'a pas de vêtements chic, mais elle pourrait retirer son short crasseux et enfiler une robe propre – la bleue. Elle se brosse les cheveux, se fait un trait d'eyeliner, met un peu de brillant à lèvres.

Elle s'efforce de ne pas penser à Graham – sans parvenir à surmonter son amertume. C'est effectivement de l'amertume, ce mélange de colère et de déception. Pourtant, elle ne sait pas ce qui les a retenus. Peut-être un cas de force majeure. Lorsqu'il sera rentré, il faudra qu'elle lui donne une chance de s'expliquer. Avant de s'emporter. Elle se penche sur le miroir pour s'épiler les sourcils. Pas assez de lumière. Elle allume une bougie. Elle n'y voit guère plus, mais épile à l'instinct. Chaque poil qu'elle arrache lui fait venir les larmes aux yeux. Au-dessus de la flamme, les pointes de ses cheveux rebiquent dans un grésillement. Il flotte dans l'air une légère odeur de roussi.

Elle se laisse tomber sur le lit, se passe la main dans les cheveux et arrache les extrémités brûlées. La chambre empeste. Cassie sent venir ses larmes, mais elle les retient. Elle reste étendue sur le lit, à fixer le plafond, le vieil abat-jour rouge, le détecteur de fumée – l'unique objet moderne. À la lueur de la bougie, les ombres dansent sur les murs et les rideaux. Elle a conscience de l'espace vide, à côté d'elle, là où devrait être Graham.

Alors comme ça, ce sera juste elle et Larry ? Vont-ils boire du vin ? Il ne vaudrait mieux pas. Un verre ne lui suffirait pas. Elle jette un coup d'œil à sa montre. Le temps passe si lentement. Si seulement il y avait une télé ou un téléphone. Elle regarde les photos de Patsy et Kate, et de Chat – et se souvient de celle que lui a donnée Mara. Elle se lève et la trouve dans la poche du short qu'elle a retiré. Le cliché déformé a épousé la forme de ses fesses. Elle le tient entre ses doigts, près de la flamme de la bougie, et examine la jeune femme aux cheveux blonds et au sourire vague.

Un bruit assourdissant la fait soudain sursauter. Comme le grésillement des frites qu'on jette dans l'huile bouillante, mais amplifié un million de fois. Elle se dirige vers la fenêtre et, écartant le rideau, voit la pluie couler le long de la vitre. Évidemment ! La pluie, sur la tôle du toit. Quel bonheur ! Son odeur revigorante, fraîche et parfumée, lui remplit les narines. Graham devrait être là pour partager ça avec elle.

Elle attend un long moment que l'averse cesse ou diminue – en vain. Elle finit par sortir sous la pluie, en tenant un tee-shirt au-dessus de sa tête. Le ciel est vert foncé, une étrange lumière semble émaner du sol et s'élever autour d'elle en filaments brillants. L'eau tiède ruisselle sur ses pieds, entre ses orteils, et plaque sa robe contre son corps. Le tee-shirt ne sert à rien : elle est immédiatement trempée jusqu'à la moelle. Elle entend les poules s'indigner dans le poulailler, mais le son qui domine est celui de cette pluie torrentielle, de ce déluge, de ce ciel qui s'abat sur une terre chauffée à blanc.

Larry éclate de rire, lorsqu'elle entre dans la cuisine. Elle baisse les yeux et sourit elle aussi : l'eau rougie par la poussière a giclé sur ses jambes, sa robe bleue pendouille lamentablement. L'eau dégouline de ses cheveux, dans ses yeux et sur son dos.

— Vous allez devoir vous changer, dit Larry. Une minute…

Il lui amène une serviette de toilette et la chemise blanche – celle avec laquelle elle a repeint la cuisine.

— Ne craignez rien, je vous laisse. Votre vin est là.

Il pousse la bouteille vers elle et sort dans le couloir. Dans la cuisine, le vacarme de la pluie battant la toiture et l'odeur chaude et accueillante de la sauce bolognaise. Cassie saisit la bouteille ouverte et verse du vin dans la sauce, avant de retirer sa robe. Même sa culotte est mouillée – mais elle la garde. Puis elle se frotte avec la serviette et, une fois sèche, enfile la chemise en flanelle de coton. Sur la manche, il reste une éclaboussure de peinture blanche, durcie.

Elle se souvient d'elle-même, perchée sur cet escabeau. Cela lui paraît tellement loin, alors que c'était en fait il y a quelques semaines. Elle drape la serviette en turban autour de sa tête, boit une gorgée du verre rempli à ras bord. Exactement ce qu'il lui faut : un vin charpenté, exquis et réconfortant. Elle se sent plus enjouée. Elle remplit une casserole d'eau et y glisse deux grosses poignées de spaghettis. Puis elle ajoute un mélange de tomates et de basilic marinés dans l'huile d'olive, qu'elle saupoudre de gros sel et de poivre noir. *Des plats qui font chaud au cœur. Parfaits, pour un soir de pluie, vive la Cuisine de Cassie !*

Larry frappe à la porte.

— Vous êtes prête ?

— Ouais.

Il entre, hoche la tête en signe d'approbation.

— C'est mieux. Il ne faudrait pas que vous attrapiez froid.

Il s'assied à table et se met à siroter son vin. Elle sent son regard posé sur elle tandis qu'elle va et vient dans la cuisine. La chemise est assez longue, très convenable, mais tout de même, elle est consciente qu'il la dévore des yeux. Et alors ? Est-ce sa faute à elle, si Graham n'est pas là ?

— Vous pensez que c'est la pluie qui les a retenus ? demande-t-elle.

— Oh, sans doute, répond Larry comme si la question l'ennuyait.

— Ils m'ont assuré qu'ils seraient de retour ce soir. J'ai fait des tonnes de sauce.

Elle la remue, à l'aide d'une cuillère en bois.

— Fred se laisse facilement entraîner.

— Qu'est-ce que vous insinuez ? demande-t-elle en renversant de la sauce sur le bord de la casserole.

— Rien du tout ! réplique-t-il en levant les mains, tel un fuyard qui se rend.

— Vous voulez dire qu'il s'est laissé entraîner par Graham ?

Larry examine ses ongles.

— Je ne sais pas. À votre place, je ne lui en voudrais pas. La première fois qu'il sort d'ici, une petite escapade dans les lieux de plaisir…

— Quels lieux de plaisir ?

Il éclate de rire. Se cure un ongle.

— Il arrive que la pluie rende la route impraticable, entre ici et Keemara.

— Vous croyez que c'est ça ? Est-ce que c'est dangereux ?

— Fred sait ce qu'il fait. La pluie pourrait les bloquer pendant un jour ou deux. Ça dépend combien de temps ça dure. Ils ne rentreront pas ce soir, c'est certain.

— Un jour ou deux !

— À moins que cela ne cesse cette nuit, dit Larry en levant une main comme pour tester la qualité de l'air. C'est fort probable.

— Pourvu que ce soit le cas !

— Il vous manque à ce point, au bout d'une seule journée ?

Cassie déroule la serviette, autour de sa tête, et la met à sécher sur la barre à côté du poêle. Elle se passe la main dans les cheveux.

— Ce n'est pas ça. Je voudrais juste être sûre qu'il va bien.

— Et vous êtes sans doute un peu irritée ?

Elle racle le fond de la poêle à l'aide de la cuillère en bois. Ça commence à coller. Elle sort un spaghetti de la casserole, le fait osciller au bout d'une fourchette et, d'un coup de dents, en teste la cuisson.

— C'est prêt.

— Il va bien, dit Larry. Ne vous faites pas de souci.

Qu'est-ce que vous en savez ? Mais si, le connaissant, elle est sûre que tout ira bien pour lui. À l'heure qu'il est, il doit être en train de jongler avec des oranges dans un relais routier. Ou de flirter avec une serveuse dans un pub. De s'éclater, quoi. Il ne changera jamais.

Larry lui ressert un verre de vin, pendant qu'elle dispose une montagne de spaghettis dans les assiettes, et verse la sauce par-dessus. Elle se sent bizarre, un peu patraque, mais tant pis ! Larry semble lui avoir pardonné l'histoire de la salle de bains. La nourriture sent délicieusement bon. Le vin est excellent. Autant en profiter. Graham, de son côté, ne doit pas se priver. La pluie détend l'atmosphère : comme si l'air était lubrifié, les gestes plus faciles à accomplir.

Cassie s'est resservie de spaghettis et ne saurait dire combien de fois son verre est rempli. Une autre bouteille a été débouchée. Larry la prie de l'excuser pour ce qui s'est passé plus tôt. Lorsqu'une tempête est sur le point d'éclater, explique-t-il, il n'est pas rare de ressentir ce genre de tension C'est donc une tempête ? se demande-t-elle lorsque, tout à coup, elle entend le premier roulement de tonnerre. La lumière clignote. Larry va éteindre le générateur, pour éviter qu'il ne soit frappé par la foudre. Ils allument un ensemble hétéroclite de bougies et de lampes à pétrole. Cassie a l'impression d'avoir les doigts suintants et gonflés comme des saucisses.

Lorsqu'elle a fini de manger, il se penche vers elle et lui prend la main. Celle de Larry n'est pas plus grande que la sienne, et ses ongles sont bien plus soignés. Comment fait-il pour les garder si propres, si bien entretenus ? Ses mains sont plus fraîches que les siennes – pourquoi a-t-elle les paumes tellement moites ?

Il se racle la gorge.

— Je suis conscient d'avoir été... peut-être exagérément... méfiant, dirons-nous. Au sujet de la salle de bains et de tout le reste. Je constate que vous êtes d'une nature très curieuse, cela fait partie de votre charme.

Charme. Dans sa bouche, le mot paraît chaud, caressant. Elle imagine le ricanement de Graham, mais n'en savoure pas moins son plaisir. *Du charme.* Personne, auparavant, ne lui a jamais dit qu'elle avait du charme. Ce compliment lui donne de l'assurance, elle relâche ses épaules.

— Je suis désolée, dit-elle. Je n'aurais jamais dû fouiner. Et encore moins...

Il lève un doigt pour l'interrompre.

— Vous savez quoi ? Je vais vous faire visiter, d'accord ? Je me suis montré d'une grossièreté impardonnable en ne vous le proposant pas avant.

Il secoue la tête. Son visage s'assombrit soudain. Son regard brille à la lueur des bougies.

— On devient bizarre, à force de vivre ici. Vous devez nous trouver tous très bizarres !

— Non, rétorque Cassie. Pas du tout. Vraiment pas, je vous assure.

Il presse une nouvelle fois sa main.

— Vous êtes gentille. Écoutez... j'ai fait un feu, dans la cheminée du salon. Pourquoi ne pas y aller ?

Elle sent un frisson d'excitation la parcourir. L'attention la touche.

— J'adorerais. Si vous êtes sûr...

— Comme ça, au moins, vous serez tranquillisée, dit-il dans un petit rire. Mara a sûrement dû vous raconter des choses effrayantes, non ? C'est fascinant, à vrai dire... cette façon qu'elle a d'imaginer les fables les plus élaborées... Si elle les écrivait, elle pourrait gagner des millions ! Mais toutes ces histoires s'embrouillent et la rendent...

— Je suis désolée, dit Cassie. Je pense que vous vous occupez d'elle à merveille, mais...

Elle a l'esprit trop embrumé pour réfléchir.

— ... mais je vous assure qu'elle ne m'a pas raconté grand-chose. Si ce n'est que, sans vous, elle serait dans une maison de fous. C'est tout ce qu'elle a dit.

Larry hoche la tête, la scrute jusqu'à ce qu'elle se mette à rougir.

— Allez, venez ! Ce soir, oubliez la vaisselle ! Pour une fois. Peut-être même que je la ferai moi-même.

Portant chacun une lampe à pétrole, ils forment une miniprocession. Yella les suit en tapotant le parquet de ses pattes. Leurs ombres tremblantes s'étirent démesurément sur les murs du couloir plongé dans la pénombre. Larry s'arrête à gauche devant une porte fermée à clé, la déverrouille et l'ouvre toute grande.

— Après vous.

C'est un grand séjour. Un canapé ; une cheminée où des bûches se consument lentement ; des étagères couvertes de livres. Une pièce ordinaire, spacieuse et plutôt fraîche, en dépit du feu de cheminée. À quoi s'attendait-elle donc ? Au-dessus du canapé est suspendu un lustre massif. Il n'émet pas de lumière, mais ses pendeloques de verre reflètent l'éclat de la cheminée et des bougies comme un feu glacé et fragmenté. Elle se sent bizarre engourdie, absente. Frissonne.

— Vous avez froid ?

— Un peu.

— Vous ne pouvez pas rester comme ça, dit-il. Attendez !

Sur l'un des accoudoirs, soigneusement plié, un gilet. Larry le lui tend.

— Essayez ça.

Il est blanc et soyeux, sans doute en cachemire. Elle l'enfile par-dessus la chemise. Il a une légère odeur de… c'est quoi, déjà, ce parfum… *Anaïs Anaïs* ?

— Ça va mieux ?

— Merci. Ce qu'il est joli ! dit-elle en tripotant les boutons de nacre. C'est à Mara ? demande-t-elle, bien qu'il soit trop petit pour Mara, à supposer qu'elle porte ce genre de vêtement.

— Venez vous asseoir près du feu.

Elle hésite. Si elle s'installe sur le canapé, il se placera à côté d'elle. Ils seront tous deux là, devant la cheminée, dans la pénombre de la pièce. Trop près l'un de l'autre… elle, avec ses jambes nues… et cette dangereuse torpeur qui l'envahit. Larry est certainement très correct, mais il est encore plus ivre qu'elle – du moins, il doit l'être. Il la trouve *charmante*. Le mot la titille, il est si démodé.

Elle presse la manche du gilet contre son visage. C'est si soyeux. Ce parfum… c'est bien *Anaïs Anaïs*. Il est peut-être à Lucy ?

— Pourquoi Lucy et Ben sont-ils partis ?

Larry tourne la tête. Sur le mur pointe l'ombre de sa barbe.

— Pourquoi cette question ?

— Je me demandais, c'est tout… Vous n'en parlez jamais…

Il s'enfonce dans le canapé, désigne l'espace vide a côté de lui.

— Asseyez-vous… Je ne vais pas vous manger. Si je ne fais guère allusion à vos… prédécesseurs, c'est que je n'en vois pas la nécessité. Et je… je ne tiens pas à vous blesser. Ça pourrait paraître grossier… comme ces hommes remariés qui n'arrêtent pas de parler de leur première épouse.

— Mais…, réplique-t-elle en fronçant les sourcils. Ça n'a aucun rapport.

— Pourquoi cet intérêt soudain ?

— Ça ne m'intéresse pas tant que ça. Je me demandais, c'est tout.

— Qu'est-ce que Mara vous a raconté ?

— Rien du tout. Je vous assure. Elle n'a jamais… c'est moi, j'aime bien… vous savez…

Elle s'efforce de se toucher le nez, mais le loupe. Se met à glousser.

— … J'aime bien fourrer mon nez partout.

Le vin, c'est fini, pour ce soir.

— Allez, venez.

Il tapote de nouveau le canapé. Elle cède, et vient s'asseoir près de lui. C'est ça ou s'écrouler. Le canapé, en velours vieux et râpé, paraît légèrement humide sous ses cuisses.

— Ouvrons une autre bouteille ! dit Larry.

— Pas pour moi. Du thé, peut-être ?

— Vous et votre thé ! Eux et moi n'avions pas la même vision des choses, c'est tout. Rien de mystérieux là-dedans. Vous tremperez juste les lèvres, Cassie… Il y en a un que je voudrais absolument vous faire goûter.

Il va à la cuisine. La porte se ferme avec un bruit sec. Quelque chose, dans le bois, grésille sous la morsure du feu. Le chien grogne. Des ombres s'agitent sur le sol et au plafond. Elle pourrait s'endormir, là, tout de suite. Elle aurait dû se douter… c'est du Graham tout craché. Dès qu'elle ne l'a plus à l'œil… À travers le mur, un drôle de son lui parvient aux oreilles. Difficile à discerner, avec le crépitement du feu de cheminée et le bruit de la pluie. C'est peut-être le feu, tout simplement. Pourtant il lui a semblé entendre un grésillement, des parasites comme le bruit d'une radio.

Larry revient avec deux verres et lui en tend un.

— Je ne devrais pas.

— Vraiment ? demande Larry.

Il s'assoit près d'elle et lui met le verre dans la main.

— Juste pour goûter. Je suis curieux de savoir ce que vous en pensez.

— Il me semble avoir entendu quelque chose…

Elle cède. Le feu achève de consumer le rondin d'eucalyptus, qui dégage un parfum de menthol brûlé.

Cassie plisse les yeux. Elle louche presque – elle n'a pourtant pas bu tant que ça. Elle avale une toute petite gorgée.

— Hmm…, fait-elle, surprise, avant d'en boire une deuxième. C'est bon !

Ça la réveille un peu.

— Vraiment, j'aime bien… Il se boit comme du petit-lait, comme on dit.

Sa propre voix lui semble très lointaine.

— Je vous en commanderai deux caisses.

— Quoi ? Pour moi ? C'est à peine si je fais la différence entre le vin et le vinaigre !

Elle a la voix pâteuse. C'est embarrassant. *Tais-toi donc, Cassie ! Va te coucher !*

La voix de Larry semble lui parvenir depuis un tunnel.

— Comme vous dites. Rafraîchissant. Jeune. Parfois ce n'est pas une mauvaise chose. Vous être en train… de devenir… une vraie connaisseuse.

Elle renverse la tête en arrière, contre les coussins du canapé. La pièce tourbillonne. Elle sent quelque chose d'humide sur ses genoux. On lui retire le verre des mains. Et, faiblement, comme à travers une couverture épaisse, elle perçoit le grondement du tonnerre, une odeur verdâtre et, dans sa bouche, un goût électrique. Ses yeux refusent de s'ouvrir. On lui soulève les jambes, sa tête glisse tandis qu'on la tire doucement vers le bas.

Fred conduit, les yeux à peine ouverts. La route rouge et fangeuse est pleine de flaques profondes et mousseuses. Le ciel est d'un bleu innocent. Le soleil fait briller les brins d'herbe qui émergent de la terre détrempée.

— On va s'arrêter à Keemara boire un café, hein, mon pote ? dit Fred.

— Ça ne nous oblige pas à faire un détour ?

— Non, c'est pas loin. De toute façon, faut qu'on prenne de l'essence.

Graham a des élancements à la tête, et mal aux yeux. Il a abusé la veille au soir – trop bu, trop fumé, trop parlé dans cette atmosphère surchauffée. Ce Ziggy, une fois qu'il est lancé, difficile de l'arrêter !

— C'est quoi, la chose la plus bizarre que tu aies jamais vue ? avait-il demandé à Graham – le dernier truc dont il se souvienne. Après, il s'était endormi. Le temps avait fondu dans ce bus, un sirop qui avait tout englué : leurs yeux, leurs bouches. C'est ça, du sirop et de la fumée…

— Je sais pas, avait-il répliqué. Et toi ?

Des heures avaient paru s'écouler avant que Ziggy réponde.

— La chose la plus bizarre que j'aie jamais vue… c'est un troupeau de vaches. À environ deux cents kilomètres au nord-est. Je suis tombé dessus pendant que je roulais. Imagine la scène : une vingtaine de vaches regroupées autour d'un réservoir d'eau…

Graham avait hoché la tête, les yeux fermés, ne voyant rien d'étrange à tout ça.

— Mais toutes ces vaches… quand je me suis approché… j'ai vu qu'elles étaient mortes ! Toujours sur leurs pattes, mais mortes et toutes ratatinées, momifiées par le vent et par le sable, avec la peau qui se détachait par lambeaux. Il y en avait à qui il ne restait plus que les os, d'autres dont la chair s'était desséchée. Un troupeau de vaches mortes, rassemblées autour d'un réservoir asséché.

Une telle chose est-elle possible ? se demande-t-il à présent. Ça paraît à la fois trop insolite et trop ordinaire pour avoir été inventé.

Ce matin, aux premières lueurs du jour, il était sorti du bus, avait traversé le parking en vacillant et était allé piquer une tête pour se réveiller. Il avait nagé un peu contre les vaguelettes glacées qui agitaient la surface de l'eau. C'est fou, ce qu'il a eu peur, hier soir ! Ce n'était pas vraiment de la peur, mais la came lui a mis de drôles d'idées en tête. Il ne se sent pas tellement plus à l'aise maintenant qu'il fait jour. Il y a de drôles de vibrations dans l'air, pas de doute là-dessus.

Cependant, un café dans un relais routier, un petit quelque chose à manger… son ventre gargouille à cette pensée. Et puis, retour à la case départ. Que dira Cassie ? Dans quel état sera-t-elle ? Réponse : archidégoûtée. Mais du moment que Mara ne lui a rien dit, ça ira. Il parviendra à arranger ça. De toute façon, il est sûr que Mara s'est tue. Et puis, elle doit être assommée. Gavée de médicaments. Il a du mal à croire que ça se soit vraiment passé. La chaleur… non, il ne veut pas y penser, ni jamais y remettre les pieds. Ils s'engagent sur la route principale. La surface goudronnée le rassure, annonçant le retour au monde civilisé.

À l'intérieur du relais routier, tout paraît incroyablement normal. Des tartes et des sandwichs, sous un comptoir en verre ; une odeur de friture ; des steaks, des côtelettes et des hamburgers s'affichant sur des pancartes lumineuses. Une glacière remplie de Coca-Cola, de jus de fruits, de chocolat ou de thé glacé sous emballage carton. Des sachets de sauces. Des pots en plastique de confiture de fraise et de miel. Cette profusion de produits, ces choses si ordinaires lui tireraient des larmes. Mais il n'a pas d'argent sur lui et, comme un gosse, il est contraint d'attendre Fred, qui remet de l'essence dans la voiture. Il en profite pour aller faire un tour aux toilettes. De vrais W-C avec une chasse d'eau, une cuvette blanche – enfin… en tout cas, blanche sous la crasse, de l'eau chaude, du savon liquide. Il se lave la figure. Elles sont nouvelles, ces rides autour des yeux ? Il regrette de ne pas pouvoir se raser.

Fred lui paie une tarte, des frites et du café glacé et prend le temps de flirter avec la serveuse, pendant que Graham s'installe, avec son assiette, près de la vitrine. La femme, jeune et toute petite, a des traits d'oiseau et des cheveux longs jusqu'aux fesses. Graham sourit, et se met à mastiquer la pâte trop grasse et le cœur brûlant de la tarte passée au micro-ondes.

Dehors, un car s'arrête et déverse, par groupes de trois ou quatre, des personnes âgées vêtues de shorts volumineux et coiffées de casquettes de base-ball, qui ne cessent de jacasser. Quelques instants plus tard, les vieux font leur entrée, et le relais routier s'emplit de voix stridentes, d'éclats de rire et de chamailleries pour savoir qui va régler l'addition. Graham se recroqueville. Il a oublié ce que c'était, d'être au milieu d'une foule de gens.

Fred s'assied et engouffre une poignée de frites.

Graham sourit, écarquille les yeux, désigne la femme d'un geste de la tête.

Fred recrache une demi-frite à l'autre bout de la table.

— Ouais… À ta place, j'essaierais même pas de l'approcher. Sauf si tu tiens à avoir les couilles arrachées, balancées dans une friteuse et servies avec de la sauce barbecue.

Graham éclate de rire.

— Je pourrais t'emprunter quelques dollars ?

Fred plonge la main dans sa poche et laisse tomber de la monnaie sur la table.

— Un cadeau pour Luce ?

— Luce ?

Fred sursaute, secoue la tête.

— Ah, tous ces prénoms de gonzesse !

Il détourne les yeux, lève les deux pouces à l'adresse de la femme au visage d'oiseau.

Graham finit son café et va regarder un présentoir de cartes postales pendant que Fred roule une cigarette, pose les pieds sur une chaise et savoure lentement son café. Il choisit plusieurs cartes postales, pour lui et pour Cassie. Aperçoit un téléphone. Il faut qu'il appelle Patsy. Et pourquoi pas Jas ? Il a une telle impression de liberté !

— Vous connaissez l'indicatif de l'Angleterre ? demande-t-il à la serveuse.

Elle le lui marmonne, entre ses petites dents blanches. *Balancées dans une friteuse* ? Il sourit, tandis qu'il introduit un dollar dans la fente et compose le numéro de Jas. Il entend que ça sonne. Incroyable, à des milliers de kilomètres de là ! Dans un autre hémisphère. Il revoit le téléphone rouge posé à même le sol, tout près du lit. Les lueurs dansantes du plafond.

— Ouais ?

Sa voix ensommeillée.

— Eh, Jas, c'est moi, Graham !

— On est au beau milieu de la... Graham ! T'es où ?

— Au relais routier de Keemara, j'ai eu l'idée de t'appeler.

— Merci... Putain, il est trois heures du matin ! Keemara, tu dis ?

— Désolé. T'as reçu mes cartes ?

— Non.

Puis elle ajoute d'une voix plus claire, manifestement plus réveillée :

— Ça fait plaisir de t'entendre ! On dirait que t'es juste à côté.

— Ça fait drôle, hein ?

— Comment tu vas ? Tu m'as manqué. Ça se passe comment ?

— Tout est vraiment superbizarre.

— Et Cassie ?

Il est sur le point de répondre quand la communication est interrompue. Il a encore dans les oreilles l'écho de la voix de Jas. Comme une vieille dame attend derrière lui, il laisse tomber. Il ne va pas appeler Patsy au beau milieu de la nuit, de toute manière. Soudain, ça le prend aux tripes. Il a besoin de retrouver tout ça : Jas, les autres, le monde réel. Ça le submerge comme une vague : les rues, les visages, les amis, rien ne semble appartenir au même univers que Mara. Il se rend compte qu'il serre les poings. Son cœur bat à tout rompre. C'est presque une attaque de panique. Un vieil homme coiffé d'une casquette de basket le regarde d'un air soucieux. Graham s'oblige à sourire, fait tourner le présentoir. Il a le mal du pays, c'est tout, rien de plus normal. Il sera bientôt de retour chez lui.

S'éloignant du brouhaha, Graham sort et se retrouve devant une volière. Des perruches, des pinsons, un couple de cacatoès, perchés comme deux pots sur une étagère. Et, dans un enclos, à l'intérieur de la volière, un kangourou visiblement déprimé le foudroie du regard derrière ses longs cils. SHEILA, dit la pancarte. NE PAS LANCER DE NOURRITURE. Sheila… *Tous ces prénoms de gonzesse !* Adossé contre le flanc de son véhicule, le chauffeur du car fume une cigarette. Un train routier s'arrête dans un vrombissement. Sa taille imposante, la puissante odeur de moteur, les trois remorques derrière le véhicule. Un type portant sur la tête un bandana vert saute du véhicule. Il lève les mains et commence à s'étirer. Graham entend craquer son dos.

— Salut mec ! dit-il.

Il tient un cure-dents d'un côté de la bouche et, de l'autre, crache ses mots.

— Salut, répond Graham.

— Anglais, hein ?

— À quoi vous devinez ça ?

— Le sixième sens, mec !

Il pose un doigt sur son nez et le tapote. Se dirige vers le relais routier. Graham contourne le gigantesque véhicule. Aperçoit son propre visage déformé dans l'acier chromé du pare-choc. Incroyable qu'un type seul puisse contrôler un monstre pareil. Le chauffeur ressort quelques minutes plus tard, avec deux briques de jus de fruits et un sandwich.

— Vous voulez jeter un coup d'œil ? demande-t-il.

— Ouais.

Il se hisse à l'intérieur de la cabine et ouvre la portière. Graham le suit. Un vrai living-room ! Un hamac ; des couvertures sur les sièges ; un coussin à fleurs ; une bouilloire ; des photos – une femme et des enfants ; deux livres sur une étagère. L'un sur les oiseaux, l'autre sur les fleurs sauvages. L'homme suit le regard de Graham.

— On en voit tellement, quand on voyage, dit-il. Autant connaître leurs noms. Vous venez d'où ?

— Pas loin de Sheffield, répond Graham.

— L'acier, hein ?

— Ouais, plus trop.

— J'ai une sœur à Leeds.

— Ah ouais ? Vous y êtes allé ?

— L'année prochaine, avec ma femme et les gamins.

— C'est quoi, votre direction ?

– Perth. Je vous emmène ? À vrai dire, un peu de compagnie me ferait pas de mal.

Graham avale sa salive. Regarde par-dessus la vitre. Fred n'est pas dans les parages.

— Décide-toi, mon gars. Faut que je bouge.

— Bon, OK. Merci.

La bouche sèche, il s'installe sur le siège du passager. Le siège est profond. La portière claque. Le moteur se met à vrombir. Un grondement terrible ; sur l'étagère les livres glissent. Graham remarque les rideaux. À fleurs jaunes, retenus par des embrasses. Faits par son épouse ? Précisément le genre de trucs ridicules que Cassie adore confectionner. Ils dépassent le relais routier au moment où Fred en émerge. Il jette un coup d'œil à la ronde, collant une main sur son front pour protéger ses yeux.

— Moi, je suis d'Adélaïde. Je m'appelle Frank.

— Graham.

Ils parcourent le terrain gravelé et s'apprêtent à rejoindre l'autoroute.

— J'ai connu un gars qui s'appelait...

— Arrêtez-vous, s'écrie soudain Graham.

— Qu'est-ce qui se passe ?

— Je peux pas... j'ai un pote, là...

Frank arrête le véhicule. Hennissement des freins. Il se tourne vers Graham.

— Pourquoi ne pas l'avoir dit plus tôt ?

— Désolé, dit Graham dans une grimace. Merci quand même.

Frank le regarde comme s'il était fou à lier.

— Comme tu veux !

Graham ouvre la portière et saute. Le camion s'éloigne avec ses énormes remorques, son tuyau d'échappement crachant une fumée mêlée de poussière. Fred sort des toilettes, s'essuyant les mains sur son short.

— T'es prêt ?

Ils remontent dans le 4 × 4 et roulent quelques instants en silence. Un autre train routier les dépasse en faisant gicler des trombes d'eau rouges comme du sang.

Fred met les essuie-glaces en marche.

— Tu t'es déjà envoyé Mara ? demande-t-il.

Graham est si surpris qu'il manque de s'étouffer.

Fred renverse la tête en arrière, mais ne rit pas. Frappe du poing sur le volant.

— Fais pas cette tête-là, mon pote ! Sacrés rosbifs !

— Et toi ?

Fred prend une expression sinistre. Fourre une cassette dans l'autoradio. Ils dévalent l'autoroute qui scintille, devant eux, et derrière, dans le rétroviseur. Ils parviennent au pont, sous lequel coule maintenant une rivière, alors qu'il n'y avait la veille qu'une petite veine boueuse. On dirait qu'une artère a éclaté, propulsant l'eau jusque dans les premières branches des arbres. Il aurait dû être auprès de Cassie, quand il a commencé de pleuvoir.

— J'espère que tout va bien là-bas. Avec la tempête, je veux dire.

— T'inquiète pas. Larry va s'assurer que tout va bien.

— Mais Larry n'est pas là.

Quelques secondes de silence. Un frémissement nerveux, peut-être, sur le visage de Fred.

— Larry n'est pas là, répète Graham.

Fred ne réagit pas.

— N'est-ce pas ?

— Il se peut qu'il soit rentré hier soir.

— Mais il n'a jamais été question qu'il soit là. Tu avais dit que…

— Non… eh ben… sans doute, alors… Te fais pas de souci, mon pote. Tu te verrais… blanc comme un cachet d'aspirine !

Graham exhale une grande bouffée d'air – il tente vainement de rire. Mais quelque chose cloche. Il y a cette angoisse qui le tenaille, et ne veut pas le lâcher…

— Écoute, dit Fred. Je vais te dire un truc, et après, j'ouvrirai plus ma gueule. Toi et Cassie, vous feriez bien de foutre le camp d'ici !

La route luit, sous les pneus.

— Quoi ?

— Il y a un double des clés de la voiture de Larry sur une étagère, au-dessus de la porte du garde-manger.

— Hein ?

Graham tourne la tête. Un frisson le parcourt dans la fraîcheur du véhicule climatisé.

— De quoi tu veux parler ?

Mais Fred ne dit plus rien. Il change la cassette, monte le volume et, la mine renfrognée, garde les yeux rivés sur la route.

27

Quelque chose lui appuie sur la tête. Quelque chose pèse sur ses yeux. Il y a de la lumière là-haut, mais d'où vient-elle ? Elle voudrait ouvrir les yeux mais ses paupières sont trop lourdes. Et rien d'autre que son propre poids, pour maintenir sa tête en place. La lumière filtre entre des rideaux marron. Sa gorge est si sèche qu'elle peut à peine respirer. Lorsqu'elle se redresse, les murs de la pièce s'envolent dans un tourbillon. Elle s'efforce de ne pas bouger la tête et cligne des yeux à plusieurs reprises, afin de distinguer nettement ce qui l'entoure.

Un feu de cheminée éteint, des cendres grises. Larry. Ah oui, ils sont venus ici hier soir – mais elle croyait que c'était un rêve. L'atmosphère et l'impression laissée sont celles d'un rêve. Il y a une couverture qui a glissé sur le sol, un verre d'eau. Elle le saisit, boit une longue gorgée, sentant le canal asséché de sa gorge s'ouvrir. Elle tente de rassembler les fragments épars dans son esprit. Porte les mains à son visage, tiède et caoutchouteux.

Pourquoi n'est-elle pas dans son lit ? Elle ne se rappelle pas comment ça s'est terminé, la veille au soir. A-t-elle perdu connaissance ? Elle se lève en s'agrippant au bras du canapé. La chambre de son rêve était confortable, avec son feu de cheminée. Or cette pièce est miteuse, avec sa grande cheminée noire – en fer, sans doute – au cœur calciné où les bûches, réduites en cendres, forment un petit tas grisâtre qui semble s'animer devant elle. Dans l'âtre, un bout de papier, un emballage quelconque épargné par les flammes. Elle se penche pour le ramasser, est prise d'une brusque envie de vomir. *Compresse désinfectante*. Hein ? Son visage s'empourpre.

Il faut qu'elle quitte cette pièce, qu'elle aille se laver. Et qu'elle s'habille. Qu'elle s'habille de façon décente. Ses jambes sont nues sous la chemise maculée de vin et froissée par son sommeil éthylique. Et rien, sous la chemise. Elle avait pourtant sûrement quelque chose, elle ne sait plus trop bien, elle était tellement trempée... à cause de la pluie, de cela elle se souvient. Le tonnerre. Elle va à la fenêtre et ouvre l'un des rideaux. À travers la vitre crasseuse, l'éclat du soleil, comme du verre brisé... Graham va rentrer. Qu'est-ce que c'est que cette *compresse désinfectante ?*

Elle quitte la pièce, sort par la cuisine. Saisit sa robe bleue, posée sur le dossier d'une chaise. Larry n'est pas là, mais il flotte une odeur de café. La vaisselle est faite, une paire de gants chirurgicaux traîne sur la table. Elle a honte de se trimballer dans cette chemise souillée. Quelque chose glisse sur sa jambe. Elle referme lentement la porte-moustiquaire derrière elle, pour ne pas faire de bruit, et émerge dans la lumière éblouissante. L'air est rafraîchi par l'eau qui s'évapore. Les poules se précipitent à sa rencontre, mais elle les ignore. Bah, elles attendront !

— Ah, Graham ! Heureux de vous revoir ! Je crois que Cassie se repose.

Graham surprend le regard qu'échangent Larry et Fred. Arrogant, sournois, il confirme ses soupçons.

— Je crains qu'elle n'ait un peu abusé du vin, hier soir, précise Larry.

Graham serre les dents, remplit une tasse d'eau, qu'il s'oblige à boire avant d'ouvrir la bouche. C'est comme avaler des pierres.

— Je croyais que vous étiez parti pour deux jours.

— Et que vous pouviez par conséquent en profiter ? Et partir en balade ? Je dois dire que vous me décevez. Et toi aussi, ajoute-t-il à l'adresse de Fred, qui cligne des yeux et chasse une mouche d'un geste de la main.

— Ouais, je vois pas où le mal. Je mange un morceau et je mets les voiles. OK, mon pote ?

— Il y a un pépin avec le générateur, dit Larry. Tu pourrais venir jeter un coup d'œil avant de partir ?

Fred jette un regard perplexe à Graham, avant de sortir avec Larry. La cuisine n'a pas changé, et paraît pourtant différente. Du moins, on dirait. Les mouches forment au-dessus de la table une colonne bourdonnante – comme toujours. Des bouteilles de vin vides. Trois. De la vaisselle qui sèche à côté de l'évier. Deux assiettes. Deux verres posés à l'envers. *Trois bouteilles ?*

Dans le bâtiment des tondeurs, Cassie est couchée en boule sur le lit, les cheveux répandus autour d'elle, le visage rouge et moite. Pendant son sommeil, une photo est tombée de sa main. Graham pose discrètement le plateau. Ramasse la photo. Une fille blonde qui pourrait presque être Cassie pose dans la lumière aveuglante. À l'arrière-plan, la silhouette floue d'une poule. Penchée sur elle, l'ombre du photographe.

Cassie ouvre les yeux lorsqu'il s'assied sur le lit. Les écarquille comme si elle n'arrivait pas à croire qu'il soit vraiment là.

— Graham !

Elle l'entoure de ses bras, lui broyant les côtes, marmonnant contre son ventre.

— Qu'est-ce qui s'est passé ?

— Je suis désolé, dit-il en lui caressant les cheveux. On a fait escale… chez un pote de Fred… et puis on a été retenus… la pluie.

Elle se dégage.

— Tu avais promis de revenir !

— J'y peux rien.

— Tu as appelé Patsy, au moins ?

— Désolé, dit-il, la gorge nouée.

— On ne peut vraiment pas compter sur toi.

Elle a les larmes aux yeux.

— Tire-toi !

— Cassie, crois-moi, je…

Elle s'écarte de lui et, se blottissant, serre les bras autour de ses genoux.

— Te croire ? Tu fais toujours ça ! On ne peut pas compter sur toi. La fois où tu es descendu acheter un journal et…

Elle enfouit le visage dans ses genoux.

— C'était il y a mille ans, marmonne-t-il. Regarde, je t'ai apporté du thé.

Elle renifle.

— Quand est-ce que Larry est revenu ? Qu'est-ce qui s'est passé ?

— Il ne s'est rien passé.

Le visage de Cassie – pour le peu qu'il en aperçoit – est rouge, sa voix étouffée.

— Il est revenu pas longtemps après votre départ… Oh, mon Dieu…

— Quoi ?

Elle lève les yeux, ouvre la bouche et secoue la tête.

— *Quoi ?*

Elle lui raconte qu'il y a une salle de bains, qu'elle est entrée, qu'elle y a pris un bain. Elle a les cheveux propres, en effet. Légèrement plus clairs – presque blancs au niveau des pointes. Une salle de bains. Il s'efforce de ne rien dire. Se contente d'écouter en constatant qu'elle évite son regard.

— Et Mara, elle était où pendant ce temps ?

— Ça aussi c'est bizarre. Elle s'est réveillée et m'a raconté plein de choses… Elle était très lucide.

Graham a l'impression qu'une main lui tord les entrailles. Retenant son souffle, il attend la suite.

— Elle m'a dit que Larry n'était pas vraiment médecin… elle m'a raconté toute l'histoire mais… mais après Larry m'a expliqué que sa maladie lui faisait imaginer des choses.

— Et alors ? demande-t-il d'une voix sans doute trop impatiente – Cassie fronce les sourcils.

— Quoi qu'il en soit, elle m'a raconté que le frère de Larry était docteur, et que, quand il est mort, Larry a pris sa place… Tu le crois, ça ?

Elle lui répète tout ce qu'a dit Mara, probablement des mensonges. Rien qui le concerne, lui. Il respire.

— Sa maladie lui fait imaginer des choses ?

— « Une imagination débordante », ce sont les mots qu'il a utilisés. Et, regarde..

Elle farfouille dans les plis du drap et met la main sur la photo.

— Mara dit… Elle dit que je lui ressemble. Tu trouves que c'est vrai ?

Il regarde de nouveau le cliché.

— Un peu, oui. À l'exception des nattes. Et elle doit être plus petite.

Graham a les mains moites. Ne veut pas abîmer la photo. Il a un goût acide au fond de la gorge. Les excès de la veille au soir qui se rappellent à son bon souvenir, auxquels s'ajoutent les relents graisseux de la tarte de ce matin. Il songe à la sculpture de Ziggy – si on peut l'appeler ainsi. Le téléphone… la natte blonde, sortant du combiné. Mais les cheveux blonds sont très courants en Australie, une femme sur deux, ici, a de longs cheveux clairs, qu'il faut sans cesse couper. Il y a des coiffeurs. Pas difficile de trouver une natte blonde, si on en cherche une. À supposer que ce soient de vrais cheveux, plus il y pense, plus il se dit qu'il paraissaient faux, qu'ils brillaient comme du synthétique.

— Et regarde ça !

Elle s'affale sur le lit, tend le bras vers le gilet.

— Il est beau, non ? Je crois que c'était à elle. Larry me l'a donné. Bizarre qu'elle soit partie sans.

— Larry et toi…, commence-t-il, lorsqu'il remarque la chemise blanche, roulée en boule sur la chaise.

— Quoi ?

Elle le regarde enfin. Bien en face. Ses yeux gris, pailletés de vert. Un minuscule vaisseau éclaté dans le blanc de l'œil.

— Tu as passé une bonne soirée ?

Elle secoue la tête.

— Si on veut. Un peu rasoir. J'avais fait des tonnes de spaghettis à la bolognaise, en pensant que vous rentreriez affamés. On les finira plus tard. Je me suis vraiment fait du souci, Gray.

— Il a dit que tu avais trop bu.

Elle hausse les épaules.

— Je parie que toi aussi, tu as trop bu.

— Ouais, en effet. Mais… *trois* bouteilles ?

— Il a dû continuer à boire quand je suis allée me coucher.

Il la regarde, jusqu'à ce qu'elle baisse les yeux. Serre si fort les poings que ses ongles s'enfoncent dans ses paumes. Aspire une grande bouffée d'air.

— Faut qu'on parte, dit-il sans élever la voix.

Elle hoche la tête.

— Je me sens un peu…

Il la regarde se lever en chancelant et ramasser une culotte. Lorsqu'elle l'enfile, il aperçoit le long sourire touffu entre ses jambes. Jette un nouveau coup d'œil à la chemise.

— C'est quoi, ça ? C'est à lui ?

— Je l'ai empruntée.

Elle parvient à glisser ses pieds dans ses sandales, au bout de la troisième tentative.

— Pourquoi ? demande-t-il, tandis que le battement de son cœur s'accélère.

— Oh, je t'expliquerai plus tard, Gray.

Il parvient à conserver son calme, malgré son envie de hurler :

— Larry… est-ce qu'il a tenté quelque chose ?

— C'est toi qui demandes ça ! lance-t-elle avant de sortir en claquant la porte.

Il garde les yeux braqués sur la porte quelques instants, avant de se lever et de donner un coup de pied dedans. Puis il se cogne la tête sur le bois et reste planté là, le front plaqué sur la porte. Son cœur bat la chamade. Il doit recouvrer son calme. Réfléchir. Trouver le moyen de les sortir d'ici sains et saufs. Il attrape la chemise, la presse contre son visage. Elle sent Cassie, et l'eau de toilette ringarde de Larry. Il la froisse et la balance contre le mur. Son sac est sur le sol. Il le prend et en sort le cadre de miroir de Cassie. Il ne reste plus un seul fragment de verre brisé. Il étudie son ovale noir pendant une minute, puis le fourre dans le sac à dos de Cassie. Il ramasse la chemise, l'examine. Tachée de vin, froissée. *Non.* C'est plus qu'il n'en peut supporter. *Non !* Il entend une voiture démarrer et s'éloigner. Fred qui s'en va. Il faut qu'ils partent. Cette nuit.

Cassie va aux toilettes. Elle retient son souffle. N'arrive pas à mettre de l'ordre dans ses idées. Que s'est-il passé avec Larry ? Mieux vaut ne pas y penser. Les mouches… il doit y en avoir des millions là-dedans… leur vibration assourdissante… des millions d'asticots. Elle a envie de vomir et une de ces migraines… la gueule de bois. Combien de verres a-t-elle bus ? C'est pire que la gueule de bois, c'est une espèce de torpeur qui engourdit son esprit.

Elle sort, regarde la porte du bâtiment des tondeurs. Elle meurt d'envie d'aller s'étendre, mais n'a pas la force d'affronter Graham. Elle se lave les mains, les frotte vigoureusement avec le savon au goudron. Puis, s'éloignant de la maison, elle se dirige vers les arbres. Il y a un rocher à cet endroit-là, un rocher où il fait bon s'asseoir à l'ombre de leur feuillage. Ses élancements à la tête suivent le rythme de ses pas.

Elle s'assied un moment. Les yeux ouverts, mais le regard absent. Des perroquets poussent des cris perçants. Une plume rouge, collée à un filet blanc de crotte d'oiseau. Un lézard immobile paraissant fixé à la roche. Ses petits doigts écartés. Elle passe la main sous sa robe, là où c'est tiède et humide. Un enchevêtrement visqueux. Elle aurait besoin d'un autre bain. Pas Larry, non… Mieux vaut ne pas y penser. Faut juste qu'elle… elle fronce les sourcils, s'efforçant de remonter le fil de ses pensées confuses. Rien à faire ! Comment ça s'est fini ? Un sale goût dans la bouche, qui ne vient pas de quelque chose qu'elle a mangé. Qu'est-ce que la compresse faisait là ? Des fragments lui reviennent en mémoire. La radio, par exemple, à supposer qu'elle n'ait pas rêvé, et encore autre chose… le vin… un truc froid et imbibé… et au-dessous, le canapé glacé. Il faut qu'ils partent. Comment faire ?

Elle ferme les yeux, renverse la tête en arrière. Ce qu'elle est lourde ! Le cri lointain des oiseaux lui parvient aux oreilles… une main, sur sa peau. Elle sursaute. Ce n'est que Graham. Il lui tend une bouteille d'eau. Elle boit avec avidité, avant d'être prise de nausée.

— Qu'est-ce que tu fais là ? demande-t-il.

— Pourquoi il a fallu que tu partes ?

Les coins de sa bouche tombent, comme si elle allait fondre en larmes. Mais la colère prend le dessus. Elle sent comme des éclairs parcourir ses bras et ses jambes.

— Qu'est-ce que tu faisais ?

— Je te raconterai, dit-il. Écoute ! Faut qu'on parte cette nuit. OK ? Je sais où est le double des clés, pour la voiture. On fiche le camp d'ici, bordel !

— Comment ?

Il paraît tellement sérieux. Quatre sillons parallèles sur son front. Récemment apparus ?

— Aujourd'hui, on fait comme si de rien n'était, et cette nuit, on se tire. Surtout ne dis rien, ne laisse rien paraître, OK ?

Il est tellement déterminé. Cela ressemble si peu au Graham qu'elle connaît. Elle le scrute. Il est sérieux. Lui, qui n'est jamais sérieux, d'habitude. Quelques cheveux blancs, sur le front et les tempes. Plus qu'avant, non ? Les rides autour de ses yeux et les pores autour de son nez sont accentués par la poussière. Un ou deux poils blancs dans sa barbe de trois jours. Il pourrait bientôt se faire pousser un bouc. Elle pousse un soupir et ferme les yeux.

28

Cassie se pelotonne dans le lit. Est-ce qu'il dort ? Il n'émet aucun son, respire tout doucement. Elle croise ses bras autour d'elle, dans un mélange de peur et d'excitation – et en frémissant au souvenir de l'horrible dîner de ce soir. Et du terrible effort qu'il lui avait fallu faire pour donner l'impression que tout allait bien. La sauce bolognaise de la veille, brûlée et servie avec du pain rassis, et une salade où elle avait mis trop d'oignons. Larry l'avait regardée d'un air dubitatif, mais s'était gardé de tout commentaire. Il s'était comporté si normalement qu'elle se serait presque demandé si elle n'avait pas rêvé les événements de la veille. Peut-être était-ce aussi simple que ça. Peut-être avait-elle trop bu et perdu connaissance ? Sinon, comment expliquer qu'il puisse être aussi calme ?

Ils avaient dîné sur la véranda, à la faible lueur d'une lampe à pétrole à la flamme vacillante, autour de laquelle s'agitaient les sempiternels insectes et papillons de nuit suicidaires. Les oignons, piquants en diable, leur faisaient couler le nez. Il n'y avait pas de vin pour une fois. L'atmosphère était intenable, toutes les tentatives pour engager la conversation étaient forcées.

— Mara ne se sent pas bien ? avait-elle finalement demandé sans avoir la force de croiser le regard de Larry.

— Elle se remet.

— Larry, vous avez une radio, n'est-ce pas ? avait-elle demandé. Je l'ai entendue.

Il l'avait scrutée sans chercher à nier.

— Pourquoi ne pas l'avoir dit ?

Il avait poussé un soupir de déception, et lui avait parlé comme à une enfant capricieuse.

— Il est essentiel que Mara – pour sa tranquillité d'esprit dirons-nous – s'imagine que nous vivons totalement isolés. Mais j'ai besoin d'une radio, bien sûr, ne serait-ce que pour contacter Kip. Vous pensez que c'est par hasard, qu'il passe chaque fois qu'on a besoin de lui ? Pareil pour Fred.

— Mais pourquoi avoir menti à ce sujet ?

— Mara n'est pas au courant. Il me semblerait… malvenu que des visiteurs sachent des choses que la maîtresse de maison ignore.

La maîtresse de maison !

— C'était vraiment un pieux mensonge. Maintenant que nous avons réglé cette question…

Larry s'était tamponné la bouche avec sa serviette, toujours enroulée dans son rond en os.

— Je m'attendais à ce que vous m'annonciez quelque chose.

Son regard était passé de l'un à l'autre.

— Non ? Corrigez-moi si je me trompe, mais j'ai le sentiment que, de votre point de vue, cette… cette expérience touche à sa fin. En d'autres termes, vous êtes sans doute désireux de partir.

— Quelle expérience ? avait demandé Graham.

— L'expérience de Cassie, voir comment vous vous…

— Ce n'est pas une expérience, avait protesté Cassie, le visage en feu.

Quel fouteur de merde !

Un gros coléoptère, de la taille d'un roitelet, était venu frapper le verre de la lampe à pétrole, avant de retomber sur la table. Coincé sur le dos, il agitait les pattes. Graham avait tenté de le remettre à l'endroit à l'aide de sa fourchette, mais cette idiote de bestiole n'avait pas voulu se retourner et était restée là, à se balancer et à vrombir comme un bateau à moteur. Graham l'avait fait tomber de la table d'un geste de la main, mais cette andouille était revenue se cogner contre la lampe à la flamme papillotante.

— Et quand voudriez-vous partir ?

— Dès que possible, avait répondu Cassie en pressant son pied contre celui de Graham.

— Voyons...

Larry avait joint les mains comme pour prier, le bout de ses doigts touchant sa barbe.

— Vous souhaitez faire les choses en bonne et due forme ?

Elle avait senti Graham sur le point d'exploser, mais il avait réussi à ne pas ouvrir la bouche. Elle lui avait serré la jambe en signe de reconnaissance.

— Eh bien... si c'est nécessaire.

— Vous savez, bien entendu, que vous renoncez à la somme qui a été fixée ?

— Oui.

— Et vous êtes également conscients de trahir la confiance que j'avais en vous ? Sans parler de Mara. Vous n'avez aucun scrupules à agir ainsi, visiblement.

— Si, avait-elle répliqué en chuchotant presque. Nous avons des scrupules, mais...

— Mais votre décision est prise ?

Il avait secoué la tête, entremêlé ses doigts, fait claquer les articulations.

— Très bien. J'accepte. Je réclame deux semaines de préavis. À présent, si vous n'y voyez pas d'inconvénient...

Larry s'était levé de table et, passant par la cuisine, s'était retiré dans la maison, leur clouant le bec.

— Deux semaines, avait dit Cassie. On peut tenir, tu crois ?

— Pas question. Pour rien au monde !

Graham s'était tourné vers elle, les sourcils froncés.

— C'était quoi, cette expérience ?

— Oh, rien.

— C'était quoi ?

Elle avait respiré un grand coup.

— Rien… nous… voir si ça pouvait marcher ou pas. Tu le sais.

— J'ignorais que tu te confiais à lui.

Elle avait secoué la tête.

— Et alors ?

— Alors quoi,

— Le résultat est concluant ?

Elle avait appuyé les doigts sur ses paupières. Elle se sentait mieux, mais planait encore un peu. Très loin de lui. Ils étaient si différents.

— J'en sais rien, avait-elle répondu. À ton avis ?

Il s'était levé et éloigné à grands pas.

Un faible éclat de lune filtre à travers les rideaux. Elle se demande s'il dort. Il suffirait qu'ils tiennent le coup deux semaines, et alors ils pourraient s'en aller dans des conditions normales, faire leurs bagages et tout régler. Ça semble plus raisonnable. Mais il veut partir cette nuit. C'est Graham tout craché… Filer au beau milieu de la nuit, quand ils pourraient attendre deux semaines et faire les choses en bonne et due forme. Est-ce qu'il dort ? On ne dirait pas. Trop silencieux. Il ferait plutôt semblant de dormir. *Deux semaines*, c'est pas beaucoup. Mais il est décidé. Et pourquoi ne pas le laisser partir ? Alors, elle se retrouverait plus ou moins seule avec Larry. *Non. Non. Non*. Comme pour se protéger, elle coince une main entre ses jambes. Et s'il ne s'était rien passé ? Si, il s'est passé quelque chose. Elle veut rentrer chez elle. Ils arriveront peut-être à temps pour fêter Noël ? Elle veut retrouver Patsy. Rentrer chez elle.

— Gray, chuchote-t-elle.

— Quoi ?

Il est aussi réveillé qu'elle. Comme elle, occupé à réfléchir.

— OK, on y va.

Soudain, il se redresse et bondit hors du lit. Elle distingue une faible lueur, lorsqu'il éclaire le cadran de sa montre.

— Deux heures vingt. Allez, viens !

— Tu étais étendu là, à attendre que je donne le feu vert ?

Il fait craquer une allumette, allume la bougie.

— Je sais où est la clé de la voiture. On va la prendre.

— Mais tu n'as pas ton permis.

— Toi, tu l'as. Et je sais conduire. Allez, viens !

Elle sort du lit. Frissonne.

— Tu es sûr ? Et s'il nous surprend ?

Graham se fige. Leurs regards se croisent.

— Ça va le rendre fou furieux, dit-il en tressaillant.

— Qu'est-ce qu'il pourrait faire ?

Graham enfile son jean.

— Allez, viens !

— On ferait peut-être mieux d'attendre ?

— Dépêche-toi !

Il se remet à rassembler les affaires dans son sac a dos. Dans la pénombre, son expression paraît grave et effrayée. Elle ne l'a jamais vu effrayé. Ça lui fait peur.

— Ça ne peut pas être si simple, dit-elle en mettant sa culotte.

— Impossible de le savoir, tant qu'on n'a pas essayé.

Ils n'ont pas beaucoup d'affaires et ils ont vite fait de les ranger dans leurs sacs à dos. Graham va chercher ses couleurs et son matériel de peinture dans l'atelier, en se déplaçant sur la pointe des pieds, tel le méchant dans une pièce de théâtre. Cassie se surprend à rire, et se laisse retomber sur le lit. Elle se sent pétiller, comme si on avait dissout un comprimé effervescent dans son sang. Elle se ressaisit et passe en revue les tiroirs.

Graham a déjà préparé les passeports, les billets et l'argent. Surprenant de sa part, une telle organisation. Ils ont besoin d'eau – ils peuvent tirer l'eau à la pompe et remplir deux bidons de cinq litres. Tandis qu'elle emballe ses précieuses photos dans un pull et les fourre dans son sac, des questions surgissent dans son esprit : pourront-ils échanger leurs billets, ou vont-ils devoir en racheter avec leur carte de crédit ? Au pire, ils perdront quelques milliers de livres. Et alors ? Ils se débrouilleront. Ils ont l'habitude. Ils vendront leur voiture et se nourriront de ragoût de lentilles pendant des mois… du ragoût de lentilles, chez eux, dans leur maison – mais c'est le paradis !

— Et si tu ne trouves pas les clés ? demande-t-elle.

— Je sais où elles sont. Sinon, je trafiquerai les fils de contact.

— Gray ! Tu sais faire ça ?

— Prête ?

Elle aspire une grande bouffée d'air, glisse son sac à dos sur son épaule et promène son regard sur la pièce – les rideaux à motif de licornes, le tapis en tissus mélangés, il y a des choses qui lui manqueront – avant de souffler la bougie et de suivre Graham dehors. Tout ça ne lui paraît pas réel. Tellement sournois. S'en aller comme des voleurs, alors qu'ils n'emportent rien (ils se contentent d'emprunter la voiture) et qu'ils sont libres. Leur acte n'a rien de répréhensible, se convainc-t-elle, en se frayant un chemin parmi la broussaille. Le vent s'est levé. Le ciel, presque dégagé, est parsemé d'étoiles. Seul un lambeau de nuage grisâtre vient ternir l'éclat de la lune. On distingue le grincement de la pompe à eau. Sinon, la nuit est étrangement silencieuse, à croire que les oiseaux de nuit et toutes les autres créatures retiennent leur souffle.

Ils vont jusqu'à la pompe et remplissent les bidons. Puis se retrouvent devant la voiture, qui semble les inviter à monter. Graham ouvre la portière arrière et balance leurs sacs sur la banquette. Cassie regarde la maison, à l'affût du moindre signe. Dieu merci, Yella est sourd. Et Mara, gavée de médicaments, doit être inconsciente. Elle s'en veut terriblement de la laisser ainsi sans un mot, comme les autres l'ont fait avant eux. Elle se sentira si seule. *Désolée*, murmure Cassie, les yeux fixés sur la porte de la remise.

— Les clés sont dans le garde-manger, dit Graham. L'étagère au-dessus de la porte.

Il se dirige vers les marches.

— Non, j'y vais ! dit Cassie, certaine d'être plus discrète.

— Et s'il…

— Je dirai que je suis venue me faire une tasse de thé… que je n'arrivais pas à dormir… un truc dans ce goût-là.

— Mais tu es habillée.

— Je trouverai bien quelque chose.

Elle grimpe les marches en faisant le moins de bruit possible. Yella, qui dort devant la porte, se met à grogner lorsqu'elle le force à bouger. Il fait très sombre. Le réfrigérateur ronronne. Elle avance à tâtons vers la porte du garde-manger, en suivant le mur et le bord de la table. Ses doigts heurtent la corbeille à fruits – elle voudrait tellement l'emporter, mais se contente de fourrer deux oranges dans son sac. Il fait noir comme dans un four, elle a du mal à trouver la porte – c'est absurde. Sa main frôle une étoffe. Elle sursaute, croit que c'est une manche… et si Larry… mais ce n'est qu'un torchon, sur le dossier d'une chaise. Dehors, un hibou hulule, et étouffe un cri. Elle s'appuie sur la table. Prend une profonde respiration. Elle s'imagine allant de la table au garde-manger, pour aller chercher de la farine, par exemple.

Elle fait trois pas et trouve le loquet, qu'elle tripatouille de ses mains moites. Et si Larry entrait maintenant, que lui raconterait-elle. Qu'elle fait une crise de somnambulisme ?

Elle ouvre la porte du garde-manger. Entre. La porte commence à se refermer derrière elle en grinçant sur ses gonds. Elle met un pied dans l'embrasure pour l'empêcher de se refermer. Son cœur bat à tout rompre. L'odeur familière de la farine, du renfermé, et du papier tue-mouches. Elle lève la main, repère l'étagère. Sa surface pleine de graisse et de poussière... il y a des choses dessus, mais quoi ? Des choses mortes, dirait-on. Quelque chose – une souris ? – tombe sur le sol. Cassie pousse un gémissement. Plaque aussitôt une main sur sa bouche. *Ressaisis-toi !*

Ses doigts finissent par rencontrer les clés. Elle pousse un soupir de soulagement. Maintenant, il faut ressortir ! Elle tâtonne, prend garde à ne pas trébucher, à ne pas faire de bruit. Elle franchit le seuil... attention à la porte-moustiquaire... ça y est, elle est dehors. Il ferait presque clair. Graham se découpe en ombre chinoise sur le ciel étoilé.

— Allons-y, dit-elle en exhibant les clés.

— Je vais conduire jusqu'à ce qu'on parvienne a la route, dit-il. Je me souviens du chemin qu'on a fait hier.

Tous deux hésitent un moment, chacun fixant des yeux la silhouette floue de l'autre, par-dessus le toit de la voiture. Puis ils entrent et ferment délicatement les portières. Il y a longtemps qu'elle n'a pas mis les pieds dans une voiture. L'odeur de pin du diffuseur d'odeur. Ils restent assis un moment, immobiles.

— Allez, vas-y, dit-elle.

— Tu es consciente que si elle ne démarre pas tout de suite, on est foutus ?

— Je sais.

Elle rouvre la bouche avec effort, les mâchoires serrées :

— Vas-y !

Il lui jette un regard en biais en tournant la clé de contact. Le moteur se met en marche. Graham embraye et la voiture démarre. Cassie respire. Pas trop bruyante, mais bruyante tout de même. Tous phares éteints, Graham fait laborieusement parcourir à la voiture le terrain menant à la piste. Sous les pneus, ça craque et ça crépite – les broussailles qu'ils écrasent. Puis un bruit sourd retentit lorsque le véhicule heurte une souche d'arbre – rien de grave. Derrière eux, la cuisine s'illumine, et une silhouette paraît sur le seuil. Mais ça y est – ils s'en vont. Cassie sent l'excitation l'envahir.

— Tu peux mettre les phares maintenant. On est hors de portée !

Graham allume les phares. La terre grise et vérolée et les buissons sombres, au-devant d'eux, baignent dans leur éclat jaunâtre.

Au moins, c'est une automatique, facile à conduire. Il n'a pas conduit depuis un bail – il n'a jamais passé le permis mais ce n'est pas ça qui l'aurait arrêté, quand il était jeune. Il fronce les sourcils. Toujours pas de piste et, devant eux, une mer de buissons broussailleux. Si ça continue comme ça, ils vont crever. Les broussailles s'accrochent et sifflent en retenant le châssis. La piste n'était quand même pas si loin. Ils n'ont pas droit à l'erreur. Comment se diriger sans repères… Si, à sa droite, il reconnaît les pâles eucalyptus à la silhouette fantomatique. La piste ne doit pas être loin. Il ne pourra respirer normalement que lorsqu'ils l'auront atteinte. Si ce n'est pas être *responsable* !

Cassie pousse un cri :

— Attention !

Un kangourou surgit de nulle part et, dans la lueur des phares, son ventre apparaît comme un éclair blanc.

Graham scrute le paysage. Un groupe d'arbres, plus imposants. Les reconnaît-il ? Tout est tellement différent, la nuit. Il parvient à éviter des formes menaçantes – des rochers – et s'aperçoit qu'il sait où il est… à peu près… puis tout à fait. La voiture cahote en gravissant un talus et débouche enfin sur la piste. Graham s'arrête un instant, et essuie la sueur froide sur son front.

— Bien, dit-il. Maintenant, tout devrait bien se passer.

— Je n'ai jamais fait ce genre de chose ! s'exclame Cassie avec un grand sourire.

Il soupire et masse son cou endolori avant de redémarrer. C'est plus simple à présent. Il suffit de suivre la piste, jusqu'à la route de terre. Se souvenant que Fred a tourné à cet endroit précis, il fait pareil.

— On devrait atteindre l'autoroute dans à peu près une heure, dit-il.

Son cœur se serre lorsqu'il jette un coup d'œil à la jauge d'essence. Le réservoir est vide. Mais ils sont bien en train de rouler, non ? La jauge est peut-être naze. S'il leur reste suffisamment d'essence pour atteindre la route, ils n'auront plus qu'à faire du stop.

Pendant un bon moment, ils roulent en silence. Graham fouille dans sa mémoire, cherchant à se rappeler les détails du trajet. Pourquoi n'a-t-il pas fait plus attention ? Il se souvient néanmoins d'une chose : une éolienne entourée d'arbres, juste avant de tourner pour rejoindre la route. Dans le noir, il ne la verra pas avant d'avoir le nez dessus, mais, lorsque sa forme se dressera au-dessus de lui, il saura qu'ils sont sur la bonne route. Il a hâte de sentir, sous les pneus, la route goudronnée. Ses yeux scrutent l'obscurité et les broussailles éclairées par les phares, à la recherche d'indices.

— Tu as fait quoi, alors ?

Il la regarde sans comprendre.

— Quand tu es parti.

Il lui parle de Ziggy, du bus, du lac. Elle éclate de rire lorsqu'il lui décrit la tenue de Ziggy.

— Je voulais vraiment rentrer, Cass, dit-il. La situation m'a échappé.

— Hmm…

Elle se tait, et reste si longtemps silencieuse qu'il se demande si elle ne s'est pas endormie. Il lui jette un coup d'œil. Ses cheveux blond pâle, sa joue si lisse dans l'obscurité. Il ne va pas lui poser de questions au sujet de Larry. Pas tout de suite. Il a mal aux mâchoires à force de serrer les dents. Pas tout de suite… jamais, peut-être. Il s'efforce de penser à autre chose. Tente de calculer dans combien de temps – si tout se passe bien – ils seront de retour chez eux. Dans trois jours, avec un peu de chance. Et alors, que fera-t-il ? Ce tableau qu'il a commencé, cette idée… en fait, c'était naze, songe-t-il. Pas un truc qu'il oserait montrer à Jas, ou à qui que ce soit d'ailleurs. Être venu jusqu'ici pour ça ! Pour foutre son talent en l'air, comme dirait Jas. Merde ! Quant à Cassie… là non plus, il n'est pas à la hauteur. Pas suffisamment responsable – ah, ce mot ! Peut-être qu'il est voué à la décevoir. À tous les décevoir. Le cœur serré, il pense à son père et à sa mère. Et à cette vieille tante, dont il a oublié le nom. Elle doit être morte depuis le temps, c'est sûr. La voiture glisse sur la terre meuble.

Cassie se penche et examine l'horloge, sur le tableau de bord. Il refuse de regarder, préfère ne pas savoir… mais tout de même, ne devraient-ils pas avoir déjà atteint le croisement ? Cela dit, le temps joue parfois des tours. Graham se concentre, s'évertuant à conduire le plus lentement et le plus prudemment possible sur la piste défoncée.

— Il nous faut combien de temps pour arriver à la route ? demande Cassie.

— Je te l'ai dit, environ deux heures.

— On y sera à cinq heures, alors. J'espère que le relais routier sera ouvert.

— Ouais.

— Il ne peut pas nous rattraper, hein ? demande Cassie. Enfin… il n'a plus de voiture et même s'il a une radio, on aura déjà atteint le relais routier… et même s'il nous rattrapait, il ne pourrait pas nous forcer à le suivre, non ?

— Non.

Un autre kangourou surgit dans la lumière des phares, cette fois suivi d'un bébé. Graham ralentit presque jusqu'à l'arrêt et, fasciné, les regarde exécuter leurs remarquables bonds.

— Tu n'as pas l'impression d'être dans un film ? dit Cassie. Tu avais raison. De vouloir partir.

Elle pose une main caressante sur sa cuisse.

— Attends, réplique Graham, craignant qu'elle ne leur porte la poisse en criant victoire trop tôt. Attends qu'on ait atteint le relais routier. Regagné le monde civilisé.

— Le monde civilisé ! Je commanderai du lard grillé, des œufs, des galettes de pomme de terre et du café glacé.

— Ouais.

— C'est quoi, la première chose que tu feras, en arrivant à la maison ?

— Je descendrai boire un demi au pub.

— Tu sortiras ?

— Pourquoi… Tu feras quoi, toi ?

— Je me baladerai dans la maison, je crois. Je toucherai tout. Et puis, j'irai me faire couper les cheveux.

Ils roulent en silence pendant un long moment. Pas de rangée d'arbres, pas d'éolienne, pas de croisement. Graham a l'impression de s'enfoncer dans un tunnel. Il ne voit rien, et ça continue indéfiniment.

— Tu peux vraiment faire démarrer une voiture en trafiquant les fils de contact ? demande-t-elle.

— Ouais, j'imagine.

Elle lui jette un regard admiratif.

— L'Angleterre va nous paraître si petite et si rassurante, hein ?

— Ouais

Ils demeurent silencieux. Perdus dans leurs pensées. La piste descend. Il ne se souvient pas d'une descente. Se demande s'il ne devrait pas éteindre le moteur pour économiser l'essence. Il n'y avait pas de descente, il en est certain. Ça montait, plutôt, si sa mémoire est bonne. Et elle part vers la droite, non ? Ça ne lui dit absolument rien. Un triste groupe d'eucalyptus flotte au-dessus du sol, tels d'étranges hiéroglyphes. Les broussailles sont de plus en plus épaisses. Il doit y avoir un cours d'eau, pas loin. Et la piste se détériore. Deux profonds sillons et, autour, de plus en plus de sable. Il est difficile de ne pas s'enliser, avec tout ce sable qui rend la conduite infernale. Un sacré boulot, de garder le cap. Il commence à ressentir une douleur aiguë, entre les épaules.

— Ou peut-être un milk-shake, dit soudain Cassie. Tu veux que je prenne un peu le volant ?

Graham secoue la tête. Si seulement ils parvenaient à surmonter ce passage délicat... La piste doit bien mener quelque part. Sans doute pourront-ils rejoindre la route - un peu plus loin, c'est tout. Ils vont dans la bonne direc tion, il en est presque sûr. La piste est probablement parallèle à l'autoroute.

Il bâille, laissant libre cours à sa fatigue. Il aurait dû piquer un roupillon – mais il était resté couché là, les yeux ouverts, à sentir Cassie s'agiter près de lui. S'il s'était autorisé à fermer l'œil, peut-être ne se serait-il pas réveillé et aurait-il été contraint de rester un jour de plus. Or, il doutait de pouvoir se contrôler longtemps, avec Larry dans les parages. Il a dépassé les arbres, la piste est moins cahoteuse. Plus d'arbres, et un terrain plat : au moins, il va pouvoir mieux distinguer les alentours. Qui sait si les phares d'un train routier ne vont pas leur signaler l'autoroute ? Il songe au camion de Frank, à sa cabine douillette. Au hamac…

— Ohé !

Cassie lui secoue doucement l'épaule.

— Quoi ?

— Tu étais en train de t'endormir.

— Non, dit-il, fixant la piste blanche qui défile à la lueur des phares.

Il dormait à moitié, c'est vrai. Ils devraient s'arrêter, mais il n'en a pas envie – tant qu'ils ne sont pas en sécurité. Elle lui jette un regard de biais. Il a le dos voûté, les mains crispées sur le volant. Si seulement il voulait bien la laisser conduire. Elle a envie de lui dire « Décontracte-toi ! » mais craint de le contrarier. Et puis, encore faudrait-il qu'elle-même soit décontractée… Elle a vu la jauge d'essence, indiquant que le réservoir est vide. Lui aussi a dû la voir. Elle a le ventre noué, et c'est douloureux. Elle ferme les yeux pour ne pas avoir le tournis, avec tout ce gris, ce sol moucheté qui est en train de virer au noir, semble-t-il. Ils devraient déjà être sur la route. Ça fait bien plus d'une heure…

Elle se penche légèrement en avant, comme si cela pouvait leur permettre de continuer. Elle a hâte de croiser quelqu'un – n'importe qui de normal – à qui parler, elle a hâte d'apercevoir quelque chose d'*ordinaire* – un feu de signalisation ou l'enseigne d'un drugstore, ou une boîte aux lettres. *Concentre-toi sur la maison !* Du relais routier, ils passeront des coups de fil, elle appellera Patsy et peut-être aussi sa mère. Et, à l'aéroport, elle achètera un cadeau pour Katie – un koala en peluche.

— Tu te rends compte qu'on n'a pas vu un seul koala ? demande-t-elle. Oups ! s'écrie-t-elle, dans un cahot. J'ai besoin de faire pipi. Je suis désolée.

— OK.

Graham arrête la voiture, laisse tomber sa tête en avant, et appuie le front contre le volant.

— Tu vas bien ?

— Je suis crevé, c'est tout.

— Je vais conduire.

Il secoue la tête.

Elle sort du véhicule, marche un peu dans le noir. Il fait frais. Il y a une odeur de roussi. Le sol est noir, il a dû y avoir un feu de broussailles. Quelque chose craque sous ses pieds – des brindilles, des os, ou Dieu sait quoi. La nuit est froide, assez claire – la lune éclaire faiblement les débris charbonneux. Elle baisse son jean et s'accroupit. Elle distingue des échos lointains… elle ne sait pas ce que c'est… une sorte de battement… un cœur qui palpite. Le battement du cœur de la terre. *C'est juste le sang qui bat dans tes tempes, idiote !*

Cassie se relève et remonte son jean – humide, à présent. Elle rejette la tête en arrière, scrute l'espace infini. Le ciel est un tourbillon éblouissant, figé dans la voie lactée. Elle est prise de vertige. Et se sent minuscule, insignifiante, à deux doigts de disparaître.

Elle s'empresse de retourner à la voiture.

Cassie s'éloigne de quelques pas et se baisse. Graham perd de vue le gilet blanc. Il se ronge une petite peau, à côté de l'ongle. Il l'admet : il a merdé. Ils ont beaucoup roulé – beaucoup trop – et plus rien ne correspond à son souvenir. Il ne doit plus rester beaucoup d'essence. Il aurait dû faire demi-tour dès qu'il s'était mis à douter. Quel idiot, mais quel idiot ! Comment a-t-il pu se tromper ? Il a tourné à droite, et Fred avait bien tourné à droite, non ? Il n'a guère eu d'autres possibilités de faire erreur. Il n'a pas vu d'autres bifurcations – mais on ne voit quasiment rien, hormis le petit bout de route illuminé par les feux avant. Peut-être existait-il d'autres possibilités ? Sans le savoir, il a pu faire le mauvais choix.

— Brrr…

Cassie claque la portière, se frotte les bras et les mains.

— Ça va ?

— Ouaip !

Ils continuent à rouler. La piste est de plus en plus cahoteuse, il y a des choses en travers – des broussailles brûlées ? Graham arrête la voiture, son regard se perd dans la nuit. Là, devant eux, un arbre calciné. Ils ont quitté la piste. Il tourne la clé de contact et le silence se fait.

— Qu'est-ce qui se passe ?

— Il y a une lampe de poche ? demande-t-il en désignant la boîte à gants.

Cassie l'ouvre et fouille à l'intérieur.

— Il y a de tout ici… des pastilles de menthe et… oui, une lampe de poche.

Elle appuie sur l'interrupteur.

— Mais elle marche pas !

Elle la secoue et l'ampoule luit faiblement, sans éclairer grand-chose. Il la saisit et sort de la voiture.

— Gray ?

Il avance, agitant devant lui la lampe à la lueur quasi-inexistante. Comment n'a-t-il pas pensé à prendre une torche électrique ? Un claquement sonore le fait sursau ter et pousser un cri : un kookaburra répandant son rire frénétique, digne d'un dessin animé. Ce cri les avait amusés, à leur arrivée, mais il ne les fait plus sourire à présent. Graham serre les dents. Il a perdu la piste. Il se dirige vers l'arrière de la voiture. Ne voit presque rien au-delà de l'éclat rougeoyant des feux arrière. Mais pour le peu qu'il puisse en juger, ça fait un moment qu'il a quitté la piste. Comment a-t-il fait son compte ? Il n'arrive pas à y croire. Ils vont devoir rebrousser chemin. Inutile de paniquer. C'est relativement simple. Il suffit de faire demi-tour et de repartir dans la direction opposée.

Il remonte dans la voiture.

— On est perdus, hein ? demande Cassie.

— On est juste un peu sortis de la piste.
— Tu es sûr ?
— Je suis sûr. OK ?
— Parce qu'il ne faudrait pas qu'on se perde…
Il frappe son poing sur le volant.
— Bordel, Cassie ! Tu crois que c'est vraiment la peine d'en rajouter une couche ! dit-il, avant de reprendre un ton calme. Il faut juste qu'on revienne sur nos pas – il y a un tout petit bout de chemin à faire.

Il accomplit une marche arrière, puis fait tourner la voiture sur elle-même – il a bien fait un tour complet, n'est-ce pas ? Ils se sont approchés de l'arbre calciné… ils venaient de quelle direction exactement ? Il s'arrête.

Cassie n'ouvre pas la bouche. Il est conscient de l'effort que cela lui coûte. Il sort de nouveau du véhicule, claque la portière et tapote la lampe de poche avec sa main pour tenter d'en tirer un peu de lumière. Il s'accroupit et l'oriente vers le sol. S'il parvenait seulement à distinguer les traces de pneus, il saurait d'où ils sont arrivés et pourrait rebrousser chemin. Il aurait dû laisser une marque. *Enfoiré !* C'est la fatigue, il est tellement épuisé qu'il n'arrive pas à réfléchir correctement. La monotonie de la conduite et les effets de l'adrénaline – c'est grâce à elle qu'il a tenu jusqu'à présent – qui commencent à s'estomper… Il a l'impression de la sentir s'échapper par la plante de ses pieds. L'odeur de brûlé est écœurante. Soudain, il aperçoit quelque chose qui pourrait être la piste… oui, c'est une ornière, assurément, une trace de pneu charbonneuse. Il relève la tête. *Merci mon pote*, marmonne-t-il, les yeux au ciel.

29

— Ça y est, c'est bon ! lance-t-il en s'engouffrant dans la voiture. J'ai retrouvé la piste.

— Bien, dit-elle d'une toute petite voix.

— Allez, Cass, ça va !

Elle se tourne, repousse ses cheveux en arrière.

— Ouais, OK, allons-y.

Elle lui serre le genou.

— Tu veux une pastille de menthe ? demande-t-elle en ouvrant la boîte en fer. *Digestives et rafraîchissantes*, c'est écrit sur le paquet !

Ils roulent pendant un moment, secoués par les cahots. Cassie s'apprête à dire quelque chose lorsqu'une explosion se fait entendre, lui faisant avaler sa pastille. Graham coupe aussitôt le moteur.

— Je ne sais pas..., commence-t-il, avant qu'elle ait pu dire quoi que ce soit.

Il bondit hors de la voiture, priant pour qu'ils n'aient pas crevé. Ils ont crevé. Le pneu arrière gauche... une bouteille cassée... un morceau de verre, qui s'est enfoncé dans le caoutchouc. Il se redresse sur ses talons, rejette la tête en arrière. La Voie lactée ressemble à un grand filet, tendu au-travers du ciel.

Elle reste quelques instants à attendre. Ne le voit pas. Rechigne à sortir du petit espace rassurant de la voiture pour affronter l'immensité obscure. Elle ouvre la boîte à gants. Pas grand-chose d'utile. Des sachets en papier – elle frissonne. Les compresses désinfectantes. Elle en déchire un. L'odeur lui retourne l'estomac. Elle ouvre la portière, prise d'une envie de vomir, mais ça lui passe. Ce relent médicamenteux – son corps s'en souvient : quelque chose de froid, comme le contact d'une éponge glacée, alors qu'elle n'était plus consciente de rien. Elle se mordille le pouce, coince son autre main entre ses jambes.

Graham l'appelle.

Elle continue à se mordiller le pouce. Respire. *Oublie ça !*

— Quoi ?

— On a crevé.

— Un pneu à plat ? Il y en a un de rechange ?

Elle sort. Il est accroupi devant la roue. Lui désigne le morceau de verre responsable des dégâts.

— Une bouteille de whisky, dit-elle, ramassant un bout d'étiquette.

— Red Label.

— Très intéressant.

— Non… enfin… si quelqu'un a bu cette bouteille ici, c'est qu'on n'est pas vraiment au milieu de nulle part.

Pourquoi a-t-il fallu qu'elle dise ça ? *Au milieu de nulle part.*

Graham ouvre le coffre.

— La bonne nouvelle, dit-il, c'est qu'il y a un pneu de rechange. Et un cric.

— Ce bon vieux Larry !

— Ha, ha !

— Je peux te filer un coup de main ?

Soudain, ses jambes se dérobent sous elle, ses genoux sont mous comme du yaourt.

— Non, retourne à l'intérieur.

Elle reste plantée là une minute, à le regarder rassembler les outils et extirper le pneu du coffre. Un élan d'amour la transporte devant le spectacle de sa bravoure, là, au milieu de nulle part. Elle se demande s'il a déjà changé un pneu. Elle, non. Elle ne saurait pas par où commencer.

— Je peux te tenir la lampe, si tu veux ?

— Ça changerait pas grand-chose, réplique-t-il d'une voix plutôt enjouée.

Il revient s'agenouiller près du pneu. Une créature – un dingo, peut-être – pousse un hurlement glaçant. Elle frémit.

— Retourne dans la voiture. Ce ne serait pas malin qu'on prenne froid tous les deux.

Un coléoptère va et vient entre ses pieds. Elle monte dans la voiture, claque la portière et avale une autre pastille de menthe Elle renverse la tête en arrière et baisse les paupières, tandis qu'une vague de fatigue la submerge. L'horrible sensation d'une compresse, sur elle, et cette odeur. Mais elle ne se souvient de rien. Tout est brouillé dans son esprit, quand elle pense à cette soirée. Mieux vaut oublier. *Quoi qu'il ait pu se passer, je n'y suis pour rien.* Elle imagine la fatigue sous la forme d'une plante grimpante qui s'enroule autour d'elle en fixant ses crampons et monte jusqu'à...

La portière claque et elle se réveille en sursaut, un filet de bave mentholée sur la joue.

— Ça y est ? C'est fait ?

Il ne répond pas immédiatement. Pousse un long soupir.

— Non. Je suis désolé, dit-il enfin en s'efforçant manifestement de garder un ton calme. Je n'arrive pas à desserrer ces putains d'écrous. Ils sont archidurs. Je n'arrive pas à avoir une prise.

– Tu ne peux pas retirer la roue ?

— Non. Et je me suis coupé au doigt.

Son index est sombre et luisant.

— Je vais te nettoyer ça, dit-elle d'une voix tremblante, en tirant un sachet de la boîte à gants – *ce bon vieux Larry.*

Elle en extirpe la compresse de gaze imbibée, retenant sa respiration pour ne pas en sentir l'odeur, et essuie le sang. Une tache sur la manche de son gilet, arrivée Dieu sait comment. Elle s'efforce de l'enlever, mais ne fait que l'étaler. Puis elle fourre la lingette sur le sol, à côté du siège.

Ils restent assis une minute, sans échanger une parole.

— Tu ne pourrais pas changer le pneu sans avoir à enlever la roue ?

Il la foudroie du regard puis fixe son attention sur le volant.

— On ne pourrait pas conduire... lentement... avec le pneu à plat ? demande-t-elle.

Le sang coule le long de son doigt.

— Tu as besoin d'un pansement. J'en ai peut-être un. Une minute !

Elle a effectivement quelques pansements au fond de son sac. Elle retire le film protecteur de l'un d'entre eux et le lui applique autour du doigt.

— Comme ça, ça ne s'infectera pas.

— Je suppose qu'on va pouvoir rouler encore un peu, dit-il. On pourra se rapprocher de la route.

— Tu crois qu'on en est encore loin ?

— Non, pas trop.

Il remet le contact et la voiture commence à avancer bruyamment, en cahotant. Au moins, le sol a davantage l'air d'une piste. Si seulement cette odeur pouvait disparaître ! Elle ne veut pas le contrarier mais elle lui demande quand même :

— On n'est pas en train de retourner de là où on vient ?

— On rebrousse chemin pour trouver où on s'est trompés. On a dû louper une bifurcation. Ouvre bien les yeux !

— Mais je ne vois rien !

Elle plisse les yeux et scrute la piste. Mais la lueur diffuse des phares n'éclaire que ce qui se trouve juste devant eux, puis se perd dans les ténèbres entre les broussailles. Tous les deux mètres, des points sombres pourraient indiquer des bifurcations – qui n'en sont sans doute pas.

— Pourquoi on ne s'arrête pas ? demande-t-elle.

Il la regarde.

— Attendons qu'il fasse jour. On ne voit rien du tout et on est épuisés – toi surtout, tu dois être complètement crevé. On est suffisamment loin pour être en sécurité.

Elle s'interrompt, puis ajoute :

— On fait un petit somme, en attendant que le jour se lève ?

Graham roule encore quelques instants, puis il pousse un soupir, coupe le contact et éteint les phares. Aussitôt, on distingue mieux le bush noirci, le clair de lune, et, baignant dans son éclat fantomatique, les buissons et les arbres rabougris et à demi calcinés.

Au milieu de nulle part.

Graham lui adresse un sourire las.

— Piquons un roupillon, alors.

Il appuie sa tête contre le siège.

— Mets ton bras autour de moi, dit-elle.

Elle se blottit contre lui, enfouissant la tête dans son cou. Il sent la transpiration et elle n'est pas bien installée – elle a le cou coincé dans une position inconfortable. Mais il s'est endormi tout de suite et elle craint de le réveiller. Au moins, il est chaud, et elle sent battre son cœur contre sa joue. Elle ferme les yeux pour ne pas voir ce qui se trouve au-delà des vitres. Et, bien qu'elle ne s'en soit pas crue capable, s'endort elle aussi.

À son réveil, Graham voit un ciel strié de jaune citron et de vert nacré. Il dégage son bras engourdi – sur lequel

Cassie a dormi. Ouvre et ferme le poing et frissonne quand, dans un picotement, le sang se remet à circuler. Elle marmonne dans son sommeil et se tortille pour changer de position. Il ouvre la portière et sort de la voiture. Il entend des cris d'oiseaux, distincts et aigus. Et pourtant, il ne les voit pas. Le bush calciné s'étend de tous côtés, à perte de vue. Dans le lointain, il distingue une chaîne de montagne. Celles que l'on voit depuis Woolagong, songe-t-il, la même chaîne. Puisqu'ils ont roulé dans cette direction avec Fred, c'est peut-être normal ? Ou alors Cassie et lui sont-ils déjà allés trop loin ? Il se retourne et découvre une autre chaîne de montagne, dans la direction opposée. Un simple trait rouge, pris dans la lumière du matin, qui se dresse au-dessus de la terre noire. Laquelle de ces chaînes de montagne est la bonne ?

Il pisse par terre, et des cendres se mêlent aux bulles, en surface. De la végétation ne subsistent que des épines éclatées. Il y a une autre bouteille vide – ce qui pourrait laisser penser, comme l'a suggéré Cassie, qu'ils ne sont pas loin du monde civilisé. Mais l'étiquette est brûlée. La bouteille a pu être jetée là il y a une semaine, ou un siècle.

Cassie sort de la voiture, s'étire et fait la grimace.

— Aïe, aïe, aïe… j'ai une de ces douleurs au cou.

— Au moins, on a dormi. C'était une bonne idée, Cassie.

— Tu vois où on est ?

— Plus ou moins.

Il plonge le bras dans la voiture, sort la bouteille d'eau, boit à grands traits.

— On se croirait en enfer, non ?

Elle continue à étirer et à masser son cou, en promenant ses regards sur le bush calciné.

— Hé, tu as vu ce ciel !

Elle sourit en le contemplant. Ses couleurs pastel – on dirait une aquarelle – se répandent sur son visage. Il ne fait pas encore trop chaud. La température est celle d'une belle matinée d'été, en Angleterre. De celles qu'on a deux fois par an, peut-être. Il y a même un peu de vent.

— Tu veux une orange ? demande Cassie.

— Je ne savais pas qu'on en avait.

Elle va les chercher dans la voiture et lui en lance une. Son visage se tord de douleur lorsque l'orange tombe sur son doigt blessé.

— Désolée !

Côte à côte, adossés au capot crasseux de la voiture, ils épluchent leurs oranges et mastiquent la chair sucrée, tandis que le jus dégouline sur leur menton, et crachent les pépins entre leurs dents. Graham laisse tomber les pelures sur le sol.

— Hé, s'écrie-t-elle. Ne jette pas de détritus ! Les pelures d'orange mettent des années à se décomposer à l'air libre, t'es pas au courant ?

Il lui jette un coup d'œil incrédule. Elle tient ses épluchures dans sa main crispée. Il secoue la tête et éclate de rire. Ça fait du bien, après la nuit qu'ils viennent de passer – et avant la journée qui les attend. Il passe un bras autour d'elle et lui donne un baiser au goût d'agrume.

— C'est agréable, murmure-t-elle.

— Ouais.

Ils se penchent l'un vers l'autre. Savourent quelques instants de paix. Graham sent alors sur sa nuque la morsure du soleil, qui frappe de plus en plus fort. Il est temps qu'ils reprennent la piste. S'il leur reste assez d'essence pour rejoindre la route, songe-t-il, sinon ils abandonneront la voiture et feront du stop.

La voiture refuse de démarrer. Peut-être le moteur a-t-il simplement refroidi. Graham tourne une nouvelle fois la clé de contact, mais rien ne se passe. Le moteur est noyé. Graham laisse tomber, appuie sa tête sur le volant. Puis, il sort et soulève le capot. Après un moment d'hébétude, Cassie sort elle aussi de la voiture et tous deux se mettent à examiner le moteur – qui, elle le sait, constitue un aussi grand mystère pour lui que pour elle.

— Ce ne seraient pas les bougies, par hasard ?

Elle se triture les méninges pour trouver une idée.

— Merde ! Merde ! Merde !

Il referme violemment le capot, donne un coup de pied dans le châssis et s'éloigne. Elle reste là, à regarder le métal poussiéreux, recouvert de traces de doigts. Un pépin d'orange. Elle le fait tomber, d'une pichenette. Jette un coup d'œil autour d'elle. C'est encore pire à la lumière du jour, car on voit, alors, à quel point il n'y a rien. Elle remonte dans la voiture et attend. Par les vitres, grises de poussière et de cendres, un soleil brûlant commence à filtrer.

Graham revient, ouvre la portière, se penche vers elle.

— Va falloir qu'on marche ! dit-il.

— On ne serait pas davantage en sécurité dans la voiture ? On risque de se perdre.

— Non. Il suffit de reprendre cette portion de piste et de retrouver l'endroit où on aurait dû tourner. Et puis, une fois sur la piste principale, de remonter jusqu'à la route. Peut-être que quelqu'un nous ramassera en route.

Elle paraît pensive.

— Tu as vu des gens passer, quand tu as fait le trajet avec Fred ?

— Ouais, répond-il en détournant les yeux. Une voiture ou deux. Un camion à bestiaux.

Il ment comme un arracheur de dents.

— Panique pas ! dit-il. On a de l'eau. C'est le plus important. Faut juste qu'on laisse nos affaires ici. Qu'on ne prenne que ce dont on a besoin. Ce qui est nécessaire à…

Il s'interrompt.

À la survie, complète-t-elle en pensée.

— On demandera à l'assurance de nous rembourser, bafouille-t-elle pour chasser ses idées noires. Ça sert à ça, les assurances !

Elle n'a aucune envie de quitter l'abri protecteur de la voiture. Au moins, c'est un espace clos, avec des vitres et un toit. Un *intérieur*. Mais elle sort, masse son cou douloureux, regarde Graham.

— Je ne sais pas…

— Même si on doit marcher deux heures, on ne va pas en mourir, dit-il. On finira par trouver la route. Mais si on reste là, on y sera sans doute encore ce soir, sauf qu'on n'aura plus d'eau. Et Larry aura peut-être trouvé le moyen de…

Bien sûr qu'il a raison. Ce serait idiot de passer la journée près d'une voiture en panne, alors qu'ils peuvent rejoindre la route à pied. Peut-être pourront-ils se faire envoyer leurs affaires par Larry, si celui-ci parvient à récupérer la voiture ? Peut-être sera-t-il prêt à le faire, si Cassie et Graham lui remboursent les frais d'expédition ?

— Je change de chaussures, dit-elle.

Ils échangent tous deux leurs sandales contre des chaussettes et des tennis. Se tartinent d'écran total, mettent des chapeaux et des lunettes de soleil. Cassie noue le gilet blanc – à présent couvert de taches – autour de sa taille.

— Il est fichu, dit-elle en contemplant les traces de poussière, de charbon et de sang sur la laine blanche et délicate.

— Je te promets de t'offrir le même modèle à Noël.

Elle lui sourit, tandis que l'amour lui met des papillons dans le ventre. Est-ce que ça pourrait marcher ? Pour de bon ? Il a le visage luisant de graisse, hérissé de petits poils sombres. Elle glisse sur son épaule son sac en tissu de tapisserie.

— Tu veux mettre les passeports là-dedans, demande-t-elle en le tapotant. Ou bien tu prends la veste qui a des poches ?

— Quoi ?

— Je vais les mettre là.

— Ce n'est pas moi qui les ai.

— Hein ? Arrête, Gray !

— Je ne plaisante pas.

Ils échangent un long regard.

— Je croyais que tu les avais, dit-elle, la bouche soudain sèche.

Elle défait la fermeture Éclair du sac et commence à fouiller à l'intérieur – *Pitié, pitié, pitié !* – bien qu'elle soit certaine de ne pas les avoir pris. Elle se rappelle le tiroir vide.

— Et dans ton sac à dos ? demande-t-il.

— Non, dit-elle d'une voix faible. Ils n'y sont pas.

Elle n'a pas de mal à deviner où ils sont. À Woolagong Station. Larry a dû les mettre sous clé, quelque part dans son bureau. *Par précaution*, dirait-il sur son ton mielleux. A-t-il pu prévoir qu'ils allaient partir ?

Graham frappe du pied, puis du poing, sur la voiture.

— Le putain d'enfoiré ! crie-t-il. Le salopard ! Je vais le tuer, cet enfoiré !

Elle le regarde, bouche bée. Il grimpe sur le toit du véhicule et se met à sauter, cabossant la carrosserie.

— Comment on va faire, bordel ?

— Rien ne sert d'être négatif, dit Cassie.

Il la regarde. *Rien ne sert d'être négatif ?* Il se laisse tomber sur la voiture. Son pied lui fait mal et il a des élancements au poing, lequel commençait tout juste à se remettre. Il appuie ses articulations endolories contre sa bouche.

— Non, dit-il. Tu as raison.

Un avion passe, à très haute altitude. Ils le suivent des yeux avec avidité, jusqu'à ce qu'il ne subsiste de lui qu'une légère égratignure sur le bleu du ciel.

— Quand on arrivera au relais routier, on leur expliquera, dit Cassie. On appellera l'ambassade britannique. Ils nous renverront chez nous. C'est à ça qu'ils servent, après tout. À aider les voyageurs en difficulté. Et je suppose que c'est ce qu'on est. Des voyageurs en difficulté.

— Ouais, j'imagine.

— Alors... de l'eau, de l'écran total, des pastilles de menthe... si seulement j'avais pris plus d'oranges.

Il retrouve en elle l'éclaireuse autoritaire et gagneuse de médailles qu'elle a été dans son enfance. Elle lui avait montré une photo, une fois : Patsy et elle en uniforme, leurs chaussettes maintenues par des élastiques, arborant un grand sourire sous leurs chapeaux ridicules.

— On va où ? demande-t-elle.

Il indique la direction qu'il pense être la bonne, et ils se mettent en marche. Repartent par là où ils sont venus. Inutile de dire qu'il n'en est pas certain. Il en est... quasiment certain. Il faut qu'ils aillent vers le nord. Le soleil s'est levé à l'est – mais se lève-t-il réellement à l'est, dans l'hémisphère sud ? L'espace d'un instant, il n'est plus sûr de rien. Mais si, bien entendu !

— Qu'est-ce qui te fait sourire ? demande-t-elle.

Il secoue la tête.

— Toute cette eau... ça pèse des tonnes ! dit-elle au bout d'un moment. Ça me fait mal à l'épaule. Buvons-en un peu !

— J'ai pas encore soif.

— Mais si nous buvons, l'eau sera à l'intérieur de notre corps. Nous serons hydratés et nous n'aurons pas soif. Je parie qu'il vaut mieux ne pas avoir envie de boire, plutôt qu'attendre d'avoir soif.

— Mais alors on va transpirer et toute cette eau va s'évaporer.

— Sauf que si on en boit, elle sera moins lourde a porter et, du coup, on transpirera moins.

Il s'arrête, hausse les épaules. Qu'est-ce qu'il en sait, après tout ?

— D'accord, mais pas trop, hein ? dit-il.

Elle dévisse le bouchon du bidon d'eau, le renverse et boit en éclaboussant son tee-shirt, qui se plaque sur sa peau.

— Ne la gaspille pas !

Il avale une gorgée de sa propre bouteille. L'eau, tiède, a un goût de plastique.

— C'est mauvais de boire dans des bouteilles en plas tique, dit-elle. Ça peut affecter la qualité de ton sperme.

Il éclate de rire entre deux gorgées, l'eau se répand sur son menton.

Ils marchent quelques instants en silence, l'un derrière l'autre, entre les profondes ornières.

— Si tu avais un million de livres sterling, dit-elle, tu ferais quoi ?

— Cass !

— Oh, c'était juste histoire de passer le temps.

— Économise ta salive !

Cassie renonce a faire la conversation. Elle regarde ses tennis avancer à tour de rôle, encore et encore et encore, vite recouvertes de poussière rouge et de cendres Mieux vaut cela que regarder au loin. Graham marche en tête, sa bouteille d'eau qui heurte sa hanche à chaque pas fait entendre un clapotis.

Scruter l'horizon produit une drôle d'impression. Tout apparaît flou et vaporeux, dans la chaleur grandissante. Elle a toujours ce bruit dans les oreilles… comme l'écho d'un cœur qui bat. Se demande si c'est avec l'ouïe qu'elle le perçoit, ou avec un autre de ses sens. Oh, pense à autre chose ! Si seulement ils parvenaient à s'extraire de toute cette noirceur, à échapper à cette odeur de brûlé. Difficile d'imaginer que, sous cette terre calcinée, il y a des graines qui attendent de germer et que, dans quelques mois, tout sera vert et envahi par les fleurs... par des fleurs s'étendant à perte de vue, comme sur les diapositives.

Elle se rappelle la chambre d'hôtel plongée dans la pénombre, la projection. La célèbre flore australienne. Elle tente de se souvenir des noms : le pin gris, le boronia, les immortelles – bien sûr. Et les pattes de kangourou, le parakeelia, les pois du désert. Non, mieux vaut penser aux fleurs anglaises : bientôt les perce-neige, et puis il y aura les narcisses des prés, les crocus et ces tulipes rouges à cœur noir. Dans la terre de son propre jardin, les bulbes reviendront à la vie, et les fleurs jailliront de la terre compacte. C'est une pensée enivrante : là-bas, cette renaissance de la nature, obéissant comme à une horloge.

Et si nous ne nous en sortions pas ? Mais si, évidemment qu'on s'en sortira ! Elle trébuche sur un caillou. *Et si ce n'était pas le cas ?*

Graham s'arrête, se retourne.

— Ça va ?

— Oui, oui.

— Regarde...

Elle le rattrape et voit qu'ils s'approchent d'une sorte de croisement – ou, du moins, d'une ou deux sorties possibles de la piste principale. Il y a même les restes de ce qui semble avoir été un poteau indicateur. Si ça pouvait encore en être un !

— C'est sûrement là qu'on s'est trompés, dit-il.

Il retire son chapeau et se gratte la tête.

— Fred a dû tourner... En y repensant, je me rappelle un vir...

— Mais ce devait être à des kilomètres d'ici.

— Non.

Mais si, forcément, songe-t-elle.

Il contourne le poteau, place une main au-dessus de ses yeux et regarde de tous les côtés. Un kangourou intrigué s'approche tout près de lui, puis s'éloigne en bondissant.

— Il a tourné de quel côté, alors ?

Cassie pourrait fondre en larmes tant il est clair, à son expression, qu'il n'en sait rien. Et elle non plus. Il paraît déconcerté mais il tourne sur lui-même et pointe avec assurance le menton ici et là. Elle-même jette un coup d'œil. Elle n'a jamais eu le sens de l'orientation. Autrefois, ça la faisait rire, elle y voyait une faiblesse attendrissante. Mais ça n'a jamais été, jusqu'ici, une question de vie ou de mort. *Une question de vie ou de mort…* C'est drôle que même cela puisse devenir un cliché. *Un couple anglais périt dans le bush australien.* Elle voit l'*Observer* grand ouvert sur une couette, le titre en caractères gras, les miettes de croissant et les traces de beurre. *Les malheureux !* déclare une femme dans un bâillement, avant de tourner la page.

— C'est par là, dit-il en indiquant une direction.

— Ouais ?

— Je sais qu'on a tourné une fois à droite – je le revois en train de le faire. Mais comme on a tourné à droite la fois dernière, on devrait tourner à gauche cette fois-ci. Ça nous conduira vers le nord.

Cassie marque un temps d'hésitation.

— Tu es sûr que ce n'est pas le trajet du retour que tu as en tête ?

— Quoi ?

— Parce que… si c'est au retour qu'il a tourné à droite, alors il faudrait prendre à gauche.

Il se mord la lèvre. La poussière adhère à la crème solaire, si bien qu'il a l'air d'une statue de bronze. Elle retire ses lunettes de soleil et les essuie sur son tee-shirt.

— Le soleil est ici, à l'est ; c'est donc bien le nord, dit-il. On se dirige vers le nord et vers la route, ça veut dire que c'est la bonne direction.

– Oh... oui.

— Écoute !

Il lève un doigt. Elle écoute attentivement. N'entend rien. Et puis, peut-être, un lointain gémissement.

— Il m'a semblé entendre une sorte de train. Il est parti à présent. Mais continue à tendre l'oreille !

— OK.

Ils boivent un peu d'eau et, traînant les pieds, s'engagent dans la direction qu'ils ont choisie.

30

Ils marchent. Le soleil monte dans le ciel, jusqu'au-dessus de leurs têtes. De temps à autre, ils s'arrêtent pour boire un peu d'eau. Cassie s'accroupit pour faire pipi.

Il l'observe du coin de l'œil, en se demandant si, du coup, elle ne va pas se déshydrater trop vite. Arrête ! voudrait-il lui crier. Mais il s'en garde bien. Ils ne se parlent pas beaucoup. Ils n'ont pas grand-chose à dire. La situation se passe de commentaire. Ses pieds lui font mal, il a une ampoule au talon. Pour ne pas y penser, il s'efforce de se concentrer sur d'autres parties de son corps. Son ventre gargouille, proteste avec véhémence – il n'a pas l'habitude de devoir se passer de petit déjeuner. Et c'est bientôt l'heure du déjeuner.

Ils arrivent enfin au bout de toute cette noirceur. Ils marchent depuis des heures, ont parcouru quelques bons kilomètres – ç'a dû être un sacré incendie ! Ils franchissent une bande de terre rouge – rouge et exempte de végétation. S'y dressent des rochers couleur crème, ronds comme des galets géants. Un ou deux buissons nains hérissés d'épines. Enfin un paysage différent à contempler. Parfois, un oiseau passe. Un avion, haut, très haut dans le ciel. Des gens qui sirotent des boissons fraîches, s'empiffrent de cacahuètes, regardent un film. Ou qui contemplent la vue, en s'émerveillant devant cette étendue vierge. Une volée de petits perroquets verts poussent des cris, en volant au ras du sol.

— On peut s'asseoir ? demande Cassie.

Elle le rattrape et lui désigne un minuscule coin d'ombre, sous un rocher.

— Vaudrait mieux pas.

— Gray, j'ai besoin de m'asseoir.

Ils retirent leurs chaussures et leurs chaussettes trempées de sueur, versent un peu d'eau – le moins possible – sur leurs pieds. Ils boivent, tapis dans l'ombre de la pierre. Sa forme est insolite. Sphérique, elle fait penser à une gigantesque goutte de lave pétrifiée. Graham se roule une cigarette, aspire la fumée, se délecte de la saveur piquante du tabac jusqu'au fond de ses poumons.

— Ces rochers, tu t'en souviens ? demande Cassie.

— Ouais, ment-il. On n'est plus très loin.

La vérité, c'est qu'il ne se rappelle rien. La vérité, c'est qu'à chacun de ses pas il doute un peu plus d'avoir pris la bonne direction. La piste – presque impossible à distinguer dans toute cette étendue plate – doit être courbe, car la perspective change tellement qu'elle leur donne l'impression qu'ils sont en train de rebrousser chemin. Si seulement ils avaient une boussole !

— Tu as un autre pansement ? demande-t-il.

Elle fouille dans son sac, en trouve un. L'aide à le coller sur la chair à vif, en haut du talon, là où l'ampoule a éclaté. Ils mettent leurs chaussettes à sécher au soleil et ferment les yeux. Ce serait si simple de s'endormir. La pierre a une odeur chaude et salée. Il s'oblige à rouvrir les yeux et croise le regard jaune vif d'un petit lézard. Il a les paupières lourdes, des élancements à la tête et l'estomac qui gargouille. Pas une bonne idée, de s'arrêter. Où va-t-il trouver la force de repartir ?

Il met la main dans sa poche et tombe sur les deux galets de Ziggy.

— Hé ! dit-il en lui donnant le galet peint. J'avais oublié. C'est pour toi.

Elle le prend. Paraît perplexe.

— C'est un drôle de moment pour me faire un cadeau.

— C'est un bus, dit-il en désignant les roues, le volant, les vitres.

— J'aimerais que ce soit vraiment un bus. Merci.

Elle l'étudie pendant un instant, puis le glisse dans son sac. Il tient l'autre caillou pressé dans sa main. Tiède, lisse, strié. Amical. Il en caresse les arêtes du bout des doigts, ferme les yeux.

— Je repensais à Mara, dit Cassie. Ce qu'elle a dit.. enfin, c'est quand même très bizarre… Graham ?

Il ne répond pas. Respire bruyamment, comme s'il était assoupi… il s'endort presque… faut pas qu'il s'endorme. Faut pas qu'il s'endorme, faut pas qu'il pense, ni à Mara ni au reste. Il entend Cassie remuer. À travers ses cils, il la voit remettre ses chaussettes et ses chaussures, se lever et disparaître de son champ de vision.

Au bout de quelques minutes, sa voix lui parvient, d'un peu plus loin.

— Hé, viens voir !

À contrecœur, il enfile délicatement ses chaussettes et ses chaussures raidies par le soleil et la sueur et, après les avoir essuyées, chausse ses lunettes de soleil – si lourdes qu'elles lui font mal aux yeux et aux oreilles. Il se lève en prenant appui sur le rocher. Le soleil est aveuglant.

— Regarde ! dit Cassie en lui montrant une peinture blanche, sur la roche. Des hommes-brindilles, des flèches, des traits partant dans tous les sens. On dirait une scène de bataille, non ? Et regarde ce truc, on dirait un porc-épic.

À son grand étonnement, la peinture réveille chez lui un vestige de curiosité. Ils se promènent un moment entre les rochers, et découvrent d'autres peintures.

— Hé, dit Cassie, jetant autour d'elle des regards nerveux. Tu crois qu'il y a des Aborigènes dans le coin ? Rien ne dit que ce n'est pas une réserve. Qui sait si on n'est pas en train de violer leur territoire ? Peut-être même qu'ils nous observent, en ce moment.

— Non, réplique Graham. Cela dit, ce ne serait pas si mal. Ils pourraient nous indiquer quelle direction prendre.

Son sang se fige : il vient de reconnaître qu'ils sont perdus. Cassie détourne les yeux, fixe un point dans le lointain, puis fait face à Graham.

— C'est étonnant, non ?

Elle lui montre une frise pleine d'hommes et de bêtes, mais son sourire a quelque chose de désespéré.

— On se remet en marche ?

— On ne doit plus être très loin, dit-elle. Tiens, prends une pastille de menthe.

Ils tardent à repartir. Le tee-shirt de Graham est trempé de sueur. Il l'enlèverait bien, mais alors il cramerait. Le soleil gronde, frappe. C'est comme un poids sur leurs épaules. Cette chaleur, cette clarté aveuglante… difficile de regarder autre chose que le sol. Même la vision indistincte de ses propres pieds dans la poussière lui donne le vertige. Il marche les yeux fermés, pour ne pas les fatiguer davantage. Un pas, puis un autre et encore un autre, et dans sa tête ces pulsations qui accompagnent le rythme de ses pas. Dans sa bouche, sa langue est dure et épaisse comme un paillasson.

— Regarde ! s'écrie Cassie.

Il sursaute, comme arraché à un rêve.

— Des gens ! dit-elle en lui saisissant le bras.

Il plonge les yeux vers le point qu'elle lui indique. Il semblerait en effet qu'il y ait des gens, tout un groupe de personnes – à quelle distance, au juste ? – qui s'avancent vers eux en se tenant à distance les uns des autres. Des individus de petite taille, une foule en marche. Cassie et Graham se prennent la main.

Des gens ?

— Ils se sont arrêtés, murmure-t-elle derrière lui, en se faisant toute petite.

Elle a raison. Ils sont immobiles. Ils ont d'étranges, de très étranges silhouettes. Ce ne sont pas des Aborigènes… qu'est-ce que…

— Hé ! s'exclame-t-il dans un brusque éclat de rire, comprenant soudain leur erreur. Ce ne sont pas des gens !

— Quoi ? Oh !

Elle lui sourit, un sourire inattendu, sous l'ombre mouchetée de son chapeau.

— Tu te rappelles que Mara en a parlé ? demande-t-il.

Ils se lâchent la main et, en riant de soulagement, se dirigent vers l'alignement de termitières semblable à un champ de statues.

— J'espère que ça ne signifie pas qu'on est en train de revenir sur nos pas, dit Cassie.

Il reste un moment sans répondre. Le pansement s'est décollé de son talon sous l'effet du frottement et de la sueur. Il le sent, ratatiné dans sa chaussette. Il a la bouche sèche, l'impression que sa tête va éclater. Un nuage de mouches les suit, l'une d'elles bourdonne tout contre son oreille. Il se frappe le visage pour la chasser.

— Elle a dit qu'elles étaient loin, tu te souviens ? Tu n'as pas d'aspirine, j'imagine ?

— Si. Tu as mal à la tête ? J'en ai pris moi aussi, il y a un petit moment.

Elle plonge la main dans son sac. Efficace à souhait, Cassie. Elle est étonnante. Elle fera une excellente mère, il s'en rend compte. Il faut qu'elle puisse vivre ça. Il doit la ramener chez eux saine et sauve afin qu'elle puisse connaître ça, un jour. Elle sort deux comprimés d'une plaquette. Il les avale – deux énormes masses qui menacent de rester coincées dans sa gorge.

Ces termitières sont bien la chose la plus bizarre qu'il ait jamais vue. S'il devait revoir Ziggy, il le lui dirait.

Il repense à ces vaches desséchées, momifiées autour d'un réservoir vide. Il le croit, à présent. Il regarde, autour de lui, ces formations semblables à des silhouettes, à des stalagmites, à des souches d'arbres – certaines sont aussi hautes que Cassie. Elles ont de flamboyantes teintes vermillon et ocre, comme la terre, et sont couvertes de crottes d'oiseau. Dans d'autres circonstances, il aurait aimé les peindre. Un groupe de cacatoès noirs à queue rouge s'envole précipitamment, leurs plumes de dessous jetant des éclairs écarlates. Les termitières projettent des ombres, le soleil a changé de position. Graham se creuse la tête pour tenter de comprendre ce que ça signifie, en vain. Les termitières pointent vers eux comme une centaine de doigts désignant la direction d'où ils viennent. Mais pas question pour eux de repartir en arrière.

— Là-dedans, il doit y avoir des milliards de millions de fourmis… ou de termites, ou de je ne sais pas quoi, dit-elle.

Il va bien lui falloir affronter la vérité. Il l'affronte, là, maintenant, tandis que les termitières se dressent autour de lui : ils sont perdus. Plus la moindre trace de piste depuis Dieu sait combien de temps. Ils vont peut-être y rester. C'est ce qui arrive aux imbéciles d'Anglais qui se paument dans le bush : ils meurent.

— Allez, viens ! dit Cassie.

Ils marchent, et bientôt ils ne distinguent plus les termitières et débouchent sur un endroit plein de buissons grisâtres et desséchés, aux épines pointues comme des aiguilles à repriser et aux feuilles semblables à des éclats d'amiante. Il y a aussi des touffes d'herbe aux brins aussi acérés que des rasoirs. Et une faune de plus en plus importante : des lézards, des coléoptères, un petit serpent brun décrivant des « S » dans la poussière. Un couple d'émeus s'est figé, à contre-jour, et les regarde passer. Lorsque Cassie et Graham les dépassent, les émeus agitent leurs plumes, poussent des cris perçants et filent à grands pas. De quoi se nourrissent les émeus ? Et que boivent-ils ?

Graham ne regarde plus l'heure. À quoi bon ? Le soleil finira bien par se coucher... Et alors que se passera-t-il ? Un couple d'aigles déchiquette et racle une carcasse de kangourou. Il n'a jamais vu d'aigle auparavant et a toujours voulu en voir – quand il était gosse, c'était l'un de ses plus chers désirs. Mais ceux-là n'ont pas grand-chose à voir avec l'aigle royal de ses rêves de gosse. Ce sont des brutes épaisses, qui gonflent les plumes crasseuses autour de leur cou tandis que leur bec et leurs griffes déchirent la chair du kangourou. Ils ne sont nullement intimidés par les êtres humains qui les observent, et poursuivent sans broncher leurs sales affaires.

Il fait un peu moins clair – une lumière de milieu d'après-midi – et le vent se lève. S'ils marchent en direction du soleil, c'est qu'ils vont vers l'ouest... oui, mais, à part ça ? Les rouages rouillés de son cerveau grincent... est-ce que c'était ça ? Il ne se rappelle plus de quel côté ils étaient censés aller. Ses pieds se soulèvent et retombent et, chaque fois, le contact de la chaussette sur son talon meurtri lui fait l'effet d'une râpe à fromage. Il oublie alors, le temps de franchir quelques pas, vers quoi il se dirige et pourquoi. Cassie dit quelque chose et il sursaute, comme surpris par sa présence.

— C'est quoi, à ton avis ? demande-t-elle.

Il tourne la tête, mais ne distingue pas grand-chose. Dans la lumière éblouissante, des formes sont restées fixées sur sa rétine. Il recule un peu, refusant de pivoter sur ses talons et de faire ne fût-ce que quelques pas dans la direction opposée. Elle a la main sur un poteau, auquel est suspendu un fil de fer rouillé.

— Il y en a un autre ! dit-elle, en le montrant du doigt. On en a déjà dépassé quelques-uns. Tu crois que c'est une clôture ?

Une clôture – et il est passé devant sans rien voir. Dans quel état faut-il qu'il soit ! Il s'efforce de se ressaisir. Et, maintenant qu'il regarde attentivement, voilà qu'il aperçoit quelque chose, très loin, sur leur droite. Il aurait pu ne pas le voir. À une distance de plusieurs kilomètres peut-être – mais c'est difficile à évaluer – comme des bâtiments ou des arbres. Sa bouteille d'eau est presque vide, il en prend tout de même une gorgée. Une station ? Un endroit où ils pourront se sentir en sécurité, manger, boire et dormir ?

— Tu penses la même chose que moi ? demande Cassie.

On dirait qu'elle a la gorge irritée. Il l'entoure de ses bras et ils s'étreignent, à bout de forces. Elle se dégage.

— Tiens, une pastille de menthe pour fêter ça !

Ils se dirigent vers le lotissement, légèrement revigorés. Le sucre de la pastille se répand dans le sang de Graham. Si seulement son pied ne lui faisait pas aussi mal. Mais il va bientôt pouvoir le tremper dans l'eau. Et une dame aimable lui apportera une bière fraîche. Ils pourront prendre une douche et – qui sait ? – il y aura peut-être même un plan d'eau. Et plus tard, ils dîneront, d'un rôti ou d'un ragoût. La bière coulera à flots. Et puis, un lit frais et moelleux.

Ils marchent côte à côte, à présent. Se parlent à peine. Examinent les lieux. Une pompe apparaît dans leur champ de vision, à côté d'une rangée d'arbres.

— Gray ? demande Cassie en se figeant. Tu ne crois pas que…

— Quoi ?

— Ce n'est pas Woolagong, n'est-ce pas ?

— Non, rétorque-t-il, la gorge nouée. Bien sûr que non.

Ils continuent à marcher, un peu plus lentement. *Impossible* que ce soit Woolagong, il y aurait deux pompes… mais tout dépend de la direction d'où ils arrivent. Si c'était le cas… Graham ne pourrait pas supporter le sourire extatique et mielleux de Larry. C'est *impossible*. Mais au moins, ils auraient un lit où s'étendre, de l'eau fraîche, de la bière et de quoi bouffer. Il serre les dents, tant son talon lui fait mal. Se triture les méninges à essayer d'interpréter la position du soleil. Mais ça ne sert à rien, cette partie de son cerveau est grillée.

— Qu'est-ce qu'on va faire si c'est Woolagong ? demande-t-elle.

— Ce n'est pas Woolagong.

— Mais imagine…, dit-elle en lui saisissant le bras. On pourrait retourner dans notre lit en douce et se reposer. Il n'aurait pas moyen de savoir… et puis…

Elle s'interrompt.

— Je te dis que c'est pas Woolagong !

Il dégage son bras. C'est clair à présent, la disposition n'a rien à voir, la configuration du paysage, le type de végétation. L'échelle est réduite, rien n'est au même endroit – aucun rapport.

Elle porte une main à son cœur. Malgré son teint rougi par le soleil et couvert de poussière et de taches de rousseur, Cassie pâlit.

— Bois un peu d'eau, dit-il.

— Qu'est-ce qu'on va leur dire en arrivant ? demande-t-elle avant de prendre une gorgée. Il n'y en a presque plus, mais ça n'a plus d'importance maintenant, non ?

Elle finit la bouteille et s'essuie la bouche. Ses lèvres sont roses et humides, là où l'eau a lavé la poussière. Elle consulte sa montre.

— Quatre heures cinq, dit-elle. On arrive juste à temps pour le thé.

— Viens !

Il s'avance en boitant vers la station. De nouveaux signes de civilisation – des poteaux, des pièces de machines rouillées, une remise délabrée. Le bourdonnement assourdissant des mouches. Mais pas de bétail en vue. Pas de voitures. Pas de voix humaines. Il y a un mouvement, la pompe qui tourne... Or plus il s'approche, plus ses espoirs s'amenuisent. Les visions de dames aimables et de bière fraîche s'évanouissent. C'est un tas de décombres. Un fantôme de station. Certes, les arbres – de merveilleux eucalyptus blanc et vert vif, regorgeant d'oiseaux – constituent une sorte d'oasis pour les yeux. À part ça, il n'y a rien. Pas de maisons, pas d'habitants. Juste un amoncellement de bois blanchi par le soleil et de tôle ondulée, et deux épaves de 4 × 4.

Mais il y a tout de même quelque chose. Alors qu'ils se dirigent vers les décombres, ils entendent et découvrent un jet d'eau... de l'eau jaillissant par intermittence dans un réservoir à ciel ouvert au rythme du vent qui, en faisant tourner l'hélice, active la pompe à eau. Graham et Cassie se précipitent : le réservoir en acier galvanisé est rempli d'une eau verdâtre, où flottent des insectes morts.

— Tu crois qu'elle est potable ? demande Cassie.

— On n'a pas le choix.

Graham plonge un doigt dans l'eau tiède, et le lèche.

— Elle n'est pas saumâtre, en tout cas.

— Si on prend l'eau au moment où elle tombe dans le réservoir, ce devrait être bon, fait remarquer Cassie.

Il ôte délicatement sa chaussette tachée de sang. Des petites fibres de coton restent collées à la plaie.

— Aïe ! fait Cassie, qui a mal pour lui.

Il se déshabille, agrippe le bord du réservoir, se hisse par-dessus et se laisse tomber dans l'eau. Elle est tiède, épaisse et spongieuse, vers le fond. Il suffit de ne pas regarder.

— Viens ! dit-il. Ça va te faire du bien.

— Mais...

Elle grimace à la vue du dépôt visqueux, plein d'insectes, de plumes et de Dieu sait quoi d'autre, qui flotte à la surface.

— Je vais juste m'asseoir sur le bord et me laver.

Elle se déshabille, grimpe sur le réservoir et laisse pendre ses pieds dans l'eau. Son buste et son ventre sont d'une blancheur éblouissante, presque bleutée, qui contraste avec ses jambes, ses bras et son visage bronzés. Ses mamelons sont deux délicates fleurs roses. Elle tend les mains vers le bassin, recueille l'eau avec ses mains et se frotte les aisselles.

Graham plonge la tête sous l'eau, pour se débarrasser du nuage de mouches, émerge au milieu d'une quantité de bulles, et tire sur le pied de Cassie. Elle glisse et se retrouve entièrement submergée. Ses cheveux se répandent autour d'elle, des bulles remontent à la surface.

— Espèce de salopard ! bafouille-t-elle.

Elle saisit le bord du réservoir et sort de l'eau. Cassie commence à rire, lorsque, soudain, elle jette un coup d'œil au bras de Graham et pousse un cri.

— Il y a quelque chose sur toi ! Sors tout de suite !

Puis, sur un ton plus calme :

— C'est une sangsue.

Ils sortent précipitamment du réservoir, pour atterrir sur la terre rouge. La sangsue est accrochée à son bras, au-dessus du coude. Le boyau bleuâtre et gluant gonfle sous leurs yeux. Graham donne un coup avec le revers de la main, mais elle ne cesse d'augmenter de volume. Sa bouche est fixée aussi solidement qu'une agrafe. Graham est à deux doigts de s'évanouir.

— Tiens bon ! dit Cassie.

Elle plonge la main dans son sac et en tire une boîte d'allumettes. En craque une, qui s'éteint. Puis une autre, qu'elle approche de la sangsue jusqu'à ce que celle-ci remue et lâche prise, en libérant un filet de sang rouge vif.

En proie au vertige, Graham reste un moment adossé au réservoir. Puis il éclate de rire.

— Heureusement qu'il y a les éclaireuses !

— Quoi ? demande-t-elle, les sourcils froncés. Oh... ha, ha !

Graham déglutit. La sangsue, qui gigote dans la poussière, ressemble à un vieux préservatif.

— Remets tes chaussures ! dit Cassie. Il y a des fourmis partout.

Elles grouillent déjà, attirées par le sang qui sèche. Ils enfilent leurs vêtements mouillés sur leur peau humide. Elle lui tend un autre pansement pour son talon. Il passe ses tennis sans les lacer, et sans chaussettes. Ils attendent quelques minutes devant le réservoir, jusqu'à ce que le vent souffle suffisamment pour faire tourner l'hélice activant la pompe. Les mouches bourdonnent inlassablement, frôlant et heurtant leurs visages. La pompe grince et Cassie parvient à recueillir un demi-litre d'eau. Ils en boivent chacun une gorgée. Elle est tiède, mais claire, avec un goût argileux.

— Au moins, on ne va pas se déshydrater, dit Cassie.

Graham la regarde et secoue la tête.

— Comment tu as su ce qu'il fallait faire, pour la sangsue ? demande-t-il.

— Ça tombe sous le sens, non ? Saletés de mouches !

Elle agite la main et enfonce son chapeau sur sa tête.

Un grand cacatoès blanc se pose sur le bord du réservoir. Sa huppe fait l'effet d'une banane de rocker.

— Bonjour, dit Cassie, d'une voix idiote.

— Jacko, Jacko, répond-il d'une voix grinçante. Jacko est gentil, gentil Jacko.

Elle éclate de rire.

— Jacko ?

— Jacko, Jacko.

— Le pauvre ! Il devait appartenir à l'une des personnes qui…

— Mais cet endroit doit être abandonné depuis des années !

— Peut-être que les choses se dégradent plus vite, dans cette chaleur. De toute façon, les perroquets vivent très vieux.

Elle se donne une tape sur la cuisse, pour se débarrasser des fourmis qui sont en train de grimper sur sa jambe.

— Ne restons pas ici.

Ils marchent jusqu'à un amas de bûches décolorées par le soleil et s'assoient. La lumière, dans la fin d'après-midi, prend la teinte dorée d'un sirop. Pas de vrai petit déjeuner, pas de déjeuner et pour le dîner, c'est mal barré. Graham arrive à dégoter un endroit où s'étendre, au milieu des planches entassées en vrac. Il fume une cigarette. Des mouches se baladent sur ses doigts, sur la cigarette, au coin de sa bouche. Au-dessus de lui, le ciel est encore bleu, bien que la lumière soit déjà en train de changer : qu'est-ce qui distingue tellement la lumière du matin de celle de l'après-midi ? Le vent qui caresse les feuilles produit un bruissement qui rappelle celui de la mer. Il imagine : la mer du Nord, son eau glacée. Son ventre gargouille.

— Ouais, fait Cassie, battant l'air pour chasser les mouches. Si on avait de quoi manger, ça pourrait aller.

Il ferme les yeux. Ils vont passer la nuit ici, vraisemblablement. Et puis ? Il ferme les yeux, refusant de répondre à la question. Trop fatigué, trop affamé pour ça. Le bois est tiède, lorsqu'il s'allonge. Il commence à s'abandonner au sommeil, quand Cassie dit :

— Lève-toi !

Le ton de sa voix est tel qu'il s'exécute immédiatement. Ce n'est qu'une fois debout qu'il aperçoit le serpent, une bête fine, rouge et noire, qui paraît redoutable et s'approche en dardant la langue. Ils reculent. Le serpent se fige un instant, puis file se tapir sous le tas de bois.

— Ce genre d'endroits… c'est des nids à serpents et bestioles en tout genre. On aurait dû s'en douter.

— Ouais, fait Graham, regardant avec regret la planche confortable.

— On ferait bien d'essayer de trouver de quoi manger. Il doit bien y avoir quelque chose.

Il la suit à travers les décombres en traînant la patte, l'arrière de la chaussure écrasé par son talon blessé. Ils tombent sur un petit terrain où poussent des melons de la taille d'une balle de tennis. Graham en ouvre un en deux, mais l'intérieur est sec, fibreux et amer. Immangeable.

— On pourrait déterrer des vers, il paraît que c'est très nourrissant, plaisante-t-il.

— Seulement en tout dernier recours, répond Cassie, le prenant au sérieux.

— Ou bien je pourrais *tuer* quelque chose, suggère Graham en jetant un coup d'œil au cacatoès, qui commence à lui taper sur les nerfs, à force de les suivre partout en sautillant et en s'autocongratulant. *Jacko est gentil. Gentil Jacko.*

— De toute façon, ça ne va pas nous faire de mal de jeûner pendant une journée. Ce sera comme une désintoxication. Il reste encore deux pastilles de menthe. Tu veux la tienne ou tu préfères la garder pour plus tard ?

Graham tend la main. Met la pastille dans sa bouche et s'efforce de ne pas la croquer. Il a tellement envie de mastiquer quelque chose. Et demain, que feront-ils... Non, il refuse d'y penser maintenant. Faute de pouvoir dormir, il peut au moins s'étendre. Mais où ? Cet endroit regorge d'insectes et de serpents. Il y a une toile d'araignée géante, entre deux buissons, au filament aussi épais que du fil électrique. À quoi doit ressembler le monstre qui a tissé ça !

— Parmi toutes les nourritures possibles et imaginables, qu'est-ce que tu choisirais de manger ? demande Cassie.

Il la regarde avec stupéfaction. Elle ferme les yeux et sourit.

— Moi, je prendrais un verre de citronnade – avec des glaçons – et un gâteau de Savoie. Avec de la confiture de fraises et de la crème fraîche. Bien fraîche, bien épaisse et…

— Tais-toi !

— Ne me…, commence-t-elle.

Elle s'interrompt. Lève une main.

— Écoute !

— Quoi ?

Un coup de vent qui fait bruisser les feuilles, le grincement de la pompe, les braillements de cette andouille de perroquet, de l'eau qui tombe dans le réservoir – ils auraient dû prévoir quelque chose pour la recueillir.

— Écoute !

Il tend l'oreille. Elle a raison. Il distingue un bruit… le ronronnement d'un moteur. Il ferme les yeux pour mieux entendre. Le bruit grossit rapidement. Un avion ! C'est un avion ! Ils sortent et scrutent le ciel jusqu'à ce qu'il leur apparaisse. C'est un petit avion, qui vole assez bas pour les apercevoir.

Graham retire son tee-shirt et l'agite. Cassie fait de même avec son chapeau, et sautille lorsque l'avion descend un peu.

— Ici, ici, ici ! crie-t-elle.

L'avion penche sur une aile et effectue une boucle, avant de s'éloigner de nouveau.

— Il a dû nous voir, gémit Cassie.

Graham observe en silence.

— Il revient.

— Oh, Dieu merci, Dieu merci ! Oh, non…

Il donne l'impression de repartir, alors qu'il procède à un virage incliné.

— Il est en train de chercher où atterrir, explique Graham.

Le sang lui monte à la tête, il pourrait s'évanouir de soulagement. Il remet son tee-shirt. Oh, merci ! pense-t-il en s'adressant au ciel *Merci !* Il attire Cassie vers lui, la serre contre lui. Elle est en vie, il est en vie, tout va bien.

Ils attendent. Se tiennent la main comme un couple d'ados jusqu'à ce que l'avion se pose enfin et roule vers eux en cahotant, soulevant dans son sillage un nuage de poussière. Le cacatoès pousse un croassement et s'envole.

Cassie et Graham échangent un sourire, se dirigent vers l'avion lorsque, tout à coup, ils se figent sur place.

31

Larry émerge de la poussière en rajustant son panama.

— Eh bien, eh bien, qui avons-nous là ?

Graham bat des paupières. Il a une poussière dans l'œil. Cassie lui enfonce ses ongles dans la main.

— On a eu envie de faire une petite balade, hein ? dit Larry. On vous raccompagne ou vous préférez rentrer à pied ?

Graham jette un coup d'œil à Cassie, mais elle a baissé la tête et ses cheveux retombent sur son visage. Elle tient son chapeau entre ses doigts crispés. Il examine les décombres environnants. La pompe tourne, et l'eau jaillit. Les feuilles bruissent. Les oiseaux qui s'étaient envolés reviennent se poser sur les branches. Graham et Cassie n'ont pas d'autre possibilité que de suivre Larry dans l'avion.

— Salut !

Un grand sourire se dessine sur le visage de Kip. Son regard brille. Ils accrochent leurs ceintures. Larry claque la portière. Cassie détourne les yeux, regarde par le hublot. Graham la voit déglutir avec effort : elle a la gorge nouée. Mais pas de larmes. Il lui prend la main. L'avion s'ébroue, cahote et décolle, et Graham a l'impression que son cœur s'arrête de battre. Il voit un kangourou effrayé et son petit s'enfuir en bondissant. Puis l'avion se redresse vivement pour prendre de la hauteur, et Graham ne voit plus rien, hormis le ciel. Il est pris d'une envie de vomir, tandis que l'avion s'élève et s'incline vers le haut. Mais il n'a rien à vomir, si ce n'est un peu d'eau. Cassie lui presse la main encore plus fort. Une mare de sueur entre leurs paumes. Graham a la tête de Larry sous le nez. Il voit que sa chevelure est clairsemée, sous la coiffure bouffante. La peau rose, le crâne blanc-jaune. Et à l'intérieur, quel genre de cerveau malade ?

Saisi d'un haut-le-cœur, Graham déglutit. Il se force à regarder la terre, tout en bas : le tracé d'une route, des broussailles en pointillé, les circonvolutions de rivières asséchées. Et des ombres, considérablement étirées par le soleil, bas sur l'horizon. La crête des montagnes a pris une teinte pourpre, dans la lumière orange et granuleuse. Il renverse la tête en arrière, ferme les yeux – et prend soudain conscience d'une chose, qui lui avait jusque-là échappé. Il songe au caillou. Glisse sa main libre dans sa poche. La tête lui tourne trop pour qu'il l'examine – mais il en connaît l'aspect par cœur. Les lignes anguleuses, les nuances de rouge et de bleu. Les couleurs de terre brûlée. Un motif géométrique des plus étranges, tout en lignes et en angles. Il s'oblige à coller son visage au hublot. Vu d'en haut, le paysage prend tout son sens, et on en comprend mieux la différence d'échelle… entre le paysage immense et un malheureux caillou. Le microcosme et le macrocosme. S'il n'avait pas le cœur sur les lèvres, l'idée l'exciterait. Le caillou comme clé, comme mode d'accès.

Au bout d'un temps si court que c'en est humiliant, ils se posent. Ils ont roulé toute une nuit, ont marché toute une journée et, en quelques minutes, les voilà de retour. Dans les ondulations du toit de tôle, le soleil couchant répand sa lumière dorée.

La voiture est là. Garée à l'endroit habituel. Aucune trace de l'aventure, si ce n'est une bosselure sur le toit.

Comment est-il parvenu à la ramener ? Ils sortent et demeurent cloués sur place jusqu'à ce que l'avion ne soit plus qu'un tout petit point noir dans le ciel en feu.

— J'ai remis vos affaires dans votre chambre et j'ai préparé de quoi dîner, dit Larry. Je suppose que vous avez faim ?

— On a trouvé des melons et on les a goûtés.

— Des melons sauvages ! s'exclame Larry en secouant la tête. Vous deviez vraiment être morts de faim !

Cassie se met à rire. Un rire rauque et hystérique.

— Nom de Dieu, on doit avoir l'air de deux idiots !

— Eh bien…

Larry la dévisage, elle sourit d'un air presque timide et baisse les yeux. Mais à peine a-t-il le dos tourné qu'elle jette à Graham un regard éloquent – même s'il ne sait pas comment l'interpréter.

Ils s'assoient à table pour dîner. Il y a du vin, mais Cassie n'y touche pas. Larry insiste pour lui en proposer, tout au long du repas.

— C'est celui que vous avez tellement aimé, dit-il en laissant ses yeux glisser sur le cou de Cassie.

Elle sourit, et, d'une main, couvre son verre. Quant à Graham, il boit comme un trou. Il y a deux bouteilles sur la table, l'une à côté de l'autre, et il a pour ainsi dire la sienne. Le vin est léger, frais, rafraîchissant.

— J'ai pensé que c'était exactement ce qu'il fallait, après une journée au soleil, dit Larry. Il se boit comme du petit-lait, ce sont vos propres mots, n'est-ce pas ?

Graham serre les dents. Larry le cherche, il le cherche, il le cherche… Ses élancements au niveau du poing s'accordent avec le battement du sang dans ses tempes.

— Tu ferais mieux de boire de l'eau, Gray, dit Cassie, mais il ne lui prête aucune attention.

Elle presse son genou contre le sien, sous la table – il retire sa jambe.

Le repas consiste en une espèce de ragoût sans nom à base de pommes de terre, de bacon, de petits pois. Il y a des œufs, aussi, bien baveux. Graham engouffre la nourriture machinalement. Il s'enfonce dans son siège et fait passer la dernière bouchée avec de grandes gorgées de vin. Ce n'est pas une très bonne idée de boire, il en prend tout à coup conscience. Comme d'habitude, Cassie a raison. Elle s'en tient à l'eau, qu'elle va elle-même chercher au robinet.

— Mangez donc, dit Larry en se penchant vers elle. Je sais que c'est loin d'être aussi bon que ce que vous cuisinez.

— J'ai pris un coup de chaleur... En vérité, je n'ai pas très faim, dit-elle. Non que ce ne soit pas bon, ajoute-t-elle précipitamment. C'est délicieux. Exactement ce qu'il fallait.

Dans son rêve, Cassie marche. Elle avance d'un pas traînant, chemine inlassablement sur un sol friable. Et puis, dans un bruit déchirant, la terre tremble et se fend. À son réveil, elle entend Graham vomir.

Il fait noir comme dans un four. Elle tâtonne pour trouver une lampe de poche et oriente le faible faisceau vers lui. Il est agenouillé sur le plancher, à côté de la porte. Elle se lève et se dirige vers lui en prenant garde à de ne pas trébucher. Elle pose la main sur son épaule. Sa peau est fraîche et moite. La pièce empeste le vomi. Il a un nouveau haut-le-cœur et bafouille, au bord des larmes :

— Je suis désolé. J'ai essayé de sortir.

— T'inquiète ! Tu as fini ?

— Je crois.

— Va te recoucher, alors !

Elle enfile sa robe, glisse les pieds dans ses sandales. La lune qui décroît accroche des lambeaux de nuages. L'iguane est couché devant la porte de la cuisine, comme un objet sculpté dans la pierre. Ses yeux roulent dans leurs orbites, et il se déplace tel un jouet mécanique pour la laisser passer. Elle boit un verre d'eau, puis rassemble un chiffon, un seau, du détergent et prend de l'eau fraîche pour Graham. L'imbécile ! Qu'est-ce qui lui a pris, de boire comme un trou après une journée sous un soleil pareil ? Ses vomissements lui ont donné envie de vomir à elle aussi. Elle retourne à la puanteur de leur chambre, allume une bougie et nettoie le sol, en s'efforçant de ne pas respirer par le nez.

De temps à autre, Graham marmonne « désolé ». Mais elle n'a pas le cœur de lui répondre « C'est rien ». *Si tu veux te prendre une cuite, tu pourrais nettoyer derrière toi*, voilà ce qu'elle pense, tandis qu'elle frotte le plancher.

Après avoir fait de son mieux, elle va se laver les mains. Les nuages sont d'un blanc argenté – elle suppose qu'ils sont beaux, bien qu'elle ne puisse *ressentir* leur beauté. Elle ne ressent qu'une terrible envie de vomir. À vrai dire, songe-t-elle en portant une main à son ventre, à vrai dire, ça fait un moment qu'elle se sent… Non. C'est sûrement un coup de chaleur. Mais elle a des picotements au niveau des mamelons, et un mauvais goût dans la bouche, comme si elle avait sucé une pièce de monnaie. Patsy lui a dit que quand elle était tombée enceinte, elle s'en était immédiatement rendu compte. À ces mêmes symptômes. Je l'ai su tout de suite, avait-elle dit. Avant même de découvrir qu'elle n'avait plus ses règles. Ou bien une insolation. C'est très possible.

Presque toutes les heures, cette nuit-là, Graham vomit dans le seau, au chevet du lit. Et chaque fois, Cassie se lève, sort le seau, le vide dans les toilettes et se lave les mains. Elle remarque la lente progression de la lune dans le ciel, puis l'aube point, et le coq commence son vacarme imbécile. Et Graham continue à vomir Au matin, il ne peut toujours pas boire une gorgée d'eau sans recracher aussitôt de la bile.

— Je devrais aller chercher Larry, dit Cassie en le regardant se laisser retomber sur le lit, grisâtre et couvert de sueur froide.

— Non.

— D'accord, n'empêche qu'il est médecin. Enfin, plus ou moins.

— Non.

Elle se laisse dissuader, jusqu'à ce que Graham soit trop faible pour protester, et qu'elle n'ait plus le choix.

Larry ne dit pas grand-chose. Ne paraît pas surpris.

— C'est une insolation, diagnostique-t-il.

Il se rend au bâtiment des tondeurs et injecte à Graham un antiémétique. Lorsque la piqûre semble avoir fait son effet, il donne à Cassie des comprimés pour l'aider à se reposer et à se remettre d'aplomb. Il se comporte plutôt bien, vu les soucis qu'ils lui ont causés. Il est même très aimable. Cela trouble tellement Cassie qu'elle renonce à essayer de comprendre.

L'après-midi est déjà bien entamé lorsqu'elle se sent prête à affronter la question de la nourriture. Leur train-train quotidien s'est littéralement désagrégé. Elle est prise d'un tel mal du pays quand elle pense à l'Angleterre. Elle a besoin, elle brûle de parler à sa sœur. Elle entreprend d'arracher les mauvaises herbes du potager, trouvant un réconfort dans la verdure, dans le piaulement des oiseaux et dans une activité qui libère son esprit en occupant ses mains. Larry ne se manifeste pas. Ce n'est que longtemps après l'heure du déjeuner qu'il sort et vient lui rappeler, de façon très délicate, qu'elle est toujours chargée de préparer les repas. Dans la cuisine, elle casse des œufs dans un saladier. La vue du jaune épais et baveux se mélangeant au blanc visqueux lui soulève le cœur. Elle s'efforce de retirer, à l'aide d'une fourchette, les taches de sang – qui indiquent le début de la division cellulaire, laquelle se poursuit peut-être tandis que Cassie bat les œufs, les assaisonne et les verse dans la poêle. Elle ne cessera que lorsque la température sera suffisamment haute pour interrompre le processus. Quatre poulets de moins sur la terre. Et après ?

Juste assez pour elle et Larry. Ils mangent dans la cuisine. Elle n'a guère d'appétit, se contente de grignoter un bord croustillant. Si seulement elle pouvait se souvenir de cette nuit-là. Se souvenir…

— Comment va Mara ? demande-t-elle.

— Oh, elle est un peu mal fichue. Elle a été contrariée par votre… comment dire… votre escapade inattendue. Mais elle sera très heureuse de vous retrouver.

— Désolée, dit Cassie.

— Vous m'avez étonné, tous les deux. Enfin… tout est bien qui finit bien. Et ça, c'était exquis, dit-il en tamponnant ses lèvres avec sa serviette.

— Ce n'est qu'une banale omelette.

Elle repose sa fourchette.

— Dites-moi, Larry, l'autre soir…

— De quel soir voulez-vous parler ?

— Vous le savez bien. Quand Graham et Fred…

— Ah ! cette délicieuse soirée.

— Ça peut sembler ridicule, j'en suis consciente, mais…

Elle laisse échapper un rire nerveux.

— Mais… je ne me souviens pas bien de ce qui s'est passé.

— Vraiment ? demande-t-il en écartant ses doigts immaculés.

Ses ongles sont si brillants qu'elle se demande s'ils ne sont pas vernis. Passerait-il le temps, dans les profondeurs de sa demeure, à se manucurer les ongles ?

— Avez-vous…

Les mots lui restent coincés dans la gorge.

— Est-ce que j'ai quoi… ?

— Avons-nous… enfin… avez-vous en quelque sorte profité de moi… pendant que j'étais…

— Indisposée ?

Il fronce ses sourcils sataniques. Sourit, en prenant son temps. Une dent étincelle, aux commissures des lèvres.

— Oui ou non ?

Il pose soudain les deux mains sur la table et se penche vers elle.

— Vous savez quoi ? Vous allez m'attendre ici, le temps de mettre la bouilloire sur le feu, par exemple. J'ai quelque chose à vous montrer. Quelque chose dont je suis plutôt fier.

Il sort en fredonnant, sa barbichette pointant vers l'avant. Cassie vide son assiette dans la poubelle et remplit la bouilloire. Sur le sol, une bestiole marron détale et, sous son regard indifférent, va se planquer sous l'évier.

Larry revient avec une enveloppe, dont il sort des clichés.

— Prête ?

Il les étale sur la table.

Elle se laisse tomber sur une chaise, à peine surprise par ce qu'elle voit. C'est elle-même, étendue sur le canapé, la chemise blanche relevée, la tête renversée en arrière, les yeux fermés en une expression de plaisir ou de jouissance anticipée.

— Espèce de fumier ! dit-elle sans hausser la voix, sentant son pouls s'accélérer.

— Pouvait-on décliner une telle invitation ?

— J'étais dans les vapes.

— Vous en êtes sûre ?

— Vous avez dû me donner quelque chose, dit-elle. C'est ça, non ? Comme cette… (sa voix s'étrangle)… cette drogue du viol.

Il forme un clocher avec ses doigts, les pose sur ses lèvres et reste quelques instants à l'observer. Et elle est là, sur la table, en Dieu sait combien d'exemplaires, la moindre parcelle de son corps exposée. Elle s'oblige à regarder ailleurs.

— La compresse…

— Une simple mesure d'hygiène.

— D'hygiène ! s'exclame-t-elle en se levant si brusquement que la table tremble. Je vais tout raconter à Graham.

Elle n'est pas certaine de vouloir vraiment le faire, mais il lui faut dire quelque chose, mettre fin à cette *complicité* poisseuse et nauséabonde qui s'est installée autour de la table.

— Vous savez quoi, dit-elle d'une voix grinçante. Je croyais vraiment que vous étiez un type bien. Je vous trouvais gentil. Graham a toujours dit que vous étiez une raclure, mais moi je… vous m'avez vraiment bien eue.

— Une raclure, répète-t-il, vaguement amusé. Avant de vous sauver, demandez-vous donc un peu comment il prendra la chose.

— Il me croira.

— Malgré les preuves ? Vous en êtes sûre ?

Il rassemble les photos et les remet dans l'enveloppe.

— Réfléchissez une minute. Si on vous montrait une photo de lui en train de… disons de copuler avec une autre femme, vous en penseriez quoi ?

De copuler. Elle frémit.

— Si on vous mettait la preuve sous le nez.

Elle ouvre la bouche et la referme aussitôt.

— Eh bien, en tout cas, vous devriez réfléchir. Je vous quitte, j'ai des choses à faire.

— Quoi, par exemple ? Vous limer les ongles ?

Ça lui a échappé. Elle voudrait s'enfoncer sous terre, tant la réflexion lui paraît infantile, ridiculement déplacée. Et bien sûr, elle ne suscite chez lui qu'un sourire.

Graham entend la porte s'ouvrir. La lumière forme autour de la tête de Cassie un halo sirupeux. Elle la referme aussitôt, vient vers lui. Il sent la sueur, presque une odeur de fauve.

— Ça va ? demande-t-il.

Il ose à peine la regarder en face. Que sait-elle, au juste ?

— Et toi ?

Il s'appuie sur un coude, et la pièce cesse de tournoyer autour de lui. C'est déjà ça. Il examine le profil de Cassie, le fin duvet blond, la courbe de sa joue soyeuse comme une pêche. Son visage ne lui révèle rien.

— Il m'a dit de te donner d'autres comprimés, mais... écoute... je crois qu'on ne devrait plus boire ni manger quoi que ce soit, sauf si on se l'est préparé nous-mêmes.

Il scrute son expression.

— Je crois simplement que...

Il se rallonge.

— Enfin... je n'ai pas bu hier soir... et c'est sans doute le soleil qui t'a rendu malade, et puis tout ce vin, mais...

— Tu deviens parano, rétorque-t-il.

— OK. Dans ce cas, prends-les, dit-elle en sortant deux comprimés du flacon et en les lui mettant dans la main.

Il les tient dans sa paume. Deux torpilles d'un blanc de neige. Elle sourit enfin, plissant son nez constellé de taches de son.

— Je suis peut-être parano mais... écoute, je veux m'en aller d'ici. À la première occasion.

— Ouais.

Puis, après quelques secondes d'hésitation :

— Tout... tout va bien ?

Il ose enfin la regarder dans les yeux. Elle n'est pas comme d'habitude. Elle lui cache quelque chose – mais serait sûrement beaucoup plus en colère si elle était au courant, pour Mara et lui.

— Tu peux m'amener un truc à grignoter ? Juste une tranche de pain grillée, ou un truc dans le genre.

— Bien, dit-elle en lui embrassant le front. Une tasse de thé, aussi ?

Elle sort. Il attend quelques minutes, puis se remet en position assise. C'est bon. Quatre comprimés glissent de dessous l'oreiller. Les deux dernières doses. Il a eu la même idée qu'elle. Ils sont arrivés, chacun de leur côté, à la même conclusion. Seulement son scénario à lui était pire – cauchemardesque, même : Cassie était dans le coup. C'était elle qui le droguait. *Cassie ?* Il perd la boule ou quoi ?

Il ouvre la porte, reste un moment planté devant. Le soleil, bas sur l'horizon, diffuse autour de lui des rayons rosés. L'ombre étirée des arbres fait cent fois leur taille. Le linge raidi par le soleil est toujours étendu sur la corde, et son ombre alambiquée se projette sur le sol. On dirait que ça fait des semaines que Cassie a fait cette lessive. Les chemises de Larry, un drap, les culottes de Cassie. La porte de Mara est fermée.

Graham monte les marches de la véranda et met la main sur la cloison grillagée. Il se fige. Ils sont là, en train de discuter, Cassie et Larry. Il regarde par l'embrasure de la porte ouverte. Le profil de Cassie, sa queue-de-cheval dont des mèches s'échappent, blanches et lumineuses. Sa position ne lui permet pas de voir Larry, mais il distingue sa voix.

— Alors, comment allons-nous passer la soirée ?

Graham voit quelque chose voltiger, et se donne une tape sur le bras en sentant la douleur cuisante de la piqûre d'insecte.

— Vraiment, je suis fatiguée, et Graham est tout seul.

— Il est en train de dormir.

— Comment le savez-vous ?

— Les comprimés. Le meilleur remède naturel, c'est le sommeil, comme vous devez le savoir. Les comprimés vont accélérer son rétablissement en lui garantissant une bonne nuit de sommeil.

Silence.

— Retournons au salon, vous voulez bien ? dit Larry. Histoire de se détendre un peu avant le dîner.

— Vous voulez rire !

Graham entre dans la cuisine. Larry lève des yeux surpris.

— Eh bien… j'aurais juré que vous dormiez.

— Je n'en doute pas. Je croyais que tu étais censée m'apporter une tasse de thé, dit-il à Cassie.

Elle se lève, les joues en feu.

— J'étais justement…, bafouille-t-elle en désignant la bouilloire.

— Vous devriez peut-être commencer à préparer le dîner, suggère Larry, sans quitter Graham des yeux. On devrait réveiller Mara.

— Vous avez déjà faim ? demande Cassie en jetant un coup d'œil à la vaisselle qui attend d'être lavée sur la table.

— Je te donne un coup de main, dit Graham.

— Non non, proteste Larry. Asseyez-vous.

Cassie les regarde tous les deux, jusqu'à ce que Larry porte son attention sur elle.

— Cela vous dérangerait, de nous laisser seuls une minute ?

Elle semble terrifiée.

— J'ai besoin de… euh…

Elle se tait, lance à Graham un étrange regard implorant, et sort.

Graham s'assied. Il a les jambes en coton.

— Que se passe-t-il ? demande-t-il.

— Vous savez quoi ? dit Larry. Allons au salon ? Ce sera plus confortable. J'ai quelque chose à vous montrer. Vous pourriez supporter une bière ?

— Non.

— Vous ne m'en voudrez pas si..

Lorsque Larry passe devant lui, des effluves écœurants de son eau de toilette lui parviennent aux narines. La salive lui emplit la bouche, comme s'il allait se remettre à vomir. Larry ouvre une bière, et le rond bien net de sa pomme d'Adam monte et descend tandis qu'il avale une gorgée. Puis il s'essuie la bouche du revers de la main.

— Venez.

Graham s'extirpe de sa chaise et le suit dans le couloir. Larry détache le trousseau de clés attaché à sa ceinture et ouvre une porte qui donne sur une pièce sombre et spacieuse, correspondant en tout point à la description de Cassie. Sauf qu'il n'y a pas de feu dans la cheminée.

Ses yeux se posent sur le canapé. Sur le velours marron, râpé par endroits comme la toison d'un vieil ours en peluche. Il tourne la tête, remarque un tableau au-dessus de la cheminée, au verre si encrassé que l'on devine à peine une aquarelle représentant le bush. Sur une éminence se découpe une silhouette noire qui tient un bâton devant, les collines rouges ondoyantes derrière elle.

— Il était déjà là, commente Larry. Ça vaut une petite fortune. Quoi qu'il en soit, ce n'est pas ce que je voulais vous montrer.

Il pose l'enveloppe qu'il serrait entre ses doigts, et en ramasse une autre, sur la cheminée. Il en sort un cliché, qu'il tend à Graham avant de se diriger vers la fenêtre et d'ouvrir le rideau pour laisser entrer les dernières lueurs du jour. Graham s'assied sur le canapé. L'image, digitale, est sombre et floue. On y voit un couple en train de faire l'amour. Les fesses de l'homme sont pâles et étroites entre les cuisses sombres, épaisses et maculées de peinture de la femme. Elle a une expression d'extase sur le visage. C'est Mara. Et, bien que son visage soit caché, Graham n'a aucun mal à se reconnaître.

— Je vous préviens… Un seul geste violent, et Cassie sera aussitôt mise en présence de ces clichés.

Elle est retournée à la cuisine, Graham distingue le bruit du couteau qui, sur un rythme régulier, frappe, frappe, frappe sur la planche à découper.

— Qu'est-ce que vous en pensez ?

Larry s'avance, se tient juste au-dessus de lui. Graham refuse de lever les yeux.

— Mon Dieu, quelle expression ahurie ! s'exclame Larry d'une voix joyeuse. Littéralement estomaqué ! Je n'ai jamais vu quelqu'un d'aussi estomaqué.

Il attend, agitant nerveusement les jambes, dans son pantalon pâle et bien repassé. Graham ferme les yeux. La colère monte en lui. Ses bras le démangent. Il se lève, mais Larry a déjà battu en retraite. A atteint la porte avant qu'il ait pu lui balancer un coup de poing.

— Du calme, du calme..., lui lance Larry d'un ton désapprobateur, une main sur la poignée. Comportons-nous en personnes civilisées. Que ce soit bien clair : si vous ne vous conduisez pas bien, je montre cette merveilleuse image à Cassie. OK ?

— Que moi je me *conduise bien* ?

Graham se dirige vers le foyer, allume son briquet et le place sous le cliché, qui refuse de s'enflammer. Graham doit tourner plusieurs fois la roulette du briquet avant que le papier prenne feu et que le cliché se racornisse enfin, réduit en cendres.

— J'en ai une sacrée provision, croyez-moi, fait remarquer Larry.

Il atteint le seuil. Graham aurait presque envie d'en rire.

— Et puis... j'aimerais que vous passiez une autre matinée avec Mara – demain, par exemple ?

Après un silence, Graham demande :

— Vous l'avez prise comment ?

— Secret de fabrication. Venez, à présent. Allons voir comment Cassie se débrouille en cuisine.

Graham secoue la tête, se lève et fonce sur Larry. Celui-ci, qui a franchi le seuil, tente de claquer la porte derrière lui. Mais il a sous-estimé la rapidité de Graham, qui parvient à se glisser avec lui de l'autre côté et le poursuit dans la cuisine. Il lui écrase son poing sur la mâchoire. Larry est projeté en arrière et sa tête heurte le poêle. Un jet de sang gicle sur la plaque où chauffe la bouilloire. Il s'en dégage aussitôt une odeur de viande brûlée, tandis que des bulles se forment et noircissent dans un crépitement. Larry s'effondre près du poêle, les yeux clos, la tête pissant le sang.

Graham retourne dans le salon, prend les deux enveloppes sur la cheminée, les ramène avec lui dans la cuisine, et les fourre dans le foyer du poêle. La porte-moustiquaire claque. Il sursaute. Cassie se tient sur le seuil, la bouche ouverte, les bras chargés de linge blanc.

— Graham ! gémit-elle, en lâchant le linge. Oh, mon Dieu…

Elle tombe à genoux près de Larry.

Les jambes de Graham se dérobent sous lui. Il s'assied sur une chaise, enfouit son visage dans ses mains. Perd peut-être connaissance une seconde ou deux. Ce sifflement assourdissant, dans ses oreilles… Son poignet, de nouveau endolori, la peau fendue. La puanteur du sang brûlé.

— Faut que je sorte, dit-il.

Il gagne la porte, se retourne. Larry est écroulé par terre, Cassie agenouillée, le linge répandu sur le sol. La bouilloire libère de la vapeur. Graham s'éloigne de la maison et plonge dans l'obscurité. L'air est tiède autour de ses pieds et de ses jambes ; plus frais en hauteur. Il respire un bon coup. Deux étoiles ont paru dans le ciel. La lune brille comme une vieille dent pourrie.

32

La bouilloire siffle. Cassie se lève et l'écarte du point le plus chaud de la plaque. Des écailles de sang calciné. Son odeur mêlée à celle des oignons hachés. Larry est inconscient, mais il n'est pas mort. Elle prend sa main inerte et tente de le mettre dans une position plus confortable. Rassemble quelques-unes des chemises et, les roulant en boule sous sa tête, lui fait un oreiller. Elles sont propres au moins, comme à l'hôpital, mais s'imbibent vite du sang rouge sombre. Irrécupérables. Yella entre en poussant la porte grillagée. Il s'approche de Larry, pousse un long gémissement, le flaire et lui lèche le visage.

Cassie est désemparée. Que fait-on, en pareil cas ? On appelle quelqu'un, une ambulance – or il n'y a pas de téléphone. Elle se souvient de la radio. Le trousseau de clés est accroché à sa ceinture. Il faut qu'elle le fasse pour le bien de Larry. La radio et la salle de bains... aller chercher des trucs pour sa tête. Pour son bien. Un antiseptique, par exemple ? La blessure est sous la tête, mais elle ne se sent pas la force de le retourner. Elle a honte. *Oh, laisse tomber*. Les blessures à la tête saignent toujours beaucoup, elle se rappelle avoir entendu ça quelque part. Elles paraissent souvent bien plus graves qu'elles ne le sont.

— Larry ? hasarde-t-elle

Pas un battement de cils. Il a le teint terreux, mais respire assez régulièrement, constate-t-elle en regardant son torse se soulever et s'abaisser. Il s'est mordu la lèvre. Elle est maintenant gonflée et luisante, avec un peu de sang au coin. Cassie détache les clés. Un sacré trousseau Elle se relève, la tête lui tourne d'être restée si longtemps accroupie. Elle se dirige vers la porte et regarde au-dehors. Il fait presque noir. Une nuit claire, la lune est là. La porte de Mara est fermée. Peut-être Cassie devrait-elle lui apporter quelque chose ? Ou lui dire ce qui s'est passé ? Elle scrute l'obscurité, en direction des arbres, et perçoit un mouvement.

— Graham ? appelle-t-elle doucement.

Elle lui fait signe de venir. Il s'avance en traînant les pieds, tel un vieillard. Il ne dit rien, va à la cuisine, se fige devant Larry. S'assied à la table. Il est complètement défait. Et si pâle.

— Tu n'as toujours pas mangé, dit-elle.

Il secoue la tête. La regarde comme si elle était folle. La moitié des cheveux de Graham sont sortis de l'élastique et tombent autour de son visage. Son poing couvert de bleus repose sur la table. Un nuage de mouches bourdonne au-dessus du plateau, et de Larry.

— On devrait essayer d'appeler à l'aide par radio, dit-elle.

Elle lui montre les clés. Il acquiesce mollement.

— Écoute… Tu dois manger quelque chose.

Elle ouvre la boîte a biscuits.

— Tiens, prends une galette, dit-elle

— Je ne peux pas.

— Mange ! ordonne-t-elle en la posant sur la table, devant lui, avec un verre d'eau.

Elle reste à côté, tandis qu'il mastique et avale.

- Ça va ?

— Ouais, dit-il.

Il regarde de nouveau Larry.

— Nom de Dieu. Il a glissé… j'ai pas voulu ça.

— Chut… Allez, viens. Oh, on ferait bien de prendre de quoi s'éclairer.

Elle soulève le verre d'une lampe à pétrole et l'allume. Il ne fait pas encore tout à fait nuit. La mèche fume, la flamme palpite puis se fixe, répandant autour d'elle un doux éclat doré.

Ils s'engagent dans le couloir. Elle manipule les clés jusqu'à trouver la bonne et ouvre la porte du bureau. Elle se sent gagnée par une excitation malsaine. La première chose qui leur apparaît, à la lueur de la lampe, est une photo d'eux. Un cliché en noir et blanc sur lequel ils sont en train de faire l'amour. Surpris dans leur propre chambre, dans leur propre lit. La photo n'est pas très nette, mais c'est bien eux. Cassie a les yeux fermés, la bouche ouverte dans une grimace de béatitude, telle une martyre en proie à un supplice.

Elle se sent blêmir.

— Le salopard ! Comment…

Dans les ombres jetées par la lampe, le visage de Graham l'effraie. Elle jette un coup d'œil alentour. Il y a une radio, un ordinateur, des étagères couvertes de cassettes audio, des dossiers. C'est si ordonné, elle n'a jamais rien vu d'aussi bien rangé. Tout est étiqueté, daté à l'encre noire d'une écriture en pattes de mouches mais, oh, si soignée. Cassie laisse la porte ouverte de façon à ce qu'ils puissent entendre, au cas où…

— Tu saurais faire marcher la radio ? demande-t-elle.

Il détache ses yeux de la photo.

— Je sais pas, dit-il en se penchant sur le poste. Qu'est-ce qu'on va dire ?

— Qu'il y a eu une bagarre, rien de plus.

Des boîtes d'archives, portant des dates. Des mentions. PHOTOGRAPHIES. Elle frémit. CORRESPONDANCE, peut-on lire sur une autre. Elle la sort de l'étagère et l'ouvre. Tombe aussitôt sur sa propre écriture. Une carte, adressée à Patsy : *Tu me manques tellement. Pourquoi n'écris-tu pas ?*

— Nom de Dieu ! s'exclame-t-elle. Graham, ce sont nos lettres et nos cartes.

— À tous. Appel au secours. Qui me reçoit ? dit-il en appuyant sur quelque chose.

— Arrête de faire l'andouille ! Regarde ! Il n'a jamais rien envoyé !

Elle lit ses propres mots : *Graham et moi... Pourquoi n'écrivez-vous pas... Tout est si étrange...* Elle referme le dossier, en ouvre un autre. Encore des cartes et des lettres. Elle en sort une. C'est une carte postale du perroquet comme celle qu'elle a elle-même envoyée – ou du moins, cru envoyer.

Maman et papa chéris,

Maman, toute cette poussière te rendrait folle ! Pourrais-tu m'envoyer des tee-shirts en plus – aussi légers que possible – et aussi cette robe en vieille broderie anglaise ? Papa, j'ai demandé à Larry s'il jouait au golf, et il m'a répondu que non ! J'ai l'impression que le temps va passer très lentement. Je travaille mon français. Je vous écris bientôt plus longuement. Vous me manquez comme c'est pas permis. Des tas et des tas de bisous. Lucy (et Ben) (Ajouté par une autre main.)

Cassie s'efforce de ne pas hausser la voix.

— Qu'est-ce qu'il leur est arrivé, à ton avis ?

— Je n'arrive pas à faire marcher cette putain de machine !

Elle regarde autour d'elle. Un frisson lui parcourt l'échine.

— Il ne peut plus nous faire de mal à présent, dit Graham en lui touchant la main.

— Voyons ce qu'on peut découvrir Tan+ qu'il est dans les vapes. Vite... qu'on ait une chance de piger ce qui se passe ici ! Toi, continue d'essayer de faire marcher la radio.

Elle prend une cassette sur l'étagère. *26 octobre. Emplacement n° 1.* Elle la glisse dans le magnéto. S'assied sur une chaise de bureau qui pivote. Appuie sur le bouton « marche ». Un long silence, des chuintements, le bruit sec d'un objet qu'on laisse tomber. Une voix. *Merde ! Qu'est-ce que tu fais, Graham ? Tiens, goûte-moi ça ! C'est assez salé ?* La voix est métallique, déformée, n'empêche que c'est la sienne. Long sifflement, cliquetis de couverts entrechoqués. *Parfait.* La voix de Graham. Son rire à elle. *Tais-toi !* Elle éteint.

— Les détecteurs de fumée, dit Graham.

— Quoi ?

— Dans les pièces.

— Hein ?

— C'étaient des micros. Les soi-disant détecteurs.

Cassie a le souffle coupé. Les détecteurs de fumée ? Impossible, il n'aurait pas fait une chose pareille – mais le nombre de fois où il a deviné des choses qu'il n'aurait jamais dû savoir... son prétendu sixième sens. Elle a l'impression que ses cheveux se dressent sur sa tête. Si. C'est possible.

Graham allume l'ordinateur.

— Non ! dit-elle, la peur au ventre. Ne regardons pas. Il y a peut-être des choses qui...

Mais l'ordinateur démarre, fait défiler ses codes, et des dossiers apparaissent sur l'écran. Graham ouvre un fichier, le referme, en ouvre un autre. Il porte le nom de « Spycam » – caméra espionne.

— Nous y voilà ! dit-il dans un souffle.

Sur l'écran apparaît un plan des bâtiments. Un signal lumineux indique l'emplacement des caméras et du matériel d'enregistrement. Il clique sur la cuisine et la voilà qui s'affiche sur l'écran, filmée de haut et en biais. Un bouton l'invite à « enregistrer ». Graham clique ensuite sur le bâtiment des tondeurs. Il est là, leur lit vide aux couvertures en pagaille, exactement comme il l'a laissé, vu du dessus. Cassie serre les bras autour de ses épaules et frémit. Ils n'échangent aucune parole, tandis que Graham passe d'un emplacement à l'autre. Ils voient Mara en train de dormir, bizarrement éclairée. L'image est granuleuse, comme s'il y avait une pellicule sur l'écran – une caméra infrarouge ?

— Alors, ça signifie qu'il passait son temps ici, à nous observer ?

— Tu parles qu'il se gênait, ce putain de pervers.

Elle lui met la main sur l'épaule.

— Arrête de regarder, Gray.

— Attends !

Graham ferme le fichier « Spycam » et en ouvre un autre, intitulé « Base de données ». Il s'arrête, et porte la main à sa bouche, laissant une pellicule de sueur sur la souris.

— Nom de Dieu !

Cassie se penche pour regarder.

25.10. Sujets 3 et 4. Environ 500 mg de XX32.
Activité sexuelle prolongée.
26.10. S3 se plaint d'un mal de tête bénin.
30.10. S4 d'humeur renfermée.

D'autres informations de ce type. Les premières dates remontent aux jours qui ont suivi leur arrivée à Woolagong.

— Quoi ? dit Cassie.

Elle n'a pas eu le temps de voir. Graham fait défiler si vite les données que tout se mélange sur l'écran.

15.11. S4 1000 mg. 1re utilisation. Dose habituelle. Comportement en rapport avec les expériences précédentes. Invitations réitérées à S4.

Graham est sur le point de dire quelque chose, lorsque tous deux se figent en entendant du bruit dans la cuisine.

Des pas dans le couloir. Ils ne peuvent rien faire. Des pas lents, suivis par le tapotement des pattes du chien sur le plancher.

Ils se retournent. Larry se tient sur le seuil, derrière eux. Cassie se rapproche de Graham et saisit sa main. Larry fait un pas dans la pièce. Son cou, son épaule et tout un côté de sa chemise sont noirs de sang. Le chien le suit, s'assied et commence à se gratter en frappant sa patte contre le sol et en grognant de plaisir.

Cassie avale sa salive.

— Vous vous sentez… ça va ? demande-t-elle. On était en train d'essayer de lancer un SOS par radio.

— Légèrement sonné, répond Larry, avant de promener son regard alentour et de prendre conscience de ce qu'ils ont vu. Un incident malencontreux, n'est-ce pas ? ajoute-t-il, en regardant Graham.

— Vous devriez vous étendre, dit Cassie.

Elle s'oblige à regarder Larry en face. Son visage, plus anguleux que jamais, est blême, ses yeux sont cernés de noir. Sa lèvre est enflée, là où la dent l'a entaillée.

— Que… que signifie tout cela ? parvient-elle à bredouiller.

Larry fronce les sourcils. Passe la main dans ses cheveux, étalant le sang. Regarde sa main d'un air dégoûté et l'essuie sur son pantalon.

— Vous nous avez enregistrés ! Espionnés ! dit-elle en élevant la voix.

— Ingénieux, vous ne trouvez pas ? Inspiré des systèmes de sécurité. Auquel j'ai ajouté un dispositif audio, bien sûr.

Larry jette un coup d'œil au cliché punaisé. Cassie sent ses ongles pénétrer dans sa paume.

— Vous nous avez drogués, mec, dit Graham.

— C'est pour ça que…

Cassie s'interrompt.

— Oui ? dit Larry.

— Quoi ? dit Graham.

— C'est pour ça que je me sentais si…

Elle baisse les yeux.

— Si amoureuse ? suggère Larry.

— Vous vous êtes servi de moi… de nous… comme cobayes !

Larry ramasse un stylo plaqué argent et, actionnant le mécanisme, fait entrer et sortir la mine.

— Pourquoi ? demande Graham.

Il a la voix rauque, comme si sa bouche était sèche. Cassie déglutit. Elle a terriblement envie d'un verre d'eau.

— Ce sont des expériences capitales, dit Larry. J'ai Mara, bien sûr, mais il me faut en plus un minimum d'interactions. J'aime l'observation.

Le stylo cliquette et cliquette sous son doigt. Un long silence.

— Alors ? Et maintenant ? demande Graham.

— Eh bien, c'est terminé, bien entendu. Une fois que les sujets sont au courant de leur fonction de cobayes… Quel dommage, cette curiosité que vous avez ! Pourquoi les sujets doivent-ils toujours être si curieux ? Si vous vous contentiez d'accepter votre statut de sujets, d'être ce que vous êtes, tout irait bien. Alors que là…

Il lève les mains, comme pour exprimer qu'il n'y peut rien.

— Vous êtes fou ! s'exclame Cassie.

— À présent, je suggère que vous repreniez vos occupations, dit Larry. Fred ne va pas tarder à arriver et j'ai comme l'intuition que Mara sera affamée.

— En quoi consistait l'expérience ? demande Cassie.

Larry se penche en s'appuyant au bureau.

— Maintenant qu'il n'y a plus rien à perdre… En langage profane, il s'agissait d'étudier les effets des psychotropes sur le comportement psycho-sexuel des individus et sur les rapports de couple. Le sujet 4 a permis de fascinantes observations. Quant au sujet 3, elle a elle-même manifesté un intérêt pour la pharmacologie.

Larry regarde Cassie en souriant.

— N'est-ce pas ?

Graham, sourcils froncés, les fixe à tour de rôle.

— Comment ça ?

Larry se dirige vers la porte, mais Cassie l'atteint avant lui. Elle lui barre la route et referme la porte en la poussant du dos. Larry porte la main à sa tête.

— Je crois que j'ai besoin de m'asseoir, dit-il, le teint blême, un filet de bave au coin des lèvres.

Il s'avance vers elle en vacillant et Cassie, avec toute la force que lui donnent la peur et le dégoût, le repousse violemment, plaquant ses deux mains sur son torse. Le pâle regard de Larry croise le sien, puis il s'effondre. Au lieu de tenter de le retenir, Graham fait un pas de côté. Larry tombe en arrière, se fracassant la tête contre un coin du bureau.

Graham regarde Cassie, puis Larry, puis de nouveau Cassie. Elle porte la main à sa bouche ouverte. Larry reste étendu sans bouger, les yeux vides. Yella lui lèche le visage, flaire le sang répandu sur le sol. Larry parvient à se relever, et s'affale sur la chaise. Raides comme un plumet, ses cheveux retombent sur ses yeux en laissant voir la calvitie jusque-là soigneusement dissimulée. La chaise pivote, leur révélant le crâne défoncé de Larry. Il émet un gargouillement, comme s'il allait parler. Puis il exhale un soupir et bascule en avant. Sa tête heurte le bureau. Le chien pousse un gémissement. Le stylo, que Larry tenait toujours dans sa main crispée, tombe à terre et roule sur le plancher.

33

Cassie et Graham sont assis dans la cuisine. La faible lueur de la lampe, des ombres charbonneuses. Plus de mouches que d'habitude. Un nuage épais, à l'agitation frénétique, au bourdonnement sombre et écœurant. Dans un coin, une pile de chemises ensanglantées.

— On a tué quelqu'un, dit Graham.

Il l'a déjà répété de nombreuses fois. Toujours sur ce ton hébété.

— C'est un accident, répond Cassie pour la énième fois.

— Vraiment ?

— Oui, réplique-t-elle d'un ton ferme. Une bagarre, et puis un accident.

Ils n'ont pas cessé de tourner et de retourner ça dans leur tête, mais n'ont encore rien fait. Larry doit encore être affalé sur sa chaise, avec la même expression sur le visage, et le sang a peut-être cessé de couler de son crâne.

— Les blessures sont sur l'arrière du crâne, dit Graham d'une voix voilée. Ça a tout l'air d'un meurtre.

— C'est un accident.

— On a tué quelqu'un.

— Faut qu'on s'en aille.

— Comment ?

— La voiture.

— On ne peut pas laisser Mara comme ça.

— Non.

Le temps passe et la conversation tourne en rond.

— On devrait peut-être mettre le corps au frais.

— Où ça ?

— J'en sais rien.

— Demain.

— Et la rigidité cadavérique, alors ? murmure-t-elle, soudain prise d'une terrible envie de rire.

Graham se lève et va chercher le whisky dans le garde-manger. Il agite la bouteille vers elle, mais elle secoue la tête. La seule idée d'en boire lui soulève le cœur.

— Te saouler ne va rien arranger à l'affaire.

— Tu n'as rien de plus original ?

— Ne t'en prends pas à moi.

Elle avale sa salive, luttant contre la nausée et, choquée, songe à cette vie qui commence peut-être en elle. Le sang, les cellules qui se divisent. Il faut protéger cela.

Il boit une gorgée de whisky. Roule une cigarette.

— Cassie, on a tué quelqu'un.

— C'était lui ou nous…, dit-elle en posant la main sur son ventre plat. À ton avis, Gray, qu'est-ce qui est arrivé aux autres ?

Il allume la cigarette, tire une bouffée et fixe Cassie, le front plissé.

— Qu'est-ce qu'il a voulu dire ? demande-t-il.

Elle détourne les yeux.

— À quel sujet ?

— Quand il a dit que tu avais manifesté un intérêt pour…

— Je ne sais pas. Il est fou.

Était, pense-t-elle aussitôt. Elle ramasse des miettes sur la table et les laisse tomber par terre.

Yella sort de la maison en heurtant bruyamment la porte-moustiquaire et donne de petits coups de museau dans son écuelle. Cassie va sur la véranda et lui donne à manger. La lune est haute, le ciel dégagé, les poules se perchent pour dormir, un hibou hulule, la soirée suit son cours comme si de rien n'était. Il faut que quelque chose se passe. Ne risquent-ils pas de rester là pour l'éternité ? À répéter ce moment en boucle, comme un disque rayé ?

— On devrait peut-être aller dormir ? dit-elle en revenant.

Ils n'en font rien. Et enfin… quelque chose se passe. Ils distinguent le bruit du 4 × 4 de Fred. C'est presque un soulagement. Sans échanger un mot, ils sortent sur la véranda et regardent se rapprocher la lueur des phares atténuée par la poussière. Ils se tiennent côte à côte, mais ne se touchent pas. Graham a toujours la bouteille de whisky en main. Des heures semblent s'écouler avant que le 4 × 4 n'apparaisse dans un nuage de poussière et que Fred n'en émerge.

— Salut, lance-t-il en claquant la porte.

Cassie tressaille, alors que vibrent à l'unisson le toit de tôle et ses propres plombages. Il soulève une glacière et deux sacs en plastique. Les dépose au bas de l'escalier et se frotte les bras.

— Ah, mon petit, je tuerais quelqu'un pour lui piquer sa tasse de café !

Il grimpe les marches.

— Qu'est-ce qui va pas ? Je suis en retard, c'est ça ? Je sais, j'avais dit à Larry… Il y a des heures que je devrais être là.

— Venez dans la cuisine, dit Cassie.

Fred la suit dans la maison, s'assied, étend les jambes et écarte ses orteils couverts de poussière.

— J'ai rapporté des biscuits fourrés à la vanille, dit-il. Et des steaks pour faire un barbecue… c'est trop tard pour vous autres ? On les garde pour demain, alors ?

— Écoutez…

Cassie prend une profonde respiration. Mais Fred a les yeux rivés sur Graham – sur son visage blafard.

— Dis donc, mec, t'en tires une tronche ! Où est Larry ?

Il aperçoit le tas de linge ensanglanté.

— On..., commence Cassie, mais Graham lui coupe la parole :

— On s'est battus, dit-il d'un ton sec. Larry et moi... on était saouls.

— Larry, se battre ? Vous voulez rire !

Il jette un coup d'œil autour de lui.

— Il est où ?

— Il est mort, dit enfin Cassie, d'une voix calme.

Fred fait une grimace, comme si c'était une bonne blague. Mais son visage se fige quand il voit leur expression.

Long silence.

— Mince alors !

Fred les regarde, bouche bée. Il se relève et, avec son pied, fourrage dans le tas de linge maculé de taches sombres.

— Maintenant, mettons les choses au clair. Il est où ?

— Dans le bureau.

— Et Mara ?

— Elle va bien.

— On s'est battus..., explique Graham.

— C'est un accident, le coupe Cassie.

— Mettez-vous d'accord.

Fred les scrute à tour de rôle. Est-ce un sourire qui passe sur ses lèvres ?

— Je l'ai tué, dit Graham.

Fred va et vient dans la cuisine, s'arrête devant la fenêtre. La bouilloire se met à siffler.

— Pourquoi ?

— On vous l'a dit, ils se sont battus, réplique Cassie Et puis il y a eu cet accident... vous voyez ce...

— Pas la peine d'expliquer, interrompt Fred.

Cassie déplace la bouilloire sur la plaque du poêle. Le sifflement se transforme en soupir. Fred souffle et secoue la tête.

— Vous êtes sûrs qu'il est bien mort ? Je ne serais pas étonné de le voir entrer par cette porte.

Tous trois braquent leur regard sur la porte.

— On a tué quelqu'un.

On dirait que Graham vient de se réveiller d'un cauchemar.

— Secoue-toi, mon pote ! dit Fred. Je devrais peut-être aller jeter un coup d'œil ?

Puis, devant l'absence de réaction :

— J'y vais.

Il reste un moment planté sur place, les bras croisés, puis sort. Le bruit d'une porte que l'on ouvre et que l'on ferme, et le voilà de retour.

— Nom de Dieu ! dit-il. Vous n'avez pas fait le boulot à moitié.

Cassie leur prépare un café, en évitant de poser les yeux sur les écailles de sang calciné. Leur tournant toujours le dos, Fred regarde la fenêtre.

— Vous saviez qu'il nous espionnait ? demande Cassie. Qu'il nous droguait ? Qu'il se livrait sur nous à des expériences ?

Fred se tourne vers eux, le visage impassible.

— Vous étiez au courant ! Moi qui croyais que vous étiez quelqu'un...

Quelqu'un de bien, voudrait-elle dire. *Quelqu'un à qui on pouvait faire confiance.*

Fred ouvre la bouche, comme s'il allait parler. Mais il s'assied et fait glisser la tasse de café vers lui.

— Qu'est-il arrivé à Lucy et Ben ? Toutes leurs lettres sont là ! Et les nôtres aussi ! Nous qui pensions que vous les postiez !

Les grains de sucre s'écoulent de la cuillère de Fred, et se dissolvent dans le noir du café. Il respire un grand coup, semble encore une fois sur le point de dire quelque chose – et se ravise.

— Qu'est-ce qui leur est arrivé ?

— Du calme, mon petit.

Fred s'exprime sur un ton calme. Son visage est sombre, dans la lumière qui faiblit.

— Lucy a fait une overdose… un accident. Larry s'est laissé emporter par ses fichues expériences. Quant à Ben… il a fallu qu'il parte lui aussi.

— Qu'il parte ? demande Cassie d'une voix tremblante.

— Je les ai emmenés à Wagammara.

— Chez Ziggy ? demande Graham.

— Non. Ce putain de veinard a les mains propres.

— Vous voulez dire leurs *corps* ?

— À l'étang sans fond – du moins c'est comme ça que l'appellent les Aborigènes.

— Mais pourquoi… pourquoi ne pas avoir prévenu la police ? demande Cassie.

Fred serre sa main atrophiée dans son autre main, comme un oiseau blessé. Il regarde quelques instants Cassie avant de répondre

— Je vous ai raconté, pour ma femme et mes gosses… Mais je ne vous ai pas dit que j'étais bourré… Ivre mort, que j'étais. Et puis, il y a pas eu qu'eux.. On m'a collé au trou, c'est tout ce que je méritais, mais j'ai pas supporté. Je me suis évadé… seulement, un maton a été blessé… c'était un accident, mais il en est mort… si bien que j'étais… – que je suis – … recherché. Encore maintenant, j'imagine. En tout, ça fait quatre morts. Quatre Et pas une seule qui ait été voulue

Il traverse la cuisine et caresse du doigt les jolis visages peints de sa femme et de ses filles. Il a la gorge nouée et peine à poursuivre :

— Larry a découvert ça. Il m'a fait parler… il a peut-être drogué ma bière, je ne sais pas… N'empêche qu'un soir je me suis mis à causer et il y avait plus moyen de m'arrêter. Ensuite, il m'a payé pour faire des trucs pour lui. Et si je refusais…

Il écarte ses paumes incrustées de poussière. Cassie regarde le petit creux arrondi, là où le pouce devrait se trouver. Elle sent son cœur battre moins vite.

— Après ce qui est arrivé aux autres, j'ai dit à Larry : je ne marche plus. Il a promis. Je l'aurais buté moi-même, si j'avais eu le cran.

Il renverse la tête en arrière, rit tristement.

— Quatre macchabées sur la conscience et j'ai pas eu les couilles de buter Larry. De tuer… – il frémit – … délibérément. J'ai eu le choc de ma vie, dit-il à l'adresse de Cassie, quand je suis entré dans la cuisine et que je vous ai vue… qui ressembliez tellement… qui ressembliez tellement à l'autre que c'était pas croyable.

— Vous auriez pu nous prévenir, rétorque Cassie.

La fatigue l'envahit soudain. Elle n'a aucune idée de l'heure qu'il est, n'a même pas la force de lever le bras et de consulter sa montre. Fred a baissé les yeux. Il regarde ses délicats pieds nus, sur le plancher crasseux.

Graham marmonne quelque chose. Ses lèvres semblent sèches, craquelées.

— Pardon ?

— Les clés de la voiture… C'est lui qui m'a dit qu'il fallait qu'on parte.

— Il n'y aura pas grand monde pour le regretter, fait remarquer Fred.

— Mais il faut prévenir la police, dit Cassie.

Fred frappe la table du plat de la main et la tasse vibre.

— Écoutez… Si vous prévenez les flics, voilà ce qui va se passer. Ils vont me boucler. Mara… j'ose même pas imaginer. Et vous… vous pourriez bien finir en taule, vous aussi. Ou bien, poursuit-il en se penchant vers eux, vous pouvez fermer votre clapet. Rentrer chez vous. Vivre votre vie comme vous l'entendez. À vous de choisir.

Cassie le regarde. Ça ne peut pas être aussi simple.

— Mais… et eux… les autres… leurs parents ? Faut les prévenir…

— Vous savez combien de gens disparaissent chaque année dans le désert australien ? Ce sera le énième couple de crétins à avoir voulu partir à l'aventure et à y être resté. Voilà ce que leur famille va penser. Mais si vous prévenez les flics, on est tous dans la merde jusqu'au cou.

Cassie fronce les sourcils, s'efforce de clarifier ses pensées.

— Vous voulez dire qu'on devrait… oublier tout ça ? Graham ?

Graham tressaille.

— Allez, bois ton café, dit Cassie.

Mais il avale une autre gorgée de whisky. Sursaute lorsque Fred lui prend le bras.

— Hé, mon pote. Regarde-moi. Larry n'a eu que ce qu'il méritait. Avec ses jeux pervers et ses expérimentations tordues. Vous vous en êtes tirés, non ?

— Si on partait, comme ça… qu'adviendrait-il de Mara ? demande Cassie.

Fred se lève.

— Je vais voir si elle est réveillée.

— Attendez, dit Cassie. Si on n'avait pas… s'il n'y avait pas eu l'accident… est-ce qu'il nous aurait… tués nous aussi ?

Fred sort. Le vacarme de la porte-moustiquaire ébranle momentanément la colonne de mouches. Si Cassie pouvait mettre la main sur l'insecticide et toutes les exterminer – ce bourdonnement la rend dingue. Mais elle en serait incapable. Elle est incapable de tuer une mouche. Son visage se tord en un affreux sourire. Elle comprend à quel point son visage est crispé lorsqu'en ouvrant la bouche toute grande elle entend un craquement. Graham boit le whisky au goulot.

— Je t'en prie, ne te saoule pas, dit Cassie. Bois ton café.

— Tu vas me foutre la paix avec ce putain de café !

Elle prend une gorgée d'eau. L'odeur du café lui soulève le cœur. Elle laisse échapper un rot.

— Excuse-moi. Faut que j'aille faire pipi.

Elle jette un coup d'œil à la porte donnant sur le reste de la maison.

— Je suppose qu'il n'y a pas d'inconvénient à ce que je..., dit-elle en pensant à la salle de bains. Ça ne risque plus de déranger personne, pas vrai ?

Dans le couloir, elle s'arrête, respire les odeurs de moisi et de renfermé. La porte du bureau de Larry est fermée. Elle a sa dose, ne supporte pas l'idée de rester ici une minute de plus. Mais elle n'a pas le choix. Elle a un tel désir d'être chez elle que ça lui coupe le souffle. Sa cuisine, son jardin, son chat, sa mangeoire à oiseaux, sa sœur, ses amis. Elle ne se soucie plus de rien, ni de ce qui s'est passé, ni même de Graham. Tout ce qu'elle veut, c'est être chez elle. Dans un lieu normal. Et que tout cela n'ait jamais eu lieu. Elle ferme les yeux et prie pour que cet endroit disparaisse, pour retrouver la vue qu'elle a depuis chez elle. Les rideaux en vichy, le houx, les mésanges bleues se balançant sur leur perchoir, la col line arborée. Et la neige. Mais quand elle rouvre les yeux, elle est toujours là, devant la porte du bureau, dans l'atmosphère confinée du couloir sombre et haut de plafond.

Elle ouvre la porte de la salle de bains, se tient dans l'espace blanc. Le miroir lui renvoie sa mine défaite. Elle ne s'est même pas donné la peine de se laver la figure ou de se peigner, ce matin. Elle s'efforce de ne pas laisser le parfum écœurant du bois de santal pénétrer ses narines. Elle a les dents sales. Elle passe la langue dessus, remarque la brosse à dents de Larry. Impossible de l'utiliser. Mais si, elle pourrait. Un rire glacé.

Elle fait pipi, se lave les mains, s'asperge le visage d'eau et le sèche avec une serviette de bain moelleuse. Se regarde dans le miroir. Tout s'explique, bien entendu. Elle examine son visage. Ça l'horrifie, de songer que Larry a dû tout voir, tout entendre, les espionner lorsqu'ils faisaient l'amour. Ce sentiment qu'elle avait, d'être observée en permanence... Sans doute l'avait-il vue se déshabiller dans la cuisine. Ce soir-là. Il avait prévu son coup. Il avait dû mettre quelque chose dans son vin, attendre que cela agisse, puis...

Mais il n'est plus là, désormais, le cauchemar est fini. Et c'est tant mieux. Elle affronte son propre regard et respire un grand coup. Il n'est plus là, et c'est tant mieux.

Elle retourne à la cuisine, s'assied à côté de Graham. Jette un coup d'œil au « détecteur de fumée » fixé au plafond. Ils attendent en silence, jusqu'à ce que Fred revienne, suivi d'une Mara aux paupières gonflées et à la tignasse broussailleuse qui lui retombe sur les seins.

Elle les regarde tous, les yeux écarquillés. Puis, avec un petit gémissement, s'assied et appuie son front sur la table. Graham se lève, et fixe Mara, Fred, et le tas de chemises ensanglantées. Il est si pâle, il a des cernes noirs. Il semble avoir vieilli de dix ans. Cassie s'apprête à se lever elle aussi et à l'entourer de ses bras, lorsqu'il sort.

— Qu'est-ce que je peux faire ? demande-t-elle à Fred.

— Je ne sais pas, dit Fred, se laissant lourdement tomber sur une chaise. Une tasse de thé, Mara ?

— Un bon sandwich à la confiture ! répond Mara, en s'asseyant soudain.

— Quoi ?

Tous deux la regardent.

— Un sandwich. Avec de la confiture.

— Très bien.

Comme personne ne réagit, Cassie se lève et prend une miche de pain, du beurre, et un pot de confiture – qu'elle repousse quand elle découvre la moisissure à sa surface.

— Pas de confiture, dit-elle. Du miel ?

Alors qu'elle tartine et beurre les tranches de pain, l'eau lui vient à la bouche. Le pain est friable et enrichi de graines de tournesol, le beurre est frais.

— Je crois que je vais me laisser tenter, dit-elle, stupéfaite par ce brusque retour d'appétit.

— Qui d'autre ?

Elle tranche la totalité de la miche et confectionne une pile de sandwichs dégoulinants de miel. Ils les mangent, silencieux et imperturbables. Mâchent avec soin, comme s'ils accomplissaient une sorte de rituel.

34

Fred se lève et s'étire. Sous ses bras, les touffes de poils brun clair ruissellent de sueur. Son tricot de corps est taché. Il empeste la transpiration. Ils sentent tous la sueur rance et la peur ; autour d'eux, les mouches bourdonnent, gaies comme des… comme des… *Larry*. Il doit être couvert de mouches, à l'heure qu'il est. Cassie se mordille le bout des doigts et décide de ne plus penser à Larry, aux mouches et à tout le reste, afin de se concentrer sur cette étincelle de vie, dans son ventre – cette possible étincelle. Ils sont en sécurité désormais. Ils seront bientôt chez eux. *Chez eux*. Il faut qu'elle mette de l'ordre dans ses pensées. Qu'elle songe à ce qui va suivre.

Mara pousse des gémissements et pose la tête sur la table.

— Vous croyez qu'elle a besoin de quelque chose ? demande-t-elle à Fred, en désignant les comprimés.

— Non, dit Fred On va voir comment elle se débrouille sans.

Mara se redresse.

— Mais Larry dit que j'ai besoin de mon traitement.

— On va attendre de voir, hein ? dit Fred. Qu'est-ce que tu dirais d'un bon bain ? Un vrai bain ?

Mara sourit, d'abord timidement, puis largement.

— Je pourrais ? Vraiment ?

Cassie se lève.

— Ce serait bon de pouvoir se laver, mais…

Elle ne supporte pas ce savon, ce savon au bois de santal, son parfum, le seul fait d'y songer…

— Je vais chercher mon savon à moi, dit-elle.

Elle sort. Il fait sombre. La lune se dissimule derrière un lambeau de nuage. Elle respire l'air. Pas un bruit. Elle se dirige vers le bâtiment des tondeurs. Ne sent plus ses jambes. La bâtisse ressemble à un décor de théâtre abandonné là, en plein bush, son toit baignant dans la lueur de la lune. Cassie va au lavabo. Deux barres de savon, l'une au muguet, l'autre au goudron. Elle n'arrive pas à se décider. Reste un long moment avec une savonnette dans chaque main. Si elle est incapable de choisir entre deux barres de savon, comment fera-t-elle, pour tout le reste ? Comment va-t-elle mener sa vie ? Du savon au goudron, quelle idée farfelue ! Qui a eu l'idée de fabriquer du savon avec du goudron ?

Elle regarde la porte. Graham est-il à l'intérieur ? Il faudrait qu'elle entre voir comment il va. Elle se retourne et, prise d'une frayeur soudaine, regarde la sombre silhouette de la maison. Où gît Larry. Elle renonce au savon au muguet et va trouver Graham.

Pas de bougie. Elle ne le voit pas, mais reconnaît l'odeur de la peur et du whisky qui lui colle au corps. Il devrait prendre un bain lui aussi, ça lui ferait du bien. Ils ont besoin de se laver. Une fois qu'ils seront propres, ils pourront décider quoi faire.

— Graham, lance-t-elle, dans l'obscurité.

Elle traverse la pièce en tâtonnant, s'assied sur le lit, sent Graham glisser vers elle. Il ne dit rien. Elle tend la main, touche quelque chose – son bras. Elle crispe la main autour de la peau tiède et élastique. Reste là, à écouter le silence, le souffle de Graham, le grincement de la pompe

— Tu crois qu'on y arrivera ? demande-t-elle, sans saisir entièrement le sens de ses propres paroles.

Pourra-t-on garder le silence ? Ne rien révéler ? Avec son pouce, elle caresse le bras de Graham, les poils soyeux. Ses yeux s'habituent progressivement à la pénombre. Elle distingue la forme vague du gilet blanc. Il y a une chose qu'ils ne devront jamais répéter à personne. Elle ne pourra même pas en parler à sa sœur. En sera-t-elle capable ? De toute sa vie, elle n'a jamais rien caché à sa sœur. Seul Graham saura. Graham et elle vivront avec ce secret jusqu'à la fin de leurs jours.

— Tu crois qu'on y arrivera, Graham ? répète-t-elle.

Il ne répond pas. Il a sans doute raison. Peut-être vaut-il mieux, pour le moment, garder les distances et digérer chacun de son côté. Laisser les choses reposer, puis se concentrer sur la suite des événements. De toute façon, il est sans doute trop sonné pour réfléchir : ivre, malade et épuisé. Il a besoin de sommeil – comme dit Larry, le sommeil est le meilleur remède naturel. S'il a jamais dit une vérité, c'est bien celle-ci.

Elle serre le bras de Graham et se lève. Il y a une chose qu'il faut absolument qu'elle sache.

Elle ressort dans la nuit, son savon à la main, et se hâte de regagner le bâtiment principal, en évitant de regarder l'arrière de la maison. Quand elle y parvient, tout lui semble si bizarre – si remarquablement normal : la porte ouverte sur le couloir, le bruit des voix, et l'eau qui coule dans la salle de bains. Elle se dirige vers la porte entrebâillée. Dans un nuage de vapeur, Fred se tient derrière Mara et lui démêle les cheveux. Ils ne la voient pas tout de suite. La gorge de Cassie se noue… c'est cette façon qu'a Fred de brosser les cheveux de la racine aux pointes puis, après chaque coup de brosse, de les lisser avec sa main mutilée. L'eau jaillit généreusement dans la baignoire, brillant d'un éclat d'argent. Fred se retourne.

— Je vous laisse vous débrouiller. Faut que je..., bafouille-t-il les yeux fixés sur le sol. J'ai des choses à régler.

— Après vous, dit Cassie à Mara. Vous préférez être seule ?

Mara secoue la tête.

— Restez avec elle, dit Fred. Elle est en état de choc.

— Comme nous tous.

Soudain, Cassie a le tournis. Elle s'assied au bout de la baignoire, là où le rebord est le plus large, et regarde Fred rassembler les cheveux de Mara en une queue-de-cheval, et les relever afin qu'ils ne se mouillent pas. Il fait ça tellement bien, à croire qu'il a de la pratique... Cassie pense à son épouse, à ses deux fillettes. *Je me suis interdit de jamais plus me lier à qui que ce soit*, lui a-t-il dit un jour. Mais il est prêt avec Mara, aucun doute là-dessus : cette façon qu'il a de la toucher, comme s'il en éprouvait du soulagement...

Fred vérifie d'une main la température de l'eau, ferme les robinets et sort de la salle de bains. Mara entre dans la baignoire et s'y laisse glisser. Ses larges hanches sont coincées entre les bords, son derrière frotte le fond dans un crissement. Elle ferme les yeux dans une expression de plaisir. Cassie voit des petites bulles s'élever du corps de Mara et remonter à la surface de l'eau. Ce sont peut-être les derniers moments qu'elle passera seule avec elle. Et il y a des choses qu'elle doit savoir. *Concentre-toi !* La silhouette de Mara semble estompée, dans toute cette vapeur. Son corps sombre brille dans le faible éclairage, ses seins pendent paresseusement sur le côté.

— Il faut que je vous demande quelque chose, dit Cassie.

Les yeux de Mara s'ouvrent aussitôt, comme ceux d'une poupée.

— Je suis désolée. Si j'ai fait certaines choses... Je ne sais pas... tout ce que je sais, c'est que je suis désolée.

Cassie fronce les sourcils. Qu'est-ce que Mara a bien pu faire ? Elle qui est si passive.

— Mara, dit-elle d'une voix plus perçante qu'elle ne l'aurait voulu. Je voulais vous demander quelque chose.

— Qu'est-ce que je vais faire, maintenant ?

— Mara, écoutez-moi, je vous prie – *Concentre-toi !* Je ne sais pas comment vous dire ça… Vous allez peut-être me détester, mais il faut que je sache. Pensez-vous qu'il soit possible… Pensez-vous que Larry aurait pu…

Elle cherche un autre mot que celui qui lui vient à l'esprit, mais il n'y en a pas.

— … Pensez-vous qu'il aurait pu me violer pendant que j'étais saoule ou droguée ou…

Le rire de Mara lui fait l'effet d'une vitre explosant en morceaux. Elle se redresse, l'eau jaillit et éclabousse la cuisse de Cassie.

— Quoi ? demande Cassie en essuyant l'eau sur sa cuisse. Qu'est-ce que ça a de drôle ?

Mara se laisse de nouveau glisser dans la baignoire. Pousse un soupir.

— Bien sûr qu'il a dû le faire. Il n'a jamais réussi à… bander… avec quelqu'un de conscient.

Cassie agite la main comme pour disperser la vapeur qui semble avoir envahi sa tête. Si je suis enceinte, pense-t-elle, alors c'est peut-être de Larry. Un soupçon qui s'insinue dans son esprit – cela change tout.

— Oh !

— Et il aime ses photos, aussi.

Cassie ferme les yeux pour ne plus voir le corps mouillé de Mara fondre et se déformer sous ses yeux. L'enfant ne sera pas de Larry, il y a cent fois plus de chances qu'il soit de Graham. Mais il y a un doute. Et ce doute, si léger soit-il, subsistera toujours.

Fred entre. Mara tourne la tête vers lui. Le visage blême, il va au lavabo et se passe les mains sous l'eau pendant un très long moment. Puis il fait volte-face.

— Allez mon petit, dépêche-toi de te laver, que Cassie puisse prendre son bain elle aussi.

— Oui, répond Mara, avec un grand sourire.

Comme elle ne réagit pas, il pousse un grognement indulgent, s'avance vers elle, prend la savonnette de Larry et, la faisant mousser entre ses mains, s'apprête à laver Mara.

Graham se réveille et, l'espace d'un instant, ne sait absolument pas où il est. Il a l'impression que son cerveau a été vidé à la petite cuillère, que ses membres ont été changés en sacs de sable. Un oiseau pousse un cri perçant, et il reconnaît soudain la pièce à la chaleur étouffante, le soleil filtrant par les rideaux. Il ouvre les yeux. Cassie n'est pas là. Il s'assied, prenant appui sur ses coudes. Il ne s'est jamais senti aussi mal fichu. Et puis il se souvient. Il regarde sa main meurtrie. Il a du mal à croire que ce soit vrai. Et pourtant…

Ils ont tué Larry. À eux deux, ils l'ont tué. *Tué*. Il se rallonge, accablé, à peine capable de penser. Jusqu'à ce que la soif le contraigne à se lever.

Déjà, le soleil brûle la terre et l'horizon vacille. Les poules se précipitent vers lui. Cassie ne les a pas nourries. Il la trouve dans la cuisine, agenouillée devant le frigo, occupée à le vider.

— Hein ? fait-il, en regardant les bocaux, les bouteilles, les saladiers à moitié remplis de nourriture, les vieux légumes.

— J'ai pensé que ce serait bien de le nettoyer avant de partir.

Elle lui désigne une branche de céleri ramollie.

— Je ne peux pas laisser ça à Fred et Mara.

Graham boit directement au robinet, puis s'assied.

— Les poules, dit-il.

— Une minute.

Il regarde ses fesses remuer dans son short découpé dans un vieux jean délavé, tandis qu'accroupie elle se penche pour nettoyer l'intérieur du frigidaire. Il remarque que le sol a été lessivé. Il flotte dans l'air une odeur de détergent. Le balai à franges retourné, sa crinière folle teintée de rose, sèche sur le seuil. Graham détourne les yeux, se lève et met la bouilloire à chauffer. Le dessus du poêle a lui aussi été récuré. Elle doit être debout depuis des heures. Ou peut-être ne s'est-elle pas couchée du tout.

— Où est Fred ? demande-t-il.

— Parti.

Elle hésite, mais ne le regarde pas.

— Il a emmené le… Il a emmené Larry là-bas…

— À Wagamarra.

Elle se lève et balance un tas de légumes pourris dans le seau à compost. Un nuage de mouches s'élève en bourdonnant. Puis elle sort s'occuper des poules. Graham n'est pas d'une grande utilité, il le sait. Il reste là, les bras ballants, à écouter le clapet de la bouilloire qui chauffe, et à regarder les mouches tourner autour du seau à compost.

— Où est Mara ? lui demande-t-il lorsqu'elle revient.

— Dans la salle de bains, je crois.

— Cassie…, commence-t-il.

— Bien, dit-elle en se frottant les mains sur les cuisses. On n'a pas beaucoup de temps. Lorsque Fred reviendra, on partira. Direction l'aéroport. J'imagine qu'on a encore des trucs à régler, non ?

Il la regarde, mais elle refuse de croiser ses yeux.

— Prends ton petit déjeuner. Tu dois mourir de faim.

Elle dispose sur la table, devant lui, une miche de pain, du beurre et un couteau.

— J'ai pensé qu'on pourrait faire un feu.

— Quoi ?

— Il y a des tas de choses qu'on ne peut pas laisser derrière nous, tu ne crois pas ?

Il la regarde fixement.

Mara entre, ses cheveux mouillés ondulant sur ses épaules, le corps enveloppé d'une serviette ajustée comme un paréo. Elle s'assied, un demi-sourire aux lèvres. Elle sent comme Larry – c'est sûrement le savon.

— Du café ? propose Graham.

Mara acquiesce.

— Et toi, Cassie ?

Cassie se laisse tomber sur une chaise. Vannée. On dirait qu'on l'a débranchée. Le chien entre. Il lève les yeux vers eux, gémit, et vient placer sa tête sur le genou de Mara. Graham la regarde le caresser d'un air songeur.

— Vous vous sentez comment ? demande-t-il.

Elle lui sourit, mais il n'ose pas soutenir son regard.

— Ça va, répond-elle.

Graham sert le café, mais Cassie repousse le sien.

— Je vais juste prendre un peu d'eau, dit-elle.

— Tu crois qu'il en mettait dans le café ? demande Graham, en se rappelant le breuvage fort et amer que Larry lui préparait avant ses matinées chez Mara.

— Un peu partout, j'imagine, dit Cassie.

Debout devant l'évier, elle boit de l'eau dans une tasse.

— Bon... quand tu auras fini, faudra qu'on sorte les trucs du bureau.

À peine a-t-il fini de mâchouiller un bout de pain que Mara ramasse les tasses et les assiettes et les met dans l'évier. C'est étrange, de la voir s'affairer ainsi.

— Viens, dit Cassie.

Graham la suit jusqu'au bureau. Elle hésite quelques instants avant de pousser la porte, puis respire un grand coup et l'ouvre toute grande. Graham voit immédiatement la tâche sombre, sur le plancher. À part ça, rien n'a changé depuis qu'ils y sont entrés hier... Ils restent un moment immobiles. Graham s'efforce de ne pas respirer par le nez – il a perçu, ou imaginé, un léger parfum de bois de santal. Cassie tend la main vers le bureau, détache la photo d'eux sur le lit, et la déchire en deux.

— Il faut qu'on détruise toutes les preuves, marmonne-t-elle.

Il est pris d'une soudaine envie de rire – on dirait une réplique dans un film ringard. Mais il se ressaisit. Cassie s'empare de l'un des dossiers portant la mention PHOTOGRAPHIES. Son cœur se serre lorsqu'elle semble sur le point de l'ouvrir. Or ses doigts ne défont pas l'attache. Elle lève les yeux vers lui. Ils sont presque noirs, tant ses pupilles sont dilatées.

— Ne regardons rien ! dit-elle.

L'espace d'une seconde, leurs regards se croisent.

Ils sortent la totalité des dossiers de photographies et de correspondance, les cassettes audio, l'ordinateur, le scanner, l'imprimante, et entassent tout ça sur le sol, à bonne distance de la maison. Cassie apporte le linge ensanglanté et Graham remarque au-dessus du tas la chemise blanche en coton égyptien. Fred revient, claque la portière de son 4 × 4 et lève le pouce. Graham ressent une drôle d'impression, comme si quelque chose se brisait et s'éloignait de lui. C'est fini, alors. Larry est parti.

Fred va chercher Mara pour qu'elle puisse assister au spectacle.

— Vas-y, mon pote ! lance-t-il.

Graham vide un demi-bidon d'essence sur l'amas d'objets et l'enflamme avec son briquet. Ils s'écartent. Le feu gronde et prend vie ; des choses éclatent ; le verre se fend, le plastique fond. Dans l'air se répandent des fumées acides, des tisons ardents, des flocons de cendre. On dirait un feu d'artifice. Au spectacle de cette destruction éclatante, une partie de lui voudrait se réjouir, exécuter une danse de guerre. Mais l'air triste et absent de Mara – qui, debout, tient la main de Fred – et l'expression de Cassie, déformée par les flammes, le glacent jusqu'à l'os.

35

Graham essuie son pinceau sur son pull. Un truc en laine, qui lui arrive au genou, plein de trous et couvert de peinture – plus de peinture que de laine, a coutume de dire Cassie. Sur la toile : des arêtes d'un rouge violacé, mêlé de bleu, en couche épaisse. L'exquise puanteur de l'huile de lin lui remplit les narines, il a la clope collée au coin des lèvres. Son excitation grandit, lorsqu'il voit que ça fonctionne, côté couleurs. Le galet dans sa poche – il le sent vibrer – alors que sa main, ses yeux et son bras font émerger et enfler la terre, le bush. La lumière n'est pas la bonne. De la neige adhère à la lucarne, mais celle dont il a besoin est imprimée au fer rouge dans son esprit. Et bien qu'il fasse froid – le poêle à mazout ne réchauffe quasiment pas la pièce glaciale –, Graham est transporté par l'énergie du travail, il a aussi chaud que s'il trimait sous un soleil accablant.

Il arrache une dernière bouffée à son mégot mouillé de salive et l'écrase. S'interdit de s'en rouler une autre. Mais il peint mieux avec une cigarette au coin des lèvres. Il craque. S'en roule une, l'allume, tire une bouffée brûlante. Prend une gorgée de café refroidi. C'est bon signe, quand on oublie de boire son café.

Il presse un tube, en sort un peu de bleu de cobalt, y trempe la pointe d'un couteau à palette, afin de meurtrir le rouge violacé avant de l'appliquer sur la toile. Ça va mettre du temps à sécher. De la satisfaction, voilà ce qu'il éprouve. Un café, une clope, travailler au calme. Rien de tel, quand ce travail vous possède tant. Sans ça, il vous manque quelque chose d'essentiel. Et c'est ce qui lui est arrivé. Dans l'avion, il avait écrit à ses parents quelques mots sur une carte. Il ne disait pas grand-chose à part « Joyeux Noël, ce serait bien de se revoir ». Il leur donnait son numéro de téléphone. Il sait que dans quelques jours, chaque fois que la sonnerie retentira, il sera dans tous ses états. Plein d'espoir.

Il entend Cassie qui s'agite en bas. Le bruit de la chasse d'eau. Il a l'œil sur elle, ces jours-ci, comme s'il n'était plus certain de bien la connaître. Il l'a toujours crue douce. Bien plus qu'il ne l'est lui-même. Or une image inquiétante ne cesse de lui revenir à l'esprit : l'expression de Cassie, devant le feu. Et son visage, dans l'avion, lui avait paru presque dur. De profonds sillons se sont creusés entre le nez et la bouche, entre ses sourcils décolorés par le soleil.

— Il faut qu'on oublie, avait-elle dit. Qu'on reprenne le cours de notre vie.

De notre vie. Il avait contemplé, par le hublot, la côte de l'Australie-Occidentale. Un coin de terre – une bande sableuse – avait accroché son regard. Couvert de points minuscules, trop petits pour qu'on puisse les identifier. Peut-être des hommes, ou des animaux, ou des voitures.

Cassie et Larry... L'ont-ils fait ou pas ? Il refuse d'y penser. Il ne saura jamais et elle, elle ne saura jamais pour Mara. Qu'est-ce que ça peut bien faire à présent ?

Le rouge éclatant serpente à l'intérieur du bleu. La peinture envoie presque balader la toile. C'est quelque chose ! Il a hâte de montrer ça à ses potes, à Jas. Hier soir, quand Cassie a enfin raccroché, après être restée des heures au téléphone avec sa mère et Patsy, Graham a appelé Jas.

— Ça vous a fait avancer, alors, l'ultimatum de Cassie ?

— Je ne suis pas sûr.

— Devine quoi !

— Quoi ?

— *Devine !*

— Quoi ?

— OK. Je te donne un indice. Ça commence par un « A ».

— Abat-jour ? Ananas ?

Elle a éclaté de rire.

— Non, andouille ! Amour.

Et elle lui a parlé d'un type qu'elle a rencontré à une expo, lui a raconté comment ils avaient tout de suite accroché. Jas amoureuse. Il avait été envahi par des sentiments contradictoires en apprenant ça. Au téléphone, elle lui avait paru si différente de la Jas qu'il connaissait. Mais il était content pour elle. Pour de bon.

Il a besoin de se dégourdir les jambes. En fait, il gèle !

Il descend, enfile les bottes devant la porte et sort. Ses pas crissent dans la neige. Sur la mangeoire, effrayés, les oiseaux s'envolent.

Cassie achève de vider le sac à dos. Demain, Patsy vient leur rendre visite et leur ramener le chat. Et là, enfin, elle se sentira tout à fait chez elle. Et Cassie a quelque chose à annoncer à Patsy, une grande nouvelle. Elle espère avoir la force de tenir sa langue un jour de plus. Elle veut le lui dire en face. Cassie retire du sac le cadre vide du miroir – faut qu'elle l'apporte à réparer – et quelque chose qui fait tic-tac au fond du sac. Elle y plonge le bras. Un flacon de comprimés. Elle fronce les sourcils. Un frisson la saisit, comme si un doigt glacé lui parcourait l'échine. Elle s'assied sur le lit, tourne et retourne le flacon entre ses doigts, et regarde les comprimés s'agiter.

On dirait une chose vue en rêve, puis transférée dans le monde réel, tangible.

Elle entend Graham dévaler les escaliers et claquer la porte. Ça sent la cigarette ; eh bien, il aura le droit de fumer en peignant – et en ce moment, il peint. Ils sont rentrés depuis quarante-huit heures et elle l'a à peine vu. Elle fixe le flacon. A-t-elle vraiment envisagé de… ? Non. Non, tout ça c'est fini. Elle emporte le flacon dans la salle de bains, dévisse le couvercle et regarde les comprimés tomber dans la cuvette. Ils se dissolvent aisément, comme l'avait dit Larry. Un bref pétillement et plus rien, rien que de l'eau claire. Mais elle tire tout de même la chasse d'eau, pour être certaine qu'ils sont vraiment partis. Que tout cela est bien fini.

Cassie descend, remet du bois dans le poêle. Il fait si froid. *Vous allez vous habituer*. La phrase lui revient à l'esprit, et elle frissonne. Elle prépare un thé à la menthe et prend le cahier qu'elle a commencé dans l'avion. Elle a l'intention de réorganiser son jardin et de préparer un nouveau cours sur le compostage et l'utilisation des paillis. C'est du boulot. Elle se blottit sur la banquette de la cuisine, devant la fenêtre. Pas d'oiseaux sur la mangeoire – Graham les a fait fuir.

À travers un cadre de feuilles de lierre, elle regarde le jardin, et Graham – qui fixe quelque chose. Elle se concentre, mais ne voit rien. Oh, elle est tellement impatiente ! Elle ne lui a pas encore dit, ne peut pas lui dire avant d'avoir parlé à Patsy. Elle aime cette sensation, c'est comme avoir un bonbon caché dans la joue. Elle veut pouvoir prolonger le plaisir.

Le téléphone sonne. Elle se lève, décroche le combiné et va s'installer sur la banquette.

— Tu es enceinte ? demande Patsy, ce qui rend Cassie furieuse. Je me suis réveillée ce matin avec cette impression, et vu que ça ne peut pas être moi…

Cassie entend le babillage de Katie. Dehors, Graham donne de grands coups de pied dans la neige pour dégager une parcelle de terre. Qu'est-ce qu'il traficote ? Elle fronce les sourcils.

— Alors, dis quelque chose ! insiste Patsy.

— Désolée, je suis un peu dans les vapes.

— C'est le décalage horaire.

— Ouais. Tu vas bien ?

Graham a sorti l'échelle de la remise. Il la porte jusqu'à la parcelle de terre déblayée. Sur son pull, les traînées de peinture écarlate, orange, jaune ou bleu vif pétillent au milieu de toute cette blancheur. Il a du rouge dans les cheveux, une cigarette au coin des lèvres. Il plisse les yeux à cause de la fumée et sous l'effet de la concentration, tandis qu'il gravit le premier barreau.

— Tu as raison, évidemment, dit Cassie. J'ai fait un test ce matin. Je suis bien enceinte. Je voulais te l'annoncer demain.

Patsy pousse un cri de joie.

— Je le savais ! C'est génial. Oh, c'est génial. J'en étais sûre !

— Ça, c'est bien toi.

— Et Graham, qu'est-ce qu'il dit ?

Cassie avale sa salive.

— À vrai dire, je ne le lui ai pas encore dit. Bon, Pats, il faut que j'y aille. On se voit demain. N'oublie pas le chat !

— Bien sûr que non ! Mets le champagne au frigo. Oh, Cassie, je suis si heureuse que tu sois rentrée. On était tellement inquiets. Tu as reparlé à maman ? Elle était décidée à prévenir la police, tu sais… si tu n'avais pas rapidement donné de tes nouvelles…

— Elle m'a dit. Mais c'est bon. On va très bien. À demain, Pats.

Cassie raccroche. À présent que Patsy est au courant, il faut qu'elle prévienne Graham. Elle monte à la salle de bains et sort le test de grossesse de la poubelle. Elle examine une nouvelle fois le bâtonnet blanc : dans la petite fenêtre en plastique, un trait bleu. Positif. Pas de doute. Elle devrait sortir le lui annoncer. Le lui crier depuis le bas de l'échelle. Mais un nuage assombrit son plaisir. L'ombre d'un doute.

— Non, dit-elle à voix haute.

Impossible qu'il soit de quelqu'un d'autre. Impossible. Elle refuse même d'y songer. Se promet de repousser cette pensée, de ne pas la laisser s'insinuer en elle.

Les feuilles de lierre au cœur enneigé se pressent contre la minuscule fenêtre de la salle de bains. Cassie jette un coup d'œil. Graham a atteint le sommet de l'échelle. Il lui semble si petit, vu d'ici. Les cheveux sombres se détachant contre la neige, le pull aux couleurs vives : son homme, tout en haut de l'échelle qui oscille.

Après

Dans le hall de l'hôpital, Graham attend que la machine à café libère un jet de liquide fauve dans une tasse en plastique. La lumière fait mal aux yeux, après l'éclairage tamisé de la salle d'accouchement. Un néon grésille. Des traces d'éclaboussures sur la moquette verte. Il emporte la tasse dehors, s assied sur un banc contre un mur de béton, roule une cigarette. Bien sûr qu'il va arrêter. Mais s'il y a bien une occasion pour fumer une clope, c'est celle-ci... Il fronce les sourcils à la vue des centaines de mégots écrasés sur le sol.

La fumée chaude qui pollue ses poumons, le shoot de la nicotine. Le café est dégueulasse. Une voiture passe, grognement sourd du moteur. La routine. Un pigeon à la patte atrophiée boitille vers lui en exhibant un moignon écarlate. Graham n'a rien à lui donner. L'oiseau tape à coups de bec entre les mégots, puis abandonne et s'envole. Graham renverse la tête en arrière et crache un nuage de fumée. Le ciel est jaune pâle, à l'exception d'une zébrure rosâtre signalant la trajectoire d'un avion.

Il aimerait bien pouvoir se remettre au boulot. Dès que Patsy sera là, c'est ce qu'il fera. Cassie ne lui en voudra pas. L'expo est pour bientôt. Il passe la main dans ses cheveux emmêlés, respire les effluves âcres des pots d'échappement, des mégots, de sa propre sueur. Le bébé est là. Devrait-il appeler son père et lui dire « Salut grand-père » ? Peut-il dire « mon fils » ? Quand Cassie lui a annoncé qu'elle était enceinte, il y a eu une question qu'il aurait dû lui poser. Il ne l'a pas fait et maintenant c'est trop tard. Mais il avait vu ses pupilles se dilater lorsqu'elle avait rencontré son regard. Ils s'étaient dévisagés pendant quelques secondes, puis elle avait détourné les yeux. Il avait remarqué ses ridules blanches, ses pattes d'oie accentuées par le bronzage.

Et maintenant ? Où sont ces sentiments qu'il est censé ressentir ? On dit que la naissance d'un enfant est pour un père le plus grand des spectacles. Mais Graham – il ne l'avouera jamais, ni à elle ni à personne – avait été dégoûté par la douleur, le sang, l'odeur et le bruit de la chair déchirée. Non. C'est juste qu'il est épuisé, vanné, pompé, mort, et qu'il ne se passe pas grand-chose à l'endroit où se trouve son cœur. Un jour, *Larry* est né, songe-t-il. Un jour, moi, je suis né. Il examine la paume de ses mains, et les lignes incrustées de peinture rouge foncé et orange – la topographie d'une terre brûlée par le soleil.

Il tire une dernière bouffée et jette son mégot par terre, parmi les autres.

Assise sur le lit de sa chambre, Cassie mange du riz soufflé avec du lait et du sucre. Ce n'est pas le genre de truc qu'elle aime habituellement – l'épaisse couche de sucre blanc craquant, le riz soufflé croustillant... Or à cet instant précis, calée sur sa pile d'oreillers, elle écoute les craquements, les craquètements, les crépitements des céréales dans sa bouche, et il lui semble qu'il n'y a rien de meilleur au monde, qu'elle n'a jamais rien mangé d'aussi bon.

Elle bouge un peu, ressent une douleur à l'endroit des points de suture. Il commence à faire jour. Bientôt le reste du pavillon s'éveillera, et la journée pourra commencer. D'autres bébés naîtront. Le sien ne sera plus le dernier-né. Et, sans doute, dans d'autres services, des gens mourront. Elle avale une gorgée de lait sucré, repose la cuillère, écoute croustiller les céréales. Elle n'entend pas respirer son bébé mais, à travers le berceau en plastique transparent, voit son torse se soulever et s'abaisser. Des gens mourront – les gens meurent et, que ce soit dans un hôpital ou ailleurs, à la fin cela revient au même. Elle chasse cette pensée d'un froncement de sourcils. Pour ça, elle est très forte. Deux rides verticales se sont formées entre ses yeux – elle les voit tous les jours dans son miroir – tant elle fronce les sourcils. Elle regarde le visage minuscule, la tête de la taille d'un pamplemousse, une délicate narine qui palpite. Elle examine ses traits, cherchant à reconnaître quelque chose de Graham. Mais il ne ressemble à personne – juste à un nouveau-né. À lui-même. Elle se sent plus légère. Quoi qu'il ait pu se passer, c'est terminé. Le passé est mort et ce nouvel être – ce petit garçon – est vivant, et bien vivant.

Dans le petit matin, la circulation est de plus en plus dense. Une ambulance s'arrête. Graham se relève, fait quelques pas dans la lumière étrange. Cassie a dû être nettoyée et recousue à présent. Dans la salle d'accouchement, sa vulnérabilité et sa douleur avaient submergé celles de Graham, c'est tout. Non qu'il soit indifférent.

Il n'y a rien d'ouvert, il ne peut donc pas acheter des fleurs. Aucune importance, Patsy sera là bientôt, avec des bouquets plein les bras. Il revient vers l'hôpital, remonte les escaliers.

Cassie est assise dans son lit, un bol de céréales sur les genoux. À côté d'elle, un berceau en plastique transparent. Elle paraît crevée, mais curieusement rayonnante, avec ses cheveux coiffés en arrière, son visage humide. Il se penche sur elle et l'embrasse.

— Tu étais où ? demande-t-elle.

— J'avais besoin de… de prendre l'air.

— Ouais.

Un silence douloureux. Tous deux sont bien conscients qu'il n'a pas encore véritablement regardé le bébé. Qu'il ne l'a pas pris dans ses bras. Elle scrute le visage de Graham et ouvre la bouche comme si elle avait quelque chose d'important à lui dire. Il a l'impression que son cœur va cesser de battre.

— Graham…

— Voyons ça, alors, dit-il, d'une voix brusque.

Il l'entend pousser un soupir inquiet. Ils attendent, écoutent passer l'instant. Il se penche au-dessus du berceau.

— Pourquoi tu ne le prends pas dans tes bras ?

— Je peux ?

— Et comment !

Il soulève le bébé. N'ose pas regarder son visage. Dans ses bras, une présence douce, tiède, tellement légère.

— Il… Il ne pèse rien.

Le bébé agite une main minuscule, à la peau fripée, aux doigts recourbés comme des serres d'oiseau. Graham le laisse saisir son doigt taché de peinture. Ce qu'il serre fort ! Il regarde les doigts fins et tranchants comme du papier. Va jusqu'à la fenêtre, le bébé dans les bras. Prend une grande inspiration et baisse les yeux sur l'indéchiffrable mystère au petit visage cramoisi.

Remerciements

Je tiens à remercier Bill Hamilton, Alexandra Pringle, Liz Calder et Andrew Greig pour leurs conseils éditoriaux.
Ce roman a été rédigé lorsque j'étais auteur en résidence au Festival de littérature de Cheltenham et à l'université du Gloucestershire.

Achevé d'imprimer sur les presses de

BUSSIÈRE
GROUPE CPI

à Saint-Amand-Montrond (Cher)
en mars 2006

Composé par Nord Compo
à Villeneuve-d'Ascq

N° d'édition : 4179. — N° d'impression : 061011/1
Dépôt légal : mai 2006.

Imprimé en France